AQUARIUS

Сева Новгородцев

Интеграл похож на саксофон

САНКТ-ПЕТЕРБУРГ
АМФОРА
2011

УДК 882
ББК 84(2Рос-Рус)6
Н 72

В книге использованы фотографии из личного архива автора

Новгородцев С.

Н 72 Интеграл похож на саксофон / Сева Новгородцев. — СПб. : Амфора. ТИД Амфора, 2011. — 376 с. : ил. — (Серия «Аквариус»).

ISBN 978-5-367-01810-3

Автобиографию знаменитого радиоведущего Русской службы Би-би-си Севы Новгородцева без преувеличения можно назвать энциклопедией советской жизни 1960–1970-х. Рассказывая о себе, автор рисует яркую, правдивую и ироничную картину нравов и быта последней империи.

УДК 882
ББК 84(2Рос-Рус)6

ISBN 978-5-367-01810-3

Настоящий джентльмен — это человек,
который умеет играть на саксофоне,
но никогда этого не делает.
Приписывается Джорджу Бернарду Шоу

Все — не так, как было, а как запомнил.
Автор

ПРЕДИСЛОВИЕ

Неловко как-то писать про себя. «Я был, я видел, я думал...» А если автор к тому же сочиняет в лирическом ключе и с первых страниц ни с того ни с сего принимается подробно описывать запах своей детской или облупившуюся краску на лестнице — так вообще хочется сразу все проветрить и покрасить.

Однако автора биографии можно понять, для него собственное «я» — это не более чем литературный прием. Он вместе с читателем отправляется в путешествие по морю своей жизни, служит ему лодкой, ковчегом, перенося его с места на место, из одного времени в другое, знакомит с попутчиками, встретившимися на долгом пути.

Я бы хотел стать для тебя, читатель, таким ковчегом, такой лодкой, с тем чтобы ты увидел пройденное моими глазами, разделил со мной все встречи и приключения.

Начать поэтому придется с самого начала, с появления моего «я».

ВАЛЕРИК

Я родился 9 июля 1940 года в Александровской больнице и был записан в домовую книгу в жилконторе на проспекте Стачек в Ленинграде (это второе здание по правую руку от метро «Автово»). Знаю доподлинно, потому что много лет спустя уже взрослым дядькой, не помню, при каких обстоятельствах, я был в этой жилконторе и видел эту запись круглым почерком, сделанную лиловыми чернилами.

По рождении мама назвала меня Валерием. В Валериках я пробыл четыре дня. Маман пошла гулять со мной во двор и разговорилась с седой культурной дамой. «У меня было несколько знакомых с именем Всеволод, — сказала дама моей матери, — и все они были чрезвычайно интеллигентные люди». Против такой логики маман устоять не могла, и я стал Севой[1].

Моя мать, Людмила Михайловна Сидорова, родилась в Гатчине под Петербургом.

Ее отец, мой дед, Михаил Матвеевич Сидоров, был по образованию учителем начальных классов, служил мелким чиновником в железнодорожном министерстве. В Первую мировую войну его определили писарем в штаб за почерк изумительной красоты. После революции дед подался в рабочий класс и стал обойщиком мягкой мебели. Всю жизнь мечтал стать церковным дьяконом. В 1924 году представился такой случай — из-за гонений на духовенство в местной церкви некому было вести службу, и Михаил Матвеевич

---

[1] Всеволод, Всеволодъ, Вьсеволодъ. От древнерусского «вьсь» (весь) + «володѣти» (владеть). — *Здесь и далее примеч. авт.*

в полном облачении красивым баритоном выводил: «Всем миром Господу помолимся...» Советская власть тут же записала его в «лишенцы», у семьи отняли продовольственные карточки. Многодетная и многострадальная супруга его, Варвара Ивановна, помучившись недолго, умерла в 1929 году в возрасте 45 лет. «У нее были все свои зубы и пышные волосы», — часто говорила мне мать.

Варвара Ивановна с детьми жила в Гатчине, а Михаил Матвеевич всю неделю проводил в Петербурге, приезжая к семье на выходные. После обеда любил вздремнуть в кресле, кругом бегали дети. «Люся, Люсенька, — подзывал, бывало, свою дочь Михаил Матвеевич. — В каком же ты нынче классе?» «В четвертом, папа», — отвечала ему Люся. «Надо же! — изумлялся Михаил Матвеевич. — Уже в четвертом! Ну иди, деточка, играй».

Любимым его поэтом был Некрасов. Михаил Матвеевич много помнил из него наизусть и при случае читал с выражением. «Без прекрасного-то пола, Севушка, — говаривал он, — скучновато во хмелю!»

Эта любовь к прекрасному полу осложнила его последние годы жизни. Во время войны (Великой Отечественной) он был в эвакуации в Костроме и женился на молодой женщине, младше его на 33 года, которую он называл не иначе как Почтенная. «Пойдет Почтенная в магазин, — рассказывал он за чаем, — так где она только такую ржавую селедку найдет!» Такой намек на скаредность молодой супруги он мог себе позволить позже, после развода.

По приезде в Ленинград Почтенная быстро освоилась, побила Михаила Матвеевича домашней тапочкой и выгнала его на улицу. Михаил Матвеевич своим красивейшим почерком с завитками составлял прошения и относил их в советский суд. Советский суд рассмотрел все по справедливости и присудил Михаилу Матвеевичу половину комнаты коммунальной квартиры, в которую он прописал свою Почтенную. По решению суда Михаил Матвеевич въехал к себе домой, но

Почтенная снова побила его тапочкой и выставила за дверь. «Как женишься, — говаривал со вздохом потом Михаил Матвеевич, — так и ввалишься!»

Мой дедушка Михаил Матвеевич Сидоров, писарь при штабе во время Первой мировой войны

У Михаила Матвеевича было четыре дочери: Ольга Михайловна, замужем за полковником инженерной службы Коллетом, отпрыском обрусевшего французского рода; Анна Михайловна Демина, вышедшая за инженера; моя мать, Людмила Михайловна; и самая младшая дочь Ирочка.

Ирочке было всего пять лет, когда умерла Варвара Ивановна, так что ее растила и воспитывала старшая сестра Ольга Михайловна (Ирочка позже тоже вышла замуж — за инженера Букина).

Дед делил год на четыре части и на четверть года поселялся у одной из дочерей. Вечером за чаем заходили непременные разговоры:

— Как поживает Ольга?

— Превосходно! — отвечал Михаил Матвеевич.

— А как муж ее, Коллет?

— Великолепно!

— А Нюра, Анна Михайловна?

— Замечательно!

И так далее.

Мы знали, что доброе сердце Михаила Матвеевича не выносило никакой хулы, отзываться о ком-либо плохо было для него душевной мукой. Но подобные разговоры возникали так часто, что у всех за столом, как у актеров в знакомой пьесе, было понимание того, чем должна закончиться сцена. Исчерпав всех сестер, их мужей, детей и родственников, мы переходили к Ирочке. Известно было, что у ее мужа, инженера Букина, трудный характер. Впрочем, за три месяца совместного проживания в двух комнатах коммунальной квартиры с любым характером терпение может истончиться.

— Ну, а как Букин? — спрашивали Михаила Матвеевича.

Он долго мялся, не желая произносить неприятных слов, но в конце концов говорил:

— Сандалист больно...

В Толковом словаре живого великорусского языка Владимира Даля «насандаливать», «насандалить» — окрасить, намазать сандальною краскою (красно-синей). Насандалиться или насандалить нос (сделать красным, красно-синим, в частности — от пьянства), напиться пьяным.

Не думаю, что дед имел в виду данное толкование в словаре Даля, скорее это было по-своему услышанное слово. Таких слов у него было немало. Например, заказчиц Михаил Матвеевич делил на две категории: «барыня» или «египтянка». «Барыня! — говорил он нараспев, как дьякон. — Рюмку поднесла, аванс заплатила, в доме чистота... Барыня!» В случае с «египтянкой» все было наоборот, а в особо безнадежных случаях дед махал рукой и пренебрежительно говорил «египет!». (Намеренно пишу слово с маленькой буквы, поскольку думаю, что Михаил Матвеевич имел в виду не столько страну древнейшей культуры, сколько страну новейшего бескультурья.)

Для чаепития у него припасена была большая кружка под названием «аппетитная». Чай Михаил Матвеевич любил до страсти и за вечер выпивал целый самовар среднего размера. С годами здоровье стало сдавать, врачи ограничили ему прием жидкости.

— Люсенька, — говорил он, утирая вспотевшую голову, — подлей еще полбаночки!

— Нельзя, — отвечали ему. — Тебе, папа, доктор много пить не разрешает!

— Ну что ты будешь тут делать! — возмущался Михаил Матвеевич. — Жизнь как в фашистском застенке. Селедкой накормят, а пить не дают!

По поводу советской власти выражался неопределенно. «Большевиков, брат, не обскачешь!» — говорил он, качая головой.

Когда мы переехали в Таллин (тогда еще с одним «н»), он на дежурные три месяца приехал к нам. Погулял по городу, вернулся домой и сказал со скрытым протестом: «Хороший город Ревель!» Я был тогда пионером-активистом и с жаром объяснял деду принципы социализма и коммунизма.

— От каждого по способности, — пылко втолковывал я ему, — каждому по потребности.

Михаил Матвеевич слушал с невинным лицом.

— Это что же, — говорил он, — а если мне костюм надо?

— Получишь костюм! — уверял я.

— А если еще и пальто?

— И пальто тоже получишь!

— Надо же, — мечтательно качал головой Михаил Матвеевич. — Прямо как при царе!

Шутки у Михаила Матвеевича были из XIX века. Одну дедовскую поговорку я до сих пор иногда пускаю в ход: «Профессор черной магии, изобретатель кокса, мыла, ваксы, сажи и колесной мази!»

Родословная Сидоровской ветви обрывается на нем. Мы знали, что у него была мать, что он очень ее любил, но она приезжала к сыну в приют, где Михаил Матвеевич и вырос. Тема родителей была для него болезненной, и мы ее никогда не обсуждали.

Этот тип русского христианина, преисполненного доброты и всепрощения, неспособного осудить другого, но всегда готового с хитроватой усмешкой пошутить над самим собой,

Мама (слева) с друзьями (1936)

нынче встречается редко, однако он не исчез. Я вижу Михаила Матвеевича в питерских митьках, особенно в их ранний стихийный период, в безумном идеализме молодого Коли Васина, у поэта Григорьева, у всех, кто движим любовью и живет в некоем облаке, где не ищи английской логики или немецкого порядка.

Отчасти этот тип знаю по себе. Во мне слились живой еврейский ум отца и славянская мечтательность моей матери. Поэтому все решения я принимаю быстро — и неверно.

ОТЕЦ

Морской путь из Петербурга идет вдоль судоходного фарватера на северо-запад, пересекая Кронштадтскую бухту, и проходит мимо острова Котлин, расположенного примерно в двадцати километрах от города. Когда-то, в XIV веке, здесь пролегала граница Новгородской Руси со шведами, а в 1617 году, при царе Михаиле Федоровиче, остров со всеми прибрежными землями отошел Швеции. Петр Первый зимой 1703 года, после того как море замерзло и шведские корабли ушли до весны, начал явочным порядком строительство первого форта (Кроншлота) прямо со льда. В следующую навигацию шведов ждал сюрприз — к Котлину их не подпустили.

Спустя 20 лет, в 1723 году, заложили город Кронштадт (от немецкого Krone (корона) и Stadt (город)), он стал главной базой Российского флота на Балтике. В ноябре 1874 года там учредили минный офицерский класс и минную школу. Господам офицерам и курсантам нужны были мундиры, и эту нелегкую работу взял на себя мой дед, Иосиф Самуилович Левенштейн.

Он приехал в Кронштадт в конце XIX века, семья его разделилась — часть братьев уехала из Либавы (теперь Лиепая) в Америку, в Цинциннати, а Иосиф решил поселиться поближе к Петербургу. В самой столице жить ему как еврею не разрешили, но Кронштадт оказался как раз за «чертой оседлости». К моменту рождения моего отца в 1904 году у Иосифа было процветающее дело — 23 портнихи шили и тачали шинели, кителя, бушлаты. Шили, естественно, с примеркой, может, даже не одной, так, чтобы готовый мундир сидел на моряке как влитой, чтобы блеснуть выправкой на царском смотре (отец видел Николая II на таком смотре в 1913 году).

Иосиф назвал сына Борисом. Помню, как я разглядывал крохотные фотографии худенького гимназиста в шинели с серебряными пуговками и фуражке с кокардой. Моего отца приняли по существовавшей тогда пятипроцентной норме, отведенной для лиц иудейского вероисповедания. «В гимназии на уроках Закона Божия дискриминации не было, — рассказал он мне уже в конце жизни. — Ко всем приходил православный священник, а к нам раввин».

Отец рано заболел морем и, не окончив гимназии, пошел плавать на буксир камбузником. Этот трудовой опыт оставил у него неизгладимый след — до конца своих дней он не мог мыть кастрюли, хотя посуду мыл с удовольствием.

В 1921 году семнадцатилетним матросом отец стал невольным участником знаменитого Кронштадтского мятежа. Как мы теперь знаем, поначалу никакого мятежа не было. 1 марта кронштадтский гарнизон вынес резолюцию о поддержке рабочих Петрограда о перевыборе Советов (без коммунистов), с требованиями свободы слова, собраний, торговли, разрешения кустарного производства, крестьянского землепользования, ликвидации продовольственной диктатуры. Эту резолюцию и назвали мятежом.

8 марта открылся X съезд партии большевиков, где постановили: идти на Кронштадт штурмом. Первая попытка провалилась, в Красной армии пошли брожения, многие отказывались участвовать в подавлении. Начались массовые расстрелы.

Второй штурм проводила 7-я армия под командованием Тухачевского. Стянули все силы, в бой бросили даже делегатов партийного съезда. К утру 18 марта крепость была взята. Часть защитников Кронштадта погибла, примерно 8 тысяч ушли по льду в Финляндию, остальные сдались.

Отец рассказывал, что ревтрибунал расстреливал каждого десятого (всего было расстреляно 2103 человека). Его самого спас случай — мятежники арестовали Иосифа Самуиловича, из каземата его освободили большевики, что сделало Иосифа фигурой благонадежной и сняло тень со всей семьи.

Отец, сколько я его помню, никогда не купался и не загорал. В 1929 году, будучи молодым помощником капитана, он доставлял грузы арктическим станциям Северного морского пути. С парохода выгружали на шлюпки, на шлюпках подходили к берегу, насколько возможно, а там прыгали в ледяную воду и таскали на себе. Результат — радикулит (ишиас, люмбаго) — на всю жизнь. То, что застужено, надо греть — так, во всяком случае, считали тогда. Отец обычно стоял прислонившись к изразцовой печке либо к батарее центрального отопления. Много лет позже, приехав в Англию, от врачей-остеопатов я узнал, что лечить надо, наоборот, холодом — льдом, холодной водой.

Отец (1929)

В семейном архиве сохранилась газета «Водный транспорт» за 1933 год со статьей «Борис Левенштейн, самый молодой капитан Балтики». Отцу тогда было 29 лет.

Рассматривая его старые групповые фотографии: во время учебы в мореходке, плавания в каких-то экзотических местах, я удивлялся надписям на обратной стороне, которыми обменивались товарищи. В них было море любви друг к другу, которой в те годы не стеснялись, и какой-то нежной дружбы. Любовь и дружба, а рядом — аресты и лагеря.

С отцом это чуть не приключилось в 1939 году. Его судно стояло в немецком порту. Вахтенный доложил, что Бориса вызывает какая-то женщина у трапа. Оказалось, что это родственница, из той ветви семьи, что уехала в Америку. Как она узнала об отце, как нашла его — непонятно, но «контакт с иностранной гражданкой» был, «наличие родственницы за границей» очевидно, а этот факт капитан Левенштейн в своей анкете скрыл. Так написал помощник капитана по политической части[1] в докладном письме в отдел кадров. Написал, скорее всего, не из подлости или

---

[1] Помполит был освобожденным лицом для проведения политучебы и организации культурного досуга экипажа, по должности тесно сотрудничал с водным отделом КГБ.

нелюбви к своему капитану. Недоносительство, особенно должностное, было серьезным преступлением. Возможно, помполит сам сказал об этом отцу, потому что отец знал об этом письме, его содержании и о том, что оно будет отправлено из первого же советского порта.

Из Германии взяли груз на Архангельск, где отца ждала телеграмма неожиданного содержания: руководство Балтийского пароходства предлагало капитану Б. И. Левенштейну занять должность зам. начальника по эксплуатации, то есть оперативного управления судами. Отец позвонил в пароходство и рассказал о случае в германском порту и о письме помполита. «Этот вопрос мы отрегулируем, — сказали ему, — а вы приезжайте».

Балтийское пароходство было огромной организацией, руководители которой в те лихие годы появлялись неизвестно откуда и исчезали неизвестно куда. В том 1939 году два зам. начальника были арестованы.

— Что случилось с моими предшественниками? — спросил отец на собеседовании.

— Они совершили ошибки, — ответили ему.

— А если я совершу ошибку?

— Если небольшую, то поправим, — был ответ.

Через два года началась война. Отца призвали, он работал в штабе Ленинградского фронта, руководил поставками осажденного Ленинграда через Ладогу. Во время блокады, зимой, заболел тифом, двусторонним воспалением легких, целым «букетом» из восьми болезней. Был настолько слаб, что его посчитали мертвым и отвезли в морг. Но и тут Ангел-хранитель как будто провел своим крылом. С фронта приехал военный моряк, друг отца, которого звали Юра.

— Где Борис?

— Он умер.

— Как умер?! Покажите!

Пошли в морг, Юра стал тормошить отца, слушать его и обнаружил признаки жизни.

Юра был в офицерском чине, он устроил страшный скандал начальственным голосом, и отца в конце концов откачали. Поправлялся он после этого восемь месяцев.

В 1950-е годы, когда мы жили в Таллине, Юра служил там капитаном 1-го ранга и часто приходил к нам в гости. Это был высокий мощный мужчина с раскатистым смехом, который съедал за один присест целую жареную курицу.

Отец в конце войны

ДЕНЬ ПАМЯТИ

9 мая 1945 года для всей страны — это День Победы, а для меня это еще и День Памяти. Моей личной памяти, поскольку она у меня в тот день и началась. Первые воспоминания начинаются именно с этого дня, все, что было до того, — не помню.

Мне четыре с чем-то года, мы с матерью стоим у Елисеевского магазина, в Ленинграде, на углу Невского и улицы Пролеткульта, как тогда называлась Малая Садовая. Тротуары запружены народом, но не густо. Люди стоят тихо, неподвижно. На Невском — ни трамваев, ни машин. Ни оркестров, ни фанфар, ни приветственных криков.

В полной тишине по центру Невского идут вольным строем войска. Лица — как высеченные из камня, суровые, молча смотрящие вперед. Гимнастерки и форма — стираные-перестираные, выцветшие, цвета зеленовато-серой пыли. Ляжет человек в такой одежде в придорожную землю — и сольется с ней.

Так они и шли, а мы на них смотрели. А потом они все прошли, а мы постояли немного и отправились в Елисеевский, где продавали настоящий виноградный сок из большого стеклянного конуса с крантиком. Нацедили мне целый стакан. Я пил, а самому было виноградинки жалко — ведь их раздавили, чтобы этот сок получить.

Матери моей было чуть за тридцать. Высокая красивая блондинка со здоровым румянцем. И рядом я — тоненький, зелененький, переживший в эвакуации голод и дистрофию. Мать со мной ходить стеснялась. «Что же вы, мамаша, сынка своего не кормите? — часто говорили ей. — Ведь краше в гроб кладут!» А мать изо всех сил изощрялась, но я не ел. Помню, как терла мне гоголь-моголь, как розы делала из масла, утыкая их изюмом.

Во время войны мы с мамой были в эвакуации в сибирском зерносовхозе под Курганом.

— Мамочка! — просил трехлетний Сева. — Сделай мне голубцы!

— Как же, Севушка, я их сделаю... — отвечала она. — У меня ничего нет, ни мяса, ни капусты...

— Но ведь у тебя нитки есть...

Нитками перевязывали капустный лист, чтобы голубцы не разваливались, вот мальчик и запомнил.

В 1944 году мы вернулись в Ленинград и пришли прямо в штаб, где служил отец. Город был закрыт для приезжих, попасть туда можно было только по особым документам, и мать получила пропуск по набору на лесозаготовки.

— На лесозаготовки? С ручной пилой и топором? — отец схватился за голову. — Люся, зачем ты это сделала?

— Я хотела тебя видеть, — отвечала мать. — А иначе в Ленинград просто не проехать...

Отцу стоило тогда больших усилий, чтобы отбить ее от лесоповала, но это отдельная история.

С отцом на демонстрации (1946)

ШКОЛА

Читать я научился в пять лет, а к шести годам читал вслух, развлекая маму и ее знакомых, которых в нашу роскошную квартиру приходило тогда немало. В большой столовой, окнами на бывший Манеж, я строил из диванных подушек кабину самолета, усаживался туда в валенках с галошами (как настоящий полярник) и летел на Северный полюс. На голове красовался подаренный мне кожаный шлем с настоящими летными очками, на плече висел планшет с целлулоидным окном для карт.

Из кухни раздавался хриплый смех Жени Азбель. Аккордеонистка областной филармонии, она в войну ездила по фронтам с концертами, не вынимала изо рта папиросу и была женщиной экзальтированной. «Мою фамилию легко запомнить, — говорила она. — *Belle* по-французски это „прекрасная“, а *а* — это отрицание. Ха-ха-ха!»

Из-за неустойчивости Жениной психики и цыганского образа жизни пришлось отдать ее сына на воспитание в семью. Мальчика звали Витя, фамилия — Корчной. Он вырос и стал всемирно известным шахматистом.

Как-то к нам пришли гости, и я прочитал им наизусть басню Сергея Михалкова «Заяц во хмелю». Женя была в восторге. «Люда! — прокричала она из облака табачного дыма. — Он тебя овеет славой!»

В первом классе 222-й школы (на улице Желябова) наша учительница, с французской фамилией Пассек, сорвала себе голос. Она вызывала меня к столу, давала мне книгу, и я читал классу вслух, «с выражением».

Рядом с нашим домом (ул. Ракова, 33), в доме 27, располагался (и до сих пор располагается) ленинградский радиокомитет. В 1947 году там решили поставить детский спектакль и пригласили младших школьников. Маман записала меня, я ходил на репетиции. Мне поручили играть дерево. Надо было поднимать руки вверх и качаться из стороны в сторону, без звука. Спектакль так никогда и не передали в эфир, но начало моей карьере на радио было положено.

«ПЕЧЕНГА»

Те, кто читал «Пятнадцатилетнего капитана» Жюля Верна, помнят судового кока (а на самом деле злодея-работорговца) Негоро, который подсунул под компас топор, после чего прибор стал так врать, что китобой «Пилигрим» попал не в Сан-Франциско, а к африканским берегам Анголы.

Я плавал на судах с магнитным компасом и могу засвидетельствовать, что, несмотря на все ухищрения — картушка подвешена на игле, плавает в сорокапроцентном спиртовом растворе, кожух компаса сделан из немагнитной латуни и так далее — несмотря на все это, верить показаниям нельзя, надо прежде определить «поправку». Поправки могут быть со знаком «плюс» или «минус». При прокладке курса надо эту величину либо отнимать, либо прибавлять. Не дай бог перепутать.

Именно это и случилось на сухогрузе «Печенга» осенью 1946 года. Второй помощник Аскалонов, прокладывая курс, ввел поправку ошибочно, с обратным знаком, в результате поплыли, как на «Пилигриме», не в ту сторону и вскоре сели на мель. Ночью начался шторм, судно стало бить о камни. Отец руководил спасательными операциями, «Печенгу» снять с мели не удавалось, надо было спасать экипаж и груз. Спасли бо́льшую часть груза и почти весь экипаж, но одну женщину при эвакуации смыло волной за борт.

На скамье подсудимых оказался злополучный второй помощник Владимир Аскалонов, капитан «Печенги» Валериан Дмитриевич Бушен («из дворян», как написано в судебном определении) и мой отец.

Отец отказался от авдокатов и защищал себя сам. Ему удалось доказать, что все спасательные действия были правильными, что с его стороны не имелось никаких ошибок, поэтому суд вынужден был его оправдать. Зато с остальными поступили по всей строгости советского закона — помощнику дали 15 лет, а капитану — «РАССТРЕЛ с полной конфискацией имущества» (так напечатано в приговоре).

Когда огласили приговор, отец, прощаясь с капитаном, обнял его. Этого ему не простили. Отца исключили из партии и уволили с работы. У него произошел нервный срыв, на полтора месяца он попал в психлечебницу. Когда отец вышел оттуда, друзья-моряки посоветовали ему уехать в какое-нибудь тихое место и подыскали сначала работу в Риге, но там что-то не получилось, а потом в Таллине, где нашлась вакансия дежурного диспетчера.

В мае 1949-го мы распрощались с огромной квартирой на улице Ракова (Итальянской), со служебной машиной, на которой отец приезжал домой пообедать и сменить крахмальный воротничок с манжетами, и поехали в Таллин, в однокомнатную квартирку на первом этаже, где нам пришлось перебиваться на крохотную зарплату диспетчера.

До войны эстонский торговый флот входил в состав Балтийского пароходства. Отец тогда руководил всеми судами на Балтике и, в частности, много сделал для восстановления и обновления того, что осталось в Таллине. Теперь бывший большой начальник скромно сидел за диспетчерским столом.

Эстонцы не забыли того, что сделал отец. Его двигали наверх, из дежурного диспетчера в главные, из главного диспетчера в заместители начальника пароходства. На шестидесятилетие наградили орденом Ленина (платиновый профиль Ильича на золотом фоне сейчас хранится у меня, вместе со всеми другими отцовскими наградами), дали ему на прощанье персональную пенсию.

Все годы вынужденной эстонской эмиграции мы тосковали по Ленинграду, по Питеру. Отец с матерью смогли вернуться туда в начале 1970-х, разменяв трехкомнатную квартиру в Таллине на две комнаты в коммуналке на улице Софьи Перовской.

Отец закончил карьеру капитаном-наставником. Был гостем «Севаоборота» (моей программы на Би-би-си) в марте 1991 года, за несколько месяцев до своей смерти. Умер он 7 ноября того же 1991 года.

Прошлое мне всегда представлялось черно-белым, серым или, в лучшем случае, белым. Черно-белые карточки из отцовского архива: черные корабли, застывшие в белых льдах Арктики, отец и два друга на улицах Амстердама где-то в конце двадцатых годов, в совершенно немыслимых штанах, доходящих почти до подмышек, или его моментальные снимки, сделанные хитрой заграничной машиной в начале тридцатых.

ИНТЕГРАЛ ПОХОЖ НА САКСОФОН

Ленинградское высшее инженерно-морское училище, где я находился с 1957 по 1962 год, носило имя адмирала Макарова. Правильнее было бы, наверное, дать ему имя повесы Онегина, поскольку там «мы все учились понемногу, чему-нибудь и как-нибудь». Происходило это не из-за расслабленности воли, барского спанья до полудня или непрерывной вереницы развлечений. Случалось, конечно, и это, но главное было — устоять перед бурным потоком знаний, сопротивляться ненужному. Советская высшая школа учила нас по полной программе — за те пять лет я сдал 57 экзаменов плюс бог знает сколько зачетов и курсовых.

Немало лет прошло, но они так и стоят передо мной, как живые: преподаватель металловедения, невысокая энергичная женщина с двумя рядами блестящих стальных зубов, прозванная за свой общественный нрав Футеровкой[1], лектор по астрономии, елейным голосом произносивший слова «сфера небесная», и физик, который, открывая рот, тут же закрывал глаза и, наоборот, открывал глаза, только когда рот закрывался. Про него говорили: «Кожи на лице мало».

На лекции по высшей математике валили валом. Это были не лекции, а театр одного актера — доцента Шикина. Он расхаживал по кафедре как лев в клетке и разыгрывал перед нами греческую трагедию, изрыгая рычащие звуки, переходя на зловещий шепот или вовсе застывая в драматическом молчании. Там я и познакомился с интегралом.

$$\int$$

---

[1] Огнеупорная футеровка (кладка) доменной печи предназначена для уменьшения тепловых потерь и предохранения кожуха от контакта с жидким металлом и шлаком.

Знак интеграла был впервые использован Лейбницем в конце XVII века. Символ образовался из буквы S — сокращения слова «summa». В математике интегралом функции называют расширение понятия суммы. Этот процесс используется при нахождении величин площади, объема, массы, смещения и т. д., когда задана скорость или изменения этой величины по отношению к некоторой другой (положение, время и т. д.).

Не очень понятно было тогда, на лекциях, не очень понятно и сейчас. Но математическое образование все же не прошло даром, я понял: интеграл похож на саксофон.

Саксофон, как я понимаю, вовсе не стремился быть похожим на интеграл, так уж само получилось. Самая маленькая разновидность саксофона, сопрано — прям, как кларнет; но остальные — альт, тенор, баритон и бас — изогнуты. Без этого никак, иначе саксофон напоминал бы тибетскую трубу дунг чен и играть на нем можно было бы только человеку с очень длинными руками.

Я обожал саксофон, от его звуков щемило сердце, глаза подергивались пеленой, а душа рвалась в неизвестные дали. Каждый из них говорил своим голосом. Альт представлялся мне женщиной, слегка истеричной эгоисткой, которая перекрывает другие голоса, требует к себе полного внимания и не способна на задушевную беседу. Сопрано — это визгливый подросток, а баритон — басовитый дед, которому и говорить-то не очень хочется.

Мне нравился тенор с чувственным мужским голосом. В ночных грезах я видел себя на сцене с серебряным саксофоном в руках, одетым в строгий черный костюм от Славы Зайцева — в такой, какие носили первые модники на Невском.

Сладкий сон прерывался в шесть утра хриплыми звуками гимна Советского Союза, которые доносились из побитого динамика у двери кубрика на тридцать рыл. В ответ на торжественный аккорд раздавались глухие проклятья, и в направлении гимна летел рабочий ботинок типа ГД[1]. Раза с четвертого-пятого удавалось наконец попасть. Динамик, поперхнувшись, замолкал, и группа судорожно досыпала до мерзкого крика «Подъем!».

После зарядки во дворе и умывания рота выстраивалась в длинном коридоре на поверку. Сто двадцать имен и фамилий, оглашаемых громким голосом, были нашей ежедневной мантрой, повторяемой утром и вечером.

— Беклемишев!

— Есть!

— Волков!

— Есть!

— Гладышев!

— Есть!

Был в нашем строю интеллигентный юноша с двойной фамилией Коган-Ящук, его очередь в перекличке предвкушали все, особенно капитан второго ранга Василий Иванович Суханов, командир роты по прозвищу Отче Наш. Дойдя в списке до буквы «К», он набирал в грудь воздуха, делал небольшую паузу и звучно выкликал:

— Коган!

— Есть! — громко отвечал Коган.

Отче Наш выдерживал несколько секунд драматической тишины.

— Ящук! — говорил он на тон ниже, почти ласково.

— Тоже есть! — тихо и безнадежно отвечал Коган-Ящук, к вящему удовольствию Василия Ивановича, который дочитывал список до конца, после чего давал команду: «Нале-во! На завтрак шаго-ом марш!»

Василий Иванович был лириком. Красивые слова сами рождались у него в голове, и он просто не мог не делиться

---

[1] ГД — «говнодавы», обувь советского периода.

ими. Как-то с наступлением первых холодов Отче Наш произнес речь перед строем. «Товарищи курсанты! — сказал он. — Зима наступает в полном порядке и прибавляет нам, соответственно, градус за градусом ниже нуля!»

Потом весной, когда начинало таять и на южной стороне здания уже открывали окна, высовывая на солнце лица и спины, Василий Иванович пропел нам, как это делают поэты, читающие свои стихи: «Природа повернула на юг, и прямые солнечные лучи ударяют прямо, понимаете, по процессу загорания!»

Все эти побудки и отбои, построения и поверки, наряды на дежурство дневальным по этажу или на ночную вахту у продсклада, увольнения в город и трехчасовые строевые занятия по пятницам первый год я как-то сносил, но на втором курсе впал в уныние. Надо было что-то предпринимать.

В конце нашего коридора на пятом этаже, за углом, небольшая лестница в четверть пролета вела к заветной дверце в две большие комнаты с прихожей, в которых размещался музвзвод, училищный оркестр. В нем играли такие же курсанты, которые, кроме учебы и посещения лекций, занимались на инструментах, репетировали и два раза в год ходили на парады и демонстрации. Впереди огромной колонны шел знаменосец, за ним — начальник училища, величие которого, в звуке, обрамлял собственный крепостной духовой оркестр.

За эти короткие минуты общественного триумфа крепостным давали вольную. Музыканты жили отдельно, на построения и поверки не ходили, ложились и вставали без истошных воплей старшины, не чистили картошку на кухне и не таскали белье кастелянше (из уст в уста передавали ее запрос по начальству: «Дайте мне лошадь или трех курсантов!»).

Но самое главное — был в училище и эстрадный оркестр, выступавший в праздничных концертах, в котором духовики-кларнетисты и флейтисты играли на настоящих саксо-

Я с сестрой Наташей в Анапе (1958)

фонах. У оркестра, а точнее, у капельмейстера, дяди Коли, каждые два-три года возникала проблема. Первые голоса, солисты, заканчивали учебу и покидали дом № 5 на Заневском проспекте. Надо было загодя готовить им смену. Так я оказался на прослушивании в большой комнате музвзвода.

У меня за плечами был курс горнистов-барабанщиков Таллинского дома пионеров, я мог выдуть дюжину сигналов и тайно рассчитывал заполучить трубу или, в крайнем случае, тромбон. Но дядя Коля посмотрел, немного подумал и сунул мне маленькую тубу с раструбом набок. «Это альт, — сказал он, — будешь играть секунду».

СЕКУНДА

Вообрази, читатель, военный парад и стройные ряды бравых пехотинцев, которые печатают шаг под звуки сводного оркестра. Каждый удар коллективной подошвы о брусчатку — это сильная доля такта, но в тот же момент другая нога военнослужащего заносится вверх, отмечая слабую, безударную долю. Как на уроках музыки, когда учитель диктует темп: «Раз-и, два-и!», при этом на «раз» рука его идет вниз, на «и» вверх. На этом верху, в безударной доле, в моменте занесения маршевой ноги и живет секунда.

Уже из названия ясно, что она — не «прима». Секунда не первична, а вторична, это музыка, заполняющая пустоту между плюхами сапог. Времени у секунды мало, его хватает на одну ноту, короткую, как стук дятла. Нотные партии, которые мне дали учить, напоминали пулемет, у которого из ленты вынули каждую вторую пулю: м-та, м-та, м-та, а потом вдруг — м-та-та-та-та.

Дядя Коля натаскивал нас всю зиму и весну, готовил духовую программу к первомайской демонстрации. Перед репетицией все разыгрывались — бухала туба, верещали кларнеты, свистели флейты, трещал малый барабан. Гвалт стоял стеной, сквозь него не пробивались никакие другие звуки, говорить или кричать было бесполезно.

В этом адском шуме на дальней койке в углу сладким сном спал курсант Лайкин, облюбовавший себе музвзвод для прогула занятий. К дирижерскому пульту вышел дядя Коля, поднял руку с палочкой. Все замолчали, внезапно наступила звенящая тишина, от которой курсант Лайкин подскочил на кровати, протирая глаза: «А? Что?»

На общие репетиции приходили солисты, выпускники. Мы смотрели на них с благоговением — пять шевронов на рукаве, без пяти минут специалисты, виртуозы. Был среди них курсант Бурачек, с именем как у меня — Сева. В духовом составе он играл на трубе, в эстрадном на саксофоне, но с одинаковым эффектом: челюсть у Бурачека крупно вибрировала, и все инструменты у него рыдали. Рассказывали, что на похоронах от бурачевской трубы плакали даже суровые мужчины.

По музвзводу ходили его стихи:

Ты умер, бедный Шарик мой,
Давно я в море не купался,
Чесался ты все левою ногой,
Хотя бы раз ты правой почесался...

Или:

Курсант Дементьев сало ест,
И я ем тоже сало,
Тогда скажи — зачем же ты
К другому убежала?

Рассказывали, что свой курсовой проект о плотности слоев Мирового океана он оформил рисованным титульным листом. Он сам был изображен гигантом с огромной глыбой в руках, на глыбе было написано: «Курсовой Проект». А внизу — малым муравьем стоял преподаватель. По краю листа, вкруговую, виньеткой вились ноты со словами:

Лейся, песня, на просторе,
Не скучай, не плачь, жена.
Штурмовать далеко море
Посылает нас страна.

Курс — на берег невидимый,
Бьется сердце корабля.
Вспоминаю о любимой
У послушного руля.

Буря, ветер, ураганы —
Ты не страшен, океан:
Молодые капитаны
Поведут наш караван...[1]

---

[1] «Лейся, песня, на просторе...» (1937). Муз. В. Пушкова, сл. А. Апсолона.

ПЕРВАЯ ИГРА

Как ни крути, но по-другому не выходит. Получается, что в первый раз я играл на публике 1 мая 1959 года. Можно сказать, первые шаги в искусстве автор сделал вместе с трудящимися Васильевского острова, идущими нестройными колоннами от Косой линии до Дворцовой площади.

В праздничные дни в училище не было ни побудки, ни построения. Этаж пустел, все ленинградцы расходились на выходные по домам. Иногородние, среди них и я (мать с отцом жили тогда в Таллине), были предоставлены самим себе.

В огромной столовой стояли столы на десять человек, у каждого было свое место. На столе лежал нарезанный хлеб, 300 граммов сливочного масла и 300 граммов сахарного песка («мослы и сахара»). В будние дни это довольствие делили десять курсантов, но в выходные за таким столом яств ты вполне мог оказаться один.

Конечно, десять алюминиевых мисок каши одолеть в одиночку было нереально, но неписаный закон требовал не оставлять даже грамма «мослов» и «сахаров». Из этого богатства можно было соорудить три «пирожных» — на кусок булки толстым слоем, в палец, намазать масло, поверх которого насыпать сахару. Лучше всего было макать бутерброд в сахарную кучу, придавливая, чтобы прилипло больше. Десять порций чая помогали все это проглотить, после чего надо было возвращаться на койку и отдыхать до обеда.

В то первомайское утро мне было не до пирожных, я наскоро глотнул казенного чаю и помчался в музвзвод. Дядя Коля был уже там, он раздавал нотные партии, показывал, как крепить походный пюпитр. Оказывается, на наших духовых трубах была неприметная скобочка с винтом, куда и вставлялся стержень с пружинной держалкой для нот.

Инструменты следовало натереть до блеска, пуговицы на шинели и бляхи на ремне надраить асидолом, шутка ли —

Духовой оркестр Ленинградского высшего инженерно-морского училища (я — второй справа)

нам предстояло идти во главе училищной колонны, сразу за начальством. Помню, дядя Коля был в своем лучшем драповом пальто и шляпе, но среди нашего гвардейского сияния выглядел как-то тускло.

Играть нам выдалось немного, колонны больше стояли, чем шли. День был солнечный, на набережной, у моста Лейтенанта Шмидта рядом с площадью Трезини встали надолго. В соседней колонне кораблестроительного завода не было, как у нас, духового оркестра, зато был баянист. Он, пользуясь нашим молчанием, растянул меха, и в образовавшемся людском круге поплыли пары в танце. Тут же носились дети, оглашая воздух пронзительными звуками «уйди-уйди»[1].

Мы стояли, рядом прохаживалось руководство во главе с начальником училища доцентом Кошкиным. Кошкин был

---

[1] При выходе из воздушного шарика с вклеенным пищиком воздух зудит, как охотничий манок. Если держать пищик в зубах и менять форму рта, получается «уйди-уйди».

крупным, представительным мужчиной, не лишенным благообразия, за которым угадывались когти. Он был руководителем сталинского времени и держал всех подчиненных в страхе.

По рядам как молния летел слух: курсанты, находившиеся на практике в дальних морях, прислали ему праздничную поздравительную телеграмму: «Начальнику училища доценту Кошечкину». От такой дерзости перехватывало дыхание: один короткий ласкательный суффикс — и перечеркнут весь образ: внезапно ты уже не мышь в грозных когтях, а сосед домашнего животного, мурлыкающего на диване.

Играть больше не пришлось. Из-за Невы, с Дворцовой площади, доносились призывы, приглушенные расстоянием: «Бу-бу-бу-бу! Ура-а-а!» Когда наша колонна поравнялась с трибунами, оттуда раздалось громогласное, по-актерски четкое: «Да здравствует славный коллектив курсантов и преподавателей Ленинградского высшего инженерного училища имени адмирала Макарова, ура!» Мы взревели в ответ тысячью глоток. Очень хотелось есть.

КЛАРНЕТ

В середине мая дядя Коля положил передо мной небольшой футляр. Внутри в обитых бархатом углублениях лежал разобранный на четыре части черный кларнет. «Вот, — сказал он, — бери. Чтобы к осени ты мне все партии играл. Ноты я тебе дам, пальцовку у ребят спросишь».

На следующий день я уже стоял в пустой аудитории и тужился, выдувая первые звуки. Термин clarinetto появился в итальянском, инструмент назвали уменьшительно — «маленький кларин». Clarin или clarino — это название трубы с чистым и ясным (claros) звуком, и я рад, что в названии инструмента возобладало итальянское начало, потому что нюрнбергский мастер Иоганн Христоф Денер изготовил свой первый кларнет на базе старинного французского инструмента шалюмо (chalumeau). Кларнетист — звучит четко и пузыристо, это достойное занятие. А если бы я играл на шалюмо?

Кларнет относится к группе деревянных духовых, его вытачивают из плотного черного дерева разновидности diospyros ebenum (хурма эбеновая). Растет оно в Индии и на Цейлоне (Шри-Ланка), имеет большую плотность, тонет в воде и отлично полируется.

Музыкальные инструменты в СССР изготавливали предприятия Министерства мебельной промышленности. Ввозить diospyros ebenum из экзотических стран, видимо, не получалось, поэтому придумали свой, пластмассовый, эбонит. Он также поддавался полировке, имел большую плотность, а в воде тонул даже лучше.

Мой кларнет, усыпанный со всех сторон блестящими металлическими клапанами, был довольно тяжелым, держать его на весу надо отставленным большим пальцем правой руки. Металлический крючок-держалка впивался, оставляя вмятину, и даже теперь, полвека спустя, я по привычке ощупываю палец и массирую воображаемую лунку на первой фаланге.

С КЛАРНЕТОМ ПО СЕВМОРПУТИ. АРХАНГЕЛЬСК

Море — стихия непредсказуемая, своевольная и хаотичная. К ней надо приноровиться. Морю нужен опыт, поэтому на практику нас посылали каждый год, кого куда. В тот год мне выпал Архангельск. В бухгалтерии выдали билет, пять рублей стипендии, у каптерщика получил новую суконную форму. Со мной ехал однокурсник, товарищ по группе Женя Фоменко.

Я на третьем курсе Макаровки (1959)

Плацкартный вагон конца 1950-х был коммунальной квартирой на колесах, с полным единением народа во всех его процессах. Храпели спящие, гоготали подвыпившие, резались в карты, переодевшись в полосатые пижамы, опытные командированные, в титане никогда не кончался кипяток. На узловых станциях все высыпали на улицу, покупали у бабушек вареную картошку с укропом, соленые огурцы или просто прогуливались вдоль состава в мягких тапочках и пижамах.

Архангельск поразил деревянными тротуарами. Доски настила, измученные, сточенные зимней наледью, солью, песком, скребками. Гвозди не держали подгнившую древесину; наступая на один конец доски, нога иногда проваливалась, а другой конец доски вздымался вверх.

В пароходстве нас встретили без особой радости, сообщили, что свободных штатных мест пока нет и что нам придется ждать возвращения судна из загранрейса, а пока поселиться в общежитии плавсостава, стать «бичами». Слово это в русском морском жаргоне происходит от английского beach, что, вообще-то, значит «пляж», но в глагольной форме — «высаживать на берег, сажать на мель, выгружаться». Моряк, севший на мель, выгруженный на берег, по морю более не плавает и потому моряком называться не может, теперь он — бич.

Наша скудная стипендия таяла быстро, пароход все не вышел, просить аванс было бесполезно. Единственный выход — убить время, забыться. Мы спали, сколько могли, потом я играл на кларнете — чтобы не думать о еде.

В центр шли пешком, так было дольше и дешевле. Справившись в отделе кадров, мы топали в соседнюю столовую, где подавали несравненные, неописуемые по изысканности вкуса оладьи со сметаной. Это было самое дешевое блюдо в меню, порция стоила 12 копеек. Два плоских куска жареного теста и были нашим дневным рационом.

В общежитие брели медленно, стараясь вернуться хотя бы часам к пяти, а там, глядишь, и вечер недалече, а за ним ночь.

Как-то перед сном пересчитали оставшуюся мелочь. Оставалось на три порции оладий каждому. Впереди маячил голод, пора было что-то срочно предпринимать. Решили рискнуть всем капиталом, пошли на переговорный пункт и купили трехминутный талон.

Я звонил в Таллин, отцу. Он был уже тогда зам. начальника Эстонского пароходства. Я звонил домой без всякого плана и расчета, просто обращался к опытному моряку за советом. Отец сразу все понял: «Иди завтра к начальнику пароходства, он даст тебе 10 рублей».

Ситуация получалась пикантная. Мы, курсанты-практиканты, бичи бесхозные, по табелю рангов были в самом низу таблицы, а тут надо было идти на самый верх, куда даже маститые капитаны входили с трепетом.

Назавтра я вынул из чемоданчика новую, не стираную еще тельняшку, нагладил гюйс, навел на новых клешах стрелки, надраил бляху до зеркального блеска и — была не была! — поехал в пароходство как барин, на трамвае. Я заявился в приемную начальника, доложил красивой секретарше с ухоженными ярко-красными ногтями. Двери раскрылись, и я вошел, ступая по мягкому ковру.

Начальнику пароходства эта история, видимо, казалась забавной — сын Бориса Иосифовича, старого морского приятеля, оказывается, у него в практикантах ходит, поиздержался, оголодал. Он расспросил об учебе, о жизни и с легкой улыбкой выдал мне из портмоне десятирублевую ассигнацию.

Женя ждал на улице, мы сделали быстрый подсчет: этой десятки нам хватит на 83 порции оладий. Живем!

ПАРОХОД «ХАСАН»

...в конце 1940-х годов сталинское руководство увлеклось борьбой с космополитизмом и перестало изучать и использовать зарубежный опыт. Это особенно сказалось на отставании отечественного транспорта: в СССР продолжали строить паровозы, пароходы, работавшие на угле...

Красавцев Л. Б. Морской транспорт европейского Севера России (1918–1985). Проблемы развития и модернизации. Архангельск, 2003.

Спасительная денежка, направленная родительской заботой и выданная мне рукой старой морской дружбы, оказалась благой вестью. Пароход пришел, нам велели выселяться из общежития и ехать в порт. «Смотрите не перепутайте, — сказали в кадрах, — порт у нас огромный, километров на сорок тянется. Экономия, Левый Берег, Бакарица... Вам в Бакарицу, поедете на поезде, найдете 135-й причал, ваше судно называется „Хасан“».

Мы так засиделись «на биче», что, не раздумывая, схватили манатки и помчались на вокзал, даже не зашли в столовую проститься, не отведали оладий, хотя могли бы, даже по две порции. Я, кстати, с тех пор оладьи так и не ем, как-то все не складывается...

Знаешь ли ты, читатель, что морское судно, построенное из прочной стали, казалось бы, на века, живет на этой земле недолго, как корова? Лет 25. А если больше, то эту корову, или судно, особо любят и холят.

Наш «Хасан» оказался новеньким сухогрузом, оснащенным по последнему слову — радиолокатор, гирокомпас, электрическое управление, автоматические трюма. Лебедки на палубе, правда, были почему-то паровыми; скоро стало понятно — почему.

Старпом, высокий блондин интеллигентной внешности, разместил нас по каютам и вызвал на беседу.

— Я хорошо знаю Макаровку, высшее морское училище, его создавали еще в войну, в 1944 году, — сказал он. — Уже тогда понимали, что будущему торговому флоту понадобятся высокообразованные кадры. У нас в Архангельске, кстати, тоже есть отделение для заочников от вашей ленинградской высшей мореходки, и я там учусь. Так что мы вроде как коллеги...

Старпом неловко поерзал в кресле. Возможно, до него донесся слух о моем визите к высокому начальнику.

— Вы — судоводители, будущие штурмана, капитаны. Ваше место — это палубная команда, но у меня по расписанию там есть только одно место, другое — в кочегарке. Через месяц-полтора положение исправится, а пока решайте сами...

Старпом со вздохом развел руками. Мы с Женей переглянулись, на берег возвращаться никто не хотел. Решили — будем работать по очереди, неделю на палубе, неделю в котельной. Бросили на «морского», первым идти в кочегары выпало мне.

Санскритское слово kocagara означает «хранитель казны». Читается это слово как «кошягара» или даже «кочагара». Короче, и без микроскопа видно, что это наш русский «кочегар»! На первый взгляд русское слово кажется заимствованным или недавнего происхождения: во всяком случае, до последнего времени оно тесно ассоциировалось с пароходами, паровозами, котлами и котельными. Хотя, согласно словарю Даля, в Костромской губернии кочегарами прозывали кучеров и извозчиков.

Демин В. Н. Русь Гиперборейская. М., 2003.

СЕВУШКА И СЛАВУШКА

Моим соседом по двухместной каюте на «Хасане» оказался практикант архангельской мореходки из местных, коренной помор по имени Слава. Лицо его постоянно улыбалось, глаза светились чистой добротой. Он принял меня как родного брата и сразу стал называть Севушкой, я тоже проникся и в ответ звал его Славушкой.

В команде было несколько архангельских поморов, и все они отличались какой-то первобытной незлобивостью и природным чувством такта. Потом, в разговоре с ученым человеком, я как-то поинтересовался: откуда это у жителей Беломорья. «До русского Севера не дошли монголы», — ответил мне ученый.

— Севушка, — сказал мне Славушка, — завтра суббота, пошли с нами в Клуб моряков!

Эти клубы я знал еще по Таллину. По морям, по волнам, нынче здесь, завтра там, матрос сходит на берег после двух или трех месяцев плавания. Кровь кипит, в кармане получка, у иностранца она в валюте, прибавьте к этому полное отсутствие политучебы и западную разнузданность нравов. Такую публику в город пускать ни в коем случае нельзя, неприятностей не оберешься, но и на судне держать взаперти тоже не станешь, поэтому в каждом порту СССР создавали небольшой заповедник советской культуры, где старшекурсницы местного института иностранных языков достойно представляли свою страну под бдительных оком ответственных товарищей. Моряков с заграничными с визами в такие клубы допускали, поскольку считалось, что они люди доверенные и проверенные. Я к этим избранным еще не принадлежал.

— Славушка! — сказал я. — Как же я пройду, ведь у меня загранпаспорта нет!

— А ничего, — ответил Славушка, широко улыбаясь, — мы тебя в иностранные шмутки оденем, с ног до головы!

Превращение в иностранца заняло целый час. Надо было найти вещи новые, с иголочки, так, чтобы они были мне впору, как будто сам по магазинам подбирал. Я оглядел результат в зеркале: норвежский свитер, английская рубашка, немецкие брюки, итальянские туфли. На меня смотрел юноша с темными вьющимися волосами и короткой стрижкой по американской моде — кто бы он мог быть, из какой страны, какого народу? Говорить ему, понятно, надо было на английском, который у товарища в зеркале был явно не родным.

Где же я видел таких людей? В голове поплыли картинки: встреча Хрущева и Гамаля Абделя Насера, специалисты двух стран обсуждают проект строительства Асуанской плотины... Внезапно я понял свою роль — я стану другом СССР из древней и жаркой страны.

БИЛИНГВА, ЭЛОКВА, КОЛОКВА[1]. Я ГОВОРЮ ПО-АНГЛИЙСКИ

Клуб моряков был на отшибе, добрались туда машиной, которую прислали по заявке помполита. Вокруг никого. Ребята пошли вперед, я задержался, выждал минуты три, вспомнил уроки актерского мастерства, почувствовал себя иностранцем, уверенным в себе, расслабленным человеком, которому все здесь дико, но немного интересно.

На лестнице вестибюля навстречу мне пошел молодой здоровый детина. Я посмотрел на него открытым взором, в котором угадывалась международная солидарность наших стран. «Вы куда?» — спросил детина не очень уверенно, на что я, улыбнувшись широкой фестивальной улыбкой, радостно произнес, тыкая себя пальцем в грудь: «I am Egyptian!»[2]

---

[1] Переводческая шутка. *Bilingual, eloquent, colloquial* — двуязычный, красноречивый, разговорный.

[2] «Я египтянин!» (*англ.*)

Детине ничего не оставалось делать, как выдавить из себя улыбку и открыть мне заветную дверь.

На втором этаже, в небольшом танцевальном зале, было тепло и уютно, пахло разгоряченными телами и дешевыми духами. Девушки выполняли комсомольское поручение с удовольствием, даже с возбуждением, которое можно было встретить, наверное, только на званых балах в XIX веке. Разве что здесь к нему добавлялось сознание важности своей роли и гордости от выполнения патриотического долга.

Кругом — приятные молодые люди, повидавшие мир, безопасный флирт, разрешенный начальством, к тому же — на иностранном языке. Мне, как египтянину, по-русски говорить было нельзя, да никто этого и не пытался делать с явным иностранцем.

Объявили дамский танец, ко мне подошла миловидная девица, пригласила кивком головы и завела беседу на английском. И тут произошло чудо, как в хорошем сне, когда ты обнаруживаешь у себя способность летать по воздуху, — я заговорил, свободно и непринужденно, слова сами составлялись в предложения, предложения принимали правильные синтаксические формы, а неправильные глаголы были до единого правильны. Это было ощущение упоительной свободы первой в моей жизни английской беседы двух советских граждан, угодивших в этот странный спектакль. Тут я должен прерваться и кое-что пояснить...

МОНОЛОГ ХЛЕСТАКОВА

История моего английского начинается с концерта, на который я попал тринадцатилетним отроком. Выступал актер Таллинского русского драматического театра с бенефисной фамилией Рассомахин, он читал монолог Хлестакова из гоголевского «Ревизора».

Эх, Петербург! что за жизнь, право! Вы, может быть, думаете, что я только переписываю; нет, начальник отделения со мной на дружеской ноге. Этак ударит по плечу: «Приходи, братец, обедать!» Я только на две минуты захожу в департамент, с тем только, чтобы сказать: «Это вот так, это вот так!» А там уж чиновник для письма, этакая крыса, пером только — тр, тр... пошел писать. Хотели было даже меня коллежским асессором сделать, да, думаю, зачем. И сторож летит еще на лестнице за мною со щеткою: «Позвольте, Иван Александрович, я вам, говорит, сапоги почищу».

Гоголь Н. В. Ревизор // Гоголь Н. В. Собр. соч.: В 7 т. М., 1967.

Выступление Рассомахина смело меня, как ураганом. У нас дома на книжной полке стоял трехтомник Гоголя с суперобложкой под карельскую березу, который я иногда хоть и почитывал, но представить себе не мог, что в этой прозе кроются такие сила, юмор и правда. А может, у меня просто годы подошли. Известно ведь, что в этом возрасте в иудаизме мальчики становятся мужчинами после обряда бар-мицвы; по мусульманским законам шариата, к 12 годам их считают взрослыми, поскольку они научились отличать добро от зла, а в мирской Европе это возраст криминальной ответственности, после которого для правосудия ты больше не ребенок.

У меня не было бар-мицвы, неподзаконным был я шариату, преступлений не совершал. Мой обряд выхода из детства прошел под Рассомахина и монолог Хлестакова. Я лихорадочно перелистал пьесу, нашел нужное место, быстро выучил текст наизусть и, глядя на свое отражение в темной изразцовой печке, каждый день повторял его, пытаясь воспроизвести все увиденные жесты, интонации и приемы.

В Доме пионеров, куда я ходил в кружок горнистов-барабанщиков, однажды увидел объявление о Конкурсе художественного слова, записался и в назначенный день при-

Я — пионер; на мне — рубашка отца (1953)

шел. Было там человек 70. Помню, одна девочка вышла с книгой в руках и тихим голосом прочитала на эстонском стихи про ромашки на лугу. На этом фоне мой Хлестаков (вернее, не мой, а рассомахинский) был как выстрел из пушки, и мне присудили первую премию.

Почетную грамоту и приз (фарфоровую статуэтку Максима Горького) вручали в концертном зале «Эстония». По совету мамы я составил благодарственную речь и произнес ее со сцены. Меня заметили, вовлекли в драмкружки, подготовку праздничных вечеров и т. д.

Три года спустя, к окончанию школы, ни у кого не было сомнения относительно моего будущего. Знающие люди советовали только метить выше, ехать в Москву, поступать в театральные училища имени Щукина и Щепкина. «Если попадешь, будешь настоящим актером, — говорили мне. — А нет, так и не надо».

Отборочные конкурсы проходили за месяц до вступительных экзаменов, с тем чтобы отсеянные могли поступать в другое заведение. В том году на 15 мест (кажется, в «Щепкине») претендовало 5000 человек. Кроме того, ходили слухи, что приехавшие по республиканским направлениям имели преимущество, да еще были там дети знаменитых актеров...

Короче — типичные сетования неудачника, который все валит на судьбу. Даже сейчас шутить не получается, а тогда свой провал я воспринял как настоящую трагедию. Помню, мы с мамой (она ездила со мной в Москву) сидели убитые горем в тихом скверике за Большим театром (на том месте, где теперь большая пивная палатка) и молчали. К нам подсел пожилой еврей и, не глядя на нас, сказал в пространство: «Что с вами, молодой человек? У вас в глазах грусть всей нации!»

Вернулись домой. Отец был даже как будто доволен: «Не получилось по-твоему, — сказал он, — пусть будет по-моему. Поступай в высшую мореходку».

Мне, как пушкинской Татьяне, «все были жребии равны». Через неделю мы были в Ленинграде, месяц я просидел за учебниками, набрал проходной балл и, как потомственный моряк, был принят по преимуществу.

Слух о моем драматическом прошлом докатился до кафедры английского языка, на которой доценты и профессора жили своей выдуманной иностранной жизнью, старались, например, как можно меньше говорить по-русски. Их было можно понять — после смерти Сталина задул ветерок лингвистической свободы. Отец народов был большим теоретиком языкознания, но ни на одном языке не говорил и очень подозрительно относился к тем, кто владел иностранной «колоквой».

Из архива Ленинградского педагогического института знакомая как-то принесла мне казенную бумажку, приказ, датированный 1938 годом: «Уволить с работы преподавателя кафедры германских языков за слушание немецкой радиостанции». О дальнейшей судьбе этого преподавателя можно догадаться.

При Сталине могли появляться глубокие труды по анализу языка раннего Шекспира или Гёте, но от иностранного письменного до иностранного устного был путь длиною в жизнь. Неудивительно поэтому, что наша кафедра английского, призванная давать советским судоводителям рабочее знание иностранного языка, каждый день с нескрываемым удовольствием погружалась в его пучину, как бы отгораживаясь блестящей и беглой английской речью от серости окружающей жизни. Такой вызов вызвал восхищение у нашего узкого круга, мы слушали на ночь, как молитву, передачу «Jazz Hour» на «Голосе Америки», где Уиллис Коновер произносил имена и названия роскошным рокочущим баритоном.

Ленинградская «билингва» тянулась друг к другу, создавая свои полутайные общины. У наших доценток были друзья в институте имени Герцена, они устраивали культурный обмен — пьески и скетчи на английском, в которых участвовали студенты. Первую мою сольную роль написали специально, что-то из «Тома Сойера»; помню, играл босиком. Потом были разные другие постановки, но главная трудность всегда была в том, чтобы выучить текст. Английские слова не лезли в голову, а влезая, тут же выскакивали из нее. Потом они постепенно, цепляясь за мозговой туман, вживались и присоединяли к себе другие глаголы и наречия. Поселившись насовсем, становились частью речи, собственностью головы, которая к тому же умела их четко и правильно произносить.

Тогда же я положил себе за правило читать только на английском, хотя по скудости знаний поначалу брал совсем незатейливое, из внеклассного списка для 7-го класса. К моменту описываемых событий я вез в своем чемодане роман Диккенса, купленный по случаю в букинистическом магазине, и сражался в нем с каждой страницей.

В Клубе моряков вечер подходил к концу. Моя новая знакомая, Люся, от меня не отходила. Я называл ее Lucy, ей это нравилось. К нашей встрече, а главное, к захватывающей беседе на английском мы пришли разными путями, я — через роли, заученные в драмкружке, она — через годы институтский занятий, но оба мы с восторгом вкушали плоды своих ученических трудов. Триумф мой был полным, я знал, что с Люси мы никогда уже больше не увидимся, и меня так и подмывало произвести последний эффект, устроить финальную немую сцену, как в «Ревизоре».

Теперь я понимаю, что поступок мой был хвастливый, эгоистический. Возможно, он подорвал у Люси веру в человечество на многие годы, но она в тот момент олицетворяла для меня советскую власть, комсомол, здорового детину на входе — короче, весь тот обман, который витал в воздухе, поскольку под видом дружбы на этом вечере, по сути, была вражда, разведка, спецоперация.

Объявили вальс-финал, настало время прощаться. «So you think I'm Egyptian?»[1] — спросил я Люси, кружа ее по паркету. Она, улыбаясь, кивнула головой. «Милая, — сказал я, остановившись, — ведь я русский!» Бедная Люся закрыла лицо руками и убежала, больше я ее не видел.

Подобная история, только с обратным знаком, повторилась два или три года спустя. Мы с приятелем, выпускником английской школы, ехали на троллейбусе № 1 с Малой Охты на Петроградскую, к нему домой. Дорога занимала целый час, и мы обычно практиковались, говоря по-английски. Одевались мы в цивильное, на мне были модные остроносые туфли желтого цвета производства Венгерской Демократической Республики.

«Смотри, Люська, — сказала одна девушка своей подруге, — англичанин!» Люська посмотрела на меня холодным оценивающим взором: «Не-ет, — сказала она на весь троллейбус, — еврей!»

ПРЕИСПОДНЯЯ

Нашему «Хасану» предстояло совершить дальний рейс по Северному морскому пути с заходом в Дудинку, Игарку и Новую Землю. Под погрузкой в Архангельске простояли

---

[1] «Ты думаешь, что я египтянин?» (*англ.*)

около недели, груз был разнообразный и штучный. Одна такая штука, часть промышленной печи, весила 35 тонн. Ее приспустили, крановщик слегка раскачал груз малым движением стрелы, а потом в нужный момент резко отпустил трос, так что эта железяка, величиной с церковный купол, аккуратно легла в дальний угол трюма, гулко ударившись о стальной корпус.

При разгрузке в Дудинке все было наоборот — завели трос, подцепили, крикнули крановщику «Вира!» («Поднимай!»), но он рванул слишком резко, и стальная махина, поднявшись вверх, качнулась противоположном направлении, где как раз стоял я. Медленно, плавно и неотвратимо плыла она ко мне, грозя расплющить, превратить в мокрое место. Я вжался в угол, печь ударилась с огромной силой слева и справа в полуметре от меня так, что содрогнулось все судно. «Ну, парень, — сказал стоявший рядом стивидор[1], — ты в рубашке родился!»

Путь из Архангельска в Дудинку — не близкий: из Северной Двины в Белое море, оттуда, обогнув мыс Канин Нос, Баренцевым морем на восток, мимо острова Колгуев, через Карские Ворота, по Карскому морю на остров Белый у полуострова Ямал, за которым начинается Обская губа и далее — порт Диксон, а от него вверх по Енисею.

Полным ходом идти суток восемь, но полным ходом по Ледовитому океану не пойдешь. Несмотря на лето, уже в Баренцевом море стали попадаться льдины, а в Карском они превратились в высокие айсберги, и я после вахты выходил на палубу в промозглый холод любоваться. В чистейшей зеленоватой воде плавали прозрачные изумрудные громады, сверкавшие на солнце.

Меня тянуло к холоду и чистоте, потому что наверх я поднимался из раскаленной преисподней, полной угольной пыли, огня и шлаковой вони. Внизу, в глубине железной ут-

[1] Старший рабочий на портовых погрузочно-разгрузочных работах, грузчик.

робы, круглые сутки, день и ночь, у котлов шуровали «черти». Кочегар первого класса стоял у четырех топок котла, в которых бесновался и выл огонь. У топки, на стальных листах палубы лежала куча угля. Кочегар филигранным, мастерским движением совковой лопаты отправлял уголь в глубь топки, а накормив все четыре топки, принимался «подламывать» спекающийся шлак четырехметровой кочергой.

Останавливаться некогда, висевший тут же манометр показывал давление пара в котле, которое надо было держать во что бы то ни стало. Когда топка прогорала, кочегар выгребал из нее раскаленный шлак прямо себе под ноги, получалась огнедышащая куча больше метра высотой, от нее приходилось закрывать лицо руками. И тут я, кочегар второго класса, смело подходил к этой куче со шлангом в руках и заливал ее забортной водой. Куча яростно шипела, пуская пар и сернистые газы так, что мой напарник совсем скрывался из виду. Включались мощные вытяжные вентиляторы, постепенно из смрада проступала фигура кочегара, а я своей лопатой принимался перебрасывать еще не остывший шлак к борту, где висел крамптон.

Это было загадочное устройство, видимая часть которого представляла стальной квадратный бак. В этот бак я закидывал содержимое кучи и тянул за рукоятку, отполированную кочегарскими руками. Крамптон шипел паровой тягой, улетал куда-то вверх, с грохотом опорожнялся, выкидывая шлак за борт, в изумрудные воды ледовитых морей, и возвращался ко мне пустым.

За четырехчасовую вахту надо было чистить все четыре топки и снова забрасывать в них уголек. Уголь хранился в бункере. Представьте — железная комната, 3×3 метра, без окон и дверей, высотой метров восемь, наполненная мелким антрацитом. В кочегарку проделано квадратное окно на уровне пола, куда я вонзал свою лопату, перебрасывая уголь к топке. Кидать надо было прицельно, так чтобы уголь не рассыпался по всей палубе, а образовывал ровную кучку у ног повелителя огня.

Время от времени уголь не сыпался, застревал. Тогда я заползал в угольное окно внутрь бункера. Там на самом верху висела одинокая тусклая лампочка, но благодаря ей видно было, куда надо карабкаться. Веселым альпинистом влезал я на самый верх угольной кучи и устраивал лавину, скатываясь вниз вместе с ней и перекрывая этим себе выход. Путь назад в кочегарку лежал через угольное окно, к которому я прорывал себе путь вслепую, как крот, ныряя в сыпучий уголь.

Перед вахтой мой напарник, Гриша, делал себе чай: в литровую кружку с заваркой он насыпал четыре столовые ложки сахару, добавлял большой кусок сливочного масла, все это тщательно перемешивал и выпивал за один присест.

Тем временем я не забывал о главном, между вахтами исправно доставал кларнет и сначала, как учили, раздувал длинные ноты, добиваясь звука по уменьшенным аккордам — с нижней ми на соль, си-бемоль и до-диез, тихо, громко, с раздуванием или затиханием. Потом шли гаммы. После кочегарки приходилось останавливаться каждые пять минут — натруженные руки дрожали мелкими мурашками, по ним не шла кровь.

В Дудинке нам предстояло разгрузиться, идти балластом в Игарку и грузиться там лесом для Новой Земли. Разгрузка тянулась медленно, казалось, ей не будет конца.

На этом внутреннем рейсе, без захода в иностранные порты, помполита не борту не было, он пошел в отпуск, поэтому культурное мероприятие — экскурсию на Норильский металлургический комбинат — организовал старший помощник, старпом. Он взволнованно объяснил нам, что поедем мы туда самой северной железной дорогой в мире.

В июне 1936 года началось строительство более крупной узкоколейной линии, соединяющей поселок Норильск с портом Дудинка на Енисее. Ее протяженность составила 114 километров. Исходя из стремления сократить объемы работ, трасса дороги была проведена не по кратчайшему расстоянию, а «криво» — там, где был более благоприятный рельеф местности. На строительстве использовался ручной труд заключенных «Норильсклага».

18 мая 1937 года из Дудинки в Норильск вышел первый поезд. В конечный пункт он прибыл спустя три дня. Вскоре наступила весна, стала разрушаться насыпь, которая местами была сделана попросту из льда. Поэтому в июне движение по железной дороге прекратилось. К зиме было подготовлено нормальное земляное полотно, и узкоколейная железная дорога вступила в постоянную эксплуатацию. Поезда из Дудинки в Норильск стали идти быстрее, чем в мае 1937 года: около суток, а при идеальных погодных условиях еще меньше (10–12 часов). Скорость движения зависела от темпов расчистки снега перед паровозом. Однако с заносами удавалось справиться не всегда. Бывало так, что паровоз и вагоны заносило снегом полностью. Над составом образовывалась «снежная шапка» высотой в несколько метров. Поезда порой откапывали из-под снега на протяжении многих дней. Зафиксирован случай, когда отправившийся из Дудинки состав прибыл в Норильск спустя 22 дня.

Для того чтобы обеспечить бесперебойную работу дороги, требовалось сооружение противозаносных заграждений. Оно активно велось в конце 1930-х годов. На некоторых участках дорога была заключена в сплошной «наземный тоннель» — многокилометровую полностью закрытую галерею, сделанную из дерева. Входные ворота таких галерей зимой открывали только при приближении поезда, а затем вновь закрывали.

Болашенко С. Норильская железная дорога // Болашенко С. Живые рельсы. М., 2005.

Норильский историк пишет, что всякие перевозки по узкой колее прекратились в 1953 году, но летом того 1959 года мы, моряки парохода «Хасан», ехали этой узкоколейкой из Дудинки в Норильск и обратно. Помню, правда, что кроме нас в этом поезде никого не было. В вагоне было холодно, пахло запустением, сыростью и пылью, а купе были отделаны в стиле *art nuevo*, с виньетками и причудливыми завитками. Как эта дореволюционная столичная мода русского Серебряного века дошла до глуши в тысячах верст от ближайшего города и сохранилась более полувека спустя — было непонятно. Ручной труд заключенных «Норильсклага»...

Цеха Норильского комбината напомнили мне родную кочегарку. Кругом шлак, угарный запах, холодные сквозняки, только все в сто раз больше. Норильск строили по плану и со второй попытки расчертили будущие улицы и кварталы так, чтобы их не задувало господствующими ветрами.

В тот летний день было пасмурно и тихо, над городом висел химический коктейль — дышите, граждане. Я не знал еще тогда, что Норильску предстоит косвенным образом сыграть решающую роль в моей музыкальной судьбе.

НОВАЯ ЗЕМЛЯ

Интеллигенту, который едет на сравнительно легкий труд в чистой одежде, ругаться матом не пристало. У него просто нет на это морального права. Мат держат про запас для особых случаев, когда никакие другие слова уже не могут выразить состояние души. Для испытания в драке или тяжелом физическом труде, когда без крепкого словца человек не в силах оторвать от земли тяжелую колоду или неподъемную железяку. Для момента правды.

Наш «Хасан» пришел на Новую Землю с лесом. Пять тысяч тонн бревен выбросили за борт, зэки затащили их трактором и цепями на пологий берег. В трюмах осталось по колено коры. Меня послали вниз накладывать эту кору вилами на сетку, которую поднимали наверх, стрелой.

После часа работы я понял, что мне этой коры хватит на неделю, и призадумался. Сверху раздался голос Константиныча, нашего боцмана. Он не мог выговорить моей фамилии, Левенштейн, и потому звал меня Ляштей.

— Ляштей! — крикнул он. — У тебя хуй-то стоит?

— Ну стоит... — отвечал я неуверенно.

— Ну так работать надо! — сказал Константиныч по-северному веско, но незлобиво.

Если б Константиныч заменил бранное слово на его литературный эквивалент: «пенис», «член», «половой орган» и т. д., думаю, что поднять мою производительность труда ему бы не удалось! На следующее утро трюм был чист.

ТРЕТИЙ КУРС

Все достижения курсанта — на левом рукаве. Число шевронов определяет его эволюционную нишу: первый курс — млекопитающее, второй — человекообразное, третий — неандерталец, четвертый — гомо сапиенс, а к пятому

Агитбригада. Поход по колхозам Заонежья зимой 1959 г.

курсу наш герой достигает высшей стадии развития и становится завидным женихом и объектом дамской охоты. Вернувшись с Севера на третий курс, я проскочил неандертальскую стадию и попал прямо в гомо сапиенсы, ибо передо мной раскрылись сияющие врата музвзвода, и я оказался в раю.

Музыкант похож на обыкновенного человека, порой он совершенно от него неотличим, но для меня музыкант — принципиально иное существо. Хрюкает ли он в обширный мундштук тубы, стараясь выдуть из нее сочный басовитый звук, тужится ли на трубе или кларнете, либо мелкой дробью рассыпается по барабанной шкуре — он влеком неясной мечтой об идеальном звуке, который лишь проступает из тумана его воображения. Он, быть может, слышал этот звук в концертном зале, на пластинке или по какому-нибудь «голосу», но звук этот задел его, зацепил, заставил душу томиться желанием извлечь из своего инструмента нечто похожее. И вот, встав в углу, чтобы лучше слышать себя, он с устремленным в пространство взором напрягает легкие и губы, шевелит пальцами, извлекая рулады. В его занятии нет выгоды, самохвальства, позы, им движет только одно — любовь к звуку, поиск его красоты. Найденный однажды звук будет как прекрасный аромат; ему не нужны ни слова, ни пояснения, поскольку он выше слов и живет на уровне чистой, не изреченной еще мысли. К идеалу можно приблизиться, но достичь его невозможно, поэтому поиск звука у музыканта продолжается всю жизнь. Порой ему кажется, что дело не в нем самом, а в инструменте, мундштуке, трости или качестве навивки струн, он ведет бесконечные разговоры о марках саксофонов или труб, на которых играют звезды, горестно приговаривая: конечно, «Сельмер» — это тебе не «Вельткланг»[1].

Двенадцать лет спустя так же, в поисках звука, я зашел к знакомому саксофонисту Сергею Герасимову. Серега точил мундштуки. На каком-то номерном военном предприятии ему делали болванки из колокольной бронзы, а он доводил их вручную, снимая стружку шабером. Посреди комнаты на подставке стоял его тенор. Серега в глубокой задумчивости разглядывал мундштук, поворачивая его в свете окна, что-то бормотал себе под нос. Потом он устремлялся к рабочему столу, прицеливался, острым краем заточенного напильника выскребал изнутри нечто невидимое глазом, после чего прилаживал трость на зажиме и выдувал звук.

Казалось, что в тот момент все органы чувств Сереги были направлены на одно, его зрение и обоняние, вкус и осязание

---

[1] «Сельмер» — французская марка лучших духовых инструментов, особенно саксофонов. «Вельткланг» — фирма в ГДР, снабжавшая советские магазины.

перестали делать положенное им природой и лишь помогали слуху понять глубину и тайну того, что вылетало из раструба. «Колокольчика мало, — сказал он твердо, — земля есть, земли больше не надо, а вот колокольчика надо добавить. И, пожалуй, асфальта». Лицо Сереги приняло мечтальное выражение.

«Локджо Дэвиса[1] слышал? Вот у кого асфальт! Звук прямо дымится!» Я неопределенно покачал головой, было ясно, что в моем музыковедении были серьезные пробелы. «А Колтрейн[2]?» — осторожно спросил я. «Колтрейн это ртуть! — с неожиданной свирепостью заявил Серега. — С бронзой!»

Далее наш разговор все более напоминал беседу двух гоголевских мужиков, оценивавших достоинства колеса чичиковской брички и рассуждавших, доедет ли это колесо до Москвы. Мы говорили про «песок» Сэма Бутеры[3], «войлок» Пола Гонзалеса[4] и «поющий бамбук» Пола Дезмонда[5].

От Серегиного идеализма отдавало юностью, пионерским костром.

— Чего бы ты хотел добиться, какая у тебя мечта? — спросил я Серегу, как в отряде. Он расплылся в счастливой улыбке.

---

[1] Эдвард Дэвис (2 марта 1992 — 2 ноября 1986), выступал и записывался как Эдди «Локджо» Дэвис, — американский джазовый тенор-саксофонист.

[2] Джон Колтрейн (23 сентября 1926 — 17 июля 1967) — американский джазовый музыкант.

[3] Сэм Бутера (17 августа 1927 — 3 июня 2009) — тенор-саксофонист, известен по работе с Луи Примой и Келли Смит.

[4] Пол Гонзалес (12 июля 1920 — 15 мая 1974) — джазовый тенор-саксофонист, играл с Дюком Эллингтоном.

[5] Пол Дезмонд (25 ноября 1924 — 30 мая 1977), урожденный Пол Эмиль Брейтенфельд, — альт-саксофонист и композитор, работал с квартетом Дэйва Брубека, написал «Take Five».

— Я хотел бы сделать такой мундштук, — сказал он, — чтобы я ехал на машине, высунув его в окно, а сзади бежал бы Стэн Гетц[1] и кричал: «Продай!!!»

В музвзводе для меня началась жизнь вольная, сладкая, без построений и поверок. Я каждый день занимался на кларнете, и вскоре дядя Коля вручил мне потертый черный футляр, в котором лежал старинный тенор-саксофон. На раструбе с гравированными виньетками шли буквы — поначалу их было не разобрать, поскольку сделаны они рукой французского мастера, стремившегося к своей вычурной красоте, и в этом стремлении он почти век спустя был уже не понятен глазу, травмированному кумачом советского агитпропа.

Потом у окна на солнце я разглядел цифру 1877 и еле заметные буквы *Adolphe Sax*. Вот это да! Мой первый саксофон оказался одним из первых инструментов, сделанных в мастерских самого маэстро, который родил его в муках и дал ему свое имя.

ТРУДНАЯ СУДЬБА САКСОФОНА

То, что у советской власти с саксофоном отношения не сложились, было известно всем. Партийный вождь Андрей Жданов, сам не чуждый музыке, однажды в идеологическом порыве ассоциировал саксофон с финским ножом, выделив его из всего многообразия духовых, смычковых, щипковых, клавишных и ударных. Почему именно этот инструмент, в виде изогнутой латунной трубы с клапанами, с его точки зрения, всего на один шаг отстоял от холодного оружия блатных?

---

[1] Стэн Гетц (настоящее имя Гетц Стэнли; 2 февраля 1927 — 6 июня 1991) — американский джазовый музыкант (тенор-, баритон- и альт-саксофон), руководитель ансамбля, композитор, получивший прозвище Sound (Звук).

Легко теперь, из свободного и безопасного времени, издеваться над товарищем Ждановым (которого народ и помнит-то за эту цитату да за нападки на Ахматову и Зощенко), но он изрек такое не по глупости или недостатку образования. Жданов был политиком сталинской школы и случайных слов не говорил. Быть может, это была фрейдистская оговорка, и в своей обличительной филиппике партия ненароком выдала мучившие ее страхи, сталкивавшие саксофон во что-то низкое, растленное и потенциально преступное.

Эта фраза, прочно вошедшая в народный лексикон, до сих пор выскакивает то там, то сям, как черт из коробочки. Она малым зеркальцем отразила сталинскую паранойю по отношению ко всему иностранному, охватившую Отца народов после войны. Любой контакт с заграницей мог окончиться лагерным сроком, а женщины, имевшие несчастье полюбить иностранца, вместо того чтобы идти под венец, шли по этапу.

15 февраля 1947 года был принят указ, запрещавший браки с иностранцами. Пары, успевшие зарегистрировать свои отношения, оказались в довольно сложном, даже безвыходном положении. Мужья-иностранцы могли беспрепятственно вернуться на родину, но без русских жен. Романтическая связь с иностранцем стала фактически приравниваться к шпионажу и преследовалась в уголовном порядке. Указ был отменен 24 октября 1953 года.

Зубкова Е. Стиль жизни // Родина. 2008. № 7.

МУЗЫКА ДЛЯ ТОЛСТЫХ

Корни сексуальной ревности и завистливого страха, возведенных в государственную политику, можно увидеть еще у пролетарского писателя Максима Горького, который в 1928 году из итальянского Сорренто разразился в газете «Правда» знаменитой статьей.

...в чуткую тишину начинает сухо стучать какой-то идиотский молоточек — раз, два, три, десять, двадцать ударов, и вслед за ними, точно кусок грязи в чистейшую, прозрачную воду, падает дикий визг, свист, грохот, вой, рев, треск; врываются нечеловеческие голоса, напоминая лошадиное ржание, раздается хрюканье медной свиньи, вопли ослов, любовное кваканье огромной лягушки; весь этот оскорбительный хаос бешеных звуков подчиняется ритму едва уловимому, и, послушав эти вопли минуту, две, начинаешь невольно воображать, что это играет оркестр безумных, они сошли с ума на сексуальной почве, а дирижирует ими какой-то человек-жеребец, размахивая огромным фаллосом.

Это — музыка для толстых. Под ее ритм во всех великолепных кабаках «культурных» стран толстые люди, цинически двигая бедрами, грязнят, симулируют акт оплодотворения мужчиной женщины. Это — эволюция от красоты менуэта и живой страстности вальса к цинизму фокстрота с судорогами чарльстона, от Моцарта и Бетховена к джаз-банду негров, которые, наверное, тайно смеются, видя, как белые их владыки эволюционируют к дикарям, от которых негры Америки ушли и уходят все дальше.

Нечеловеческий бас ревет английские слова, оглушает какая-то дикая труба, напоминая крики обозленного верблюда, грохочет барабан, верещит скверненькая дудочка, раздирая уши, крякает и гнусаво гудит саксофон. Раскачивая жирные бедра, шаркают и топают тысячи, десятки тысяч жирных ног. Наконец музыка для толстых разрешается оглушительным грохотом, как будто с небес на землю бросили ящик посуды.

Горький М. О музыке толстых // Правда. 1928. 18 апр.

Из Италии Горький возвратился в СССР в 1932 году, с его возвращением связано у нас семейное предание. Мой отец плавал тогда старшим помощником на пароходе «Жан

Жорес», осенью того года судно оказалось в одном из итальянских портов. Срочной телеграммой капитана и его вызвали в советское посольство.

«Мы приезжаем в Рим, — рассказывал отец, — а там торжества, идет парад во главе с Муссолини. Мы спрашиваем, по какому поводу. А нам отвечают: как, вы не знаете? Десятилетие фашизма!» Советский посол Потемкин устроил морякам прием, на котором предложил доставить Алексея Максимовича Горького в СССР. Горького уже приглашали плыть на пассажирском теплоходе первым классом, но он отказался и заявил, что «хочет быть с обыкновенным народом». Так и получилось, что выбор пал на «Жан Жорес».

Горькому отвели каюту капитана, а в каюте отца разместились сын Горького, Максим Пешков (убит в 1934 г.), и две его внучки, Марфа и Дарья. Были там и бывшая гувернантка, которая по настоянию Алексея Максимовича пошла учиться медицине и к тому моменту стала домашним врачом, а также личный секретарь Крючков, впоследствии расстрелянный.

Судно шло запланированным рейсом, зашли в Геную, догрузились, потом взяли курс на Одессу.

По приглашению турецкого правительства заходили в Константинополь. «Мы остались на борту, — вспоминал отец, — Горький сошел на берег, Партия труда принимала его у себя. А мы полицейских опоили настолько, что они не смогли выполнять своих обязанностей».

Советское правительство хотело принять Горького с высокими почестями, у Сталина были на него виды. Поначалу «Жан Жорес» должны были сопровождать эскадренные миноносцы Черноморского флота, но Горький от этого отказался. Отец рассказывал: «Он очень хорошо вел себя на судне, завтракал с нами в кают-компании, а когда проводили политзанятия, то всегда присутствовал и говорил лектору, что тот неверно докладывает историю партии».

В Одессе все подготовили к историческому моменту. Причал был оцеплен войсками НКВД, прямо к судну подогнали личный вагон Генриха Ягоды, наркома внутренних дел, для следования семьи Горького в Москву. На причале рабочие делегации с заводов и фабрик со знаменами и транспарантами под звуки духового оркестра приветствовали возвращение на родину знаменитого земляка, задержавшегося в Италии на 11 лет.

Но вот смолкли трубы, отзвучали приветственные речи, слово дали Горькому. Тысячи лиц, устремленных на него, затаили дыхание. Какие слова произнесет автор знаменитого «Буревестника»? «Ну что? — донеслось с трибуны. — Пришли пролетарского писателя послушать?» «Ур-р-ра-а! — прокатилось по причалу. «Шли бы вы лучше работать!» С этими словами классик со своим сопровождением пошел к вагону главы НКВД, трубы грянули туш. Возвращение состоялось. Жить Горькому оставалось четыре года.

Горький с командой «Жан Жореса». Справа от Горького — капитан, следующий, в фуражке и белом кителе, — отец.

Из личной переписки

В порту Феодосии Горький проработал всего два дня, и то говорят, на песчаном карьере. Однако и этого было достаточно для того, чтобы улицу с потрясающе красивым названием Итальянская переименовать его именем, вернее, псевдонимом.

Касательно «Жана Жореса». Трагична судьба этого теплохода. В период высадки феодосийского десанта он несколько раз приходил в порт. 16 января 1942 года в 21 час 00 мин. при входе в феодосийский порт «Жан Жорес» подорвался на магнитной мине и затонул, погибло около 40 человек. Какое-то время были видны его надстройки, после 1960-х годов их срезали. В настоящее время он так и покоится на месте своей гибели, над которым установлен памятный знак.

Шляхов В. Феодосия, Крым.

РЕЗОНЕРЫ

Почти все попадавшиеся мне древние письмена, высеченные на стенах Вавилона, Египта, Мидии или Персии, представляли собой восхваления, описания побед или достижений в царствовании («пленил», «покорил», «построил»). Критика встречалась редко, в основном в виде следов от долота и колотушки, которыми сбивали неугодные надписи (как это случилось с Эхнатоном, мужем Нефертити, когда фараоном стал Тутанхамон). Самокритика появилась намного позже, ее изобрели в эпоху просвещенной Римской империи.

Окидывая взглядом историю, удивляешься — сколько столетий потребовалось человеку, чтобы научиться видеть себя со стороны, абстрагироваться от собственной персоны, выйти за свое «я». Впрочем, не стоит восторгаться. Самокритика — это свидетельство раздвоения личности, в которой одна половина ругает другую, что есть первый шаг к шизофрении. Всякий цельный характер, укорененный в родной почве и традиции, таким делом заниматься не станет. Он един в самом себе и на окружающий мир смотрит из глубин себя. Мнение его твердо и непререкаемо, поскольку он прав.

Этот тип, которого окрестили «резонером», широко рассыпан по отечественной литературе. Резонер всегда готов поучать, часто недоволен царящими беспорядками, бурчит по поводу дороговизны или идиотизма властей, но по-настоящему распаляется, когда встречает что-то ему незнакомое, а потому неприятное и опасное. Особое разражение вызывает у него все, что грозит девичьему целомудрию, — заграничная одежда, музыка и танцы.

Эта сила народная обрушилась и на первые ростки отечественного джаза. В СССР все надо было примерять к текущим положениям партийной мысли, поэтому нападки чаще всего рядились в идейные догмы. Вот что писал Леонид Утесов в книге воспоминаний «Спасибо, сердце!».

Что за инструмент саксофон? «Выдумка американского кабака». Вообще они не стеснялись проявлять свое невежество. Я уж не говорю о том, что они не знали истории происхождения инструментов, в частности саксофона, который получил свое имя вовсе не в американском кабаке. Ко времени наших споров ему было уже без малого сто лет, и изобрел его в 1840 году Адольф Сакс, принадлежавший к известной музыкальной семье, родоначальником которой был Ганс Сакс, представитель мейстерзингерства в Нюрнберге. Это ему Вагнер поставил вечный памятник своей оперой «Нюрнбергские мастера пения».

Обвиняя саксофон в буржуазности, они не знали, что его употреблял в своей музыке Верди, что Глазунов задолго до появления джаза написал концерт для саксофона, что

Адольфа Сакса поддерживал Берлиоз и это при его помощи мастеру удалось сделать саксофоны различной величины. И инструмент, который Сакс привез в Париж в единственном экземпляре, вскоре вошел во французские военные оркестры, а чуть позже и в симфонические, а сам Адольф Сакс стал профессором игры на саксофоне при Парижской консерватории и создал школу игры на своих инструментах. Да и в военных оркестрах гвардейских полков старой царской армии звучало уже все семейство саксофонов, от сопрано до баса. Впрочем, если бы они это и знали, лучше бы не было.

Утесов Л. Спасибо, сердце! М., 1976.

Мне довелось встретиться с Утесовым лет за пять до опубликования этой книги. Я тогда работал в Росконцерте, был руководителем ансамбля «Добры молодцы» и по долгу службы обивал пороги кабинетов. Многое в моей административной удаче зависело от того, на кого и где наткнешься, в каком он будет настроении.

Начальник музыкального отдела Лейбман, увидев меня, неожиданно, но, как мне показалось, со смыслом предложил: «Надо свезти пакет домой к Леониду Осипычу. Съездишь?» Понятно, я согласился.

Квартира Утесова представляла собой длинный и широкий коридор, от которого налево и направо шли двери, как в гостинице. У одной из дверей появился сам хозяин, принял пакет и, видя, что перед ним явно не посыльный, поинтересовался — кто такой. Я в нескольких словах объяснил, на что Леонид Осипыч, неожиданно рассердившись, сказал, даже не мне, а куда-то вверх, в воздух, в невидимую публику: «Сейчас пошла мода на музыку, а на музыку не может быть моды, ведь это не штаны!»

Вот ведь — джазист, новатор, сколько гонений вынес, а все равно — резонер. Как Горький.

АДОЛЬФ САКС И ЕГО ТВОРЕНИЯ. ДИНАНТ

Малые города особо гордятся своими знаменитостями. Козельск — Мичуриным, Уржум — Кировым (Костриковым), а бельгийский городок Динант уже много лет напоминает всем гостям, что 6 ноября 1814 года на улице, названной теперь его именем, родился Антуан-Жозеф (Адольф) Сакс.

Роль Адольфа Сакса в истории оценили только в конце века, в 1896 году, тогда переименовали улицу и навесили памятную табличку на его скромный семейный дом. Дома нынче нет, он был разрушен еще в Первую мировую, на его месте теперь стоит большое коммерческое здание, в одном из окон фасада — витраж, открытый на торжественной церемонии 27 июня 1954 года по инициативе Центра информации по туризму в присутствии городского мэра, господина Леона Сассера.

В центре по туризму вам сообщат, что у Шарль-Жозефа Сакса (1791–1865) и его супруги Мари-Жозеф Массон (1813–1861) было шесть мальчиков и пять девочек; Адольф был старшим сыном. Над семьей как будто витал злой рок — семеро детей умерли в молодом возрасте.

Адольф уцелел чудом. Чего только с ним в детстве не приключалось: едва научившись ходить, он упал с третьего этажа и ударился головой о каменную мостовую, надолго потеряв сознание, так что его посчитали погибшим; в три года выпил чашку разбавленной серной кислоты, потом проглотил булавку. Он был ребенком непоседливым и любопытным, приключениям не было конца: сильный ожог от порохового взрыва, травма от раскаленной чугунной сковородки, сотрясение мозга от удара булыжником. Он тонул в реке и был спасен в самый последний момент, трижды был отравлен ядовитыми испарениями от лакированных изделий, которые почему-то сушили в детской комнате.

«Наш сын обречен на несчастья, — говаривала мать, — вряд ли он будет жить». В округе его так и звали — «призрак». Какая-то неведомая сила вела нашего героя, не давая ему погибнуть. В 1858 году Адольф заболел раком губы, его спас чернокожий врач, знавший лечебные свойства индийских растений и трав.

Отец Адольфа начинал столяром-мебельщиком, но от изящных буфетов и резных шкафов перешел к музыкальным инструментам. Вскоре он добился такого успеха, что кроме предприятия в родном Динанте открыл в 1815 году вторую мастерскую в Брюсселе. Бельгия тогда была под оккупацией Голландии, и ею правил король Уильям Оранжский. Мастерство Сакса-старшего произвело такое впечатление на монарха, что он назначил Шарль-Жозефа поставщиком музыкальных инструментов для придворных и королевских военных оркестров.

В мастерской Сакса вытачивали кларнеты, гобои, фаготы, тянули из латунного листа трубы, тромбоны и тубы. Шарль-Жозеф был самоучкой, быть может, просто потому, что учиться своему делу было тогда не у кого. Путь самоучки долог и порой мучителен, все трудности и препятствия ему приходится преодолевать самому, но эта привычка полагаться только на свои силы производит личность самостоятельную, способную мыслить оригинально. Шарль-Жозеф сделал немало изобретений, получил полтора десятка патентов, успешно участвовал в многочисленных выставках, получал призы и награды.

Дети в семье появлялись с завидной регулярностью, они подрастали и бегали по дому и мастерской шаловливой стайкой. Даже по перечню детских травм (чашка серной кислоты, ядовитые лаковые испарения) маленького Адольфа видно: он с раннего детства был неотделим от отцовского производства. Потому неудивительно, что позже он стал учеником и подмастерьем. Школьную премудрость ему преподавал дядя, учитель по профессии, кроме того, Адольф брал уроки пения и игры на флейте.

Флейта — инструмент своенравный, у хорошего музыканта она звучит божественно, но у начинающего производит отвратительные звуки. Он пробует дуть в нее и так, и этак, скручивает головку, обливает подушки водой, чтобы они лучше перекрывали отверстия, и неизбежно наступает период, когда музыкант начинает винить инструмент. Через это, думаю, прошли все, в том числе и наш герой. Разница была в том, что он мог сделать себе флейту сам и много экспериментировал в поисках нужного звука.

В шестнадцать лет Адольф участвовал в промышленной выставке в Брюсселе, где экспонировал свою коллекцию флейт и кларнетов из слоновой кости, которые сам же и демонстрировал.

Если вам доведется увидеть антикварный кларнет того времени, обратите внимание — инструмент незатейливый, деревянная трубка с отверстиями и парой клапанов. Для того чтобы сыграть полутон, музыканту приходилось открывать или закрывать отверстие наполовину. Это требовало немалой сноровки и было предметом гордости оркестровых профессионалов. И вот шестнадцатилетний юноша решил, что он может усовершенствовать инструмент, на котором играло несколько поколений.

Адольфу Саксу предстояло придумать механизм, позволявший удобно и быстро играть весь хроматический звукоряд, отлить все его части в металле с высокой точностью, создать систему пружин и креплений. На эту работу ушло четыре года, результатом стал совершенно новый кларнет с двадцатью четырьмя клапанами. Вернее, не один кларнет, а несколько его разновидностей.

Особенно поражал воображение самый большой инструмент этого семейства — бас-кларнет. Хабенек, дирижер оркестра Парижской оперы, был в таком восторге от новой модели, что назвал старые кларнеты «варварскими инструментами». Для традиционалистов это было очень обидно.

Солист «Королевской гармонии» в Брюсселе воспринял появление нового кларнета как личное оскорбление и наотрез отказался на нем играть. «Чего хорошего можно ожидать от этого жалкого подмастерья Сакса?» — заявил он. Молодой Адольф вызвал обидчика на музыкальную дуэль: «Вы играйте на вашем кларнете, а я на своем». По Брюсселю пронесся слух, посмотреть и послушать собралось четыре тысячи человек. Триумф Адольфа Сакса был столь убедительным, публика так горячо аплодировала ему, что капельмейстер тут же предложил ему стать солистом.

Появление виртуоза, а также новые возможности, которые давал кларнет Сакса, вдохновили на сочинение для него особо виртуозных партий. Когда, по прошествии некоторого времени, Сакс покинул «Королевскую гармонию», произведения эти сняли с репертуара, поскольку технически никто их не мог исполнять.

Адольф Сакс тем временем продолжал творить, выдумывать, пробовать. Рефлектор звука, новый двойной бас-кларнет, процесс настройки фортепиано, оставшийся его секретом, паровой орган, который было «слышно на весь район», — вот неполный перечень того, что вышло тогда из его мастерских. Слава Сакса распространилась за пределы родной Бельгии, стали поступать предложения из-за границы — из Лондона, Санкт-Петербурга, но Адольф Сакс их не принимал. Он сетовал на удушливую обстановку, на мелочность мышления, но отдавал себе отчет в своих возможностях и таланте, а главное — в способности претворять свои планы в жизнь. Как я понимаю, здесь, дома, у него были квалифицированные работники, способные выполнить техническое задание изобретателя. А поедь он куда-нибудь в Россию?

На Брюссельской выставке 1840 года Адольф Сакс представил девять новых изобретений, работал не покладая рук. Он хотел признания. Признания его несомненного новаторства, заслуг в революции, которую он произвел в инструментальной музыке. Почти ни у кого не было сомнения, что он получит золотую медаль, это было вынуждено признать даже жюри, которое присудило Адольфу Саксу золотую медаль выставки, но одновременно отказало ему, заявив, что он «слишком молод» и что ему придется довольствоваться вызолоченной медалью из бронзы. Адольф был взбешен. «Если они считают меня слишком молодым для золотой медали, то я считаю себя слишком старым для позолоченной», — заявил он.

Тогда же началась работа над первым саксафоном. Она велась в большой тайне, чтобы не украли идею, а первый инструмент, посланный на выставку 1841 года, Адольф Сакс демонстрировал из-за занавеса, никому его не показывая. Загадочный инструмент заинтриговал многих. «Поторопитесь закончить свое семейство новых инструментов, саксофонов, — писал ему из Парижа композитор Халеви, — и приезжайте на выручку несчастных композиторов, которые ищут нового, и публики, которая требует нового».

После истории с медалью удушливость и провинциальность бельгийской жизни показались Адольфу невыносимыми, он принял решение ехать в Париж, куда отправился полный планов и идей. В кармане было почти пусто, 30 франков на пропитание и мелкие расходы. В Париже он снял себе мастерскую на рю Сен-Жорж, сарай, в котором и поселился. Деньги на предприятие занял у знакомого музыканта.

Адольфу Саксу было почти 30 лет. У писателя тут появляется соблазн сравнить нашего героя с другими выдающимися людьми, например с Наполеоном, выигравшим свое первое сражение в Италии в 27 лет, Ньютона и Эйнштейна, опубликовавших свои теории в молодые годы (Ньютон в 24, Эйнштейн в 26 лет), или напомнить, что гении вообще долго не живут, скажем, Моцарт умер в 35, а Шуберт в 31 год.

Мне кажется, что Адольф Сакс был ближе к Наполеону, Моцарту или Шуберту, чем к мыслителям, обитавшим в чистом пространстве высоких теорий. Примерно это и сказал об Адольфе его земляк из Динанта: «Сравните, сколько было выдающихся юных математиков и сколько было физиков. В математике вундеркинды бывают, в физике — никогда. Сакс принадлежит к категории интеллектуалов, которые работают с материей, а не чистой формой».

БЕРЛИОЗ

В июне 1842 года через композитора Халеви Адольф Сакс познакомился с Гектором Берлиозом. Берлиоз регулярно печатался в «Journal des Débats», считался лицом влиятельным и авторитетным. В общении был капризным, непредсказуемым, предпочитал слушать, но не говорить.

Адольф Сакс с жаром в течение нескольких часов излагал свои идеи композитору, объяснял технические подробности изобретения, планы по изготовлению. Берлиоз слушал молча и только в конце сказал собеседнику: «Завтра вы узнаете мое мнение о вашей работе и достижениях».

12 июня 1842 года Адольфа Сакса ждал сюрприз: в пространной статье Берлиоз не поскупился на восторженные эпитеты. Многие французские, а главное — бельгийские журналы перепечатали потом эту статью. Не стану утомлять тебя, читатель, модной тогда пышной критической риторикой, но не удержусь, чтобы не привести одну цитату Берлиоза: «По-моему, основное достоинство нового инструмента — в разнообразной прелести его акцента, порой серьезного, спокойного, порой страстного, мечтательного и меланхолического, а порой неясного, как слабое отражение уже отзвучавшего эха, похожего на смутную жалобу ветра в кронах деревьев, скажу даже — на мистические вибрации колокола, по которому ударили уже давным-давно. Не существует другого известного мне инструмента, который бы обладал таким странным резонансом, живущим на грани тишины».

Щедрая хвала Берлиоза открыла Адольфу Саксу дорогу. Его принимали в модных салонах, он встречался с композиторами, играл перед великими и знаменитыми, принимал гостей в своих мастерских. Он стал известен и, как это нередко бывает, расплачивался за успех. Всю жизнь его преследовала ненависть завистников и враждебная несправедливость.

САКСОФОНЫ

Саксофоны — лишь одно семейство духовых инструментов, созданных Адольфом Саксом, но оно нам ближе остальных. Для меня, можно сказать, просто родное семейство. В этом саксовом семействе определилось семь членов: сопранино, сопрано, альт, тенор, баритон, бас и контрабас. Признаюсь, что контрабаса я не видел никогда, а бас — только издалека, в наши дни это редкость.

Если разогнуть саксофон, то увидим, что это коническая труба, параболический конус. На широком конце его — раструб, на самом узком — мундштук. На мундштук прикручивают трость, плоско нарезанную пластинку из тростника, которая генерирует начальный звук. Сейчас саксофоны и мундштуки претерпели большие изменения, но о звуке ранних инструментов можно судить по записям первых джазистов начала XX века. Людям, впервые слышавшим саксофон, они напоминали низкий регистр смычковых, от альта и виолончели до контрабаса.

Патент на новое семейство инструментов был выдан 21 марта 1846 года. Сакс умышленно задержал получение патента на год, наивно и пылко заявив всем врагам и завистникам, плагиаторам и конкурентам: «Я откладываю регистрацию на целый год, посмотрим, найдется ли к тому времени мастер, который изготовит настоящий саксофон!»

Мастера такого не нашлось, Сакс должен был бы торжествовать, но этого не получалось. Неприятель сбивался в группы, собирался в клубы. Саксу вредили с ожесточенным упоением: сманивали его мастеров высокой платой, не позволяли музыкантам пользоваться инструментами Сакса, о нем писали уничижительные статьи, рисовали обидные карикатуры. На экспортных саксофонах нередко уничтожали клеймо, слегка переделывали и продавали их под другим именем. Мало того, поддельные инструменты выдавали за оригиналы, а продукцию Сакса объявляли подделкой, подавали на него в суд на изъятие патента.

Адольф Сакс постоянно судился, выигрывая все процессы до единого, но судебные издержки росли, а компенсацию потерпевшая сторона платила долго и неохотно. В результате образовалась финансовая дыра, которую нечем было заткнуть. Сакс становился банкротом в 1852, 1873 и 1877 годах — и это при том, что в его мастерских работало почти сто человек, которые изготовили 20 тысяч саксофонов с 1843 по 1860 год!

«Снова и снова, — писал тогда Берлиоз, — Сакс становится жертвой преследований, как в Средние века. Это напоминает жизнь и деятельность Бенвенуто Челлини, флорентийского гравера. У него забрали рабочих, украли его рисунки и планы, назвали сумасшедшим, отдали под суд. Если бы у врагов хватило храбрости, его бы убили. Такова доля изобретателя — его ненавидят соперники, которым нечего изобрести».

РЕФОРМА ВОЕННЫХ ОРКЕСТРОВ

После поражения при Ватерлоо воинская слава не улыбалась французам. Армейский дух увядал, а с ним и военные оркестры. К 1845 году от музыкальных взводов практически не оставалось ничего. Адольф Сакс подал прошение в Министерство обороны и был принят самим министром, генералом Де Руминьи. То, что изобретатель умел убедительно говорить, мы помним еще по его встрече с Берлиозом, однако тут речь шла не тонкостях звукоизвлечения, а о поднятии боевого духа национальных войск.

Генерал сам решения не принял, но назначил авторитетную комиссию для изучения вопроса. Комиссия тоже никаких решений не вынесла, она постановила устроить военный парад с двумя духовыми оркестрами, один с традиционными, уже принятыми на вооружение инструментами, другой — по конфигурации Адольфа Сакса.

Парад состоялся 22 апреля 1845 года на Марсовом поле в Париже, там, где сейчас стоит Эйфелева башня. Традиционалистов представлял образцовый оркестр из 45 музыкантов дирижера Карафы. Саксу с большими усилиями удалось рекрутировать 38 человек, семеро из которых на игру так и не явились, а еще два духовика отказались играть в самый последний момент.

Надо пояснить — дело не в количестве музыкантов, а в полноте оркестрового звучания, отсутствовавшие трубачи или кларнетисты создавали провалы, выставляли благородную идею изобретателя в убогом звуке. Пришлось Адольфу Саксу играть самому, на двух инструментах по очереди, заполняя недостающие партии.

Состояние Сакса можно понять: Париж, апрель, цветы, гулянье. На Марсово поле пришло 20 тысяч человек посмотреть и послушать, решить будущее армейской музыки, которая сама и есть боевой дух. Оркестру Сакса хлопали громче всех. Об этом наблюдатели сообщили комиссии, комиссия приняла рекомендации, отослав их министру обороны, и генерал Де Руминьи издал приказ по военному ведомству: признать предприятие Адольфа Сакса официальным поставщиком музыкальных инструментов для армии Республики.

Разумеется, одними поставками дело не ограничилось, надо было учить музыкантов играть на новых инструментах.

Вскоре Парижская консерватория, которую возглавлял Обер, пригласила Адольфа Сакса преподавателем факультета военных оркестров. Привычка изобретать и улучшать проявила себя и здесь, Адольф Сакс произвел реформу нотной записи, композиции, музыкальной методики, сочинил брошюру о влиянии духовых инструментов на легкие, сочинил программу реорганизации оркестров, исследование по акустическим свойствам концертных залов, составил план создания школы прикладных изобретений и многое другое.

В 1853 году отец Адольфа, Шарль-Жозеф, пережив смерть семерых детей, после финансовых неприятностей закрыл свое дело в Брюсселе и перебрался к сыну в Париж. Адольф Сакс, погруженный в консерваторские изыскания, не мог уже следить за производством, и отец, когда-то строгий хозяин и наставник, стал подчиненным; до самой своей смерти в 1865 году он возглавлял мастерские саксофонов.

Тем временем конкуренты не унимались, продолжая судебные тяжбы и оспаривая патентное право Адольфа Сакса. Добиться успеха в суде не удалось, тогда перешли к прямым действиям — мастерские Сакса подожгли.

Борьба продолжалась более десяти лет, на нее уходили все силы и средства: Когда Адольф Саксу исполнилось 80 лет, положение его оказалось столь критическим, что три известных композитора — Шабрие, Массне и Сен-Санс обратились с петицией к министру изящных искусств Франции с просьбой помочь. Мы не знаем, как откликнулся министр, даже имя его сокрыто туманом истории, но знаем, что отчаяшийся Адольф Сакс сражался до последнего и умер в Париже тогда же, 7 февраля 1894 года.

Тело его покоится на кладбище Монмартра (18-й аррондисмон), в семейном мавзолее вместе с шестью членами его семьи.

Сакс не был женат, но у него была гражданская супруга Луиза Адель Майор, испанского происхождения, она родила ему пятерых детей и скончалась, едва дожив до тридцати лет. Луиза Адель была из простой семьи, и, быть может, по этой причине Адольф Сакс не появлялся с нею на людях. Однако детей своих он признавал, растил и воспитывал, как положено отцу.

После его смерти семейное дело возглавил один из сыновей, Адольф-Эдуард. В 1928 году предприятия Сакса купила парижская фирма «Сельмер». В январе 1994 года отмечали 100-летие со дня смерти. В Брюссель по приглашению Ассоциации Адольфа Сакса приехал известный американский саксофонист президент США Билл Клинтон, которому в торжественной обстановке подарили юбилейный тенор «Сельмер» особой выделки. Может, видели кадры, как Клинтон на саксе играет. На этом самом.

В 1996 году появилась банкнота достоинством в 200 бельгийских франков с изображением Адольфа Сакса и альт-саксофона, по курсу это примерно 5 евро. Красивая денежка, хоть в раму вставляй, ей-богу.

САКСОФОН И КЛАССИЧЕСКАЯ МУЗЫКА

Классической эта музыка называется неслучайно, она, как пристяжная лошадь, движется во времени вперед с головою, повернутой назад. То, что в этой области было, важнее того, что есть, а тем более — того, что будет.

Сентенция, понимаю, весьма спорная, но судьба саксофона ее косвенно подтверждает. Для саксофона писали: Берлиоз, Доницетти, Верди, Бизе, Вагнер, Делиб, Сен-Санс, Дебюсси, Глазунов, Равель, Рихард Штраус, Сати, Вилла Лобос, Гершвин, Бриттен и целая куча менее известных композиторов, сочинивших в общем 6 тысяч произведений. А я вас спрошу: многие ли из них вы слышали?

Первый классический квартет саксофонов создал парижанин Марсель Муль в 1928 году, он же стал первым преподавателем по классу саксофона в Парижской консерватории в 1942-м — скорее всего с одобрения нацистских властей, оккупировавших тогда столицу Франции.

Видимо, в каждом инструменте заложена своя энергетика, которая может не соответствовать времени и вкусу. То, что органически не принимала классическая аудитория, оказалось сразу близким стилю, зарождавшемуся в глубинах Луизианы и Южной Каролины. Этот стиль оформился примерно к 1918 году и получил звонкое жаргонное прозвище «джаз».

Появились первые звезды — Сидней Беше, Коулмен Хоукинс, Джонни Ходжес, Бенни Картер, но белое население Америки, потребляя звуки, сторонилось исполнителей, эти звуки исторгавших. Понадобился лощеный дирижер в белом фраке, Пол Уайтмен, сделавший сам жанр респектабельным и приемлемым в приличном обществе.

МОЙ САКС

Ума не приложу, как саксофон из мастерских Адольфа Сакса оказался в кладовой музвзвода высшей мореходки в Ленинграде. Его достали, как непреложный факт, из фигурного футляра и вручили мне: владей. Дату изготовления я, как ни разглядывал среди вычурных виньеток, так и не нашел. Передо мной был почти столетний старичок: даже раструб этого тенора короче обычного, у него не было нижней ноты си-бемоль.

Трясущимися от нетерпения руками я привинтил к мундштуку трость, надел на шею хомутик с крючком, вставил крючок в колечко на корпусе, положил руки на клапана, немного пошевелил пальцами, так, что клапана прошлись по отверстиям звонким чпоком. Набрал в грудь воздуху и дунул, но вместо волшебного бархатного звука, по выражению Берлиоза, «живущего на грани тишины», из саксофона раздалось блеяние козла, которого на веревке тащат на бойню.

Виртуозная игра красивым звуком на любом духовом инструменте до сих пор всеми воспринимается как немалое достижение, потому что люди подспудно понимают: такое получится не у каждого. Скажу больше — успех в игре на трубе или на саксофоне это скорее исключение, чем правило, поскольку у большинства начинающих так толком ничего и не выходит. Знаменитые трубачи — Луи Армстронг, Гарри Джеймс, Диззи Гиллеспи, Эдди Рознер — оттого знамениты, что стоят от всех особняком, поскольку делают для обычного человека нечто недостижимое. В них сливаются талант, редкая музыкальность, атлетизм, огромное трудолюбие, упорство и тот особый кураж, который раньше встречался разве что у гусар и кавалеристов.

Мой саксофон вел себя как норовистая лошадь, которая стремится скинуть с себя седока, — мундштук, крупно вибрируя, больно бил по зубам, верхние ноты срывались, нижние вообще не брались. «Наверное, не кроет», — сказали опытные люди. Слова «кроет», «не кроет» стали для меня формулой жизни. Музыкант, нажимая на клапан, закрывает отверстие на корпусе, воздушный столб внутри саксофона становится длиннее, а производимая им нота — ниже. Если клапан по старости, изношенности или из-за деформации перекрывает отверстие неплотно, происходит утечка воздуха, нота звучит тускло или неуверенно, а то и вовсе не берется. Тогда говорят: «сакс не кроет».

В любой современной стране, в том числе и в России, сейчас проблема решается просто — инструмент везут мастеру, он снимает клапана, меняет на них подушки, проверяет стальные игольчатые пружины, всякие винтики и пробочки, которые смягчают железный звук механизма, и саксофон обретает новую жизнь.

В 1959 году в Ленинграде починкой духовых, в том числе и саксофонов, занимались государственные мастерские, которые, как и вся страна, выполняли «пятилетку в 4 года». Говорили, что часам к 11 утра трезвого мастера было уже не найти. Везти туда свой антикварно-исторический саксофон я не решился. Начались собственные изыскания.

В темной комнате в раструб саксофона опускали электрическую лампочку на проводе, при тщательном разглядывании видно было, из какой щелки идет свет. Неплохой результат давала также «копирка», которую подсовывали под клапан с белым листом бумаги, так что при нажатии прорисовывался круг, по неоднородности которого можно было определить, где не кроет.

МУЗВЗВОД. КУРСАНТ ПАРАХУДА

Мою койку в музвзводе определили у самого окна, которое мы держали открытым днем и ночью, летом и зимой. В нашем кубрике почти все закалялись, спали голыми под простыней, позволяя себе тонкое казенное одеяло разве что в лютые морозы. Я сразу заявил, что я человек худой, мерзну, поэтому туба, баритон и второй тромбон отдавали мне свои одеяла, а в холода я просил еще и шинели — их на меня наваливали горой. Помню, однажды ночью была вьюга, и утром я проснулся под большим сугробом, который намело с улицы.

Не я один был такой мерзляк, в противоположном углу спал курсант Парахуда. Он был человеком в годах, к тому времени женат на скрипачке из Ленинградского филармонического оркестра, которая подарила супругу блестящую золотом трубу. Парахуда с большим чувством и напряжением амбушюра[1] частенько играл на ней марш из оперы «Аида», будучи одетым даже в летнюю жару в белые кальсоны с завязками и зимнюю шапку с опущенными ушами.

---

[1] Амбушюр — часть духового музыкального инструмента, к которой музыкант прикасается губами или которую берет в рот; так же называют способ сложения губ и языка для извлечения звука при игре на духовых инструментах.

Свою историю Парахуда пересказывал охотно, по многу раз. По окончании средней мореходки, где он выучился на метеоролога, Парахуду с тремя другими выпускниками отправили в экспедицию на буксир, ошвартованный в глубинке, на одном из притоков Дона, однако либо забыли, либо не смогли доставить туда топливо. Паровое судно, когда котел на нем работает, — почти живое существо, железные перекрытия стен дышат теплом, из душа льется нескончаемая горячая вода, но это же судно становится железной гробницей, если его не топить.

Трем выпускникам пришлось зимовать на промерзшей железной посудине. После командировки у одного вывалились все зубы, другой полностью облысел, а наш Парахуда сильно простудил себе мочевой пузырь и к моменту моего с ним знакомства никогда, даже в зной, не расставался ни с кальсонами, ни с шапкой.

КУРСАНТ СЕЛИЩЕВ

За дверями музвзвода, несколькими ступенями ниже по этажу ходили приятели, с которыми я провел два года в одном кубрике. На площадке перед туалетом по вечерам махал полупудовыми гантелями неистовый Володя Селищев. Всех проходивших мимо он просил подержать руку с открытой ладонью, предупреждая, что ударит и что руку можно убрать, если успеешь, конечно. Володя бил с такой резкостью, что это не удавалось никому.

Он родился в Сибири, на острове Ольхон, самоучкой одолел пять иностранных языков и жил в состоянии постоянного восторга. Однажды, зайдя в кубрик, я увидел, как он нервно ходит из угла в угол, затягиваясь коротким бычком, а Валя Бочагов, славный малый, наделенный совершенно неандертальской внешностью, декламирует что-то из Рембо. «Представляешь, — сказал мне Володя с жаром, — из такого мурла французские слова вылетают!»

Володя презирал деньги и, когда они у него появлялись, тут же тратил. Вернее, раздавал долги и через день-другой снова начинал обхаживать своих кредиторов, добиваясь займа. Он просил, уговаривал, угрожал, льстил, используя все приемы, какие только мог придумать. В этом были его усилия, его труд, поэтому полученные деньги он рассматривал как честный заработок и тратил их с легкостью.

По выходным Володя набирал группу таких же как он культуристов, и они отправлялись на танцы, обычно в ДК Кирова на Васильевском острове. Перед танцами все богатыри покупали себе по маленькой водке, которую надлежало выпить без закуски, «винтом», вливая в горло так, чтобы кадык не двигался. По этому поводу тоже велись пространные теоретические беседы.

На танцах они искали ратного подвига, и если удавалось завязать драку, вся пятерка вставала спиной к стене и четкими ударами вырубала ряды противника. Однажды в разгар битвы перед бойцами появился наряд курсантов во главе с офицером. Не замечая погон и глядя только в цель, на подковообразно изогнутое corpus mandibulae[1], Володя отточенным ударом убрал и офицера.

Офицер оказался командиром роты нашего же училища, он попал в больницу с серьезным переломом челюсти, и скандал замять не удалось. Володю исключили, отдали под суд, он сидел под следствием в «Крестах», где все его звали Боцманом.

Отсидев срок, он подался на Дальний Восток, шкерил рыбу на траулере. В путину, работая по 16 часов, он случайно отрубил себе палец.

Как-то на Невском я встретил Селищева обозленным, с потемневшим лицом, и вспомнил длиннющую поэму на английском, которую он написал для стенгазеты еще на втором курсе. Поэма была посвящена приключениям курсанта в увольнении и начиналась словами:

---

[1] Тело нижней челюсти (*лат.*).

To catch a fancy of a girl
You must be shaven, first of all...

По рукам ходили размытые машинописные листки с «Курсантской поэмой», авторство которой уже тогда было утрачено, нынче утерян и текст. В голове у меня сохранились некоторые строфы, которые я, пользуясь случаем, хочу воспроизвести. Жалко, если такие вирши пропадут.

Весна, весна, горит душа.
В лучах микроб о ласке грезит,
В ручьях на щепку щепка лезет,
Сезон любви открыть спеша.

На крышах, трубах, ветхих ветках
Коты ликуют в мирной качке.
Что загс для них? — сарайчик ветхий,
Что алименты? — звук потешный.

Вот так бы жить без злых напастей,
Без осложнений роковых,
Без воплей близких и родных,
Которым честь дороже страсти.

Они пойдут тропой законной,
Затянут живо в круг интриг,
И станет брат наш в краткий миг
Законным мужем дамы оной.

А что такое, спросит он, жена?
Все тот же ОРС[1] проклятый:
Один несчастный прикреплен,
А остальные все — по блату.

---

[1] Отдел рабочего снабжения — организация (предприятие) государственной розничной торговли, осуществлявшая обслуживание рабочих и служащих предприятий при отсутствии развитой торговой сети; возглавлялась заместителем руководителя предприятия по снабжению.

Помилуй бог и сохрани
От уз семейных и печали.
Свои бестрепетные дни
Мы кончим как-нибудь, одни.

Придется, правда, от молвы
И с мужем сцену, и тревогу,
И к вендиспансеру — увы! —
Познать тернистую дорогу.

Но это все же лучше, братцы,
Чем самому стрелять в кого-то,
Пеленки мыть к позору флота
И изрыгать всю жизнь проклятья.

К венцу неопытных ведет
Медовый месяц, между прочим.
Женись, вкуси восторги ночи,
Аж кровь обратно потечет,

Аж сердце перестанет биться,
Когда, закончив брачный пир,
Забыв в восторге целый мир,
Ты поспешишь уединиться

С красоткой, ставшею женой,
В тот мир, где нега и кровать,
Сжигаем мыслию одной.
Не строить ночью, а ломать!

Она невинна. Ты недаром
Так долго ждал. И вот она,
Как снег, чиста и холодна
Под сладострастным одеялом.

Мгновенье, два — и ты как пешка,
И ты взываешь: есть ли Бог?

Что это — жизнь или насмешка?
Судьбы безжалостный подлог?

Но ты взгляни на дело смело,
Свои грехи пересчитай,
Смирись и молча продолжай
Друзьями начатое дело.

Смешно, не правда ли? Но это —
Лишь первый пункт твоих невзгод.
Твоя душа, душа эстета,
Еще не то переживет.

Работать будешь, как скотина,
В суете дней уют творя.
Вот тут поймет душа твоя,
Что значит — брак и дисциплина!

Пройдет веселой жизни год.
Все та же музыка и тема.
И в голове твоей проблема:
Петля, могила иль развод!

Были там строки о приезде героя на побывку в родной дом:

И под родительским забором
Ромашки окропил с напором,
Как нас учил майор медслужбы...

Или тема застолья:

И в затуманенном стакане
Поднес он яд к своим губам
И к огуречным берегам
Поплыл в этиловом тумане...

КУРСАНТ ВЕРЕВКИН

По вечерам на площадке у туалетов вспыхивали дискуссии, непременным участником которых был курсант Веревкин. Он живо интересовался международным положением, знал наизусть фамилии членов ЦК братских стран народной демократии.

В группе всем было известно, что у Веревкина короткие веки и поэтому он спит с открытыми глазами. Порой ночью встанешь, увидишь — страшно, будто мертвец лежит.

У Веревкина был звонкий лирический тенор при полном отсутствии слуха, он самозабвенно пытался выводить любимые мелодии, перевирая все ноты. Однажды, это случилось во время парусной практики на борту баркентины «Сириус» (переделанной потом в плавучий ресторан), Веревкин стоял на вахте у грот-мачты, прямо над каютой капитана. «Сириус» бросил якорь где-то в Рижском заливе, была теплая лунная ночь, темное море сверкало серебром, времени много — ну как тут не петь! Минут через 20 на палубе появился заспанный капитан в белых подштанниках, ночной бриз раздувал его редеющие волосы. «Товарищ курсант, — сказал он с затаенным чувством, — вы очень музыкально поете, но вы мне, — тут капитан выразительно похлопал себе по макушке, — всю плешь проели!»

ДОВОЛЬСТВО

Довольство в словаре Даля это «обилие, множество, богатство, достаток». На военно-интендантском наречии «поставить на довольство» значит обеспечить курсанта питанием и одеждой. Завтрак, обед, ужин. Шинель, бушлат, суконная форма, х/б на каждый день, ботинки, «гады», бляха, ремень, зимняя шапка и фуражка. Мичманка, «мица».

Довольство было бы неполным без денег. Давали и деньги — 5 рублей ежемесячной стипендии. Еще 5 рублей мне посылала мама, поэтому раз в месяц, одетый-обутый, сытый, с десятью рублями в кармане я ощущал довольство. Чувство это проходило довольно быстро, потому что на десятку не разгонишься. Пирожок с капустой и стакан томатного соку в училищном буфете — 20 копеек, билет в кино — 30–50 коп.

Рентабельность советского кинематографа составляла 900 % в год. В интервью... бывший зампред Госкино СССР Борис Павленок говорил о том, что кинотеатры в СССР посещают 4 миллиарда зрителей в год. Средняя цена билета была 22,5 копейки, и при кассовых сборах в 1 миллиард рублей со всей киносети получается именно такая цифра. Этого хватало, чтобы вернуть кредит, вести производство, оплачивать тиражи фильмов. Примерно 550–570 миллионов забирало государство в виде налогов. Оставшегося хватало, чтобы делать такие картины, как «Война и мир» или эпопея «Освобождение».

Гончаров А. «Советское» кино «кончилось».
Что такое — «российское»? // Рускино. 2005. № 32.

К походу в кино мы подходили осторожно. Можно было нарваться на пропаганду или на какую-нибудь ерунду. Наш кубрик сбрасывался по 5 копеек на билет курсанту Рыбкину — ему доверяли, знали, что не подведет, поджидали его. Вернувшись из кино, Рыбкин снимал форму и укладывался в трусах на койке, подперев кулаком голову, в позе римского сенатора на пиру.

— Ну как, Рыбкин, картина? — спрашивали его осторожно, боясь спугнуть, замутить объективность оценки.

— Та! — говорил Рыбкин с презрением. — Барахло, а не картина!

После чего все, воодушевившись, бежали за билетами. Читатель уже догадался, что любой положительный отзыв нашего кинокритика означал, что на этот фильм не ходил уже ни один человек. Мы, изучавшие тогда высшую математику, называли это в шутку «доказательством от противного». Мне по жизни потом встретилось несколько рыбкиных с безошибочным суждением и вкусом, и к их мнению я всегда чутко прислушивался.

УИЛЛИС КОНОВЕР

По вечерам мы доставали из тумбочки приемник, кажется, это была «Рига 6», и настраивали его на короткую волну «Голоса Америки». После вечерних новостей в 23.10 ведущий роскошным баритоном объявлял себя и свою программу «Willis Conover Jazz Hour» под звуки позывных — оркестровой композиции оркестра Дюка Эллингтона «Take the „A" Train». Темный кубрик, шорох эфира, зеленый глазок настройки на приемнике и льющийся из него магический голос, ставший для нас Голосом Америки. Голос этот, если честно, ничего особого не говорил: название вещи, состав музыкантов. Красиво и скупо, как убранство японского дома, но именно это отсутствие критических заметок, музыковедения, непременного для советского радио, нам особенно нравилось, поскольку нам предлагали музыку без словесной нагрузки, такую как есть.

Много лет спустя я узнал, что в СССР и странах народной демократии Уиллиса Коновера слушали тогда 100 миллионов человек, при этом в самой Америке его не слышал и не знал практически никто (сигнал шел с передатчиков в Салониках, Танжере и т. д.). В 1954 году, когда конгресс США обсуждал финансирование программы, многие конгрессмены были недовольны — почему казенные деньги тратят на «фривольную музыку».

Мне довелось встретиться с легендой своей молодости в 1966 году, когда Коновер после джазового фестиваля в Таллине приехал в Ленинград (с квартетом Чарльза Ллойда) и пришел во Дворец культуры имени Горького, где в танцевальном зале постоянно играл оркестр Иосифа Вайнштейна. Иосиф Владимирович активно с ним общался, я пассивно переводил. Звук голоса Коновера заставлял меня всякий раз вздрагивать.

Поздними вечерами зимы 1959 года Уиллис Коновер был для нас невидимым Ангелом джаза, а оркестр Вайнштейна — живой его иконой. Мы ездили причащаться к этой иконе каждый четверг во Дворец культуры имени Первой пятилетки на Театральной площади.

Когда-то на этом месте стоял Литовский рынок, построенный архитектором Джакомо Кваренги в конце 80-х годов XVIII века. К началу XX века он использовался под склады и мастерские. Сгорел в 1920 году; руины разобраны через несколько лет, сохранившийся фрагмент стал жилым. В 1930 году на месте сгоревших частей рынка построили трехэтажное здание Дворца культуры и техники имени Первой пятилетки, в модном тогда стиле конструктивизма (архитекторы Н. А. Митурич и В. П. Максимов). В 2005 году здание ДК Первой пятилетки снесли, на его месте построили вторую сцену Кировского театра. Тогда же был уничтожен оставшийся фрагмент Литовского рынка работы Кваренги и множество домов по Крюкову каналу.

Антонов В. В., Кобак А. Б. Утраченные памятники архитектуры Петербурга–Ленинграда. Л., 1988.

ОРКЕСТР ВАЙНШТЕЙНА

Приходили мы задолго до начала. В пустом зале техничка в застиранном рабочем халате ходила, стругая стеариновую свечу на паркет, белые прозрачные стружки ложились на него как снег. Ровно в 19 часов на невысокую эстраду выходил оркестр и сам Вайнштейн, невысокий энергичный человек. «Мальчики! — говорил он. — Номер 67, Хифайхедьи!» «Мальчики» не торопясь листали оркестровые папки до номера 67, до оркестровки «If I had You»[1].

Обычно начинали с Глена Миллера: «American Patrol» (И. В. из конспирации объявлял: «Дозорный»). Витя Игнатьев играл потрясающее соло широчайшим звуком, как у Гарри Джеймса, «Tuxedo Junction», «Little Brown Jug».

За грязными окнами зала текла привычная жизнь, полная мелких страхов и унижений. Граждане из коммунальных квартир занимали очередь в гастроном или пытались влезть в переполненный троллейбус; на них с больших портретов бесстрастно взирали члены Политбюро ЦК. По радио дикторы поставленными голосами рассказывали о новых плавках в мартенах Магнитки, о пудах с гектара (в пудах, полагаю, потому что получалось больше, чем в центнерах) и стахановцах-хлеборобах. Иногда говорили о происках империалистов, и тогда дикторские голоса наливались благородным возмущением, звенели металлом. Вся страна была одета в одинаковые черные бесформенные пальто. Пахло давними щами и немытым телом. Зимой жизнь была темно-серой, летом этот серый цвет светлел, во мгле белых ночей светились пятна плакатного кумача.

Это оставалось где-то там, а здесь, у сцены с оркестром, все как будто переливалось яркими тропическими красками,

---

[1] Джазовый стандарт, песня 1928 года, музыка Ирвина Кинга (псевдоним соавторов Джеймса Кэмпбела и Реджинальда Коннели), слова Теда Шапиро.

Оркестр Вайнштейна. Группа саксофонов (1967)

наполнялось запахами неясных надежд. Счастье было рядом, надо только протянуть к нему руку. Оно лилось в зал музыкой, полной оптимизма, который бывает лишь у разбитных американцев с белозубой улыбкой, похожей на початок кукурузы, рослых и крепких парней в тщательно отглаженных рубашках и блестящих штиблетах с узорным кожаным набором. Эти туфли с «разговорами» и рубашки *button-down* мы узнавали сразу, издалека. Настоящие «штатские» вещи, выделявшие владельца из одноцветной толпы, — шнуровка башмаков непременно на пяти отверстиях и пуговицы с четырьмя дырками, покрупнее на планке, помельче на воротнике. Подделать это было невозможно, а самопальщиков мы презирали.

Одежда была знаковым признаком, по ней определяли своего, но их было мало. Самым безупречным «штатником» для меня был трубач Ярослав Янса в неброском дакроновом костюме, от покроя которого исходила неведомая нам свобода, легкое презрение к советскому ГОСТу и фабрике «Большевичка»[1].

Рядом с Янсой сидел Константин Носов, сын знаменитого тогда советского композитора Георгия Носова, автора известных песен «Далеко-далеко» (1951) и «Песни о Ленинграде» (1949), постоянно звучавших по радио. Отец относился к американским увлечениям сына открыто враждебно; возможно, он, как человек, переживший сталинские годы, боялся за свою репутацию, заработанную годами верной службы. Нам было известно, что Носов-старший отказался от Носова-младшего — отец отрекся от сына.

Костя был тогда женат на одной из сестер Федоровых, исполнявших семейным квартетом русские народные песни a capella («Ничто в поле не колышется», «Отдавали молоду» и др.). Их, как достойных представителей советского искусства, среди первых пустили за границу. По возвращении сестер в Ленинград устроили профсоюзное собрание коллег-артистов. Всем было ужасно любопытно.

— Ну как там, у них? — спросили из зала, на что одна из сестер ответила по-народному:

— Ой, товарищи, там так культурно, так культурно! Кофий в койку подают!

Видимо, впечатления от поездки оказались сильными — вскоре младшая Федорова вышла замуж за иностранца и уехала жить за границу. Поступок этот советская власть восприняла как предательство, ансамбль сестер расформировали, а записи их были уничтожены.

---

[1] ГОСТ (Государственный стандарт) — основная категория стандартов в СССР. В советские времена все ГОСТы являлись обязательными для применения в тех областях, которые определялись преамбулой самого стандарта.

Московское производственное швейное объединение «Большевичка» специализировалось на выпуске мужских костюмов, брюк и курток. Создано в 1962 г. Головное предприятие — бывшая швейная фабрика № 2 (основана в 1929-м).

Костин брак тоже оказался недолговечным, что понятно — слишком разными оказались вкусы у супругов. На вид Костя был породистым янки, похожим на киноактера Пола Ньюмана. Он одевался только в американское, курил трубки неописуемой элегантности. Был человеком застенчивым, немного заикался. Услышав по радио что-либо из Дунаевского или Туликова, восклицал: «К-к-кто это написал музыку? Эт-т-то написал Жорик! И с-с-слова его тоже!» — и указывал на интеллигентного и мудрого Жоржа Фридмана. Все покатывались со смеху.

Жорж (Георгий) Фридман в середине 1950-х несколько лет играл в рижском оркестре Ивара Мазурса, в молодости был чемпионом по плаванию. В оркестре Вайнштейна ему достался самый трудоемкий саксофон — баритон, на котором он сочно выдувал низкие ноты. При этом его тонкое лицо, сошедшее с картины «Явление Христа народу», принимало выражение отрешенной покорности судьбе, а на лбу пульсировала голубая жилка.

Большинство тогдашних звезд оркестра пришли из подпольного джаза Валерия Милевского, вместе с самим Валей, роскошным голливудским красавцем, который играл на вибрафоне и пел. Джазом он увлекся в военно-морском училище, кажется имени Фрунзе, и, дойдя до пятого курса, твердо решил покинуть военную стезю. Но как?

Про его переход на гражданку народ слагал легенды. Рассказывали, что он однажды был назначен помощником дежурного офицера по училищу. В назначенный день он на дежурство не заступил. Не вернулся из увольнения. Дежурный офицер позвонил ему домой:

— Курсант Милевский! Вы почему не заступили на дежурство?

— А кто это говорит? — отвечает Милевский.

— Капитан-лейтенант Петренко.

— Капитан-лейтенант Петренко, — отвечает ему Милевский, — идите вы к едрене матери! — И вешает трубку.

Через несколько минут раздается звонок от офицера чином выше:

— Курсант Милевский! Вы что это себе позволяете? Немедленно прибыть в училище!

— А кто это говорит?

— Капитан второго ранга Сухоруков.

— Капитан второго ранга Сухоруков, — говорит ему Милевский, — идите вы к едрене матери! — И снова вешает трубку.

Раздается третий звонок, в телефоне рычит контр-адмирал, начальник училища:

— Курсант Милевский! Да я вас... Да вы у меня...

— Кто это? — говорит Милевский.

— Вы что, не узнаете? Это контр-адмирал Квашко!

— Товарищ контр-адмирал, — говорит ему Милевский, — идите вы к едрене матери! — И тихо вешает трубку.

Минут через пятнадцать у Милевского перед дверью появляется наряд из пяти курсантов во главе с офицером. Соседка открывает дверь, они врываются в комнату Милевского. В ней никого, посредине стоит открытый рояль. Вдруг с блаженной улыбкой в комнату входит Валя Милевский, садится к инструменту и берет сложный джазовый аккорд. Доверительно глядит на оторопевших мореманов и говорит: «Наконец-то нашел! А вы знаете где? Бабка в сквере подсказала!» — и расплывается в счастливой улыбке. Было очевидно, что нормальный человек на такое поведение неспособен, и Валю Милевского, блистательно разыгравшего этот скетч, комиссовали как сумасшедшего.

Около сцены Дворца культуры неизменно стояло 40–50 поклонников, знатоков или музыкантов, многие из которых сами стали потом известными. Это было общество посвященных в некую тайну. Все, касавшееся джаза, было опутано непроницаемой завесой. Как солисты импровизируют? Откуда берутся ноты для этого чуда? Потом мы узнали, что оркестровщики «снимали» партитуры с плывущих магнитофонных записей. Успешно делать это могли лишь двое-трое легендарных людей с абсолютным слухом.

По заведенному в оркестре порядку репетировали каждый день, перед игрой. Иногда нам удавалось прийти рано и застать конец репетиции. К замечаниям Геннадия Гольштейна, первого альта и концертмейстера, прислушивались внимательно, видно было, что его уважают. Гена исполнял свои партии ярко, вытягивая звучание всей секции, а когда играл соло, то поражал техникой и звуком. Говорили, что до игры и репетиции он дома занимается по нескольку часов в день.

Его оркестровый галстук выглядывал из-под туго накрахмаленного, как фанера, воротничка. От него веяло верой в некий общественный порядок, давно сгинувший в стране, но сохранившийся в памяти петербургских камней. Этот крахмальный воротничок был, по сути, вызовом разгулявшемуся гегемону, пролетариату, всем тем, «кто был никем» и никем, в общем, и остался, отравив жизнь остальным классам и прослойкам на несколько поколений.

Присутствие гегемона чувствовалось уже ко второму отделению, когда И. В., с подачи танцмейстера, просил открыть краковяк, вальс-бостон или танго. Это был репертуар обязательный для исполнения, включенный в списки, завизированный в соответствующих инстанциях, однако вайнштейновцы умудрялись сыграть эти бальные-банальные номера с такой чистотой интонации и качеством фразы, что они, как крахмальный воротничок Гены, оставались вызовом гегемону.

Советский Союз, слава богу, это не Америка. Музыкантам не нужно было заигрывать с публикой, размахивать инструментами или пританцовывать, чтобы поднять настроение в зале. Мы играем, вы танцуете. Каждый занимается своим делом. Мы терпим ваши танцы, а вы терпите наш джаз, и общаться нам с вами совсем необязательно.

Смычкой музыки и танца, оркестра и публики занимался танцмейстер Павлов, мужчина среднего возраста и роста, с испитым лицом. Он объявлял бальные танцы, ставил публику по ранжиру, был массовиком-затейником. Однажды после выходных Павлов не вышел на работу, в следующий четверг мы узнали о его героической судьбе. Зимой, по воскресеньям, Павлов ездил за город, в Кавголово[1], надевал лыжи, выпивал маленькую водки и бежал кросс на 5 километров. В тот злополучный день он решил увеличить нагрузку: выпил пол-литра и побежал на 10 километров. На 7-м километре Павлова не стало...

Так мы и ездили, из недели в неделю, из месяца в месяц, из одного сезона в другой. В небольшой толпе слушавших, но никогда не танцевавших примечали знакомые лица, постепенно перезнакомились. Помню, меня поразил тонкий, как колосок, трепетный юноша с интеллигентным лицом и пламенными щеками. Давиду (Додику) Голощекину тогда было лет 16 или 17. Он учился поблизости, в музыкальном училище имени Римского-Корсакова при Ленинградской консерватории, кажется, по классу струнного альта, но был известен в наших кругах как пианист.

У нас завязались приятельские отношения, примерно через год в нашем музвзводе появилась возможность взять руководителя эстрадной самодеятельности, и хоть зарплата была грошовой, Додик согласился приезжать к нам два раза в неделю. Мы еще не знали, какую ключевую, поворотную роль предстояло сыграть Додику в моей судьбе.

---

[1] Кавголово (kaukola — рыболовный крючок (*фин.*)) — деревня во Всеволожском районе Ленинградской области.

БУКСИР «ПЕРЕСВЕТ»

Зиму 1961-го года я провел на спасательном буксире «Пересвет», стоявшем у причала таллинского порта. Наша задача была — не щадя жизни, выходить в штормовое море, спасать терпящих бедствие. Но, как назло, за те полгода, что я там был, урагана так и не случилось, никто не подавал сигнал бедствия, и «Пересвет» мирно стоял в тихой гавани. Однако на полной готовности. Паровые его котлы не затухали, вахту в котельной исправно несли круглые сутки.

После вахты кочегары выходили на палубу подышать. Был среди них былинный красавец — высокий, русый, широкоплечий, смешливый. Буфетчица Машка по нему сохла. Не она одна. Слухи о его любовных похождениях ходили в наших кубриках. Дошли они и до его жены, красивой и дородной украинки. Она была наделена поистине шекспировской страстью. Ревность жгла ей душу. Ночью, когда муж-красавец блаженно спал, вернувшись от очередной крали, она вылила на него серную кислоту. Бедняга ослеп на один глаз, остался с обезображенным лицом, а жена пошла в тюрьму на пять лет.

Я жил дома, у родителей, где вырос и ходил в школу. На буксире — сутки дежурства, двое свободных. В эти дни нередко играл с местными джазменами в ресторане или на танцах. Эстонский язык, как известно, пользуется латиницей, правила чтения простые — как пишется, так и читается. Многие известные слова или имена звучали для меня странно и смешно, например, Дон Жуан у испанцев, в оригинале Дон Хуан (Don Juan), в эстонском читался как Дон Юан. Точно так же и слово «джаз» (jazz), потеряв у эстов свое жужжащее зудение, зазвучало как удар галошей по луже — «йатс». Музыканты понимали лингвистический юмор положения и, когда можно было сыграть что-то для себя, говорили: «Teeme jatsi lugu»[1].

---

[1] «Сыграем джазовую вещь» (*эст.*).

На барабанах у нас частенько колотил молодой веселый парень из интеллигентной семьи. Звали его Эри. Мать Эри, пианистка Анна Клас, была преподавателем у моей сестры в хореографическом училище. Однажды утром, сменившись с дежурства, я зашел к Эри домой. Он только проснулся, встал с шикарного кожаного дивана и встретил меня в дверях буржуазной эстонской квартиры в шелковой пижаме. Тут я кое-что начал понимать и потому не удивился, когда на следующей игре Эри сказал, что с джазом ему пора кончать, так как по настоянию мамы он поступает в консерваторию на дирижерский факультет.

Продолжение этой истории известно. Эри Клас — выдающийся современный дирижер, народный артист СССР, профессор, работавший в 40 странах более чем со 100 симфоническими оркестрами. Думаю, что чувство ритма, отточенное в джазовом подполье, сослужило Эри потом хорошую службу.

Я не случайно делаю акцент на ритме, потому что в европейской музыкальной культуре это относительно слабое место. Бывает, что дирижер начнет в одном темпе, а закончит в другом, ускорит музыку от избытка чувств. Публика на это тоже внимания не обращает, поскольку переживает вместе с оркестром. Но, скажем, в африканской традиции ритм, постоянство темпа это главное дело. С африканскими рабами эта традиция проникла в Америку, породила джаз, блюз и прочие жанры и, дойдя до Европы, незаметно изменила весь музыкальный климат. Ускорять, или, на музыкантском жаргоне, «загонять», стало делом неприличным. «С ритмом лажа!» — говорил Гена Гольштейн на репетициях, а потом, устав повторять это без конца, всерьез подумывал завести говорящую птицу, которая повторяла бы эти слова вместо него: «С р-ритмом лажа!»

За последние почти сто лет через джаз, рок и поп народ привык к четкому ритму, втянулся в африканскую традицию, поэтому всякая размытость в этой области слушателю заметна. Массовый слушатель стал ритмически более требовательным. Недавний эксперимент с белым человечком, японским роботом Асимо, которого запрограммировали на дирижерство (пока только одного небольшого произведения), — еще одна примета на пути ритмизации. Асимо не только держит темп, но при повторе, на репетиции, во второй и в третий раз показывает абсолютно то же самое, что нравится музыкантам. У Асимо есть еще много достоинств — на гастроли он может ездить не первым классом, как избалованные маэстро, а в грузовом отсеке, у него нет мании величия (еще не запрограммировали), он не устраивает скандалов по поводу того, что шампанское подали теплым. Но, с другой стороны, без самолюбия, любви к музыке, полета фантазии, понимания своей гениальности настоящим дирижером Асиме в ближайшее время не стать. Пути к Божественному он пока не нащупал. «Софт» надо дорабатывать.

МАРИО ПЕЧАЛЬДИ

В Таллине, на площади Победы (теперь — площадь Свободы), в здании Русского государственного драматического театра был самый модный в городе ресторан «Астория». Зимой 1961 года там пел легендарный Марио Печальди — легендарный, понятно, в пределах небольшого города на 300 тысяч жителей, каковым была тогда столица Эстонской ССР.

О любовных похождениях Марио ходили мифы, эстонские дамы произносили его имя с загадочной улыбкой Джоконды. В ресторане для Марио изготовили длинный, метров в 20, шнур для микрофона, и он, дав сигнал рукою, чтобы притушили свет и зажгли на столах свечи, выходил с микрофоном в зал и пел чувственным хрипловатым баритоном, заглядывая в глаза млеющим гостьям.

Песни были в основном иностранные, на иностранных языках, и Марио знал все эти языки. Он с легкостью переходил с английского на итальянский, а с испанского на язык до того иностранный, что никто уже не мог и определить — какие же народы на нем разговаривают.

Слава Марио начиналась на выступлениях в эстонской провинции. На заборах появлялись афиши-полотнища, намалеванные на оборотной стороне обоев: «Марио Печальди! Гастроли проездом! Только один концерт!» Перед выступлением Марио на сцену выходил его администратор, разбитной питерский фарцовщик Гриша Брускин, и произносил речь, пародируя советскую пропаганду. «М-м-м-маленьким мальчиком, — драматически объявлял Гриша, — приехал Марио в Советский Союз, и здесь он нашел свою вторую Родину!»

В том, что Марио — природный итальянец, которого злая судьба забросила в богом проклятый СССР, ни у кого сомнений не было. Классический римский профиль, большие глаза немного на выкате, бешеный итальянский темперамент. Марио очаровывал, будоражил, волновал, он был символом красивой и теплой страны, где растут пинии и рододедроны, где влюбленные катаются на мотороллерах под ласковым ветром, нежно и крепко обнимая друг друга, страны, в которой — увы! — нам в этой жизни побывать не придется.

Я знал, что Марио — это ленинградский аферист, который никогда в Италии не был, ни итальянского, ни каких-либо других языков не знал, текстов песен не выучивал и слова, вернее, звуки, похожие на иностранные слова, выдумывал на ходу.

К тому времени я сносно импровизировал на кларнете, что было удобно для ресторанной работы, где репетировать некогда, и Марио несколько раз приглашал меня на замену заболевшим музыкантам. Отыграв отделение, мы уходили в служебную комнату, мимо которой сновали официантки. В комнате непрерывно звенел телефон.

— Марио, — говорила администратор, вежливо улыбаясь, — это вас.

— Але! — отвечал Марио хрипло. — Кто это? Тина?

На другом конце телефона взволнованный женский голос пытался что-то объяснить. Я видел, что Марио начинает терять терпение.

— Послушайте, Тина! — сказал он в трубку. — Какой у вас рост? Сто семьдесят пять? А, это та высокая Тина... Вот что, — заключил он командным голосом, — встречайте меня у ресторана в двенадцать ночи, до встречи! Ладно, — сказал Марио, вешая трубку, чуть устало, как бы желая показать, как женщины замучили его своим вниманием, — хоть рубаху постирают...

Слава Марио достигла такого размаха, что главная газета Эстонии, орган ЦК партии республики, опубликовала о нем большую разгромную статью на полстраницы. Все сделали из этого неизбежные выводы, и синьор Печальди покинул страну, которая на время стала ему третьей родиной.

Следующая наша встреча произошла на Невском. Было лето, у Казанского собора цвели клумбы, по тротуарам толпами ходили туристы. Господин в белоснежном костюме затеял разговор с водителем автобуса, остановившегося у светофора. «Это есть твой автобус? — спрашивал явный иностранец, вводя в смущение шофера 2-го автобусного парка. — Ты им владеть?» Я пригляделся к иностранцу. «Ба! — сказал я себе. — Да это же Марио Печальди!»

Печальди был не один, а в компании с Валей Милевским, которого я к тому времени хорошо знал. Милевский обожал скетчи подобного рода, лицо его сияло улыбкой.

Марио потом устроился певцом в Ленинградскую областную филармонию, ездил по гастролям под своей фамилией (кажется, Гойхман), а потом куда-то исчез, и я потерял его след.

БРЫЗГИ ШАМПАНСКОГО. ХАЛТУРА НА МЯСОКОМБИНАТЕ

Была такая частушка: «Ах, огурчики да помидорчики, Сталин Кирова убил в коридорчике!» Народ, как всегда, смотрел в корень, уравнивая закусь под водку с политическим убийством, развязавшим всесоюзный террор. Обыкновенное дело — нам что огурцы крошить, что партийных работников. Сталин, однако, умел шутить и перещеголял народ в цинизме, присвоив имя Кирова, кроме целой кучи городов и поселков, ленинградскому мясокомбинату, где ежедневно именем Кирова[1] совершался геноцид животных конвейерным способом. Получился такой мясокомбинат имени Убитого Вождя, предприятие Вечной Смерти.

Был у меня приятель, аспирант-биолог и несостоявшийся саксофонист. Я частенько встречал приятеля днем на Невском, во время его регулярной командировки на мясокомбинат имени Кирова, где он получал для своей исследовательской лаборатории глаза свежезабитых быков. Насколько помню, эти глаза он носил в синем пластиковом ведерке. На мои вопросы отвечал туманно, впрочем, я и не настаивал, понимая, что пути науки неисповедимы.

В конце февраля 1961 года, закончив практику на «Пересвете», я простился с родителями и вернулся в Питер,

---

[1] Мясокомбинат имени С. М. Кирова возведен в 1931–1933 гг. Архитекторы Н. А. Троцкий, Р. Я. Зеликман, Б. П. Светлицкий, инженеры А. З. Ротшильд, Я. И. Зеликман. Комплекс мясокомбината — крупнейшая работа Ноя Троцкого, мастера конструктивизма. Строительство велось на отдаленной в то время от города территории в сжатые сроки методом «народной стройки». Процесс был организован по типу американского и максимально механизирован. Комплекс включал холодильно-колбасный цех, лайфстаг (корпус предубойного содержания скота), корпуса отдела фабрикатов и утилизации. Корпуса сообщались надземными переходами. На Всемирной выставке 1937 г. в Париже комплекс мясокомбината был отмечен золотой медалью.

в училище, в музвзвод. Близилось 8 Марта, женские коллективы готовились к празднику, и через общих знакомых мы получили приглашение отыграть танцы на мясокомбинате. Поехали малым составом, 10 человек. К училищу подали заводской автобус, куда мы загрузили барабаны, контрабас, трубу, два тромбона, три сакса, взяли с собой ноты отрепетированной программы на четыре отделения.

Нас провели мимо знаменитых «Быков»[1] через проходную со строгими вахтерами, в клубный зал, вернее, в комнату за залом, где в обычные дни трудились два культработника. Невзрачная комната, стандартные комсомольские шкафы со стеклянными наборными дверцами, закрытыми изнутри занавесочкой. Вслед за нами работник культуры внес большой бумажный мешок со свежими батонами. Скинув его с натруженного плеча, он торжественно открыл наборные дверцы, и перед вечно голодными курсантами предстала картина, превосходящая воображение. Это были грезы, сошедшие со страниц «Книги о вкусной и здоровой пище».

Мясокомбинатский культуртрегер, с гордостью за свое предприятие, устроил нам краткую лекцию по содержимому шкафа. «На этой полке, — показывал он, — вареные колбасы. „Диетическая“ с легким и нежным вкусом, „Праздничная старомосковская“ с легким ароматом копчения, „Столовая“, классическая вареная колбаса с добавлением молока. „Обыкновенная“, из отборной охлажденной говядины и полужирной свинины со свежими куриными яйцами и молоком, нежно-розовая, с кусочками отборного шпика. „Любительская“, телячья, имеющая красивую структуру среза за счет

---

[1] Скульптурная группа «Быки» создана в 1827 г. Василием Ивановичем Демут-Малиновским. Скульптуры были отлиты в бронзе для Скотопригонного двора как парные и являлись образцом лучших традиций русской монументальной пластики первой половины XIX в. Отлиты в бронзе братьями Дмитриевыми. По преданию, мастера назвали быков Взорушка и Невзорушка.

шпика и вареного языка и колбаса высшего сорта „Прима“ без острых специй». Мы молча глотали слюну.

«Следующая полка, — продолжал экскурсовод, — „Сервелат цыганский“, варено-копченая колбаса с молотым перцем и чесноком, „Юбилейная“ с измельченным шпиком, „Сервелат итальянский“ с нотками легкого копчения. „Салями коньячная“ с пряностями и коньяком. Обратите внимание на следующую полку: это сырокопченые колбаски „Туристские“ из свинины, говядины и шпика с черным перцем и тмином в натуральной оболочке, рядом — очень популярная „Брауншвейгская“ с черным перцем и мускатным орехом, ну и знакомая вам „Советская“ с коньяком и корицей. А вот неповторимый рисунок колбасы „Зернистой“, изысканность ей придает чеснок с черным и красным перцем».

Доклад превращался в пытку, мы сидели не шевелясь, вперив взоры в шкаф, ожидая дальнейших событий. Может быть, покажут, расскажут и шкаф закроют? Владелец комнаты уловил висевшее в воздухе напряжение. «Пожалуйста, взгляните на третью, четвертую и пятую полку: ветчина „Праздничная“ из охлажденной свинины с черным перцем, грудинка „Нежная“ из двух кусков отборной грудинки с прослойкой из зелени в пергаменте, сырокопченая бастурма, буженина, запеченный свиной окорок, приправленный красным перцем, и, наконец, пастрома, у которой красивый вид срезу придают тонкие прослойки жира на фоне светло-розового мяса».

Он говорил что-то еще, но слушать было невозможно, слова тонули в тумане, в голосе желудка, нетерпеливо вопрошавшего: когда же он, сволочь, замолчит?

«Прошу, дорогие гости, угощайтесь, это все вам», — вдруг произнес голос из тумана, и мы увидели на столе гору свежих батонов, графины с водой и окорока, колбасы, шпекачки, грудинку... Это был дефицит, редко появлявшийся в магазинах, продукция, не прошедшая базы, склады, хранилища. Она появилась прямо из цеха, в срезе колбас еще стояли слезы, и колбас этих было много, как во сне. Не забыть мне ароматной буженины, мягкой, как масло, таявшей во рту.

Вкусив райских наслаждений, мы пошли на сцену, отыграли первое отделение, вернулись к шкафу и батонам, отыграли второе... Пять отделений — это шесть перерывов, шесть подходов к делу, начавши которое бросить было невозможно.

Девушки, пригласившие нас, были счастливы, вечер удался.

— Ребята! — сказали они нам. — Больше половины осталось! Не пропадать же продуктам! Возьмите это с собой!

Культработник неодобрительно покрутил головой.

— Ничего не выйдет, — сказал он, — на проходной все отберут, да еще нам всем неприятности устроят.

— Не устроят,— сказала бойкая дивчина, — давайте развинчивайте свой барабан! — И показала на большой барабан с педалью, на котором крепились медная тарелка ударника и маленький том-том.

Пока мы снимали барабанную шкуру, девушки завернули содержимое шкафа небольшими порциями в пергамент и уложили эти свертки внутрь круглого корпуса, забив его вплотную. Когда все поставили на место, то барабан имел обычный вид, внешне ничем не выдавая содержимого, но когда его попробовали сдвинуть с места, то одному человеку это оказалось не под силу.

До проходной барабан тащили втроем, но для вахтера надо было разыграть сцену «ах ты, мой легкий барабан!», причем неубедительная актерская игра могла кончиться для всех плачевно. Наш ударник, Эдик Лысаков, худой и жилистый юноша, с ролью справился блестяще, он пронес эти три пуда мяса над головой, сверкая очаровательной улыбкой артиста, и чуть не рухнул всеми костями сразу за дверьми, подскользнувшись на подмерзшей луже.

Содержимое барабана мы ели полным составом духового и эстрадного оркестров почти десять дней.

КОЛЯ, ВОР В ЗАКОНЕ

В духовом оркестре на баритоне играл Коля, высокий, веселый и открытый парень. Он откровенно рассказывал, что в детстве попал к ворам, которые научили его своему ремеслу. С годами он стал мастером квартирных краж, пользовался авторитетом, являлся вором в законе, жил по понятиям и правилам воровского мира.

Коля мечтал стать моряком. Окончив школу с хорошими результатами, он обратился к ворам с просьбой отпустить его учиться. Дело это было рискованное. Во-первых, могли не отпустить, а во-вторых, могли посчитать предателем и отдать на «правеж», на расправу. Сходка выслушала Колю, который, выражаясь современным языком, провел презентацию блестяще, убедительно и обаятельно, воры дрогнули сердцем и порешили: пущай пацан учится. Так Коля оказался в училище, а потом и в музвзводе.

Утром, после завтрака, все мы шли на лекции или занятия: морское дело, навигация, английский язык, теория машин и механизмов, физика, химия, астрономия, история КПСС. Наша судоводительская специальность имела и военное наполнение, нас готовили в штурманов-подводников, поэтому военная кафедра имела свой план занятий и экзаменов.

Экзамен — вещь неизбежная, мы понимали, что его надо как-то сдать, и стремились сделать это «малой кровью». Самый популярный метод был — создать библиотеку шпаргалок, на все экзаменационные билеты. Билет, вернее, вопросы из него раздавали каждому курсанту в группе, он тщательно прорабатывал ответы и писал их микроскопическим почерком на клетчатой бумаге шириной в 10 тетрадных клеточек. Шпаргалка, или «шпора», получалась в виде длинной узкой полосы, которую складывали гармошкой со встречными складками, так, чтобы на экзамене можно было листать ее пальцами одной руки.

Техника была отработана и отточена. Заходивший на сдачу экзамена громким голосом докладывал: «Курсант такой-то на сдачу экзамена прибыл!» А взяв билет с экзаменационного стола, столь же четко объявлял: «Билет номер такой-то!» В неприметной щели двери уже торчало чье-то ухо, которое исчезало, как только номер был услышан. Следующий за ним входил и таким же громким голосом объявлял свое имя, брал билет и так далее, но между первым и вторым уже шел многозначительный обмен взглядами: второй принес первому шпору на его билет.

С военной кафедрой было сложнее, билеты засекречены — видимо, чтобы врагу не достались. Экзаменационные вопросы хранились в сейфе, ключ от сейфа лежал в письменном столе начальника кафедры, стол запирался и опечатывался в конце дня. Кафедра с тяжелой стальной дверью запиралась на ночь на три замка, опечатывалась бумажной лентой с печатью и ниткой с пластилиновой пломбой. Иногда скопировать билеты удавалось через сердобольных сотрудниц, но это получалось редко.

В тот год перед нами стояла мрачная перспектива: до экзамена три дня, а вопросов нет. Промедление было подобно смерти — ни науку выучить не успеешь, ни шпоры написать. В группе все знали прошлое Коли. Он сам этого не скрывал, и хоть неловко напоминать человеку о его бывшей профессии, с которой он клятвенно покончил, но выхода другого не было. Коллектив на пороге большой беды попросил бывшего вора-квартирника совершить ради товарищей взлом военной кафедры, не оставив следов. Коля долго не соглашался, но потом, поняв безвыходность положения, молча кивнул головой.

Я помню, как в два часа ночи он встал, оделся в спортивный темный костюм, взял с собой какой-то сверток и исчез. Вернулся он под утро, часам к пяти, с пачкой листков бумаги, на которой быстрым почерком написаны были вопросы из билетов. «Все время на это ушло!» — со слегка виноватой улыбкой сказал он. Печати и пломбы на двери военной кафедры остались нетронутыми, письменный стол начальника закрыт и опечатан, а уж про сейф и говорить нечего — его даже и не проверяли. Экзамен группа сдала на «хорошо» и «отлично», что было отмечено в приказе по училищу.

Кое-что из военной науки я помню до сих пор: подводная лодка сокращенно — «пл»; а если их несколько, то «пл пл».

СПАСИТЕЛЬНЫЙ АТАВИЗМ

Всю жизнь путаю рудименты с атавизмами. Рудименты — это органы, которые сейчас не выполняют никакой функции, но были нужны нашим эволюционным предкам. Когда я учился в школе, к ним относили копчик (остаток обезьяньего хвоста) и аппендикс, а в конце XIX века рудиментами считали около 180 органов, в том числе щитовидную железу и мениск колена. Теперь выяснили, что ничего лишнего в нашем организме нет, все органы нужны.

С атавизмами дело обстоит иначе. Например, для чего иному мужчине волосатая спина? Или мышцы, позволяющие шевелить ушами? Эти мышцы я открыл у себя случайно в 9-м классе. Мой сосед по парте, Валера Плеханов, потрясающе двигал шевелюрой, он морщил лоб, и волосы на макушке съезжали вперед, потом распрямлял его, и вся прическа ехала назад. Я провел немало мучительных минут перед зеркалом, добиваясь того же эффекта, но, видимо, мы с Валерой были из разного эволюционного материала, с разными атавизмами. Мой скальп двигаться отказывался, зато начали двигаться уши. Теперь можно было веселить маленьких детей, которые приходили от такого фокуса в восторг, или, не меняя выражения, с каменным лицом, отводить уши назад, изображая удивленное презрение.

Директор нашей 23-й школы в Таллине, Мрачковский, высокий и видный мужчина, инвалид войны, при ходьбе выбрасывал вперед ногу с протезом стопы. Мрачковского боялись и уважали, и на его уроках истории партии сидели тихо, учились. Помнится, я даже стал читать работы Ленина, не предусмотренные школьной программой. В частности, увлекся идеями Ильича в его статье «Государство и коммунизм», в которой он утверждал, что с развитием коммунистического общества государство будет отмирать. Мы жили в сталинской действительности, где без ведома властей даже дыхнуть было невозможно. Я стал делиться ленинским учением с товарищами по классу, кто-то донес, меня вызвали к директору на ковер. Были крупные неприятности — с приглашением в школу отца. Короче, вкус к чтению первоисточников мне отбили навсегда.

Но в результате я попал в училище подкованным в теории марксизма-ленинизма и на экзамен в конце третьего курса шел без боязни. Мрачковский сумел показать нам внутреннюю стройность и логику рассуждений Маркса, историческую неизбежность событий, происходящих по открытым им законам, да так, что от ощущения великого и светлого будущего захватывало дух.

Можно сказать, что я был фундаменталистом, правда очень недолго. То, что писали газеты или звучало по радио, никакого отношения к высокой марксистской мысли не имело. Поэтому советское радио я не слушал, советских газет не читал.

На экзамене по истории партии я вытащил билет со знакомым материалом, подготовился и вышел отвечать. Я бойко

Я — курсант 4-го курса (1960)

рассказывал о расколе в РСДРП, произошедшем на II съезде партии в Брюсселе и Лондоне (потом, приехав в Лондон, я нашел ту пивную у Праймроуз-хилл, недалеко от зоопарка, над которой заседали «искряки»), как в комнату вошел партработник из райкома, присланный для проверки. Он сел у экзаменационного стола и погрузился в изучение билетов. Не отрывая глаз от бумаг, он сказал нашему профессору с кафедры: «Курсант хорошо отвечает, давайте его поспрашиваем по текущей обстановке». Внутри у меня все опустилось, но паники не было. Наоборот, появилась какая-то холодная удаль — была не была! Я пристально уставился на нашего марксиста и сделал несколько внятных движений ушами. Вперед-назад, вперед-назад. Лицо профессора осталось совершенно непроницаемым — ни улыбки, ни возмущения, ни искорки в глазах. Он посмотрел на меня мертвым взглядом питона и сказал бесстрастным сиплым голосом: «Этот курсант уже давно отвечает, давайте поспрашиваем следующего». И, взяв мою зачетку, вписал туда жирную пятерку.

СМЕЛЫЙ ПОЛЯРНИК ЧИЛИНГАРОВ

Наше училище существовало в двух частях: механики и радисты учились на Косой линии Васильевского острова, а в другом конце города, на Малой Охте, за Невой напротив

Александро-Невской лавры, обитали судоводители, метеорологи и океанографы. На нашем курсе учился веселый и смешливый океанограф Артур Чилингаров[1].

Все знали его по одной истории. Готовясь в увольнение, Артур гладил свои клеша, наводил на брюки стрелки паром, через мокрую тряпку. Хорошенько раскалил утюг, щедро попрыскал водой... Струя пара ударила ему между ног и больно обожгла мошонку (злые языки уверяли, что он гладил, стоя без трусов). В город с таким ожогом не пойдешь, походка получится очень некрасивая. Чилингаров побежал в санчасть, где дежурила молоденькая и симпатичная медсестра.

— Что у вас, товарищ курсант? — спросила она приветливо.

— Да вот, — неопределенно ответил Чилингаров, — обжегся... утюгом.

— Показывайте ожог.

Артур замешкался. С одной стороны, без медицинской помощи никак, а с другой — как покажешь обожженное место? Мужская гордость, девичий стыд и все такое... В конце концов он отвернулся, пошарил в штанах, обхватил мошонку двумя руками, так чтобы постороннему не была видна его мужская гордость, приоткрыл руки и в образовавшееся окошечко выдавил только то, что обжег. Одно.

Лютой ленинградской зимой в двадцатипятиградусный мороз с ветром я повстречал его на Заневском проспекте. Артур шел, придерживая от ветра шапку, и нес в руке портфель невиданного, комического размера, с каким бы впору было выступать клоуну в цирке.

— Артур, — спросил я его, — что ты в нем несешь?

---

[1] Артур Николаевич Чилингаров (р. 1939) — известный исследователь Арктики и Антарктики, крупный российский ученый-океанолог, государственный и политический деятель. Герой Советского Союза, Герой Российской Федерации (один из четырех человек, удостоенных этих высших званий в СССР и России). Доктор географических наук, член-корреспондент РАН.

Ледяные порывы с Невы раздували полы шинели, холод хватал ноги тисками. Артур хитро улыбнулся, расстегнул пряжки портфеля, нырнул в его бездонную глубь, погрузившись по самые плечи, откуда-то со дна достал и торжественно показал мне крохотную бутылочку водки на 50 граммов. Было смешно, как в цирке. Потом, много лет спустя, я спросил его: что за портфель такой гигантский?

— А, — ответил он, — это специальный, картографический, в него морские карты помещаются в полный размер, складывать не надо.

В середине 1980-х у меня раздался звонок. «Севка! — сказал кто-то мощным баритоном. — Узнаешь? Я в Лондоне. Это Артур. Чилингаров, помнишь? Надо встретиться». Конечно, я помнил, не только помнил, но и знал, что Артур стал большой шишкой и что встреча с «отщепенцем» — как меня тогда называли в советских газетах — может быть для него опасной.

Тем не менее мы встретились. Артур, правда, был не один, а с коллегой, приехавшим с ним на научную конференцию. Посидели в ресторане, вспомнили старое. Я оценил бесшабашную смелость полярника, привыкшего рисковать. В те годы я был больше десяти лет отрезан от отца, матери и сестры, с которыми мог только переписываться, не надеясь на встречу. Никто не знал, что вскоре наступит потепление и через каких-нибудь четыре года, летом 1990-го, я поеду в СССР на «белом коне».

Может быть, Артур сидел выше и видел дальше, мог предвкушать события, просчитывать ситуацию? Не знаю, но я помню ту нашу встречу и уважаю Артура Чилингарова за его безрассудство.

ОКТЕТ ЛИТМО

Люблю иногда наблюдать за детьми на игровой площадке. Встречаются два трехлетних человека и замирают, глядя друг на друга в неизъяснимом восторге. Дружба в этом возрасте завязывается мгновенно, без всяких предварительных условий. С годами копится горечь обманов и разочарований, душу постепенно разъедает цинизм, но людей творческих спасает сильное и всепоглощающее увлечение.

Наша дружба с Додиком Голощекиным была почти как у детей на игровой площадке — я восхищался музыкальностью, лившейся из него нескончаемо, как Ниагарский водопад, а он во мне видел старшего товарища, безоговорочно поддерживающего его во всех начинаниях, проектах и даже в крайних мнениях, которыми Голощекин потом стал известен.

Додик научил меня жаргону армейских духовиков, тогда только входившему в моду. Сами они назывались «лабухи», деньги — «башли», выпивка — «бодун», плохая игра — «лажа», молчание — «кочум». Мы придумали себе шуточный девиз: «Башли, бодун, кочум, лажа!»

Были еще глаголы: «кирять» (выпивать), «бирлять» (есть), «чукать» (бить). Скажем, фраза «Чувак, дай дудку поматрать!» означала, что человек, относящийся ко мне по-дружески, просит разрешения посмотреть мой духовой музыкальный инструмент.

В устах Додика, с его трепетными ноздрями и тонким лицом чахоточного гения, как у молодого Шопена, этот тарабарский набор слов звучал шикарно и немного опасно.

В Ленинградском институте точной механики и оптики был студенческий джаз-октет, оркестр из восьми человек. Количественно состав оставался неизменным (название «октет» не позволяло иначе), но со временем в него начали входить люди, не имевшие никакого отношения к точной механике и оптике. К тому времени, когда пианистом там стал Додик, народ собрался самый разношерстный. И едва появилась вакансия для тенор-саксофона, Додик пригласил меня.

Состав октета привожу по памяти: альт-саксофон — Олег Горбатюк (тюк-тюк!), ударные — Сергей Лавровский, бас — Эдуард Левкович, тромбон — Веселов, сакс-баритон — Деванян, труба — Эдгар (Эдуард, Эдик) Бернштейн, фортепиано — Додик Голощекин, тенор — Всеволод Левенштейн, то есть я.

На ленинградском телевидении существовал «Телевизионный клуб молодежи», и наш джаз-октет, состоявший из приличных на вид молодых людей с аккуратными стрижками, пусть даже и по американской моде, хорошо вписывался в хрущевскую оттепель 1961 года. Мы стали оркестром передачи, играя задорную музычку в начале и в конце.

В телеэфире появлялись «живьем», поскольку видеозаписи тогда еще не делали. Картинка была черно-белой и расплывчатой, поэтому на студийные декорации тратиться не имело смысла. Студийный интерьер кроили из картона, фанеры, каких-то клееных бумажек. Этот стиль я для себя определил как «палочки-веревочки».

Мужское выпендривание уходит корнями в далекое эволюционное прошлое, когда человека еще не было, а Землю населяли птицы. Миллионы лет назад это было, но свежо и сегодня. Самцы либо надувают грудь, как голуби (по-французски *pigeon* — «пижон»), либо дерутся с противниками и нещадно их гоняют, как петухи, либо красуются перед самками, как павлины или райские птицы Новой Гвинеи.

Пути наши с птицами давно разошлись, но унаследовано немало. Мужчин и сегодня можно делить на пижонов, петухов или павлинов — спортсмены, артисты, бизнесмены, художники, хулиганы. Не важно, кто они, для девушек главное, чтобы при встрече перья у них топорщились, чтобы в них звучала симфония жизни, чтобы они пыжились и старались произвести впечатление.

У джазистов был шанс. Они стояли с блестящими инструментами на сцене, играли непонятную волнующую музыку, а девушки взирали на них снизу. Джазистов интересовали девушки — им посвящалось все свободное от музыки время. Секса в СССР не было, зато было другие слова, на другие буквы. В октете, например, ходили словечки

Ленинградский джаз-октет на телевидении (1961)

«кесть» и «кеститься». Мы не читали еще тогда заокеанского журнала «Playboy», но шутки, звучавшие в октете, напоминали первые его выпуски — в том смысле, что они были откровенные, направленные и не лишенные литературной изящности.

Именно тогда я услышал от трубача Эдика Бернштейна про «трагедию четверки».

Да, для того, чтобы основать семью, чтобы дать жизнь потомству, должны соединиться Дада, Гага, Мама, Фафа и Хаха. Ни к чему взаимная симпатия, ни к чему планы и мечты, если не хватит представителя хоть одного из этих пяти полов; однако такая ситуация, увы, встречается в жизни и называется драмой четверицы, или несчастной любовью...

Лем С. Путешествие двадцать пятое. / Пер. с пол. З. Бобырь // Лем С. Звездные дневники Ийона Тихого. СПб., 2000.

АРТИСТ У СЕБЯ ДОМА

В училище Макарова, в актовом зале, каждую субботу устраивали танцы. У правления клуба был бюджет, которым распоряжались по своему усмотрению, например, решали — какой оркестр приглашать. Лабухи из бывших духовых профессионалов, игравшие по нотам заезженные танго и фокстроты, всем порядком надоели. На плохой оркестр хорошая публика не шла.

На этих танцевальных вечерах происходили важные знакомства, ковались будущие морские семьи. В бюро комсомола появилась смелая мысль — пригласить модный джаз-оркестр, студенческий октет института точной механики и оптики. Эту блестящую идею комсомольцам, быть может, подсказал ваш покорный слуга, разумеется тонко, издалека и не напрямую.

Всю зиму последнего, пятого, курса по субботам я в своем кубрике переодевался в гражданскую одежду, спускался с пятого этажа на первый, в актовый зал, и выходил на сцену в составе октета. По окончании вечера, если не надо было никого провожать, так же поднимался с первого этажа на пятый, к своей койке и тумбочке.

В этой идиллии была одна маленькая неприятная нота. Чтобы окончить пятилетний курс и получить «корочки», надо было сдать государственные экзамены и написать дипломную работу. Заходя по вечерам в аудитории, где мои однокашники изучали электронавигационные приборы, я с тихим ужасом смотрел на разложенные по большим столам схемы, на которых синей паутиной расползались цепи соединений неизвестно чего, неизвестно с чем, неизвестно где. Понять это было невозможно, да и душа восставала против бессмысленного труда. Было ясно, что штурману чинить гирокомпас или радиолокатор не придется никогда, поскольку для этого в каждом порту есть специалисты, но по программе мы должны были знать или, по крайней мере, сдать экзамен на эту премудрость.

Джаз-октет ЛИТМО на сцене училища имени Макарова (1962)

Год или полтора спустя, когда я поступил четвертым помощником эстонского пароходства на теплоход «Кейла», там вышел из строя радиолокатор. Капитан, обстоятельный, грузный эстонец, вызвал меня и сказал: «Селавотт Париссыщ! Вы молодой специалист, с высшим образованием, надеюсь, вы справитесь. Идите». Я отправился в штурманскую рубку, безнадежно полистал документацию, разложил по полу схемы и посмотрел на них со знакомым тихим ужасом и глубокой тоской.

Позориться не хотелось. Немного поразмыслив, я сделал вывод, что схема приборов спаяна на заводе, прошла проверку качества и лезть мне туда совершенно не нужно. Причину надо искать в самом простом и очевидном месте. Я отвинтил коробку с плавкими предохранителями, вынул и по очереди внимательно посмотрел их на свет. Так и есть — в одном перегорел волосок. Я поставил вместо перегоревшего предохранителя новый, завинтил на место крышку.

Вскоре послышались шумное дыхание и тяжелая поступь капитана. Я застыл над бескрайними листами электросхем в задумчивой позе молодого специалиста.

— Ну как дела? — с легким злорадством спросил капитан (у него было только среднее образование).

— Не знаю, — ответил я. — Попробуйте включить.

Капитан нажал пусковой рубильник, антенна с легким завыванием пошла по кругу, экран покрылся зелеными точками, вырисовывая окружающие суда и причалы.

— Работает! — сказал капитан изумленно. — Вы его починили!

Я стоял, скромно потупясь, стесняясь широты своей эрудиции.

«Да! — сказал потом капитан помполиту в кают-компании после обеда. — Все-таки что значит высшее образование!»

ПОСЛЕДНИЙ ЗВОНОК

Здание на Заневском проспекте, дом 5, наша альма-матер, темно-серое мрачное здание с бетонными колоннами, строилось в 1930-е годы для Арктического института, который в 1954-м был реорганизован и переименован во ЛВИМУ им. адмирала Макарова.

Паркет на этажах рассохся, в щелях между паркетинами копилась дрянная мастика, которую разводили в ведре с водой. Каждую неделю ее размазывали тряпкой на швабре, а потом, когда мастика подсыхала, напоминая пейзаж австралийской пустыни, появлялись курсанты со щетками на ногах и исполняли танец полотера. Правая нога со щеткой энергично ходила взад-вперед, а левая, переступая с пятки на носок, перемещалась каждые полтакта в сторону. Медленно, но неуклонно за полотером образовывалась блестящая полоса, похожая на полосу чистой воды за ледоколом.

Высохнув, мастика становилась пылью. Она жила по законам природы, вздымаясь в воздух от топота ног, а в тихие дни, в выходные или в неучебные месяцы, своим тонким и грустным запахом наполняла пустоту коридоров непонятной тоской.

Лето 1962 года я помню по этому запаху, от него щемило душу. Жара, волнение, пересохшие губы. Государственные экзамены. Месяц, похожий на дурной сон, который снится в дурном сне. В одиночку бы точно не выдержал. Спас коллектив — глаза в глаза, локоть к локтю, палец о палец. Все прошедшие пять лет были проверкой морской выручки и дружбы, когда твоя главная забота — о товарище, за которым идешь следом, а тот, что следом идет за тобой, не даст пропасть тебе. Это, наверное, и был главный экзамен по главному предмету, и мы сдали его с честью.

ОРКЕСТР БЕННИ ГУДМЕНА

...состоялся первый концерт джаз-оркестра под управлением Бенни Гудмена (США). Это один из лучших американских джазов, в составе которого выступают двадцать музыкантов-профессионалов...

На концерте присутствовали товарищи Ф. Р. Козлов, А. Н. Косыгин, А. И. Микоян, Н. С. Хрущев. В ложе находились также министр культуры СССР Е. А. Фурцева и посол США в СССР г-н Л. Е. Томпсон.

Гастроли американского оркестра // Правда. 1962. 31 мая.

Сохранились кадры кинохроники, запечатлевшие рукопожатие советского вождя Никиты Хрущева и американского джазмена Бенни Гудмена. В начале марта 1962 года с Соединенными Штатами был подписан двухгодичный договор о культурном обмене. СССР включил в список балет Большого театра, Симфонический оркестр Ленинградской филармонии и Украинский ансамбль танца, а американцы предложили джаз-оркестр Бенни Гудмена.

Поначалу советская сторона на это не соглашалась, поскольку джаз — продукт разложившейся буржуазной культуры. На что американцы ответили: Бенни Гудмен играет и классическую музыку. Этот довод оказался убедительным. Бенни Гудмену дали зеленый свет.

Госдепартамент США организовал гастроли с размахом — пять недель, шесть городов, тридцать концертов (в Ленинграде, Москве, Киеве, Ташкенте, Тбилиси и Сочи). Время было напряженное, между берлинским кризисом и кубинским, который тогда еще только назревал. Бдительным гражданам, не говоря уже о «рыцарях щита и меча», было ясно: это идеологическая диверсия, вода на мельницу американского империализма. Поэтому милые выходки Бенни Гудмена, широко освещавшиеся в родной Америке, глухо замалчивались в советской печати.

Например, Бенни появился на Красной площади с неразлучным кларнетом. Шла смена караула у мавзолея Ленина, кремлевские курсанты маршировали, высоко вздымая ноги и печатая шаг по брусчатке. Четко, ритмично. Завороженный этим ритмом Бенни Гудмен тут же вынул кларнет и сыграл народную песенку «Pop Goes The Weasel»[1]. Представляю себе заголовок: «Король свинга играет джаз в сердце коммунизма под аккомпанемент солдатских сапог!»

Ленинградские концерты оркестра Бенни Гудмена проходили на Зимнем стадионе, напротив дома 33 по улице Ракова (Итальянской), где я после войны жил с родителями. Американцев поселили в «Астории», рядом с Исаакиевским собором. Стояла теплая солнечная погода, и мы с Вольфом курсировали между этими двумя точками, стараясь познакомиться с музыкантами. Мы были не одни такие, всех джазменов города охватила лихорадка. Шутка ли — альт-саксофонист Фил Вудз, тенорист Зут Симс, вибрафонист и пианист

---

[1] Послушать можно здесь: http://freekidsmusic.com/traditional/pop-goes-the-weasel.html.

Виктор Фельдман! Мы их столько слушали, столько читали о них, а тут представилась возможность увидеть воочию, как они играют, даже поговорить с ними!

Мы понимали, что дело это опасное, что за американцами будут следить, но нам было на все плевать. Заокеанские гастролеры тоже хотели познакомиться с местными музыкантами — может, они задание Госдепа выполняли. Как бы то ни было, кто-то рискнул организовать джем-сейшен, насколько помню, в Ленинградском университете.

Из воспоминаний барабанщика октета ЛИТМО Сергея Лавровского

...никто ж не разрешил бы нам провести джем-сейшен с американцами. Поэтому мы решили провести его ночью, тайно в здании университета. Рояль там был, я привез свои барабаны, кто-то из ребят привез контрабас. Гена Гольштейн посадил американских музыкантов в свой катер и повез якобы на прогулку, а сам пристал около университетской набережной. Мы тихонечко провели американцев в университет.

Сычева Н. ВИА «Поющие гитары». Как всё начиналось... // Специальное радио. 2007. март.

Из воспоминаний басиста оркестра Бенни Гудмена, Билла Кроу

Джем-сейшен с местными музыкантами в первый же наш день в Ленинграде устроили в столовой гостиницы «Астория», другой был в артистической за сценой Зимнего стадиона после концерта.

Особое впечатление на нас произвели трубач Константин Носов и саксофонист Геннадий Гольштейн. Носов был крепким парнем с квадратной челюстью и волной светлых волос. Гольштейн — стройным, темноволосым, с черными усами, загибавшимися вниз у уголков рта, что придавало ему грустное выражение. Гольштейн растрогался до слез, когда Джерри Доджион подарил ему мундштук для альта...

В один из вечеров мы договорились встретиться в университете на джем-сейшене, но никак не могли найти адрес: наш водитель не знал, куда ехать. Мы несколько раз объехали вокруг квартала, нас заметил милиционер и подошел к машине. «Не говорите ни слова, — предупредили нас двое сопровождавших русских. — Хотя мы не делаем ничего противозаконного, милиция может забрать нас, на всякий случай, особенно если услышит американскую речь».

Jazzletter, 1986, август–ноябрь // Пер. с англ. С. Новгородцева.

Зут Симс дул в сакс, прихлебывая водку по-американски, из горлышка. Он был уже порядочно пьян, но на его игре это никак не отражалось — видимо, способность импровизировать у него отключалась только после потери речи и ходьбы.

В конце сейшена, когда подошла пора складывать инструмент, я набрался смелости и попросил Зута попробовать его саксофон. В наши политкорректные и гигиенически продвинутые времена такая просьба прозвучала бы совершенно неуместной, но тогда нравы были проще. Зут махнул рукой — валяй, пробуй. Саксофон оказался совсем новый, очевидно, играть на нем начали недавно. Нам потом пояснили, что Госдепартамент счел, что важный культурный визит в СССР со старыми облезшими инструментами может создать неправильное представление о Соединенных Штатах Америки. Фирма «Сельмер», изготовители духовых инструментов, исполнила патриотический долг и подарила полный комплект саксофонов.

Звук саксофона начинается с колебания трости, пищика из плотного тростника. Чем тоньше трость, тем легче на ней играть, но звук при этом получается жидковатый, зудящий. Трости делают легкие и тяжелые, по номерам. Скажем, са-

Джем-сейшен музыкантов Бенни Гудмена и Иосифа Вайнштейна (1962)

мая известная фирма «Рико» маркирует их номерами 1.5, 2.0, 2.5 и так далее до 3.5. Когда здоровье позволяло, я играл на 2.5, но чаще всего на втором номере. Каждый устанавливает для себя свой компромисс между усилием и звуком. Благородный круглый и мощный звук требует тяжелой разыгранной трости.

Я предполагал, что трость у Зута Симса будет тяжелой. Но — не настолько. Приложив мундштук к губам, я напрягся и дунул что было сил, но ничего похожего на звук Зута Симса у меня не получилось. Стало ясно, что дело не в инструменте.

Мы с Вольфом подружились с вибрафонистом Виктором Фельдманом. Уезжая, он оставил нам свой серый со стальным отливом дакроновый пиджак. Это была одежда из космоса, в нем не имелось подкладки, холста, волоса, выделанной пузырем груди — всего того, чем советский пиджак снабжен по ГОСТу. Это нечто легчайшее, немнущееся и идеально скроенное. Носить такое было бы святотатством.

Пиджак этот несколько лет висел у Вольфа на стене, как произведение искусства.

Из воспоминаний Билла Кроу

Виктор был большим шутником и постоянно разыгрывал всех на протяжении поездки. Он носил в кармане бутафорию человеческой блевотины из цветной пластмассы, свернутую в трубочку, и постоянно притворялся, будто его только что стошнило. Тошнило его везде — в самолете и автобусе, в вестибюле гостиниц и в ресторанах. Но в Киеве он заболел дезинтерией и попал в больницу. После этого припадки тошноты прошли. Видимо, уже стало не смешно.

Jazzletter, 1986, август–ноябрь // Пер. с англ. С. Новгородцева.

ЛАГЕРЬ «СПУТНИК»

Летом Додик развил бешеную деятельность, дома у него беспрестанно звонил телефон, он куда-то ездил, с кем-то договаривался, кого-то убеждал. В результате после сдачи последнего экзамена меня ждал царский сюрприз — Додик выбил место в международном лагере «Спутник» под Сочи на полтора месяца, играть за жилье и харчи три раза в неделю. Мы всем октетом отправились к Черному морю.

В 1962 году общаться с иностранцами было опасно, за ними следило всевидящее и недремлющее око Комитета госбезопасности. Мы знали, конечно, отчаянных фарцовщиков, которые караулили интуристов на Невском, у Эрмитажа, Казанского собора, а летом в Пушкине, Петергофе или Павловске, где было чуть вольготнее. Фарцовщики скупали у иностранцев все, что те согласны были продать.

Общий термин «фирма́» подразумевал деление на страны: «бундеса», «штатники», «френчи». Фарцовщики охоти-

Я, Эдик Бронштейн и Сергей Лавровский в лагере «Спутник». Сочи (1962)

лись за «фирмой», милиция и дружинники охотились за фарцовщиками. Все это напоминало африканский заповедник Серенгети, где хищник подкарауливает зазевавшуюся газель, а ее жизнь или смерть становятся частью общей картины бытия, на которую бесстрастно глядит полуденное солнце.

Сочинский молодежный лагерь «Спутник» оказался настоящим заповедником непуганых газелей. Американские, английские, немецкие студенты свободно бродили повсюду: с завтрака на пляж, с ужина на танцы. Ах эти теплые, влажные ночи с легким морским бризом, от которого чуть развевались распущенные волосы, тонкие юбки, занавески раскрытых окон, а сверху, из бескрайнего черного неба, нам светили тысячи звезд...

Если говорить строго — 6000 звезд, видимых невооруженным глазом, среди них 24 навигационные, по которым нас учили определять место и курс судна. Я привычным глазом отыскивал ковш Большой Медведицы, откладывал рас-

Мы с Эдиком Бронштейном в Сочи (1962)

стояние между крайними звездами ковша 7 раз и находил слабую по яркости Полярную звезду, о которой у моряков сложены стихи и песни. На астрономическом небосводе она находится в месте Северного полюса, поэтому угловая высота полярной звезды, измеряемая секстаном, близка к географической широте наблюдателя.

«“Now's the Time”! В фа мажоре!» — звучал голос Додика, и я спускался на землю, забывая про навигацкую науку.

За несколько своих саксофонных лет я насмотрелся на летние танцы. Нехитрые телодвижения под музыку, но не в такт с ней; тайная стратегия, зреющая по темным углам, свои против чужих, местные против приезжих; трепет обязательного дамского танго. Ничего этого не было у иностранцев. Находиться среди них, наблюдать за ними было интересно, возникало ощущение безопасности, принадлежности к цивилизованной жизни.

Тогда я впервые увидел фирменную девушку в невиданном танце. Она приехала из Англии, стройная, гибкая и грациозная, как пантера. Движения ее сливались с музыкой, подчеркивали ее, перекатывались по телу, начинаясь у груди и волнами уходя в эластичные ноги и руки. Я был под таким впечатлением, что затеял с ней разговор и признался: одного только зрелища ее танца достаточно, чтобы тут же предложить ей руку и сердце. Она выслушала, мило улыбнулась и ушла на пляж со здоровенным американцем — обжиматься под звуки ночного прибоя.

Там же, тогда же

Яркое утреннее солнце стирало вчерашние душевные раны. После завтрака все шли по своим делам. В хозяйственном блоке на весь лагерь было два утюга, к ним с утра выстраивалась очередь гладить рубашки, платья, джинсы. Помню, меня поразило, что гладили даже футболки. Белоснежная, без единой морщинки, свежестираная футболка, которую штатники меняли ежедневно, служила для них как бы отличительным знаком, тайным бессловесным договором, нарушить который было бы предательством родины.

Под туго натянутой пластиковой крышей днем проводили дискуссии. Гостеприимные советские хозяева давали возможность прогрессивной западной молодежи высказаться по мировым проблемам. До карибского ракетного кризиса оставалось два месяца.

СЕВЕРОМОРСК

Кубинский кризис застал меня в Североморске[1], на военно-морской базе Северного флота, хотя о существовании этого кризиса, едва не развязавшего третью мировую войну, я узнал намного позже.

После госэкзаменов и райского месяца в сочинском «Спутнике» я вернулся в училище. Перед получением диплома и выпуском надо было пройти военную практику. Нас, судоводов, готовили офицерами запаса по специальности штурман-подводник, командир БЧ-1. Стать офицером, даже в самом низшем звании «младший лейтенант» (одна маленькая звездочка на золотом погоне с одним просветом), можно было только отслужив мичманом (широкая золотая продольная нашивка на черном погоне). Так и вышло, что с мичманскими погонами и кларнетом под мышкой я оказался в Североморске.

Контраст был жестокий. Я только что фланировал под пальмами, говорил со штатниками о джазе, переживал бурный роман с Людой Д., приехавшей из Ленинграда, а тут — многолетнемерзлые породы, скалистое побережье и надвигающаяся полярная ночь.

С моим приятелем, Витей Волковым по прозвищу Вольф, контрабасистом училищного джаз-оркестра, мы решили держаться вместе и при первой возможности пробиваться к местным музыкантам. В день приезда на военную базу всех нас, мичманов, расписывали по экипажам подлодок. Мы с Вольфом скромно встали в конце очереди, посидели,

---

[1] Расположен на Кольском полуострове за Северным полярным кругом, в зоне распространения многолетнемерзлых пород, на скалистом восточном побережье Кольского залива Баренцева моря. Связан с Мурманском железнодорожной линией и автомагистралью. В Североморске расположена главная военно-морская база Северного флота.

В Североморске (1962)

посмотрели, а потом, не сговариваясь, как-то растворились в окружающем пространстве. В результате ни к какому экипажу нас не приписали. Мы стали неучтенными единицами личного состава, которым служить негде, а, стало быть, и на службу ходить некуда и незачем.

Североморск был единым пространством военной базы и города, офицеров (начиная с мичмана) за ворота выпускали без пропуска и увольнительной. В офицерской столовой кормили всех подряд, не задавая вопросов. Это означало, что мы с Вольфом оказались полностью предоставлены самим себе. Свобода на ближайшие четыре месяца!

У этой свободы, однако, была цена. Приписанным мичманам давали место в кубрике, койку. У нас с Вольфом ни места, ни коек не было, поэтому вопрос ночевки вставал каждый вечер с новой остротой. День убить — тоже непросто. Первое время, пока не выпал снег, я с утра бродил по окрестным сопкам, среди мхов, ягелей, редких кустов. Там, глядишь, и обед.

После обеда — в библиотеку, заниматься. На третьем курсе я решил добавить к своему разговорному английскому систематическое образование и поступил на заочные высшие курсы иняза в Москве. Теперь эта двухгодичная программа подходила к концу, я собирался после службы заехать в столицу и сдать заключительный устный экзамен.

Четыре полярных месяца мне хотелось использовать с толком, сделать рывок в кларнетной технике. Дня через три, немного освоившись, мы с Вольфом пошли в оркестровую роту знакомиться и как в дом родной попали. Североморские музыканты играли на парадах, встречах или похоронах в духовом оркестре, а три раза в неделю, по средам, субботам и воскресеньям, обслуживали эстрадным составом танцы в местном Доме офицеров.

По законам жанра им хотелось чего-то модного, свежего, последнего, с джазовым свингом, а где все это взять в засекреченной военной базе за Полярным кругом? Мы были для североморцев столичными штучками, рассказывали им о том, что творится в Ленинграде, об оркестре Вайнштейна, об известных солистах. Мы понимали их жгучую жажду, потому что сами еще недавно пробивались сквозь туман — что такое блюзовая сетка, аккорды, квадрат? Музыканты рассказали о нас Моца́рту (прозвище военных дирижеров), а тот, поговорив с нами, устроил репетицию.

Через неделю мы с Вольфом уже играли на танцах в Доме офицеров в составе эстрадного оркестра Североморской военной базы Северного флота СССР: он — на басу, а я исполнял партию первого альта, концертмейстера группы саксофонов.

В подвале Дома офицеров находился двадцатипятиметровый бассейн с горячими душевыми и раздевалками. По утрам там не было ни души, и мы с Вольфом ежедневно тренировались, как олимпийские чемпионы. Перед отъездом мы устроили себе заплывы на время, я не дотянул двух секунд до третьего спортивного разряда по брассу.

Быть бездомным, без места для ночлега, тяжело и неприятно даже тропическим летом, а тут за окном стояла полярная осень, переходившая в зиму. Мороз, темень, метель. Сразу после ужина мы делали обход всех экипажей, где числились наши курсанты, узнавали, кто идет в ночной наряд, просили владельцев коек пустить нас поспать хотя бы на часы их дежурства. О своих мучениях мы рассказали ребятам из оркестра, и они потихоньку пустили нас в пустующий кубрик музвзвода. Мы свили себе мышиное гнездо в дальнем темном углу и надеялись там прозимовать до отъезда.

Как-то ночью, часа в три, раздался звонок громкого боя. Всю военную базу, все экипажи и службы подняли по боевой тревоге № 1. Мы с Вольфом проснулись, высунули головы из-под теплого угретого одеяла и стали рассуждать: что нам делать, куда идти по тревоге? Решив, что мы будем только путаться под ногами и привлечем к себе ненужное внимание, мы нырнули назад под одеяла.

Минут через пятнадцать в кубрике зажегся свет. «Кто это там не поднялся по боевой тревоге?» — грозно спросил командирский голос. Мы выглянули из своих норок, как суслики. Перед нами стояла группа проверяющих офицеров, сверкая погонами, а во главе — контр-адмирал, начальник Североморска.

Будь мы штатные служащие, не избежать бы нам суда и штрафного батальона, но что взять с шалопаев-практикантов? Был скандал, наш Моцарт получил нагоняй, и с ночевки нас прогнали. Несколько дней мы спали в холодных гримуборных за сценой Дома офицеров, а потом я попал на больничную койку.

Много лет спустя, сопоставляя даты и факты, я понял, что по боевой тревоге нас поднимали не просто так — к возможным боевым действиям готовилась вся армия и военно-морской флот Союза Советских Социалистических Республик. Это был Карибский кризис[1].

СТАТЬЯ В «ПРАВДЕ»

3 декабря в газете «Правда» появилась статья под названием «О творчестве и подражательстве». В Москве только прошел Пленум Союза композиторов РСФСР, на который были приглашены лучшие джазовые и эстрадные коллективы. Из Ленинграда приехали ансамбль «Дружба» и оркестр Вайнштейна. На дворе была хрущевская оттепель, молодая фракция в Союзе композиторов во главе с Андреем Эшпаем стремилась раздвинуть рамки дозволенного. Не получилось. Победили консерваторы.

Композитор Д. Кабалевский разразился тирадой: «Оба ансамбля ищут. Где ищет ансамбль „Дружба"? Ответить на этот вопрос легко. В окружающей жизни, в духовном мире советских молодых людей. Где ищет джаз-оркестр под управлением И. Вайнштейна? И на этот вопрос ответить нетрудно. В импортных джаз-пластинках, на магнитофонных лентах с записями американского джаза. Мы вместе с Д. Шостаковичем были в одном музыкальном кабачке в Сан-Франциско, где выступал весьма популярный в США джаз Джу-

---

[1] Кризис начался 14 октября 1962 г., когда американский самолет-разведчик «U-2» в ходе одного из регулярных облетов Кубы обнаружил в окрестностях деревни Сан-Кристобаль советские ракеты средней дальности «Р-12». 22 октября президент Джон Кеннеди выступил с обращением к народу, объявив о наличии на Кубе советского наступательного оружия, из-за чего в США возникла паника. Началась блокада Кубы. Карибский кризис продолжался 38 дней. Он имел чрезвычайное значение — человечество впервые в своей истории оказалось на грани самоуничтожения.

лиана Эддерли. Вот, судя, во всяком случае, по исполненной программе, идеал ленинградского джаз-оркестра. Ведь в нем нет ничего своего, все прокатное, все импортное. Ансамбль говорит о свободе искусства, ратует за эту свободу, но бог мой, до чего же узкими рамками он себя ограничил!»

Статья в «Правде» была руководством к действию. Редактор «Правды» Сатюков и секретарь ленинградского горкома Лавриков устроили закрытый просмотр программы оркестра Вайнштейна, вынесли решение: изъять все западные произведения из репертуара. Затем последовал приказ министра культуры Фурцевой, где говорилось, что оркестр своим репертуаром «рабски преклоняется перед американщиной».

Оркестр разгромили бы, но у дальновидного Вайнштейна была готова линия защиты: зав Ленинградского отделения Союза композиторов Андрей Петров, Леонид Осипович Утесов, композиторы Эшпай, Кажлаев, Колкер. Упомянутый выше Шостакович тоже оказывал поддержку. В тайном сговоре участвовал и директор Ленконцерта Георгий Михайлович Коркин, бывший директор Кировского театра, погоревший на побеге Нуриева.

Я, ничего об этом тогда не зная, тоже включился в защиту и написал письмо в редакцию «Правды» от имени рядового краснофлотца Дубовицкого. Ради важного дела свое воинское звание мичмана мне пришлось принизить.

МЛАДШИЙ ЛЕЙТЕНАНТ

По окончании стажировки нам должны были присвоить звание младшего лейтенанта запаса, командира БЧ-1 подводной лодки. Мы с Вольфом однажды были на подлодке — ходили в гости к приятелю, который там практиковался.

Я — выпускник Макаровки (1962)

Тесное пространство, пронизанное бесконечными трубами, с запахом застарелой сырости и солярки нас испугало. Представить себя запертым в этом стальном каземате, погруженном на глубину, задраенным в своем отсеке герметическими люками было, честно говоря, страшновато.

Мы наслушались рассказов от старослужащих об «автономках», автономных походах подлодок в Мировой океан, часто к берегам США, без всплытия на поверхность (чтобы не обнаружили). «Автономка» на дизель-электрических лодках длилась до месяца — сколько могли выдержать люди, после этого экипаж меняли. Посреди синего моря останавливалось советское торговое судно, рядом с ним всплывала из пучин подлодка, с нее снимали одну команду и сажали другую.

Моряки рассказывали, что такой поход оборачивался каждому потерей зубов, волос, здоровья. Особенно тяжело было в дизельном отсеке. В режиме РДП (работа двигателя под водой) лодка шла на малой глубине, судовой двигатель засасывал воздух с поверхности, через большой поплавок с гибкой трубой. В поплавке устроен клапан, чтобы морская вода не попадала в двигатель. Когда поплавок накрывала волна, клапан исправно запирался, а дизель забирал необходимый ему для сжигания солярки кислород прямо из отсека с мотористами, на эти несколько секунд у них высасывало весь воздух из легких.

По военной базе ходили легенды о недавнем героическом походе под арктическими льдами.

В июле 1962 г. атомная подводная лодка «Ленинский комсомол» под командованием капитана 2-го ранга Л. М. Жильцова прошла подо льдами к Северному полюсу. Плавание подо льдами Арктики всегда таило в себе неопределенность, огромную зависимость от множества случайностей, высокую вероятность внезапного возникновения безвыходной ситуации. Наши подводники свыше 300 раз несли боевую службу подо льдами Северного Ледовитого океана.

Масорин В. Столетие подводных сил России // Марс. 2006. № 3.

На фоне такой воинской доблести два мичмана-джазиста из Ленинграда представляли собой фигуры комические, вроде героев фильма «В джазе только девушки», только без переодевания в женское. Когда настал день аттестационной комиссии по присвоению званий, мы повели себя как в начале службы, затушевались где-то позади всех, и нам подмахнули бумаги «по умолчанию». Господа офицеры прекрасно знали, чем мы занимались все эти месяцы, поскольку сами ходили на танцы и видели нас в оркестре.

РАСПРЕДЕЛЕНИЕ

В советских вузах учили бесплатно, но плата за образование была — два года следовало отработать там, куда пошлют. «Молодой специалист» не имел права уйти или перевестись. Комиссия по распределению маячила перед нашим выпуском как Страшный суд, с которого можно было отправиться в рай или ад.

Командовала этим Страшным судом декан судоводительского факультета Анна Ивановна Щетинина — первая в мире женщина-капитан дальнего плавания. Мы ее побаивались и по возможности обходили стороной, помня флотскую мудрость: «Всякая кривая вокруг начальства короче прямой».

Ну чем не джазмен? (1963)

Потом уже я выяснил, что до 1949 года она плавала капитаном в Балтийском пароходстве и, конечно же, знала своего начальника, Бориса Иосифовича, тем более что муж Щетининой в войну был на Ладоге, как и отец. Анна Ивановна, естественно, тоже прекрасно знала, кто я такой и куда мне хотелось бы попасть, но по неписаным законам того поколения не могла ни малейшим намеком или жестом этого показать.

Стараясь держаться твердо, спокойно, но с дрожащими коленками я предстал перед большим столом, накрытым зеленым сукном. За столом восседала большая комиссия. Секретарь полистал мое личное дело, передал его Щетининой.

— Где бы вы хотели работать? — спросила она, не отрывая глаз от папки.

— На Дальнем Востоке! — отчеканил я, внутренне сжавшись. А вдруг мой намек не поймут?

— Поедете на Балтику, — сурово сказала Анна Ивановна, поблескивая регалиями, — в Эстонское пароходство. Идите.

ЭСТОНСКОЕ ПАРОХОДСТВО

Со Страшного суда я попал в рай: дом № 2 на улице Вейценберга, в котором вырос, дорога в школу, куда ходил с третьего класса. В пароходстве меня знали — летом 1956-го, между девятым и десятым классом, я плавал в каботаже юнгой и матросом второго класса, а потом еще полгода провел практикантом на «Пересвете».

Была еще одна важная причина, по которой мне хотелось попасть к отцу. Диплом высшей мореходки мне дали, но заграничной визы, паспорта моряка у меня не было. Училищное начальство не решилось поручиться за выпускника, играющего джаз на саксофоне. Все понимали, что моряк без загранпаспорта — все равно что спринтер со сломанной ногой, слишком короткой будет его дистанция. Чтобы не ломать мне жизнь и не перечеркивать пять лет учебы, пошли на компромисс — вместо визы выдали положительную характеристику для визы, с подписями и печатями. С этой бумажкой я заявился в отдел кадров, где меня зачислили в резерв.

С утра, позанимавшись на кларнете, я отправлялся в пароходство за новостями, иногда заходил к отцу в кабинет. На его двери красовалась черная с серебром надпись: «Начальник отдела эксплоатации».

— Мне кажется, на табличке ошибка, — сказал я как-то, — слово «эксплуатация» пишется через «у».

— Правильно, — сказал отец, — только через «у» оно пишется у эксплуататоров, а мы тут никого не эксплуатируем.

Вечером за чаем маман, видимо с отцовской подачи, расхваливала мне работу в коммерческом отделе, где оформляли фрахтовые договора. Международное морское право, юридическая деятельность, большие перспективы и все такое. Начальник отдела Фаина, пожилая мудрая женщина с внешностью Голды Меир, жила рядом, и отец частенько ходил к ней на умные беседы. От нечего делать я согласился и три дня просидел в коммерческом отделе, где чуть не околел от тоски.

Неизвестно, чем бы все это кончилось, но вмешался случай. Меня вызвал к себе начальник пароходства, Модест Густавович Кебин, младший брат тогдашнего первого секретаря компартии Эстонии. Модест любил выпить и ходил к нам в гости. Полные щеки его отливали синевой, как у застарелого пьяницы, говорил он неохотно, почти с отвращением, слова как будто застревали между языком и губами.

— Севка! — сказал он, утирая рот платком, — ты ведь на дудке играешь?

Я подтвердил, что действительно играю на кларнете.

— Ты можешь мне концерт организовать? Самодеятельности. Надо выступить в Норвегии. В обществе... Ну, короче, дружбы. Норвежско-советской. Что тебе надо?

Я ответил, что надо собрать в пароходстве всех, кто умеет играть, петь или танцевать, и посадить на судно, которое пойдет в Осло. Отдел кадров должен разослать радиограммы, а когда соберем таланты, то за месяц можно будет срепетировать небольшой концерт.

— Кроме того, Модест Густавович, — сказал я, — у меня еще визы нет.

— Хм! — сказал он и вдруг остервенело зашуршал бумагами на столе. — Ну ты иди, иди.

И я пошел в отдел кадров, где знали всё про всех, и мне предложили различные таланты на выбор. Выбор зависел от стиля, а стиль в 1963 году был настоящим идеологическим минным полем. Наш концерт должен был продемонстрировать творческую свободу советских моряков, но не выбиваться за рамки дозволенного. Поразмыслив, я остановился на безобидной и широко распространенной тогда форме — «эстрадный квартет». Это аккордеон, кларнет, акустическая гитара и контрабас.

По радио часто звучал журчащий «Ветерок в пустыне» композитора Дмитриева, аккордеониста в эстрадном квартете. Свой «Ветерок» товарищ Дмитриев полностью позаимствовал у американского композитора Сида Робинса, написавшего известную песню «Undecided» в 1938 году. Я знал ее по записи Эллы Фицджеральд с оркестром Чика Уэбба, а главное, в исполнении секстета Бенни Гудмена, соло которого я «снял», то есть списал с магнитофона, и к тому времени кое-как выучил. Это соло знаменитого американского кларнетиста в обрамлении невинного советского эстрадного квартета я и задумал как месть плагиатору и свое тайное послание Западу.

Машина завертелась — с разных судов снимали таланты для предстоящего концерта за границей. Прибыл гитарист, боцман Гусев, за ним аккордеонист, второй помощник Пауксcон, фамилию контрабасиста запамятовал, помню только, что парень он был веселый и своих пальцев не жалел. Наш эстрадный квартет объединяла морская профессия и безнадежная любовь к музыке. Точнее — к джазу. «Йатс, — многозначительно сказал однажды второй помощник Пауксcон. — Это рютм, мелоодия и импровизацион!»

Визы у меня по-прежнему не было, в глубине души копошились сомнения. Я почти был уверен, что встречи с музыкантами из оркестра Бенни Гудмена и участие в джем-сейшене в мае 1962 года легли в мое личное дело добрым десятком страниц, может быть с фотографиями. Выпускать такого типа в загранплавание было бы делом сомнительным и рискованным. Кто-то должен брать на себя риск. За кулисами шли переговоры. Это я понял по короткой реплике отца, сказавшего скупо: «Мне звонили насчет тебя. Я поддержал».

Вскоре пришло приглашение на собеседование в здание республиканского ЦК партии на площади Свободы (рядом с памятником Советскому воину-освободителю). Партийные товарищи немного нервничали. «Мы хорошо знаем вашего отца, — сказали мне, — помним его заслуги перед Эстонией, поэтому приняли решение открыть вам визу. Надеемся, что вы оправдаете наше доверие».

НОРВЕГИЯ

Самодеятельность для концерта в Осло собралась наконец на борту теплохода «Кейла», которому предстояло совершить этот рейс. Меня определили четвертым помощником. В первые же дни я показал, что́ значит высшее образование, починив радиолокатор. Капитан любил свой радиолокатор, поэтому он проникся ко мне сдержанным уважением и тщательно выговаривал мое имя и отчество: «Селавод Парисыссь».

Наконец настал день выхода в море. Закончился таможенный досмотр, потом пришли пограничники и люди из водного отдела КГБ. После их ухода, как положено, немедленно подняли трап и вызвали команду на палубу для отшвартовки.

Путь в Норвегию лежал вдоль северного побережья Европы, мимо Польши, Германии, Дании, через проливы Скагеррак и Каттегат. На шестые сутки «Кейла» подошел к фьор-

Четвертый помощник теплохода «Кейла» с капитаном

ду, ведущему к Осло, был поднят желто-синий полосатый флаг «мне нужен лоцман» (буква G по международному сигнальному своду), лоцман лихо подкатил на катере и поднялся на борт по шторм-трапу.

Столица Норвегии начиналась в XI веке при короле Харальде III как прибрежное поселение, и связь ее с морем видна с первого взгляда. Вдоль побережья идут причалы, за ними автострада, за автострадой — Осло.

Перед групповым походом в город нас проинструктировал помполит, специально назначенный в этот рейс из руководства, и мы сошли на берег. Заграница! Центральные улицы Осло поразили меня запахом. Пахло хорошим трубочным табаком и свежезаваренным кофе. На гладких дорогах не было ни одной колдобины, трещины или лужи, тротуары блистали чистотой. Интересно до чертиков, но гулять было некогда, надо было репетировать — на завтра был намечен концерт в Доме дружбы.

КОНЦЕРТ

Со времени Карибского кризиса прошло меньше полугода. СССР на Западе изображали не иначе как карикатурным медведем с ядерной бомбой в острых когтях, страх порождал любопытство. А тут советские моряки приехали с концертом дружбы — журналисты такого пропустить не могли. Не могли этого пропустить и работники советского посольства, курировавшие мероприятие. Например, своего контрабаса у нас не было, его нам взяли напрокат.

К борту «Кейлы» подали автобус, вся наша самодеятельность загрузилась в него, помполит произнес небольшую речь о высокой чести достойно представить свою родину, и мы поехали. Перед концертом успели быстро прогнать

Концерт в Норвегии (1963)

номера, потом стали приходить какие-то люди из местных и посольских, подгонять, чтобы начинали без опоздания. Мои артисты нервничали, я их успокаивал и подбадривал.

Концерт я не помню — кто-то пел, кто-то плясал, эстрадный квартет всем подыгрывал. Гвоздем программы стал наш «Ветерок в пустыне». Контрабасист в оставленные для него паузы со зверским лицом рвал струны, боцман Гусев отбивал на гитаре ритм, второй помощник Паукссон разливался залихватскими аккордами, а я сыграл на кларнете «снятое» и выученное соло Бенни Гудмена. Аплодисменты, занавес.

Минуты через две за кулисами появился молодой варяг и заговорил со мной на английском.

— Вы ведь сыграли соло Бенни Гудмена? — спросил он. Я скромно согласился. — Я работаю на норвежском радио, вам непременно надо выступить у нас в эфире, завтра сыграть в студии, живьем!

— С удовольствием, — ответил я радиожурналисту, — но для этого надо получить разрешение капитана.

Разыскали капитана, он стоял в обществе трех мужчин из посольства и нашего помполита. Я кратко объяснил предложение норвежского радио.

— Я пасалуста, — сказал капитан неопределенно, — но надо у помпы спрассить...

Все уставились на помполита. Ему явно было неловко, на лице отражались душевные муки.

— Ничего не имею против... но это не я должен решать... Спросите у товарищей из посольства...

Товарищи из посольства показали нам всем класс дипломатии.

— Конечно, конечно! — Лица их расплылись в улыбках. — Вечер дружбы прошел так хорошо! Пусть норвежские радиослушатели познакомятся...

— Тогда мы завтра утром пришлем за музыкантами автобус, — сказал настырный норвежец.

— Что вы! — Еще шире заулыбались посольские. — У нас транспорт свой есть, не волнуйтесь! Когда вам нужно? В четыре часа? Привезем к трем!

На следующее утро я собрал квартет на репетицию, нам выделили для этого штурманскую рубку. Часов в двенадцать на причале показался велосипедист в фуражке портового служащего с листком бумаги.

— Звонили из радио Норвегии, спрашивали: когда вы выезжаете к ним?

— Сообщите им, что транспорта пока нет, ждем.

Через полчаса велосипедист подъехал снова, а потом приезжал каждые 15 минут. На пятый раз я многозначительно заявил, что мы готовы приехать, но автобуса по-прежнему нет и это от нас не зависит. К нам ездить бесполезно, поэтому звоните в посольство.

Мы тихо сидели в штурманской и ждали, понимая: с каждой минутой уходит надежда, что норвежское радио нас дождется. Еще неизвестно, каким боком вся эта история для нас повернется. На мостик заглянул капитан.

— Ну, Селавод Парисыссь, — сказал он с чувством, — вы касу заварили, вы и будете расхлебывать...

Кислое настроение капитана передалось природе — на обратном пути в Таллин стоял густой туман, из рубки виден был только нос «Кейлы», окутанный дымкой. Нет для штурмана ничего противнее такой погоды. Его долг — вести судно, минуя опасности, а в густой пелене эта опасность чудится каждый момент.

На вахте я поминутно тянул за сигнальный шнур, и над морем раздавался тревожный рев гудка. Капитан не отходил от радиолокатора, плотно прижав лицо к резиновой маске над мерцающим экраном. Вдруг на мостик влетела маленькая птичка, из тех, которые не могут садиться на воду. Она заблудилась в тумане и была так измождена, что, не обращая на нас внимания, села на теплый локатор и тут же уснула. Капитан велел ее не беспокоить, а потом каждый раз, приходя на мостик, спрашивал: «Как пciска? Спит?»

В таллинском порту, на причале, нас поджидал диспетчер.

— Грузитесь углем, — сказал он, — это быстро. Через двенадцать часов отход на Ригу.

— Мы шли в тумане, — тихо возмутился капитан, — я трое суток не спал.

Диспетчер посмотрел на часы.

— У вас есть время, — сказал он, — поезжайте домой и быстренько поспите.

— ...твою мать! — взорвался капитан. — Я многое умею делать быстренько, но спать быстренько я еще не научился!

МАЯК КЫПУ[1]

В море моя вахта была с 8 до 12 и с 20 до 24. Через час после выхода мне уже надо было заступать. Работа штурмана — идти проложенным курсом и постоянно определять положение судна. По времени и скорости, по пеленгу на приметные объекты, обозначенные на карте, а ночью — по маякам.

У каждого маяка свой, особый сигнал, чтобы не перепутать. В ту памятную вахту на пути в Ригу я ждал, когда по левому борту откроется маяк Кыпу на западной оконечности острова Хийумаа. В лоции нашел, как его определить: по времени свечения, с проблеском в 3,4 секунды. Я стоял на мостике и смотрел в бинокль в кромешную тьму. Наконец вот он, долгожданный огонек, посветит и погаснет, снова посветит и снова погаснет. Секундомером засек время — 3,4 секунды. Для верности замерил еще два раза, все правильно, 3,4 секунды. Это маяк, ничего другого быть не может. Взял пеленг, проложил линию на карте, и... меня обдало холодом. По пеленгу получалось, что мы в опасной зоне и минут через 20 сядем на мель.

С бьющимся сердцем я еще раз проверил проблеск, лихорадочно проверил по карте. Не может быть! А если предыдущий штурман что-то напутал? В голове понеслись истории с «Печенгой», приговоры — 15 лет, расстрел... Надо идти и срочно будить капитана, он человек опытный, разберется, примет решение: стоп машина! Полный назад!

А если я что-то напутал? Ведь на смех поднимут, навсегда лишишься уважения... Следующие 20 минут были, наверное, самыми страшными в моей жизни. Каждое мгнове-

---

[1] Третий по возрасту действующий маяк в мире. История маяка началась более 500 лет назад. Его строительство было необходимо Ганзейскому союзу: входящие в союз купцы жаловались, что в Балтийском море пропадают корабли. Маяк находится на самой высокой горе острова Хийумаа — Торнимяги (68 м).

ние я ожидал глухой удар корпуса о морское дно, скрежет металла на камнях, затопление, возможно даже гибель экипажа... Не отрываясь, я смотрел в бинокль на предательский огонек. Он постепенно приближался, отблеск его был уже виден на воде, и вдруг стало понятно, что это обыкновенный буек с лампочкой, который поднимался и опускался на крупной ровной волне, закрывавшей его ровно через каждые 3,4 секунды. Совпадение.

А тут и маяк Кыпу открылся с мощным, ярким огнем, и пеленг на него показал, что мы не сбились с пути и на мель не сядем.

Уф! Об этом случае я никому не рассказал, даже своему рулевому Васе, стоявшему рядом на мостике.

РИГА

В Риге мы грузились стальными трубами, готовились к отходу, я был дежурным помощником. В дверь каюты постучали:

— Всеволод Борисович, вас вызывает капитан.

Лицо у капитана было задумчивое, он смотрел сквозь меня, куда-то вдаль.

— «Дед» пропал, — сказал он наконец, — надо его срочно разыскать и привезти.

«Дедом» на флоте традиционно называли старшего механика.

— А... где искать? — непонятливо спросил я.

Капитан чуть усмехнулся.

— Говорят, его видели в ресторане «Лидо» с двумя... — Он сделал неопределенный жест рукой. — Короче, берите такси и поезжайте. Времени у вас — часа три, четыре.

«Деда» я увидел, как только вошел в ресторан. Он сидел в компании двух девушек, брюнетки и блондинки, и был порядочно пьян. Я передал ему слова капитана. «Дед» нелепо взмахнул руками и сказал мне по-эстонски: «Бросим по палочке, и на пароход...» Он кратко пояснил, что заплатил за ресторан, но девицам этого мало, за свои услуги они хотят еще, а денег у него нет. В ответ на мои уговоры он только распалялся, девушки посмеивались, но не уходили.

«Дед» был в штатском, а я приехал с вахты в полной форме — китель с двумя золотыми шевронами на рукавах, фуражка с большим лаковым козырьком и золотой «капустой» на тулье. Вышли на улицу, взяли такси, я, как лицо официальное, сел впереди, а «дед» со спутницами плюхнулся на заднее сиденье, откуда всю дорогу доносились возня и хихиканье.

Приехали. «Деда» порядочно развезло, он сосредоточенно, стараясь не упасть, разделся до синих семейных трусов. Через минуту появилась брюнетка в кружевной комбинации, на каблуках и картинно встала, попыхивая сигаретой в длинном мундштуке. При этом она вела оживленную беседу с подругой, стоявшей в пальто, и иногда комментировала происходящее. «Дед», расчувствовавшись от такой красоты, неловко прильнул к ней, опустившись на колени. Брюнетка некоторое время игнорировала его, а потом участливо спросила:

— А что ты там делаешь?

— Мне так хорошо, мне так хорошо... — пьяно промямлил «дед».

— Ты слышишь? — спросила брюнетка громко, с театральной подачей. — Ему хорошо!

Я понял, что такой фарс ведет только к позору флота. Как мог, убедил в этом «деда» и велел ему одеваться, а тем временем продолжил уже завязавшуюся беседу. Брюнетка рассказала, что она окончила торговый техникум, работает в универмаге «Детский мир» и ее недавно избрали секретарем комсомольской организации. Разговор наш тек свободно и приятно, «дед» все никак не мог натянуть на себя брюки, и моя собеседница спросила, нахожу ли я ее привлекательной, давая понять, что счастье близко и возможно. Сердце забилось, во рту пересохло, но я собрал все самообладание, очаровательно улыбнулся и сказал, что ЭТО я за деньги делать не могу. Брюнетка картинно затянулась, пустила к потолку кольцо дыма и, подарив мне голливудскую улыбку, ответила: «Как жаль. А я ЭТО не могу делать без денег!»

Я подхватил «деда», как раненого с поля боя, и мы вышли на улицу, где нас ждало такси. Девушки из дверей приветливо махали нам на прощанье.

КИЛЬСКИЙ КАНАЛ[1]

Путь наш лежал в Бремен, вдоль балтийских берегов Латвии, Литвы, Польши, ГДР. За Ростоком начинается Кильская бухта, а за ней — канал. От Риги до Бремена, если идти Скагерраком, огибая Ютландский полуостров, — 970 миль, а через Кильский канал — 719 миль. Разница в 251 милю для нашего «Кейлы» — это 30 часов ходу, экономия времени, солярки, цены перевозки. К тому же в канале тихо, в шторм не попадешь.

На подходе к первому шлюзу с берега нам кричали в мегафон: «Ахтунг, Кайла! Ахтунг, Кайла!» Германия, страна предков. Земля Шлезвиг-Гольштейн. Поля, луга, коровы, дороги и мосты.

Мы шли по тихой глади, а мимо проплывали буколические немецкие пейзажи: белокурые девочки в клетчатых платьицах играли на зеленой траве, из прибрежных коттед-

---

[1] Канал в Германии, соединяющий Балтийское и Северное моря, проходит от Кильской бухты, у города Гольтенау, до устья реки Эльба, у города Брунсбюттель. Протяженность около 98 км, ширина более 100 м, глубина 11 м. Канал оканчивается парой шлюзов с каждой стороны. Строительство велось 8 лет; введен в эксплуатацию 20 июня 1895 г.

жей на нас лениво смотрели зеваки. Попадались небольшие промышленные предприятия, но все на них было свежепокрашено, аккуратно уложено и резко отличалось от привычной нам серой свалки советских заводов.

На мостик поднялся молодой моторист, принявший душ после вахты. Первое плавание, первая встреча с заграницей.

— Ну как, — спросил я его, кивком головы показывая на разноцветную идиллию за бортом, — нравится?

Молодой моторист возмущенно дернул плечом.

— Да это все на показ, — сказал он, — тут же иностранные суда ходят!

На выходе из канала, в шлюзе Брунсбюттеля, мы оказались рядом со шведским судном. Шлюз медленно заполнялся водой, я был на вахте и беседовал с лоцманом. На шведском судне опустили трап, на борт взошли две скромно одетые девушки — свитера, джинсы на лямках, волосы заплетены в косы, на лице никаких следов косметики. Лоцман уловил мой немой вопрос. «Видимо, судно долго было в море, — сказал он. — Девушки сойдут на половине пути, в Рендзбурге, а может быть, — глаз у лоцмана сверкнул озорным блеском, — останутся до самого конца, до Киля».

РУЛЕВОЙ ВАСЯ

Ранней осенью, как ударят первые холода, устанавливается ровная погода. Природа будто готовится ко сну — ни ветерка, ни облачка, остуженный воздух прозрачен настолько, что в бинокль видно, как закругляется земной шар. Встречное судно высовывается из-за горизонта сначала одной только трубой, а уж потом появляется все остальное.

В такие дни штурману раздолье — маяки и приметные места как на ладони, определился и стой себе, смотри. Можно с рулевым поговорить, это не запрещено. Только о чем? Мой рулевой Вася словоохотливостью не отличался.

— Ну что, Вася, — говорил я ему обычно, — в отпуск скоро?

— Гы-ы-ы-ы! — отвечал Вася. — Законно!

Мы шли Северным морем, держали курс на Гулль. В устье реки неподалеку от моря встали на якорь, ожидая прилива. Лоцман, обрадовавшись, что русский штурман говорит по-английски, принялся рассказывать о местных акцентах и наречиях. «Моя жена, — сказал он, — родом из городка всего в сорока милях отсюда, но когда мы едем в гости к ее матери и она с ней начинает разговаривать, я не понимаю ни слова! Для меня это китайский язык!»

В порту после швартовки меня вызвал помполит. «Распишитесь в журнале, принимайте группу в увольнение на берег». Я поинтересовался, что за группа, сколько человек. Помполит провел пальцем по строчкам: «Вам достался всего один человек, матрос с вашей вахты».

Мы с Васей сошли на берег, вышли из порта, отыскали нужный автобус. В город надо было ехать довольно долго. На одной из остановок в автобус сел... Нет, мужчиной назвать его было трудно: изможденное худое лицо, покрытое толстым слоем белой пудры, щеки нарумянены, брови подведены сурьмой, губы накрашены помадой. Это чудесное зрелище венчал огромный нейлоновый ярко-рыжий парик.

— Смотри, — сказал я Васе тихонько, — лицо напудрил, щеки нарумянил, брови черным подвел, губы накрасил. Но зачем, зачем он надел этот рыжий парик?!

Вася глубоко задумался, наморщив лоб, губы его немного шевелились.

— Всеволод Борисович, — сказал он наконец, — а может, у него это... ВОЛОС НЕТ?

В мои судовые обязанности входила ежедневная проверка хронометров (в полдень по сигналу «Говорит Москва»), корректировка навигационных карт и лоций в соответствии с последними бюллетенями, а также выдача зарплаты. Я был судовым банкиром. Всю наличность в рублях перед уходом за границу мне полагалось класть на аккредитив. После возвращения в советский порт нужно было дождаться пограничной комиссии, таможенного досмотра, после этого сойти на берег, отыскать центральную сберкассу, получить по аккредитиву судовые деньги, вернуться и только тогда начинать выдачу аванса или получки.

С друзьями (1963)

На все это уходило часа четыре. Команда рвалась в город и изнывала от нетерпения. Довольно скоро я начал потихоньку прятать свой рублевый фонд в коробку из-под обуви, вывозить советские дензнаки за рубеж. Моряки это скоро пронюхали. Еще в море, иногда за сутки до захода в порт, мне в дверь осторожно стучали:

— Всеволод Борисыч!

На что я отвечал:

— Заходи по одному!

— Мне бы авансик, — робко говорил посетитель.

Я решительно спрашивал:

— Сколько?.. Распишись вот здесь.

Это вопиющее нарушение финансовой дисциплины было нашей общей тайной, которую никто ни разу не выдал. За границей выплату надо было планировать заранее. Я шел к капитану и спрашивал: «За сколько суток начислять?» Капитан прикидывал время нахождения в международных водах и называл количество дней. У меня был табель инвалютной зарплаты в условных единицах: матрос получал в сутки 60 копеек, капитан 2 рубля 20 копеек. Сначала надо вывести каждому сумму к выплате в у. е., потом перевести в целевую валюту, проверить баланс всех колонок, подбить общую цифру и отдать ее капитану. Он составлял радиограмму судовому агенту в порту, радист отбивал ее на ключе азбукой Морзе, и по заходу в порт нас уже встречали с конвертом валюты, которую я выдавал по ведомости.

С десятичными валютами — марки, кроны, злоты — все просто, но с английскими фунтами была беда. После завоевания Англии норманнами в 1066 году фунт стерлингов был поделен на 20 шиллингов или 240 пенсов. С января 1971 года фунт был приведен к десятичной системе, но мне в 1963 году приходилось иметь дело вот с чем:

1 гинея — 21 шиллинг;
1 фунт стерлингов — 20 шиллингов;
1 крона — 5 шиллингов;
1 полукрона — 2,5 шиллинга;
1 флорин — 2 шиллинга;
1 шиллинг — 12 пенсов;
1 гроут — 4 пенса;
1 пенни — 2 полпенни или 4 фартинга.

Железный арифмометр «Феликс», прообраз будущих компьютеров, решительно отказывался считать английские извращения. На составление валютной ведомости у меня уходило порой часов семь или восемь, я «вручную» передвигал по одному или по два пенса с одной строчки в другую, чтобы добиться согласования левых и правых колонок.

Тогда, в Гулле, выдавая валюту, я знал уже, что оттуда мы идем в Ригу. Не было другого порта в СССР, который вызывал бы на лицах мореманов такое блаженное выражение. «Там все повенчано вином и женщиной...» Раз в месяц я отсылал свой финансовый отчет в Таллин с главного почтамта; если это было в Риге, то шел из порта пешком. За воротами порта обычно дежурило такси с девушками, которые при моем появлении принимались махать руками и звать к себе. Я показывал на портфель и на руку с часами — иду по делу, некогда, не могу.

В Гулле затоварились ходкими вещами — тюль на окна, плюшевые коврики с рогатым оленем. Всех советских ими снабжал господин Флис, говоривший по-русски. Он появлялся в любом порту, будто из-под земли, как сказочный коробейник, только товар был у него не в коробочке, а в битком набитой машине, из которой он и доставал кому что и сколько нужно. Стандартный набор тюля с ковриком гарантировал моряку вторую зарплату. На шкаф каюты, где лежали эти сокровища, глядели влажным взором.

В Риге наш электрик ушел в отпуск, ему прислали замену. Прием и сдача дел проходили за выпивкой и закуской. Судовые генераторы остановили, кабель питания включили в розетку на причале. Розетки эти были двух видов: обычные, на 240 вольт, и розетки для подъемных устройств на 380 вольт, оба эти вида ничем друг от друга не отличались. Такой отличный социалистический дизайн.

Веселое застолье несколько раз прерывалось темнотой — перегорали пробки. Электрики терпели, терпели, а потом не выдержали и поставили вместо плавкого предохранителя «жука» из толстой медной проволоки — теперь уж не перегоришь! После чего еще немного погуляли и легли спать.

Часа в три ночи мне в иллюминатор постучал Вася, он нес вахту у трапа. Я был вахтенным штурманом и имел право спать, но не раздеваясь. «Всеволод Борисыч, — сказал он, — это... Чего-то дымом пахнет». Я вскочил, прошел вдоль кают. Действительно пахнет. Спустился на нижнюю палубу. Пахнет сильнее. Спустился еще ниже, тут уж дымок стелился по полу. Открыл дверь в машинное отделение, а там — война в Крыму, все в дыму, ничего не видно.

К этому моменту меня готовила вся предыдущая морская жизнь: я врубил звонок громкого боя и, набрав в грудь воздуху, страшным голосом заорал: «ПОЖАРНАЯ ТРЕВОГА!!!» После чего побежал на причал звонить по «01».

Приехало 7 пожарных машин, они тушили огонь до утра. В узких коридорах, двигаясь ощупью, бедные бойцы натыкались друг на друга, цеплялись за переборки своими громоздкими дыхательными аппаратами.

В первых лучах рассвета наш «Кейла» представлял собой грустное зрелище. Из черных, обугленных провалов поднимались последние струйки дыма, все было залито пеной, пахло горелой краской. Команда стояла на причале, ежась от утреннего холода. «Смотрите!» — сказал кто-то, и все увидели фигуру нашего моториста. Он шагал легкой походкой счастливого человека, побывавшего у гостеприимных девиц «на размагничивании». Чем ближе он подходил, тем заметнее менялось его лицо, а когда подошел вплотную, то несколько добрых людей вызвались сопроводить его к каюте. Я тоже пошел посмотреть — как там тюль, ковер с оленем?

В кубрике моториста не осталось ни тюля, ни ковра с оленем, не осталось шкафа, где лежали богатства, не осталось койки, переборок, пола, потолка. Нас встретила дочерна обгоревшая железная коробка с двумя рядами болтов, свисавших сверху. Хорошо погуляли в Риге!

Потом выяснилось, что наши братья из Венгрии, страны народной демократии, где строилось судно, должны были снабдить его электрокабелями с негорючей оплеткой, с тем чтобы пожар, начавшийся в одном месте, не перекидывался в другое. Наши же кабели горели как бикфордовы шнуры, поэтому огонь от поставленного пьяными электриками «жука» быстро перекинулся на соседние помещения и «Кейла» выгорел почти целиком.

В родной Таллин мы возвращались на буксире. Молчал двигатель, не работали системы, судно болталось по волнам мертвой холодной коробкой. По пароходству дали приказ: обоих электриков уволить по статье, капитану — выговор, четвертому помощнику (то есть мне) за своевременное обнаружение пожара и оперативно принятые меры — благодарность с занесением в трудовую книжку. Про рулевого Васю не вспомнил никто.

«Кейлу» поставили в док на длительный ремонт, команду раскидали кого куда. Мне предложили идти на крупное судно, «Верхоянск», к капитану Полковскому.

КАПИТАН ПОЛКОВСКИЙ

Александр Федорович Полковский со своей женой и дочерью жил в нашем же доме по улице Вейценберга. Красивая семья. Высокая и дородная Зина с ленивой грацией субретки и сам Полковский, породистый мужчина, похожий на американского киноактера, Гари Купера или Джеймса Стюарта. Он и вел себя как герой голливудского боевика, был хладнокровным, говорил лаконично и скупо.

Меня послали к нему четвертым помощником, но после первого же рейса эту должность ликвидировали — четвертые помощники исчезли как вид. Полковский вызвал меня, чтобы сообщить эту новость, и, немного помолчав, добавил: «Вы можете, конечно, идти в резерв и ждать назначения штурманом на другое судно, но я вам советую остаться. Поработайте матросом, заслужите уважение команды».

Я последовал совету, сменил штурманский мундир на матросскую робу и пошел работать на палубу. В море часами стоял на руле, как мой Вася, скалывал ржавчину, закрашивая пораженные места оранжевым суриком, открывал и закрывал трюма, таскал на швартовке стальные канаты, мыл, убирал. Прошел месяц, потом второй... Я иногда поглядывал на мостик, снизу вверх, на третьего помощника, которого мне предстояло заменить, но он, похоже, никуда уходить или уезжать не собирался.

День был холодный, с ветром и дождем, а тут авральные работы, которые надо во что бы то ни стало закончить. Палубной командой вкалывали почти две смены, до темноты. Захрипел динамик громкой связи, меня вызвали на мостик. Я пошел, грязный, холодный, усталый как собака. «Всеволод Борисович, — сказал мне капитан Полковский с непроницаемым лицом, — принимайте дела у третьего помощника». Назавтра я уже стоял на мостике в белой рубахе, в кителе с нашивками, фуражке с «капустой», и команда меня уважала.

Столоваться теперь надлежало в кают-компании, где были свои правила и условности. Если за столом сидит капитан, то надо испросить разрешения войти, сесть за стол или выйти из-за стола; на завтрак, обед и ужин являться в галстуке.

Капитан Полковский обычно пребывал в благодушном настроении и после обеда не прочь был поделиться взглядами на жизнь. Неизменным его собеседником был Николай Петрович Новгородцев, помполит, невысокий мужичок с народными ухватками, с псковским говором, на «о».

— Вот вы, Николай Петрович, — говорил ему Полковский, — бреетесь безопасной бритвой. Если на вашу кожу посмотреть в микроскоп, так она вся в мелких порезах!

— Никаких порезов у меня на лице нет, Александр Федорович, — отвечал ему помполит.

— Есть, есть, их просто не видно! А я бреюсь электробритвой «Филипс-50». Она, знаете ли, не бреет, а стрижет под корень. При этом еще массирует кожу.

Поговорив еще о достоинствах электрического бритья, Александр Федорович удалился. Новгородцев обратился ко мне.

— Если вы, Всеволод Борисович, — сказал он, окая, — зайдя ко мне в каюту, однажды обнаружите на столе бритву «Филипс-50», ищите меня на мачте. Я повесился.

ПОМПОЛИТ НОВГОРОДЦЕВ

На советских судах предусмотрены были «культурные деньги», 40 инвалютных копеек на каждого члена экипажа в загранпорту. Я вычислял эту сумму к приходу в порт вместе с валютной получкой и отдавал ее помполиту. Обычно он раздавал эти денежки перед выходом в город с наказом сходить на них в кино, музей или зоопарк.

Помполит Новгородцев эти копеечки никому не давал, он их копил, пока не набиралось достаточно для какой-нибудь основательной покупки, например игры в настольный хоккей. Это была самая большая, самая дорогая модель, размером с небольшой стол. Игру в народе окрестили «кахей» и занимали на нее очередь днем и ночью, круглые сутки. Мотористы или рулевые, сменившись с вахты в четыре часа ночи, шли сражаться на жестяном хоккейном поле. Маленьким железным хоккеистам отдыхать не приходилось, но «кахей» был сделан крепко и при мне ни разу не ломался.

На следующую покупку помполит копил долго, но уж и вещь купил что надо. Самолучшее духовое ружье с неистощимым запасом пулек в аккуратных коробочках. Рассудил правильно: «кахей» для игры в море или в непогоду, когда наружу нос не высунешь, а ружье — для благоприятного развлечения на палубе летом.

Пострелять обычно ходили на корму. На поручнях рядами укрепляли спички головками вверх или ставили мелкую картошку. Когда попадешь в спичку, то спичка сломается, а если в картошку, то в ней получается дырочка, а пулька застрянет в глубине.

В Гамбурге в теплый день, в воскресенье, на корме собрались все, кому на берег было неохота — чего там, только деньги тратить. По причалу гуляли немцы с детьми, показывали им флаги разных стран, развевавшиеся над судами на флагштоках. Над «Верхоянском», на корме, где мы по очереди стреляли по спичкам, вяло трепетал красный советский флаг с серпом и молотом.

На причале остановился старичок с внуком, он показывал рукой на нас и что-то ему объяснял. Старичок явно волновался, вид яркого кумача бередил какие-то воспоминания. Он неуверенно кивнул нам и остановился. На лице его застыла напряженная гримаса, этот пожилой господин мучительно пытается что-то вспомнить. Вдруг лицо его озарила счастливая улыбка, он радостно замахал нам руками и порывисто, как близким друзьям, как братьям, которые поймут его счастье от такой встречи, закричал нам изо всех сил, с гортанным, раскатистым немецким «р»: «РАЗЗСТРЕЛЯЮ КАК ЗОБАКУ!!!»

Поздно вечером, около полуночи, меня вызвал вахтенный у трапа. Сам трап, как положено, на ночь был поднят на два метра над причалом. У трапа стоял роскошный открытый лимузин, сверкая лаковыми крыльями. Впереди — водитель в серой униформе, а на красных кожаных сиденьях сзади — две молодые жещины в вечерних туалетах и длинных перчатках до локтя. Им было очень весело.

— Офицер, — громко обратилась по-английски ко мне одна из них, — можно подняться к вам на борт?

— Нет, — твердо ответил я.

Женщина картинно надула губки:

— Ну почему-у-у?

Вот она, провокация, о которой нас все время предупреждал помполит. Пускать, конечно, ни в коем случае нельзя, но и ответить надо достойно, это вопрос чести — тебя самого, экипажа, страны. Я приосанился, облокотившись рукой о поручень, чтобы видны были нашивки, и четко сказал туда, вниз, этим подгулявшим мотылькам, этим искательницам безопасных приключений:

— Потому что советское судно — это часть территории СССР!

Ничего смешнее девицы в жизни не слыхали, они попадали на сиденье, заливаясь хохотом, хлопнув при этом водителя по плечу снятой перчаткой. Лимузин тихо зарокотал и исчез в ночи. Я вернулся к себе в каюту, но до самого утра не мог заснуть.

СТОКГОЛЬМ

Швеция на глобусе или на крупной карте видна как единый массив, а если взять масштаб поподробнее, то увидишь, что по своему строению она похожа на сыр рокфор — светлые участки земли перемежаются с синими вкраплениями моря. Вдоль балтийского побережья Швеции — около 20 тысяч островов. На подходе к Стокгольму начинаются шхеры, миль за 30 надо брать лоцмана.

Фарватер извивался между гранитных скал, поросших лесом. Скальные породы отвесно спускались к морю, круто уходя в глубину. Эхолот скакал вокруг отметки в 200 метров. Мы шли средним ходом, тяжело груженные стальными трубами, держа курс на высокий утес, у которого предстояло поворачивать влево. Капитан Полковский и лоцман стояли в штурманской и неотрывно смотрели вперед, мне на своей вахте делать было нечего. Стой и жди, может, понадобишься.

Внезапно в рубке воцарилась тишина. Смолкли навигационные приборы, застыл гирокомпас, остановилась антенна локатора. Рулевую систему мгновенно заклинило. Судно, потеряв управление, прямым ходом шло на огромную гранитную скалу, о которую разбивались волны. Пять тысяч тонн груза плюс собственный вес корпуса — это огромная инерция. Если впилиться носом в эту гранитную стену, то «Верхоянск» на треть сомнет себя в гармошку и пойдет на дно как утюг, на все 200 метров глубины. Спастись успеют немногие.

Гробовое молчание длилось недолго, его прервал крик лоцмана. Это был даже не крик, а животный звук, как у подстреленного зайца. Все застыли, парализованные страхом, не в силах отвести глаза от неумолимо надвигающейся глыбы. Жить нам оставалось минуты три, от силы четыре. Капитан Полковский как стоял, глядя вперед, так и остался, даже головы не повернул. Видно было только, как побелели его пальцы, вцепившиеся в поручень. «Электрика!» — произнес он внезапно охрипшим голосом.

Я бросился со всех ног по трапу — тра-та-та-та, — на бегу заприметил открытую каюту, в которой стоял электрик, что-то перебирая в своем шкафу. Не говоря ни слова, я схватил его за грудки и втолкнул в дверь машинного отделения. Электрик кубарем покатился вниз, но успел на лету отжать кнопку аварийного включения генератора. Загорелись лампочки, зажужжали приборы, включился руль, и мы успели вывернуть в последний момент.

Говорят, что человек познается в момент наивысшего напряжения. Капитан Полковский с того дня стал для меня образцом и идеалом. Кланяюсь его памяти.

КОПИЛКА ВЫХОДНЫХ

Жизнь на судне идет в своем ритме: у штурмана в море вахта 4 часа через 8, на берегу — сутки через двое. На борту, с точки зрения трудового кодекса, все постоянно работают, при этом выходные дни копятся. Так и получилось, что к весне 1964-го у меня в копилке набралось 56 свободных рабочих дней, это два с половиной месяца отпуска.

Отправляя меня на берег, капитан Полковский дал понять, что по возвращении может назначить вторым помощником. Мне было 23 года, и я невольно подумал, что при таких темпах служебного роста можно повторить рекорд отца, ставшего капитаном в 29 лет.

В родительской квартире, где я провел школьные годы, мне было тесно. Тесно было в Таллине. Днем в хорошую погоду это уютный и милый город, но с наступлением темноты, особенно дождливой осенью, улицы пустеют, все окутано унынием и особой балтийской тоской. Природу этой тоски я долго не улавливал, пока не попал на Запад, в эмиграцию, и понял, что в эмиграции я уже был, более того, я в ней вырос. Эстония дала мне прививку против эмигрантской ностальгии, научила жить в параллельном измерении к окружающей жизни. Это пригодилось в будущем, но тогда я о таком будущем не помышлял, у меня были совсем другие планы. Душа рвалась в Питер, к друзьям-джазистам.

Додик Голощекин принял меня как брата. В коммунальной квартире на набережной Мойки, дом 42, у Додика была большая комната, в которой он жил с молодой женой Ларисой по прозвищу Лорхен. Супруги спали на полу в одном углу, я устроился на матрасе в другом, за роялем. Помню, было ужасно весело, мы беспрестанно хохотали. Вместо одеяла мне выделили большое толстое покрывало, которое я называл «попоной», Додику было смешно.

В коридоре коммуналки через каждые два метра были развешаны листы бумаги с неровной крупной надписью: «ГДЕ УТЮГ?» — это забывчивая старушка в комнате напротив оберегалась от пожара. Тут же на стене висел коммунальный телефон, а на телефоне по большей части висел Додик.

Ему звонили постоянно и отовсюду, иногда совершенно бесполезные люди с долгими, нудными разговорами ни о чем. Особенно докучал некий Володя, которого Додик за глаза называл Утомлевичем.

— Лорхен, — услышав звонок, закричал Додик жене, — если это Утомлевич, то меня нет дома!

Лорхен была полнотелой и томной девушкой, ее мечтательное сознание застилали кучевые облака.

— Але! — сказала она слегка нараспев, поднимая трубку. — Это кто? Володя? Какой Володя? Утомлевич?

На другом конце провода замолчали. Утомлевич обиделся и больше не звонил.

МАРТИК ОВАНЕСЯН

Недели через две после моего приезда Додику позвонили из Ленконцерта (тогда, официально, Ленинградское отделение ВГКО, Всероссийского гастрольно-концертного объединения). Вернувшись в комнату, Додик объявил, что певцу Мартику Ованесяну нужен аккомпанирующий состав.

Мартик... Все помнили послевоенную пластинку, крутившуюся по дворам. Сладкий тенор с восточным надрывом пел под аккомпанемент Государственного оркестра Армении под руководством Арутюна Айвазяна, сочинителя мелодии (на слова В. Арутюняна):

Шагай вперед, мой караван,
Огни мерцают сквозь туман,
Шагай без устали и сна
Туда, где ждет тебя весна.
Мой Хайастан! О, Армения моя!
Пускай блестит на ресницах слеза!
Мой Хайастан зовет меня!
Мой караван бредет, звеня!

Мы будем жить на берегу,
Где льется славная Зангу,
И будет жизнь моя полна,
Как эта бурная волна.

Мой караван! О, Армения моя!
Пускай блестит на ресницах слеза!
Мой Хайастан зовет меня!
Мой караван бредет, звеня!

После войны, сталинщины, голода и террора народ тянулся к любви и музыке. Мартик, со своим караваном из Хайастана, был символом чего-то далекого, теплого и экзотического, где можно гулять в тонком платьице под нежным ветерком. Надрыв в голосе обещал жаркую страсть и неземное блаженство.

К моменту нашей встречи Мартик, судя по виду, уже подарил свою жаркую страсть и неземное блаженство многим. Во всяком случае, известную песню он уже не пел, а когда на концертах присылали записки, просили, он обычно отвечал в зал с нарочитым армянским акцентом: «Караван давно прошел...»

Аккомпанирующий состав Додик собрал буквально за день — понятно, из тех, кто был свободен и нигде постоянно не играл. Сам Додик сел за рояль, мне выпала вакансия кларнета, на электрогитаре оказался Валера Будер, на контрабасе Вик Смирнов, а за барабаны сел Эдик Л. Это были молодые шутейные люди, увлеченные джазом и потому внутренне свободные.

Незатейливую программу на одно отделение отрепетировали за неделю, Мартик быстро организовал худсовет, без одобрения которого не делалось тогда ничего. Худсовет оценивал профессиональный уровень, скажем умеют ли музыканты играть тихо (это очень ценилось), идеологическую выдержанность программы (ничего крамольного у Мартика не было) и визировал список произведений для концертов.

Позже мне самому пришлось возиться с этими «литовками», поштучным перечнем песен или пьес, с круглыми печатями и подписями ответственных лиц. Для каждого филармонического куста выдавалась отдельная копия, местная филармония передавала список в городской Главлит, или, полностью, Государственное управление по охране государственных тайн в печати. Оттуда могли прислать на концерт инспектора, который сверял исполняемое со списком, дабы безответственные артисты не протащили на сцену какую-нибудь крамолу.

Но тогда, после сдачи худсовета с Мартиком, радости моей не было предела — сбылась мечта, нас берут в Ленконцерт! Однако радость вскоре сменилась тревожным отчаянием: как я поступлю в Ленконцерт, если все еще работаю в Эстонском пароходстве? И не просто работаю, а являюсь «молодым специалистом», отправленным по распределению! Уволиться с работы нельзя. Тоска, хоть ложись да помирай.

Додик стал названивать знакомым юристам, и те подтвердили: да, уволиться невозможно. Но если бы удалось перевестись... Если перевестись по какой-нибудь веской причине, то на новом месте этот человек уже не является «молодым специалистом» и может быть в принципе уволен.

В моей лихорадочной голове зрел план. Я понял — надо ехать к Мельникову.

ВОСЕМЬ ДНЕЙ, КОТОРЫЕ ПОТРЯСЛИ ВСЮ ЖИЗНЬ

Алексей Евгеньевич Мельников когда-то до войны был начальником Балтийского пароходства, потом замминистра Морского флота, в 1939 году попал под чистку. На Лубянке его страшно дубасили, выбивая признание, потом держали попеременно то в горячей (+ 55°), то в холодной (–15°) камере по нескольку суток, пока он не подписал всё.

Мельникову дали 25 лет и отправили на торфоразработки. Средняя продолжительность жизни зэка на торфе была примерно восемь месяцев. Люди работали, стоя в болотной воде, таскали мокрый торф руками. «Месяца через три, — рассказывал мне Мельников, — я понял, что теряю силы, „дохожу", как тогда говорили в лагере. Присел на пенек перевести дух, и вдруг кто-то меня окликнул по имени-отчеству. Оказалось, офицер из администрации, который меня узнал. Он был в министерстве на приеме с просьбой, и я чем-то ему помог. Офицер этот сумел перевести меня в учетчики. Так я остался жив».

Образование и богатый административный опыт оказались полезны и в лагере. Мельников за 15 лет прошел путь от учетчика до главного инженера Норильского никелевого комбината. После смерти Сталина освободился, приехал работать в Таллин в управление порта. Часто ходил к нам в гости, очень любил разговаривать с маменькой, а главное, маменька обожала разговаривать с ним, лицо ее просто озарялось. Это вызывало некоторую ревность отца, но все было настолько чисто и невинно, что до объяснений дело не дошло.

Вскоре Мельникова снова арестовали, он исчез на год и появился в Ленинграде году в 1955-м с молодой женой, которую привез из Норильска. Мельникова полностью восстановили и назначили директором ЛенморНИИпроекта со штатом в 1200 человек. Еще в курсантские годы я ходил к нему в гости на выходные, был знаком с его женой, держал на руках сына Женечку.

Алексей Евгеньевич был чудесным человеком. Он принял меня тепло, по-дружески выслушал мой рассказ, без лишних раздумий вызвал секретаршу и продиктовал ей письмо. На бланке ЛенморНИИпроекта он как директор запросил перевод третьего штурмана Эстонского пароходства В. Б. Левенштейна в Ленинград на научную работу.

С этим письмом, надежно спрятанным в самом глубоком кармане, я и прибыл в Таллин. В первый же вечер, за ужином, я вызвал отца на серьезный разговор, объяснил ему свой план и показал письмо Мельникова.

— Я сделал все, как ты хотел, — сказал я ему. — Поступил в мореходку, стал штурманом, плавал. Семейное имя не запятнал. Но меня привлекает другое, я хочу стать музыкантом. Меня берут в Ленконцерт. Решается моя судьба. Я никогда тебя не просил ни о каких поблажках и одолжениях, но теперь прошу помочь.

Отец ничего не сказал, только вздохнул. Потом подумал, поднял трубку и набрал чей-то номер.

— Георгий Петрович, — сказал отец, — тут у меня Сева из Ленинграда вернулся, хочет туда переехать, свой джаз играть... Можешь чем-нибудь помочь?

Он еще недолго поговорил и повесил трубку.

— Завтра иди в нашу водную поликлинику к одиннадцати часам в кабинет рентгенолога, ее зовут Любовь Николаевна, — сказал мне отец.

Любовь Николаевна оказалась молодой привлекательной женщиной с добрым лицом. Она заметно нервничала. Я разделся до пояса и встал перед рентгеновским аппаратом. Любовь Николаевна долго рассматривала мою брюшную полость, потом что-то закладывала, нажимала кнопки, притрагиваясь рукой в тонкой резиновой перчатке к моему животу. Затем пошла в соседнюю комнату проявлять рентгеновский снимок, велев мне одеваться.

Еще минут через двадцать я вышел из кабинета, унося снимок идеальной, классической язвы двенадцатиперстной кишки. Никаких сомнений не было, мою язву на снимке мог теперь подтвердить любой терапевт. Заключение о болезни на основании рентгеноскопии дал главврач Георгий Петрович. С медицинской справкой и заветным письмом я отправился в пароходство на прием к начальнику, Модесту

Густавовичу Кебину, тому самому, который год назад просил меня собрать самодеятельность для концерта в Норвегии.

— Ну что, Севка? — спросил Кебин. — Что там у тебя?

— Да вот, Модест Густавович, — ответил я, — заболел. Язва. Плавать теперь до выздоровления долго не смогу. На биче сидеть не хочу. У меня есть предложение перейти в морской проектный институт в Ленинграде. Есть и личная причина — у меня там девушка... ну в общем, в интересном положении.

Кебин всхохотнул:

— Девушка, говоришь? Хе-хе-хе! Язва? Так, давай иди. Никуда я тебя не отпущу.

Для убедительности он открыл и закрыл ящик своего стола. Я вышел из кабинета с упавшим сердцем. Мои тщательно продуманные планы рассыпались в прах. Против воли Кебина никто не пойдет; да никому это, кроме меня, и не нужно. Вечером я с отчанием рассказал обо всем отцу. Он выслушал мой рассказ с непроницаемым видом и сказал всего одну фразу: «Завтра Модест едет в Москву».

О моем походе к Кебину никто в пароходстве не знал. В отсутствие начальника все текущие вопросы обязан решать его заместитель, то есть мой отец. Но отец занимался флотом, а мне нужно было решать кадровый вопрос. Я и пошел к начальнику отдела кадров, рассказал ему свою историю о неожиданной болезни и, как следствие, непригодности к работе помощником капитана. Показал письмо из ЛенморНИИпроекта, намекнул на личные обстоятельства. Кадровик по внутреннему телефону позвонил отцу.

— Борис Иосифович, — сказал он, — тут ваш сын, Всеволод, просит разрешения о переводе в Ленинград в связи с болезнью. Что вы думаете?

Я слышал, как отцовский голос сказал в трубке: «Я не возражаю».

На оформление «бегунка», обходного листа, который при увольнении должны подписать начальники отделов, бухгалтерии и т. д., ушло два дня. Я лихорадочно торопился — надо успеть до возвращения Кебина из Москвы. Как только бумажки были готовы, я простился с семьей и ночным поездом поехал в Ленинград.

Прямо с вокзала отправился в институт к Мельникову, объяснил положение. Алексей Евгеньевич вызвал секретаря и продиктовал два приказа: один о приеме на работу в ЛенморНИИпроект, а другой, датированный следующим числом, — об увольнении, со штампом в трудовой книжке. От Мельникова я вышел свободным человеком. Вся операция заняла 8 дней.

Наутро я предстал перед начальником отдела кадров Ленконцерта. Это был бритый наголо мужчина с круглыми очками и внимательным взором филина. Я не мог сдержать счастливой улыбки.

— Вот! — торжествующе сказал я и протянул ему готовую для культурного производства трудовую книжку. Кадровик молча изучил ее, потом взял в руки мой паспорт.

— А прописка? — спросил он скрипучим голосом. — Где прописка? Без прописки мы вас принять не можем, идите.

ЛЕНКОНЦЕРТ

В конце концов договорились. Ленконцерт согласился принять меня на срок прописки, на три месяца. На эти три месяца меня удалось прописать к гитаристу Валере Будеру как гостя, приехавшего на долгую побывку. Валера ходил в ЖЭК, любезничал с барышнями, дарил конфеты. Коррупция в те невинные годы носила невинный характер.

Валера был впечатлительным и немного восторженным молодым человеком. Высшей похвалой у него было восклицание: «Ну ты змей!» Скорее всего, он имел в виду Библию, Бытие, глава 3, стих 1: «Змей был хитрее всех зверей полевых, которых создал Господь Бог».

Валера очень хотел научиться по-английски и носил с собой небольшой словарик, откуда выписывал в блокнотик. Однажды он подошел ко мне с хитрой физиономией, заглянул в свой блокнотик и выпалил: «You kite!»[1]

Еще об изучении английского. В анкете военкомата, где я числился офицером запаса, я зачем-то указал, что владею английским. На дом принесли повестку, пришлось явиться. Крепкий коротыш в штатском, как только я переступил порог, огорошил меня тарабарской фразой:

— Радио фэнз инкриз ёр спешалайзд нолидж![2]

— А? — спросил я растерянно.

— Да... — сказал крепыш. — Не знаете вы английского. Ну ладно, идите.

Я не стал возражать, говорить, что услышанное английским вряд ли и назовешь, и благоразумно ретировался. И слава богу — потому что других умников забирали в армейский радиоперехват прослушивать вражеские разговоры.

Серьезную встречу с военкоматом мне еще предстояло пережить, а пока я упивался вольной жизнью артиста эстрады. Самым большим артистом среди нас был, несомненно, Эдик Л. У нас Эдик сидел за ударными, но в традиционном джаз-банде, в диксиленде, он играл на банджо; кроме того, снимался в кино. У Эдика на «Ленфильме» была ставка киноактера второй категории. Он играл в фильмах о войне исключительно фашистов, обычно вторым планом в нацистской канцелярии. Эдик умел делать страшное лицо, растягивая рот от уха до уха. Брови угрожающе нависали над пустыми глазами — короче, зверь, а не человек.

Как актер он не разделял роли на маленькие и большие, все они для Эдика были колоссальными, затмевающими горизонт. Фашистская стезя сильно ударила ему по мозгам,

---

[1] Kite — бумажный змей (*англ.*).

[2] Radio fans, increase your specialised knowledge! — Радиолюбители, укрепляйте свое знание по специальности! (*англ.*)

ощущение принадлежности к высшей расе не покидало его — понятно, внутри исполняемой роли. Эдик уже не играл роль, а жил в ней. Все его существование представляло собой череду сцен, скетчей, которые он сам придумывал и сам тут же разыгрывал. «Распустились, хамы!» — громко, на весь Невский, провозглашал он своим резким, как хлыст, баритоном. При этом был одет как чеховский интеллигент: помятая шляпа борсалино с загнутыми вверх краями, болтающийся шарф, суконные боты на резиновом ходу.

Как-то мы встретились с ним днем в кафе «Север», где подавали бульон в чашках со слоеным пирожком. На сцену вышел оркестр, сыграл вступление, певичка запела первые строки:

Пахнет летом, пахнет мятой...[1]

Эдик встал, громыхая стулом, и на все кафе произнес голосом Левитана: «Пойдем отсюда, Севочка, здесь что-то... пахнет!»

Эдик презирал правила социалистического общежития и на транспорте ездил бесплатно. Однажды его застукал контролер, Эдик стал с ним пререкаться. Постепенно в процесс включились пассажиры, особенно возмущался какой-то полковник. Эдик встал в позу из греческой трагедии и направил на полковника указующий перст. «Откуда ты? — спросил он громким театральным голосом. — Почему ты здесь? Почему ты не умер? Почему ты не сгорел в танке, как мой отец?» С этими словами он гордо покинул транспортное средство, благо была остановка и двери открылись.

Как-то мы ехали с репетиции. Войдя в троллейбус, Эдик трубным голосом вопросил: «Э-э... Василий!» Человек семь или восемь повернули голову. «Представляешь, Севочка, — сказал он мне сдавленным шепотом, — сколько их?!»

---

[1] «На кургане» (1965). Муз. А. Петрова, сл. Ю. Друниной.

На репетициях Эдику было откровенно скучно — публики нет, красоваться не станешь. Он сидел с мрачным набрякшим лицом, выпятив толстые губы, нечесаные лохмы торчали во все стороны. Мартик старался не обращать внимания, но потом не выдержал:

— Послушайте, Эдик, что с вами?

Эдик встрепенулся, в воздухе запахло драмой.

— Жизнь такая, — глубокомысленно пояснил он, — окна на помойку.

Все оживились, на лицах появились улыбки. Мартик почувствовал, что почва уходит из-под ног, он теряет авторитет руководителя.

— Что значит на помойку? — спросил он, повышая тон. — Вы что, один там живете?

— Нет, не один, — отвечал Л. с вызовом. — У меня есть соседи. Слесарь... и проститутка.

— Как — проститутка? — опешил Мартик.

— А вот так! — победно закончил Эдик и неожиданно ласковым голосом добавил с улыбкой, качая головой: — Такая проститня!

КАНАТ НАД БЕЗДНОЙ

> Человек — это канат, натянутый между животным и сверхчеловеком. Канат над бездною.
>
> *Ф. Ницше. Так говорил Заратустра*[1]

Эдик шел по канату над бездной. Животное и сверхчеловек тянули его каждый к себе. Он гнал от себя обычную мораль ради какой-то Высшей Правды, топтал эту мораль, утверждая в себе сверхчеловека. «Представляете, — не раз

---

[1] Цит. по: *Ницше Ф.* Собр. соч.: В 2 т. М., 1990. Т. 2 / Пер. Ю. М. Антоновского под ред. К. А. Свасьяна.

говаривал Эдик, — к девушке приходит скромный и нежный юноша. Он дарит ей цветы, читает тонкие стихи, целомудренно боясь коснуться ее руки. Потом он уходит, а пьяный сосед, вонючий слесарь, хам, приходит к девушке и еб...т ее всю ночь...»

Ужасы, пережитые Эдиком в коммуналке с окнами на помойку, нанесли удар по психике, уже слегка покореженной ролями в кино. Он принципиально не дарил цветов и не читал девушкам стихи. Рассказывали о его связи с милиционершей, которую он раздевал догола, оставляя сапоги, фуражку и портупею с револьверной кобурой, после чего овладевал этим символом подавления и власти. Говорили также, что под кроватью Эдик хранил настоящую немецкую каску, скорее всего позаимствованную из реквизитной «Ленфильма», которую он надевал в самый патетический момент с криком: «Ты знаешь, кто тебя ... ?»

В те годы телефон в квартире был скорее привилегией, чем правом. У большинства моих приятелей телефонов не было. Приходилось либо ехать к ним домой на «авось» — вдруг застану, либо выходить на Невский. На Невском можно было встретить всех. Густая толпа шла непрерывным потоком человек по шесть в ряд, от Московского вокзала до Адмиралтейства.

На Аничковом мосту я повстречал Эдика, он шел с девицей.

— Севочка! — воскликнул он приподнято, в стиле XIX века. — Несказанно рад! Познакомься, Наташенька с «Ленфильма». Не такая шкура барабанная, как все они там. — Ласково спутнице: — Правда, Наташенька?

Зашли в кафе, позже получившее прозвище «Сайгон», на углу Невского и Литейного. Там поставили первые в городе итальянские кофейные автоматы, выдававшие глоток настоящей свободы. Эдик задумчиво крутил в пальцах незажженную сигарету. Рядом показалась сердитая бабка— уборщица с ведром, шваброй и разляпистой тряпкой.

— Молодой человек, — сказала она неприятным голосом, — здесь не курят!

Эдик будто очнулся, внимательно посмотрел на сигарету и с просветленным лицом воскликнул:

— Отлично! Вот и закурим! — После чего чиркнул спичкой и с удовольствием пустил к потолку табачное облако.

ГАСТРОЛИ

Мартик Ованесян был гастролером, «красной строкой», и работал второе отделение, а в первом был обычный для тех лет эстрадный набор: жонглер-фокусник, девушка, целовавшая себе пятки в пластическом этюде, танцевальная пара и силовые акробаты, муж и жена (жена была «нижней», то есть держала мужа, который был «верхним»), а также конферансье Носков.

Жонглер был старенький, говорил тихо, шамкал, во время номера ронял шарики и делал удивленное лицо — смотри-ка, упало!

На гастролях в провинции я распоясался и запел

Мы стояли сбоку, у кулис, и играли всем номерам. Когда девушка из пластического этюда изгибалась назад колесом, то нам были видны только ее ноги и низ живота, на котором резко очерчивалась лобковая кость, os pubis, лонное сочленение, передняя стенка таза. В этот момент Додик внимательно смотрел на мое лицо, ожидая своей дозы смешного. Я выводил мелодию на кларнете и оттягивал назад уши, как испуганная собачка. Додик беззвучно хохотал.

Танцевальная пара исполняла нечто чувственное под танго Альбениса. Танцовщица пребывала в возрасте, который в балете считается пенсионным, но надо было видеть эту пенсионерку. Она выступала упругой походкой породистого рысака, каждым своим движением суля неземные райские наслаждения. Додик был особенно чувствителен к крутой линии бедра. Артистка, со своей стороны, была, видимо, польщена обожанием юного и тощего джазиста.

Надо заметить, что за Додиком ползла, как прозрачная дымка, репутация человека, способного потрафить даме. Пианист Аркадий Мемхес, непременно игравший на всех питерских джем-сейшенах в стиле Телониуса Монка («нет джема без Мэма»), суммировал это так: «У большого Додика есть маленький Додик. Который тоже большой».

Додик вскоре закрутил с артисткой роман и на весь оставшийся год выбыл из рядов свободных охотников.

Конферансье Носков перед концертом ходил вдоль сцены, разогревая речевой аппарат. «Жо-о-о-па, — говорил он красивым баритоном. — Мя-я-я-ясо!» Носков был мастером короткой и сильной формулы. Однажды девушка, приглашенная к нему в номер, стала отказываться от близости. «Я комсомолка!» — привела она довод. «А я член партии! — веско парировал Носков. — И если партия имеет комсомол, то это правильно!»

Валера Будер, высокий курчавый блондин, вечно попадал в какие-то истории. «Чуваки! — рассказывал он, давясь от смеха. — Был вчера у чувихи, так она меня гладит и говорит: „Обожаю волосатую грудь!“ А у меня ни единого волоска на теле нет!» В другой раз он поведал, что ходил в гости вечером, после концерта. «Тихо! — предупредила его подруга на подходе к дому. — Говори шепотом, а лучше молчи!» В прихожей молча сняли обувь, на цыпочках крались сквозь спящий дом, стараясь не скрипнуть половицей. «Она все палец к губам прикладывала — тсс! Тихо разделись, легли, тихо начали. А потом, когда раскочегарились, среди ночи она как заорет во все горло, так, что окна зазвенели: „Конча-ю!!!"» Тут Валера беззвучно трясся от смеха.

Эдика девушки побаивались, в нем не было душевности и простоты, как у Будера, или уверенного опыта Носкова. Для Эдика пьеса была важнее героини.

Однажды в каком-то мрачном промышленном и задымленном городе, кажется в Кривом Роге, мы обнаружили в местном гастрономе советский растворимый кофе. Это была в те времена большая редкость, дефицит. Эдик накупил себе полную сетчатую авоську, которая свисала до самой земли, как трал в рыбную путину. Навстречу шли две молодые криворожки. «Девушки, пойдемте к нам, — мрачно произнес Эдик из-под нахлобученной шляпы, шаркая суконными ботами. — Мы будем пить кофе смертной чашей!»

В выездном автобусе «Кубань», дрянном фанерном драндулете, в котором тогда возили артистов, Эдик обычно дремал, задрав ноги на сиденье впереди, или вел бесконечный разговор с рабочим сцены, Володей. «Володенька, мальчик мой! — говорил Эдик с трагедийным пафосом. — Запомни, заруби себе на носу, на концерт едем! Пойми ты это, родной, раз и навсегда...» Автобус проехал мимо покосившегося деревянного дома. «Вот мельница, — изрек Эдик. — Она уж развалилась...» В замерзшее окно заглянуло детское лицо, из-под шляпы Эдика раздалось: «Вот бегает дворовый мальчик...»

Вечером, в темноте, свет лампочек заметен издалека. «Показалось море огней, — неизменно говорил Эдик. — Видимо, подъезжаем к большому городу, догадался мой приятель Кукин...» После чего тихо хихикал, говоря себе в шарф: «Представляете — догадался!..»

Приехали в клуб. Темно, холодно. Эдик молча расхаживал под тусклой лампочкой в колосниках. Появился дядька из дирекции.

— Послушайте, — вдруг обратился к нему Эдик, — вы не видели Володю?

— Какого Володю? — не понял дядька.

— Ну такой, длинный, — пояснил Эдик, — обормот.

Как-то ночью на вокзале, когда мы ждали поезд, в темноте, освещаемой дальним фонарем, так что пар изо рта становился летучим облачком, Эдик встал во фрунт, в позу фюрера, и громогласно произнес хриплым басом: «Солдаты! Вы должны быть выносливы как лошадь, быстры как гончая и тверды как крупповская сталь!»

Анапа — город южный. На севере еще и таять не начало, а тут теплынь. Мы приехали ранним вечером, солнце только садилось. Эдику достался номер с балконом на море. Он тут же уселся, достал банджо и стал играть аккорды по испанскому ладу: там-дарам-пам-пам — пам-пам-дарам. И выкликал вдаль, в морскую лазурь: «Испания! — Дарам-пам-пам-пам-пам-дарам. — 1933-й год!»

В Муроме я впервые услышал «Beatles». Наверное, это было в феврале или марте 1964 года. Мы ждали автобус местной филармонии на выездной концерт, топтались среди высоких сугробов и черных покривившихся изб. Додик никогда не расставался со своей «Спидолой»[1], все время крутил колесико настройки, пытаясь найти что-нибудь джазовое. Из приемника ударила музыка, упругая как пружина, смелая как хулиганская выходка. Аккорды песни скручивали слух, привыкший к правильной гармонии из учебника, они двигались как хотели, попирая правила, но это было завораживающе красиво.

У Додика тогда имелись две оценки, два прилагательных: «колоссально» и «лажа». Под оценку «лажа» попадало практически все, кроме того, что явно было «колоссально». Так случилось с «Beatles». Это было «колоссально».

В Архангельске оказалось еще холодней, к тому же все городские отели были заняты, и нас поселили на пассажир-

---

[1] «Спидола» (Spidola — сияющая (*латышск.*)) — советские портативные транзисторные радиоприемники, выпускавшиеся с 1960 г. до начала 1990-х гг. рижским заводом ВЭФ. Название происходит от имени героини эпоса А. Пумпура «Лачплесис».

ском теплоходе, стоявшем на зимнем приколе. «Свободные охотники» обрадовались — в обычной гостинице на каждом этаже сидели бдительные дежурные, «этажерки», которые строго следили, чтобы после 11 вечера в номерах не было посторонних. Всех гостей, особенно девушек, бесцеремонно выпроваживали. А тут — прямо с улицы, с причала, по трапу на судно безо всяких «этажерок» в теплую каюту под ручки с ценительницами эстрадного искусства.

Музыканты были навеселе, кто-то позволил себе грубость, девицы отказались идти в номера, поднялся крик, началась беготня. Девичьи каблучки громко стучали по стальным листам, в ночной тишине разносились хриплые крики кавалеров. На шум вышел вахтенный офицер, старший помощник капитана. Я был трезв и в гонках за гостями не участвовал, а стоял у трапа, и старпом обратился ко мне. Видно было, что эта вакханалия глубоко его оскорбляет — лицо его искажала болезненная гримаса. Я узнал его издали, а когда подошел ближе, и он узнал меня.

Передо мной стоял мой Славушка, архангельский помор, с которым мы делили матросский кубрик, мой душевный друг из 1959 года. За эти пять лет он повзрослел, но внешне почти не изменился. На возмущенные вопросы Славушки о том, что тут у нас происходит, я ничего не мог ответить. Хотелось провалиться сквозь железную палубу. Было жгуче стыдно.

ЭЛАПТЭ

Не ищи, читатель, этого слова на картах, не пытайся найти его в словарях — во всяком случае, мне его не удалось найти нигде. Тем не менее слово это было, оно жило и даже стало частью программы, которую мы репетировали в конце лета 1964 года. Поведаю эту историю, ибо без нее «элаптэ» как слово и как понятие безвозвратно сгинет в тектонических глубинах истории.

Мартику посоветовали обновить концерт, придумать что-нибудь новое. Он и сам понимал, что делать что-то надо, только не знал что. Ленконцерт прислал режиссера в модных дымчатых очках и с холеным лицом сибарита. Я встречался с ним пару раз в доме Уманских. Гися Уманская, скрипачка, была знакомой моей матери. Одно время Гися была замужем за конферансье Вениамином Нечаевым[1], при всяком разговоре о нем лицо ее становилось напряженным.

Я ходил к Уманским курсантом в конце 1950-х. У Гиси была дочь, красавица Жанна, похожая на Мону Лизу, она была старше меня года на два, а по опыту — на половину жизни. Жанна безжалостно кокетничала со мной и придумывала утонченные издевки. Эта склонность у нее была еще со школы.

— Что с вами, Уманская? — спросил ее однажды учитель в классе.

— Ах, Михаил Петрович, — ответила ему Жанна, потупив взор, — мне так томно!..

Году к 1960-му Жанне стало невыносимо томно, и она вышла замуж за режиссера в модных дымчатых очках.

---

[1] Вениамин (настоящее имя Венедикт) Петрович Нечаев родился 20 марта 1915 г. в городе Вытегра Вологодской области. С детства увлекался музыкой, окончил музыкальное училище. Обучался в Новосибирской консерватории по классу гитары. В 1938 г. стал лауреатом Всесоюзного конкурса артистов-инструменталистов. Работал в оркестре Новосибирского радио. В войну был призван на Дальний Восток, где во время концерта самодеятельности познакомился с другим армейским офицером — Павлом Рудаковым. Демобилизовавшись, Нечаев и Рудаков 3 года работали в Дальневосточной филармонии, выступали с куплетами, играли сценки, конферировали. Рудаков и Нечаев аккомпанировали себе сами: Нечаев на гитаре, Рудаков на концертино. Прием исполнения был прост. Нечаев проговаривал первые строчки, а ударную концовку выдавал Рудаков. Широкую известность получила песня «Мишка» (муз. и сл. Г. Титова, обр. В. Нечаева). В 1962 г. дуэт распался, временно воссоединившись лишь на съемках фильма «Москва слезам не верит».

Режиссер разглядывал нас из-за затемненных стекол: пять молодых раздолбаев разного калибра и внешности и потрепанный эстрадный тенор из сталинской эпохи. Мы молча смотрели друг на друга.

— Может быть, сыграть что-нибудь? — наконец не выдержал Мартик.

Режиссер сидел неподвижно и загадочно, потом еле заметно кивнул головой.

— Веселая шуточная песня, — объявил Мартик, улыбаясь толстющими, как у бурундука, щечками, — «Солнечным проспектом я... — тут он, как обычно, поднял вверх руку и два раза щелкнул пальцами, это была его собственная находка, — ...иду!»

Я заиграл вступление на кларнете, зашуршали барабанные щетки, забумкал контрабас, Додик мелкими брызгами рассыпался по клавишам, Мартик запел. Наконец песня кончилась. Мы и режиссер снова молча уставились друг на друга. Напряжение нарастало, как электричество в воздухе перед грозой, пауза становилась невыносимой.

Режиссер протянул вперед руку, словно показывая, как он художественно видит будущую постановку.

— Понимаете, — сказал он, — э-э-э...

Мы напряглись, вытянулись вперед.

— Э-э-э... — продолжал режиссер. — Понимаете... — эту сакраментальную фразу он произнес еще несколько раз, пытаясь вызвать у себя какое-то вдохновение, решение, поворот. Вдохновение не шло. — Понимаете, э-э-э...

— Кларнет? — не выдержал Мартик.

Режиссер опустил руку, как-то обмяк, будто освобождаясь от колдовской напасти, и облегченно сказал нормальным голосом:

— Вот именно.

Потом к нам приходил другой режиссер, с чеканным именем Донат Мечик, напоминавшим загадочную Хину Члек, музу, вдохновлявшую поэта Ляписа-Трубецкого. Мечик садился на стул, поставленный спинкой вперед, и строго кричал: «Тишина, режиссер у пульта!»

Вскоре у нас появилось элаптэ. Это была сумбурная конструкция из металлических труб и креплений, закрытых черной материей. В глубинах конструкции были укреплены невидимые зрителю зеркала, которые магическим образом выводили на прозрачный киноэкран лицо человека, сидящего внутри. У человека был микрофон, поэтому лицо на экране могло отвечать на вопросы, показывая, что оно находится где-то рядом с нами, в параллельной реальности. Элаптэ придумал один питерский старичок, он собирал свой таинственный аппарат с помощью юной девицы. Старичок прятался в аппарат и проектировал из него на экран свое лицо, как говорящий инопланетянин.

По идее режиссера во время концерта Мартик вступал со старичком в разговор, что должно было озадачить зрителя и придать нашему концерту научно-фантастический характер. Честно говоря, это не очень получалось на фоне песенок «Чи-чи, бе-бе» и «Если б ты знала». Публика не понимала космической задумки и откровенно зевала.

К тому же перевозить элаптэ надо было на сутки раньше всего остального, потому что старичок монтировал аппарат медленно, он вечно терял болты и гайки, подолгу выставляя скрытые зеркала. В конце концов мы расстались с элаптэ и махнули рукой на режиссерский замысел. Чи-чи, бе-бе.

РАБОТА НА ЖУРНАЛЕ

Ленконцерт был отделением ВГКО. Раз в полгода кустовые руководители со всей страны съезжались на планерку и составляли общий график гастролей, поэтому свои будущие поездки мы знали на несколько месяцев вперед. Ленконцерт также обслуживал культурные нужды города, такие концерты назывались работой на журнале — в парке отдыха, во дворце культуры, в воинской части.

Однажды мы приехали по указанному адресу у Староохтинского моста, в клуб со сценой, и выяснили, что это большая психбольница. Концерт был дневной, видимо, чтобы пациенты не перевозбудились. Сидевшие перед нами зрители в казенных серых халатах и тапках вели себя спокойно и внешне ничем не отличались от публики на улице или в метро.

Мартик решил поднять им настроение. «А сейчас, — произнес он с наигранным оптимизмом, — мы сыграем вам веселую шуточную песню „Солнечным проспектом я... — щелк, щелк пальцами, — иду!“» Грянули ободряющие звуки ансамбля, от которых по залу расплывалась улыбка. Но один зритель в первом ряду, услышав их, сжался, как Пьеро, и через секунду разразился безутешными рыданиями. Его трясло, по щекам катились слезы.

На журнале нам предстояло сидеть долго, поэтому «свободные охотники» перенесли свои гастрольные поиски приключений на домашнюю почву. Эдик Л. ходил повсюду с басистом Виком Смирновым и незаметно втянул его в свой обыкновенный фашизм. «Вик! — говорил ему Эдик поощрительно. — Ты настоящий немецкий офицер!»

В механике гастрольного знакомства есть элемент экзотики. Артист — человек приезжий, тем и интересен, к тому же побудет недолго и уедет. Если все делать аккуратно, то и не узнает никто. В Ленинграде же ты не приезжий артист, ты свой, и экзотики в тебе нет.

Другое дело — с абитуриентками, девушками, приехавшими поступать в институт. Они вырвались из дома, обрели свободу, жаждут впечатлений, хотя и понимают это неотчетливо и по-провинциальному наивно. А тут — два молодых человека, люди столичные, музыканты. Интересно рассказывают, шутят, угощают, зовут к себе. По неписаным законам Невского проспекта тех лет, согласие прийти в гости означало готовность девушки на близость. Девушки, понятно, этого не знали, пока не оказывались в западне.

Стояло жаркое лето, абитуриентки ходили в тонких платьицах. В голове у Л. созрела сцена, он подходил к своей жертве с ласковым лицом и говорил, осклабясь: «Ну ты же хорошая девочка!» — после чего эффектным движением разрывал летнее платье на две части. Сложный психологический механизм, объяснить который я не берусь, подчас действовал магическим образом, вызывая синдром подчинения и отказа от ответственности за свои действия. Почти как в классической отговорке «была пьяная, не помню».

Л. рассказывал об этих встречах открыто, не стесняясь, и у меня складывалось впечатление, что происходившее было, конечно, насилием, но насилием драматическим, киношным, и к изнасилованию его отнести нельзя. Во всяком случае, девушки в милицию никогда не обращались.

Обратилась в милицию тетка одной из девушек. Она приехала с племянницей в Ленинград и с ужасом застала ее однажды поздно вечером в разодранном платье. Девушка долго не сознавалась, но потом рассказала, что с ней произошло. Делу дали ход. Дня через три, когда мы узнали о начавшемся следствии, было уже поздно, замять скандал не удалось. Положение осложнялось еще и тем, что Л. был не один — «настоящий немецкий офицер» Вик Смирнов был там же, поэтому следствие квалифицировало произошедшее как «коллективное изнасилование».

Состоялся скорый советский суд, Эдику и Вику дали по шесть лет. У Додика имелись связи по линии ДК им. Дзержинского, ему удалось добиться распоряжения осужденным отбывать сроки в Ленинградской области. Вик вскоре устроился заведующим складом матрацев и закрутил на этих матрацах роман с лагерной врачихой.

В лагерь, где находился Л., Додик приехал с побывкой днем, после обеда. Из мощных динамиков над всей территорией звучал знакомый сочный баритон, произносивший с театральной дикцией слова: «Заключенным барака номер шесть собраться на плацу! Повторяю — заключенным барака номер шесть собраться на плацу!»

ОРКЕСТР ВАЙНШТЕЙНА

Время, как бесконечные волны прибоя, перекатывает в памяти осколки жизни, сглаживает острые края, стачивает их в голыши, похожие друг на друга, так что и не сообразишь, от какого куска отколото. Не у меня одного это происходит. Читаю воспоминания музыкантов тех лет, с которыми ходили одними тропами, и понимаю — они запомнили иначе.

Несколько лет подряд я регулярно ездил слушать оркестр Вайнштейна, сначала в танцевальный зал ДК Первой пятилетки, потом, после 1962 года, в ДК Ленсовета[1].

В конце лета 1964 года оркестр Вайнштейна переехал из ДК Ленсовета к Нарвским воротам, во вновь отстроенный танцевальный зал. Открыли его 28 августа таким составом: трубы — К. Носов, А. Смирнов (Перл), А. Антонов, А. Гиневский; тромбоны — В. Мусоров, Б. Кричевский, Б. Кузнецов, А. Финкельштейн; саксофоны — Г. Гольштейн, В. Горбовский, Ф. Запольский, Г. Бурхард, Г. Фридман; валторны — В. Вилон, В. Груз, В. Мардкович; туба — Р. Минков; рояль — Л. Болдырев; контрабас — В. Неплох; ударные — С. Стрельцов; солист-вокалист и вибрафон — В. Милевский.

---

[1] Строительство Дворца культуры Промкооперации по адресу Каменноостровский проспект, 42, началось в 1930 г. В 1934 г. дворец открыли, а после войны переименовали в ДК имени Ленсовета. До революции на этом месте находился «Спортинг-палас», построенный в 1910 г. В нем были крупнейший в городе синематограф, ресторан и концертный зал, с 1913 г. арендованный частным театром С. Я. Зона. Но главным сооружением, несомненно, являлся зал для катания на роликовых коньках — скетинг-ринк.

Оркестр Вайнштейна в 1967 г.

Внимательный читатель уже отметил для себя три валторны, инструменты для джаза крайне нетипичные. Два валторниста, Вилон и Груз, были блестящими оркестровщиками, они могли «снимать» с магнитофонных записей сложнейшие нагромождения гармоний, вроде тех, которыми славился оркестр Стэна Кентона или Гила Эванса.

У Володи Груза абсолютный слух, открытый еще в юности, когда он был военным воспитанником в музвзводе. Садист-старшина для развлечения наугад тыкал в фортепианные клавиши, заставляя «воспитона» угадывать ноты и аккорды. А когда тот ошибался, мог побить тяжелым кулаком. Это чрезвычайно обострило его природные способности, но напугало на всю жизнь.

Володя был человеком нервным, неуверенным и молчаливым. При знакомстве с девушкой он не мог выдавить из себя ни слова. Просто сидел и смотрел на нее, и в этом гипнотизирующем взгляде выражалось столько всего, что девушка в конце концов не выдерживала и кидалась к нему в объятья. В оркестре Володю прозвали «половым удавом».

Пианист Лев Болдырев был похож на молодого профессора — мягкая усмешка, очки, изысканные манеры. Его увлечение джазом было скорее надстройкой, чем базисом. Основа, консерваторская подготовка, проявлялась в его блестящем исполнении «Рапсодии в стиле блюз» Дж. Гершвина, которую он играл в концертных программах оркестра. Вайнштейну, боровшемуся с советской властью чуть ли не за каждую синкопу, гершвиновское музыкальное полотно придавало изрядную респектабельность — это козырь, которым можно крыть любой худсовет. После ухода Болдырева Иосиф Владимирович несколько раз пытался возродить рапсодию в программах разных лет, но того высокого класса достичь так и не удалось.

Зимой 1965 года Болдырева пригласили в Кировский (Мариинский) театр концертмейстером, и он покинул оркестр Вайнштейна, где проработал несколько лет. Быть может, он понял, что его развитие как музыканта в оркестре имеет предел.

Примерно в это же время группу саксофонов покинул Георгий «Жорж» Фридман. Ушел он по болезни, дуть в огромный баритон стало невмочь. Но духовая закалка тех лет, мне кажется, все-таки дала плоды, потому что Жорж и сегодня, спустя 45 лет (февраль 2010 года, когда я пишу эти строки), жив и успешно трудится на духовной ниве — он стал отцом Георгием, священником католического храма Св. Екатерины.

Из воспоминаний о. Георгия

У меня был американский саксофон, баритон. Я купил его в Риге. Когда джаз был полностью запрещен, он был зарыт в землю музыкантом из оркестра Бориса Райского. А другой знал, где он закопан, выкопал и предложил мне купить.

Дубшан Ф. Простые вещи // Вечерний Петербург. 2009. 23 янв.

Жорж ушел, вместе с ним ушел его сочно рыкающий инструмент. Оркестр остался без баритониста и без баритона. Гена (Геннадий Львович) Гольштейн, фактический руководитель оркестра, связался со мной и дал понять, что он пробивает мою кандидатуру. Ему известна моя работа с Додиком, Гена слышал, как я играю, и вообще мы знакомы несколько лет. Были и возражения: нет опыта оркестровой игры, а главное — нет инструмента. «Если найдешь баритон, — сказал Гена, — мы тебя возьмем».

Я бросился на поиски, обзванивал всех знакомых саксофонистов и пришел за помощью к Додику. Он по секрету рассказал, что его тоже приглашают к Вайнштейну на замену Болдыреву, и по такому случаю включился в поиски баритона.

Не помню уж, сколько мы искали, но баритон в конце концов всплыл, появился. Хозяин его просил 500 рублей и на меньшее не соглашался. Уборщица тогда получала 60 рублей в месяц, молодой инженер — 120. Моя ставка за концерт составляла 6 рублей, плюс 1,50 рубля за совмещение инструментов, итого 7,50. Если не есть, не пить и бесплатно ночевать у друзей, то нужную сумму можно собрать месяца за четыре. Я готов был не есть, я готов был не пить и ночевать где придется, но у меня не имелось этих четырех месяцев. Деньги надо доставать срочно. Можно по крохам собирать с родственников, что-то взять у родителей, занять у приятелей. Но быстрый подсчет показывал, что больше 150 рублей собрать не получится. Что делать?

Мысль о саксофоне, 500 рублях, блестящей судьбе в оркестре моей мечты точила меня день и ночь. С этой мыслью я и шел от Витебского вокзала к Пяти углам. «Сева!» — окликнул меня знакомый голос. Эдик, Эдик Лысаков, метеоролог, барабанщик нашего джаз-оркестра из Макаровки. В 1963 году, после выпуска, я был у него на свадьбе, хорошо знал его жену Галю. Эдик живо интересовался моей судьбой, радовался успехам. Я рассказал ему о том, что со мной происходит, упомянул историю с баритоном за неподъемные деньги. Эдик зажегся с полоборота.

— Ты что! — воскликнул он с жаром. — Такой случай бывает раз в жизни, да и то не у всех! Звони хозяину саксофона, скажи, что готов купить!

— А деньги? — спросил я растерянно.

— А деньги я тебе дам! Я целый год был в экспедиции на льдине, мне тут зарплата шла, накопилось. Уверен, что Галя меня поймет!

Эдик! Если эти строки когда-нибудь попадут тебе на глаза, знай, что я до сего дня вспоминаю твой дружеский поступок с глубокой благодарностью. Тогда, в 1965-м, тебя, должно быть, мне ангелы послали!

God bless your white cotton socks!

ИОСИФ ВЛАДИМИРОВИЧ

Иосиф Владимирович был человеком поистине атомной энергии. Он частенько говаривал нам: «Мальчики! Звоните мне в любое время дня и ночи. Я никогда не сплю!» В это можно было поверить. От него исходило высоковольтное напряжение. Как многие успешные люди того периода, Иосиф Владимирович был продуктом естественного отбора страшных советских 1930–1940-х годов. Выживали только самые напористые, самые смелые.

За годы нашей совместной работы Вайнштейн не рассказывал о своем детстве и молодости. Я сам узнал это не так давно, из книги, составленной его женой Нинелью Федоровной и изданной в Торонто в 1997 году на собственные средства.

«Детство Иосифа, — пишет она, — не было лазурным. Родился в городе Белая Церковь на Украине в 1918 году. Голод 1930-х многих заставил бежать. Зимой 1931 года с Московского вокзала тащила сани мать, тетя Циля, с малыми пожитками, а за ней четверо детей — Яша, Сеня, Фира и Ося, будущий Иосиф Владимирович Вайнштейн. Шли они по заснеженному Старо-Невскому проспекту, по Суворовскому к 5-й Советской, к той цитадели, где мы с Иосифом в 1944 году начали свою жизнь. Так шесть человек вместились в эту семиметровую комнату и жили. Больной отец Иосифа, приходя с работы, ложился отдыхать и просил скорей открыть форточку: „воздуха мне, воздуха"... А лет-то ему всего было 37».

Это была камера на шесть человек, Иосиф даже не может вспомнить, кто где спал. И вот скоропостижно, на 38-м году жизни, умер отец. Не стало главного кормильца. Слава богу, дети подросли, старший Яша учился в ФЗУ и там же работал, а Ося, как приехал в Ленинград в 1931 году, поступил учиться игре на трубе в Дом пионеров и школьников Володарского района. Научившись, стал играть в духовом оркестре, появились первые заработанные деньги, которые с гордостью отдавались маме.

Как-то в духовой оркестр клуба имени Садовского на улице Желябова зашел капельмейстер с крейсера «Аврора». Ося ему приглянулся, и он пригласил его к себе на военную службу досрочно. В декабре 1935 года военкомат Смольнинского района призвал Иосифа. Ему было 17 лет. В 1937-м, военнослужащим, с разрешения командования поступил в Первое ленинградское музыкальное училище, которое закончил в 1941 году. Еще студентом, в 1938-м, создал свой первый джаз-оркестр.

Война застала оркестр под управлением Иосифа Вайнштейна в гостинице «Европейская» . Иосиф, по положению, стал офицером запаса в звании техника-интенданта первого ранга. Первые месяцы войны был начальником штаба истребительного батальона в районе Невской Дубровки. В феврале 1942-го назначен капельмейстером Кронштадтского оборонительного района. На базе духового оркестра организовал джаз и 23 февраля, в день Красной армии, дал первый концерт в Доме флота.

Концерты в блокадном Ленинграде часто проходили под артиллерийским обстрелом. За образцовое выполнение заданий командования по обслуживанию частей и соединений в 1943 году одним из первых был награжден орденом Красной Звезды. В начале 1945-го Иосиф Владимирович в чине капитана приказом замнаркома обороны назначен военным дирижером оркестра Военно-воздушных сил КБФ в Таллине. Там он создал очередной джаз-оркестр, прошел с ним по дорогам войны до своей демобилизации в 1946 году в Кенигсберге.

Вернулся на свою прежнюю работу в гостиницу «Европейская» и восстановил ранее существовавший женский джаз-оркестр. В 1949-м отказался подписать сфальсифицированный протокол партийного собрания, навлек на себя злобу КГБ, был уволен из гостиницы и внезапно призван на военную службу. Назначение — в глухомань, на остров под Таллином.

Но еще с войны Иосиф Владимирович лично знал многих адмиралов и, поехав в Москву, сумел добиться назначения его военным дирижером Нахимовского училища. Разогнал старых алкоголиков, набрал лучших ленинградских музыкантов, и оркестр Нахимовского училища на ежегодных смотрах неизменно стал выходить на первые места. Вайнштейн получил звание майора, учился на кафедре военных дирижеров Ленинградской консерватории.

Однако ребята в КГБ его не забыли. Кропотливо и неустанно шили ему дело, все сплошь построенное на ложных доносах. Вайнштейна арестовали, отдали под суд, он получил срок с конфискацией имущества, при этом отобрали одну комнату. Когда выносили вещи, маленькая дочка, которой не было еще семи, всхлипывая, прижавшись к маме, спросила: «А мои игрушки тоже возьмут?» Все это случилось в апреле 1952 года.

Все, кто знаком с отечественной историей, знают, что это был период так называемой борьбы с космополитизмом. Поступила установка: всех «-штейнов» — сажать. И капельмейстер образцового оркестра, майор Вайнштейн, отправился на лесоповал.

В лагере, понятно, с разрешения начальства, Иосиф Владимирович сколотил небольшой оркестр, сам писал оркестровки, с благодарностью вспоминая педагога по гармонии. Его молодая жена тем временем заболела страшной болезнью — туберкулезным менингитом. Нестерпимые головные боли, уколы морфия, 70 спинномозговых пункций, 10 пункций в голову.

Малолетнюю дочь взял русский дедушка, написавший Иосифу в лагерь: «Нинель умирает. Подумай о своей дочери, я не собираюсь ей посвящать свою жизнь». В лагере все письма прочитывались цензурой, и начальник лагеря, прочитав это письмо, сказал зэку Вайнштейну: «Пусть кто-нибудь посадит дочку в поезд на Кировск, я ее к себе возьму».

Этого не случилось. Кто-то помог Нинели достать импортный стрептомицин, и, пролежав в больнице почти год, она вернулась домой.

Следующий эпизод — 1969 год, оркестр Вайнштейна на гастролях в бывшем Сталинграде. На концерте побывал тот самый начальник лагеря. Иосиф Владимирович с женой пошли к нему в гости. Ели вареных раков, вспоминали старое. Хозяин по-прежнему работал в местах заключения и, чтобы отвезти гостей домой, вызвал «черный ворон». Жену посадил с шофером, а Иосифу Владимировичу сказал: «Залезай, тебе не привыкать!» Действительно, тогда, в 1950-е годы, привыкать оставалось недолго.

Умер Сталин, расстрелян Берия, Военная коллегия Верховного суда СССР пересмотрела дело Вайнштейна и осво-

Г. Гольштейн и К. Носов (1962)

бодила его 28 октября 1954 года. В Нахимовском училище уже лежал приказ о присвоении ему очередного звания подполковника.

Друзья в министерстве культуры предложили поехать в Ригу, возглавить Рижскую филармонию, но Иосиф Владимирович от административной работы отказался и в 1955 году был направлен в Ленгосэстраду. Тут, собственно, и стал формироваться оркестр, который мы еженедельно ходили слушать. Принципиальная разница заключалась в том, что музыканты набора 1958–1959 годов были сами себе голова. Погонять их не нужно, с первых дней существования того состава введен порядок ежедневных репетиций, причем каждый из инструментовщиков репетировал свою оркестровку. Как писал Вайнштейн: «Музыканты были фанатиками своего дела и буквально переродили меня».

Геннадий Гольштейн, каким он был в те годы, — с моей точки зрения, непревзойденный в отечестве джазовый саксофонист, перфекционист в технике и стиле. Ему я обязан многим, среди прочего и вегетарианством.

Из письма Г. Гольштейна (1994)

Мой ученик был недавно в Америке, звонил Иосифу Владимировичу. Бедный, рыдает в трубку.

Он, конечно, живет ностальгией. Ему не хватает сопротивления коллектива, оркестра, и обеспеченная старость только усиливает эти настроения.

Вчера мы выполняли задание шефа и совершили рейд по местам трудовой славы, т. е. были в Первой пятилетке, в Ленсовета, на его квартире на 5-й Советской, в Ленконцерте. О, как эти объекты соцкультбыта хранят свою вонь! Смердят до сих пор. От этого смрада нас спасали только любовь к музыке и туман молодости. Какое счастье, что шефа здесь нет.

Он это и сам понимает, но грустит по антиутопии джаза. А джаз был, действительно, при утопии — антиутопией. И вот теперь утопия рухнула и вместе с антиутопией потеряла остроту и политнапряжение.

Но, несмотря на это, джаз сейчас как будто ко двору. Открылись еще два джаз-клуба, и оба держатся, так что моя мафия учеников только поспевает бегать по джем-сейшенам.

СВОЯ КОМНАТА

Я жил в Ленинграде по-прежнему на птичьих правах, прописываясь к кому-нибудь в гости каждые три месяца. Маман, понимая мое положение, развернула бурную деятельность и познакомилась в Таллине с женой капитана, у которой пустовала комната на Лиговском проспекте, дом 63.

Темная комната, длинная, как пенал, выходила единственным окном во второй от улицы двор-колодец доходного дома Перцева. Ночью там орали коты, по утрам гремела мусорная машина. Любой звук, причиненный в этом дворе, усиливался многократно и проникал через форточки и щели, заполняя пространство.

В коридоре коммунальной квартиры лампочка горела день и ночь, без нее свою дверь найти бы не удалось никому. Однажды вечером, когда я вернулся домой после игры, эта лампочка не горела. Я водил в кромешной тьме руками как китаец, практикующий тай-чи, плавно двигая ногами вдоль остатков коридорного паркета. И слава богу, что плавно, потому что моя нога наткнулась на что-то грузное и мягкое. «Труп!» — мелькнуло в голове.

Дрожащими пальцами я нащупал скважину, повернул ключ. Войдя в комнату, включил свет. Рядом с дверью на полу лежало неподвижное тело, тихо сопевшее во сне. Через минуту я узнал его — сосед, токарь с фабрики музыкальных инструментов, которого жена не пустила домой, оставив протрезвляться в коридоре.

На работу ездить было просто: с Лиговки повернуть за угол на Кузнечный переулок, пересечь Пушкинскую, улицу Марата, пройти Кузнечный рынок, а там — Владимирский проспект и метро, четыре остановки до «Нарвской». Нарвские ворота, ДК им. Горького, танцевальный зал.

На обратном пути до «Владимирской» часто ехал с Геной Гольштейном, который жил рядом с метро. Он иногда предлагал мне зайти на чаек, и я соглашался, поскольку в моей холостяцкой келье еды не было, а на коммунальную кухню ходить было опасно. Столы и шкафчики были строго поделены между соседями, конфорки на газовых плитах распределены по правилам неизвестной конвенции еще много лет назад. Мне, как человеку без прописки, не следовало раздражать аборигенов.

Гена уже тогда был вегетарианцем, он показал мне книгу Ольги Константиновны Зеленковой в ледериновом переплете под названием «Я никого не ем!» («365 вегетарианских меню. Руководство для приготовления вегетарианских кушаний: 1500 рецептов по временам года с расчетом на 6 персон», 1900).

Одно из простых блюд, предложенных тогда гостеприимной супругой Гены, Люсей, я до сих пор иногда готовлю. Это рис, лучше всего ароматный, из Малайзии, с яичницей-глазуньей.

Люся, насколько я помню, в браке оставила свою девичью фамилию Федорова, за что и получала иногда от Гены предупреждающий окрик: «Федорова!» Позже Гена звал ее не иначе как Лючия Соломоновна. А когда Лючия Соломоновна уж очень докучала ему своими упреками, вздыхал и говорил: «О! Всепроникающие газы!»

Гена тоже жил внутри своей придуманной пьесы, в которой место находилось и Чарли Паркеру с Джулианом Эддерли, и Достоевскому с его петербургской мглой. Он дружил с букинистами и антикварами, это было тайное общество людей, отрицавших советскую эстетику. Они снабдили его отличным пенсне, точь-в-точь как у Чехова, и настоящим котелком, на шелковой подкладке которого, внутри тульи, было написано: «Ратнер, Могилевской губернии. Париж, Лондон, Санкт-Петербург».

Пенсне и котелок пугали рабочий класс, крестьянство и даже трудовую интеллигенцию, но Гене этого было мало. Он чувствовал какой-то пробел в своем образе. Однажды ночью, когда луна светила из-за рваных туч, а вдоль мрачных зданий ветер гнал всякую дрянь, Гена увидел форму, сразу поразившую его воображение. Пальто нелепого старомодного кроя, узкое в плечах и расширяющееся книзу пелериной. Не раздумывая, бросился он к пьяному мужичку, неизвестно где и неизвестно как подобравшему эту рух-

Рядом с великими: Г. Гольштейн (нижний ряд, третий слева), К. Носов (верхний ряд, второй слева). ДК им. Горького, Ленинград, 1966

лядь, и тут же уговорил его это пальто… Вряд ли продать, поскольку советские пьяницы ценности в деньгах не видели, а вот бутылка — это другое дело…

После химчистки и перелицовки пальто получилось как новое, силуэт Гены приобрел вид колокольчика, над которым блестело пенсне, а венчал это видение Достоевского круглый черный котелок.

БАРИТОН

Отношения с моим новым баритоном не складывались. Для саксофона важно понимать, чего ты от него и от себя хочешь, какой звук, стиль. Единственный возможный пример для подражания, Джерри Маллиган, меня не вдохновлял, да и манера его для оркестровой игры не годилась. Без ясной цели я застрял на месте.

Не помню, возил ли я с собой громоздкий баритон после игры домой заниматься или ездил для этого на работу пораньше, только результатов не было. Я старался выигрывать оркестровые партии, но в нижнем регистре мне просто не хватало запаса воздуха в легких, особенно в оркестровке Каунта Бэйси «Lil Darling».

7 № 4443

Единственным утешением был перерыв между вторым и третьим отделением, когда вместо грампластинок из радиоцентра мы играли малым составом. Додик вставал за вибрафон, а я брал свой кларнет. К тому времени я обзавелся прозрачным хрустальным мундштуком, дававшим красивый круглый тон, особенно на верхах. Некоторые вещи из репертуара раннего Бенни Гудмена иногда получались неплохо. В таких случаях Гена Гольштейн мог заметить: «Хорошее соло ты сыграл...» Подозреваю, что говорилось это не только для меня, но и для себя, а также для Иосифа Владимировича — как намек: мол, человек на баритоне играть не может, но потенциал в нем есть.

На теноре играли Фред Запольский и Герман Бурхард. Фред, добрейший человек, тонкий музыкант и оркестровщик, был до неудобного честен и говорил мало. Его уважали, ждали его мнения или совета, но Фред словами не разбрасывался. В оркестре считали, что ему известна какая-то тайна, скрытая пружина джаза.

Однажды он пришел на репетицию навеселе. Новая оркестровка не получалась. Фред шагнул вперед и обратился к музыкантам. «Ребята!» — сказал он проникновенно, и все притихли. Может быть, настал момент, когда Фред выдаст наконец свое тайное знание, раскроет философский камень. «Ребята!» — повторил он, исторгая слово из самой глубины души. Очевидно, к этому выступлению он готовился давно, может быть, даже выпил для храбрости. «Ребята! — произнес Фред так, что у него, да и у нас, навернулись на глаза слезы. — Играть надо...» Он замолк на минуту, собирая воедино то, что давно копил в себе по кусочкам. Мы понимали важность момента — в другой раз Фред никогда уж такого больше не скажет. «Играть надо... — тут Фред тяжело вздохнул и тихо, почти нежно закончил: — играть надо... ХОРОШО!»

Герман Бурхард был полной противоположностью. Рослый красавец, копия киноактера Жана Маре, очень тогда популярного. Герман был способен только на истинно мужские поступки, на невозмутимое проявление храбрости и великодушия. Я так и не узнал, говорил ли с ним Гена или Иосиф Владимирович. Скорее всего, так и было, потому что в оркестре Вайнштейна все подчинено одному — качеству и стилю звучания. Вряд ли Герман сам придумал сделать мне предложение, но прозвучало это предложение именно от него. Немногословно, по-ковбойски, он сказал мне после игры: «Давай, садись на тенор. Если хочешь, я сяду на баритон. А саксофонами поменяемся».

Мои чувства описанию не поддаются. Герман играл на настоящем золотом «сельмере» французского производства. В те времена это была величайшая редкость, такой инструмент купить было невозможно ни за какие деньги. Я должен теперь принести свою запоздалую благодарность Герману Бурхарду, потому что поступок его изменил дальнейшее течение моей жизни.

Герман вскоре ушел из оркестра, женился на грузинской певице Гюлли Чохели и некоторое время ездил с ней по гастролям. На последней нашей случайной встрече в Москве он рассказывал, как строит семейный загородный дом и делает гидроизоляцию подвального этажа.

На замену Герману пришел Юрий Кельнер, отличный оркестровый музыкант с консерваторским образованием. Он носил роговые очки, был похож на драматурга Артура Миллера, мужа Мэрилин Монро, только ростом поменьше. Один глаз у Юры был стеклянный, вставной.

ПОЗА РОНБЕРГА

Призыв в армию висел над всей советской молодежью. К Додику стали приходить повестки из военкомата. Он был к этому готов, вернее, подготовка началась еще годом раньше. Додик обложился толстыми книгами по психиатрии и довольно скоро многое знал по узкой интересующей его проблеме — маниакально-депрессивный психоз на почве остаточных явлений от сотрясения мозга.

Это сотрясение надо было для начала создать, внести его в историю болезни. Для операции потребовалось три предмета — стремянка, молоток и кастрюля со вчерашним супчиком. Супчик художественно разлили по полу, имитируя тошноту. Стремянку уронили с грохотом, так чтобы соседи могли подтвердить. А молотком верная супруга Додика, Лорхен, ударила его по голове, не сильно, но и не слабо, чтобы получилась ощутимая шишка. После чего она вызвала скорую помощь, привела медиков к неподвижному телу и объяснила, что муж влез на стремянку прибить гвоздь, упал, ударился и потерял сознание. Да, еще его стошнило.

Пострадавшего увезли в больницу с диагнозом «сотрясение мозга», продержали несколько дней и вернули домой. Через некоторое время, как в учебнике психиатрии, Додик стал ходить в поликлинику с жалобами на депрессию, каждый раз добавляя новые штрихи к своим симптомам. «Чувак, — рассказывал он, — психиатр говорит мне: закрой глаза, вытяни перед собой руки! А я говорю про себя: так, поза Ронберга...»

Так продолжалось несколько месяцев, и к моменту первых повесток из военкомата медицинское дело призывника Голощекина Давида Семеновича, 1944 года рождения, было готово. Расшатанное психическое здоровье не позволяло ему нести службу в рядах Советской армии, даже в тылу. Додику дали «белый билет».

Додик, как Евгений Онегин, вполне мог бы сказать: «...но я не создан для блаженства, ему чужда душа моя». Блаженство семейной жизни стало его стеснять. Лорхен ревновала Додика ко всему, что его окружало, — известность, звонки, внимание девушек. Последнее особенно резало душу, потому что Додик был младше ее. Лорхен начала слегка раздаваться вширь и от этого нервничала еще сильнее. Вскоре ей стало известно о каком-то очередном романе Додика.

Обида наполнила ей душу, возмущенный разум требовал мщения. Как же так? Ведь я шла на все, даже на подлог с сотрясением мозга! Я била по голове, я вызывала скорую помощь! А он...

Бедная Лорхен, потеряв от горя всякое соображение, движимая женским раненым сердцем, не придумала ничего лучше, нежели пойти в военкомат и заявить, что ее муж, Голощекин Давид Семенович, 1944 года рождения, — симулянт. Военком страшно обиделся на хлюпкого интеллигентика, которому удалось его так провести, и на очной ставке попытался прижать Додика к стене.

Для Додика сознаться означало не только загреметь в армию, но еще пойти под суд и оказаться в каком-нибудь жутком штрафном батальоне. Проще было умереть. Додик решил сражаться до конца. Врач изучает все болезни, а пациент — одну, свою, поэтому по части медицинских знаний пациент с врачом вполне может потягаться. Из психиатрической литературы Додик знал, что уличить его в симуляции военные врачи не смогут. Анализа, который бы неопровержимо доказывал его психическое здоровье и пригодность к службе, не придумали.

Вернее, доказательств не было, а анализ был. Анализ ужасный, мучительный — ломбальная пункция. В позвоночник испытуемого вводят иглу, извлекая спинномозговую жидкость[1].

---

[1] Спинномозговую жидкость извлекают как с диагностической, так и с лечебной целью. Больного укладывают на бок как можно ближе к краю кровати; ноги приводят к животу, а голову наклоняют к груди, отчего спина выгибается дугой и остистые отростки отходят друг от друга. Иглу вводят в промежуток между III и IV поясничным позвонком. В течение 2 часов после пункции больной должен лежать на спине, подушку под голову ему не кладут. В течение суток больному запрещают вставать с кровати. У некоторых больных (особенно у лиц с неустойчивой нервной системой) после пункции могут появиться общая слабость, головная боль, боль в спине, тошнота (рвота), задержка мочеиспускания, то есть явления раздражения мозговых оболочек.

В этой затянувшейся медицинской войне Додик был пленником, которого пытали. Пункцию позвоночника ему делали 8 раз. Потом то ли у врачей совесть взыграла, то ли военком махнул на это дело рукой, только Додик вернулся домой победителем. Победа досталась ему тяжело, врачебные экзекуции для чувствительного молодого музыканта не прошли даром. У меня всегда потом было ощущение, что Додик вышел из больницы с тем диагнозом, с которым он туда попал. Только до больницы диагноз был придуманный, а после больницы — настоящий.

Один мой знакомый, тоже джазист, чтобы уйти от армии, симулировал недержание мочи, называемое в медицине поэтически — энурез ночной. По путевке военкомата он лег в больницу на обследование. Притворяясь спящим, он должен был в течение нескольких суток часа в три ночи мочиться под себя в постель. Говорили, что в Москве уже были аппараты, позволявшие определить, спит человек в момент мочеиспускания или нет. В Ленинград такую технику еще не завезли, уличить нашего знакомого не удалось, и он получил освобождение от армии.

КОНЦЕРТЫ-ЛЕКЦИИ

Настало лето 1965 года, танцевальный зал в нашем Дворце культуры закрывался до осеннего сезона. Ленинградцы разъезжались под дачам, но для тех, кто оставался в городе, были сады и парки, а в этих садах и парках — культурные мероприятия.

В саду отдыха на Невском, напротив Театра комедии и гастронома № 1 (бывшего Елисеевского), на открытой летней эстраде по понедельникам и вторникам шли концерты-лекции джаз-оркестра Ленконцерта под художественным руководством Иосифа Вайнштейна. Вступительное слово и комментарии — Владимир Фейертаг.

Владимир (теперь Владимир Борисович) Фейертаг, выпускник филологического факультета Ленинградского университета, руководитель студенческого джаз-оркестра, пианист и аранжировщик, будущий автор книг и справочников, тогда начинал как лектор. Наш шеф привлек его к концертам для вящей благопристойности, для сообщения нашим звукам музыковедческого фундамента.

Это была своеобразная система защиты. Советские идеологи клеймили джаз по горьковской традиции, а им в виде косвенного ответа летели стрелы нововзращенных культуртрегеров. Помню, например, фейертаговскую притчу об оркестровке Дюка Эллингтона (с Билли Стрейхорном) «Satin Doll», которую наш оркестр всегда исполнял на концертах. «В композиции „Атласная кукла", — мягко и авторитетно говорил в зал Владимир, — прослеживаются параллели с балетом Делиба „Коппелия"»[1]. После такой мощной интеллектуальной защиты нападать на нашу «Атласную куклу» какому-нибудь чиновнику от культуры было бы уже неудобно.

Не думаю, что Володя Фейертаг, человек широкой эрудиции, всерьез полагал, будто между куклой Делиба и куклой Эллингтона есть какие-то параллели. Это была обычная советская мистификация, напускание тумана, дымовая завеса культуры.

---

[1] Мерсер Эллингтон (сын Дюка) и Стенли Данс в книге «Duke Ellington in Person: An Intimate Memoir» (1979) пишут, что прообразом мистической Атласной куклы была Эви Эллис, гражданская жена Эллингтона, которой он писал записки с обращением «Darling Doll» или «Dearest Doll». Так тогда называли любимых женщин.

Балет «Коппелия» (1870) основан на страшных сказках Гофмана. Зловещий изобретатель, доктор Коппелиус, создал танцующую куклу в человеческий рост. Франц, деревенский пастух, так влюбляется в эту куклу, что бросает свою подругу Сванхильду. Во втором акте балета Сванхильда переодевается куклой, демонстрируя Францу всю глубину его заблуждений.

С этой дымовой завесой я столкнулся еще в школе, лет в четырнадцать. Мне хотелось приобщиться к высокой культуре, заполнить пробелы своего образования. Я попросил у родителей денег на абонемент лекций-концертов Николая Энтелиса (Ленинград).

Днем перед почти пустым концертным залом «Эстония» на сцену вышел музыковед. Он пространно рассказывал о «Фиделио», единственной опере Бетховена. Поставлена впервые в Вене в 1805 году, успеха не имела (пришли одни французские оккупационные офицеры). Вторая редакция — 1806 год, всего два представления (из-за разногласий Бетховена с дирекцией оперного театра). Третья редакция — 1814 год (в зале сидел семнадцатилетний Франц Шуберт, который продал свои школьные учебники, чтобы купить билет), ошеломительный успех. Опера посвящена героическому поступку женщины, спасшей от смерти своего мужа, жертву мстительности и произвола губернатора, и разоблачившей тирана перед народом. Стилистически «Фиделио» примыкает к типу «оперы спасения», возникшему в период Французской революции, и т. д.

Сюжет оперы Бетховена «Фиделио»

Жакино, тюремный привратник, влюблен в Марселину, дочь надзирателя Рокко. Но Марселина мечтает о любви юного Фиделио, нового помощника своего отца. На самом деле под именем Фиделио («Верный») на службу нанялась Леонора, супруга одного из узников, Флорестана, который был арестован за выступление против тирании Пицарро и без суда помещен в глубокий подземный застенок. Леонора надеется узнать о судьбе Флорестана и попытаться его освободить.

Губернатор Пицарро получает донесение: в Севилью направляется с инспекцией министр дон Фернандо — до Мадрида дошли слухи о том, что в тюрьме находятся уз-

ники, брошенные туда по политическим мотивам. Чтобы успеть скрыть главное из своих преступлений, Пицарро приказывает Рокко этой же ночью тайно убить самого опасного узника (то есть Флорестана), но Рокко отказывается это сделать, осуществление смертных приговоров не его обязанность. Тогда Пицарро велит, чтобы Рокко вырыл узнику могилу, а убьет его он сам. Этот разговор подслушивает Леонора, которая намерена любой ценой спасти несчастного, чьего имени она пока не знает.

Марселина упрашивает отца разрешить заключенным короткую прогулку в честь именин короля. Узники блаженно дышат свежим воздухом и молятся Богу о своем освобождении. Леонора всматривается в их лица, но Флорестана среди них нет. Внезапно появившийся Пицарро яростно приказывает увести заключенных в камеры.

Флорестан томится в темном подземелье. Он чувствует, что дни его сочтены, но уверен, что поступил правильно, восстав против несправедливости. В лихорадочном бреду ему мерещится небесный ангел в образе любимой Леоноры.

Рокко и Леонора спускаются в подземелье, чтобы вырыть обреченному могилу. Леонора из жалости дает едва шевелящемуся страдальцу воду и хлеб, но не может разглядеть его лица: в застенке слишком темно. Появляется Пицарро с кинжалом. Флорестан напоследок бросает ему в лицо обличительные слова, и Леонора наконец понимает, кто такой этот узник. В решительный момент она бросается между убийцей и жертвой, направляя на Пицарро пистолет и называя свое настоящее имя. В этот момент сверху звучат фанфары, возвещая о приезде в крепость министра. Пицарро понимает, что скрыть следы преступления уже не удастся, и спешит наверх.

Леонора и Флорестан счастливы, что вновь оказались вместе. Они выходят на площадь к ликующему народу. Злодеяния Пицарро разоблачены, политические узники выпущены на свободу. Рокко рассказывает министру о доблести Леоноры, спасшей своего супруга. Дон Фернандо радостно удивлен, ведь Флорестан — его давний друг. Леонора снимает цепи с рук Флорестана, и народ славит супружескую верность, способную совершать подвиги.

После лекции на сцену вышел худой мужчина, певший басом, и полная женщина, сопрано, — Рокко и Леонора. Они принялись за рытье могилы для обреченного, в виде оперного дуэта.

— Копай скорей! — гудел шмелем бас. — Копай проворней!

— Ты не найдешь меня покорней! — отвечала ему тонким голосом сопрано, колыхая фигурой.

— Копай скорей, ведь он придет!

— Я не устану от забот!

На этом месте я понял, что до оперного искусства не дорос, и поплелся восвояси домой. На остальные лекции абонемента я не ходил и на приобщении к высокой культуре поставил крест.

Сорок лет спустя в Лондоне знакомые богатеи пригласили нас в Альберт-холл на оперу Бетховена. Название, насколько помню, было другое — «Леонора». Мне поначалу показалось, что и сама опера совершенно другая. Это было тончайшее произведение, наполненное смыслом и жизнью, а хор узников поразил красивейшей гармонией и многоголосием.

Пусть не сразу, но все-таки дозрел я до Бетховена.

МАРСЕЛИНЫ-ЛЕОНОРЫ

В 1965 году в Ленинграде молодой человек, который сидел на сцене с золотым саксофоном, имел карманные деньги, свою комнату, приятные манеры и был собой не урод — вполне мог рассчитывать на внимание и взаимность.

Была у меня девушка Лида, приезжавшая по субботам в конце танцевального вечера в ДК Горького, в зал она обычно не заходила, а ждала внизу, на лестнице. У Лиды была точеная фигура, она любила конфеты и свою кошку.

В один из вечеров мы выступали с концертом-лекцией в ДК Кирова на Васильевском острове. На подходе к служебному входу меня остановила красивая брюнетка с подругой. «Молодой человек, — сказала она, — давайте я буду вам сестрой, я на вас похожа. Я понесу вам какой-нибудь инструмент». Я дал ей кларнет в футляре.

После лекции были танцы, брюнетка ходила мимо сцены, бросая взоры. Потом поехали вместе на троллейбусе, познакомились. Ее звали Галя. Галя Бурханова. Я пригласил Галю в гости. Она пришла. Я развлекал ее беседой, рукам волю не давал, и Галя осталась. В жизни джазмена всякое бывает. Однако перед Лидой было совестно.

В субботу после игры я быстро сложил саксофон, схватил пальто, шляпу и пошел вниз, к Лиде. Лида, как обычно, была на лестнице у входа. Тут же рядом, сверкая глазами, стояла и Галя. Положение получилось ужасное, судьба как будто платила мне за измену. Пришлось объяснять Гале, что я ее не ждал, что у меня с Лидой старая договоренность.

Красавица, набивавшаяся мне в сестры, была глубоко уязвлена. Оскорбленная гордость не давала ей покоя. По ее просьбе подруга три дня следила за мной, докладывая о всех встречах и перемещениях. Потом были встречи и объяснения, любовь по-итальянски, со страстью и скандалами. Лиду пришлось оставить.

По типу лица, фигуры и личности Галя, скорее всего, напоминала молодую Джину Лоллобриджиду — высокие скулы, жгучие черные зрачки на голубых белках, напор, нерушимая уверенность в себе. Галя носила белую шубу из тонкорунной овцы с большими деревянными пуговицами и совершенно гипнотизировала скопления людей. Она могла подойти к любой очереди и встать первой, победно, не прячась. Не помню, чтобы хоть кто-нибудь когда-нибудь возразил.

В Ленинград приезжала моя младшая сестра Наташа. Галя ее покорила — она шикарно курила, опасно шутила, остроумно издевалась над мужчинами. Вернувшись домой в Таллин, Наташа все уши маменьке прожужжала — какая у Севы девушка!

Мама тем временем предприняла дальнейшие шаги с моей комнатой. Отец договорился с пароходством о размене нашей трехкомнатной квартиры на двухкомнатную и однокомнатную, которую предполагалось обменять с капитанской женой на мою комнату в ленинградской коммуналке. В комиссии по обмену капитанской жене сразу задали вопрос:

— Где вы прописаны?

— В Ленинграде, в комнате на Лиговском, шестьдесят три.

— А сейчас где живете?

— С мужем, в ведомственной квартире.

— Муж получал квартиру только на себя или вы тоже вписаны в ордер?

Пришлось признать, что да, жена вписана в ордер на получение ведомственной пароходской квартиры.

— Тогда, — торжественно объявили капитанской жене, — вы не имеете права на комнату в Ленинграде, вам придется ее сдать государству. В двух местах прописанной быть нельзя.

Чуть ли не на следующий день ко мне в дверь уже стучали люди из жилконторы с понятыми и повесткой на срочное выселение в течение 48 часов. Я бросился искать комнату и к концу вторых суток нашел конуру в доме нежилого фонда, где все еще обитали люди.

Это была коммуналка на первом, земляном этаже, в старом ветхом флигеле у Волкова кладбища. Машины для перевозки моего скарба найти не удалось, я договорился с владельцем двухколесной телеги, ручной арбы, загрузил ее и попер, толкая по мостовой, где шел транспорт, до самого Волкова кладбища, мимо Кузнечного, Свечного, Разъезжей, через мост над Обводным каналом, мимо Курской, Прилукской, вдоль по Расстанной до входа в некрополь «Литераторские мостки».

Соседство с благородными останками Белинского, Тургенева, Салтыкова-Щедрина, Лескова, Куприна, Тютчева, Менделеева, Миклухо-Маклая на нашу «воронью слободку» не влияло никак. Тут горланили матом, с увлечением, до синего дыма, жарили тухлую камбалу на постном масле, топили печки деревянной тарой, которую таскали из гастронома.

Однажды вечером, придя домой с игры, я увидел, что из-под входной двери как будто облачко сочится. По коридору на уровне пояса ходили густые белые тучи. На четвереньках, вдыхая у пола, я прополз вдоль левого коридора, потом вдоль правого. Дымила комната Володи, в конце. Я толкнул дверь, она поддалась. Володя, разметавшись по кровати, крепко спал, мертвецки пьян. Заслонка печи была закрыта, но печь еще топилась, выпуская в комнату клубы. В голове мелькнули истории об отравлении угарным газом, от которого не просыпаются. Я набрал воздуху, нырнул в дым, открыл заслонку, потом еще раз, у окна поднялся до форточки. «Ну вот, — сказал я себе, — человеку жизнь спас». На следующее утро Володя, проспавшись, шел на работу. Мы встретились в коридоре. Он прошел мимо меня, не замечая, без слов, не кивнув головой.

За стеной жила злобная старуха. Она страдала бессонницей и чутко вслушивалась во все шумы. Перед сном я включал радио, рыскал по коротким волнам, при этом убирал громкость так, что сам почти ничего не слышал. Старуха тут же принималась колотить клюкой в стену. Я достал где-то рейки, гвозди, прессованный картон и целую неделю сооружал звукоизоляцию от пола до потолка, засыпая зазор между стеной и картоном опилками.

В эту келью с единственным окном на могильную ограду приходила Галя в белой шубке из мериноса. В честь пломбирного эскимо я называл ее «пломбирной эскимоской». К ее приходу я топил печку, от горящих углей по потолку бегали розовые фламинго.

Сердцем я любил Галю, но рассудком понимал, что семью с ней строить нельзя. Она с детства мечтала стать следователем, однако пошла учиться французскому языку и, по моему рассуждению, вполне способна была вести допрос и на французском. Гуманитарное образование не погасило в ней природный милицейский пыл.

Эта принципиальность была у Гали наследственной. Отец, Махмуд (Михаил) Константинович, был в своем селе, где-то под Саратовом, комсомольцем-активистом, а мать, Мякфузя Ахтямовна, — дочерью зажиточного кулака. Высокий статный комсомолец смело забрал шестнадцатилетнюю Мякфузю у родителей, так что никто не пикнул. Он был талантливым мастеровым, токарем самого высокого разряда, работал в мастерской НИИ, выполняя штучные заказы проектировщиков. В войну командовал артиллерийской батареей в чине капитана. После войны поселился с семьей в коммуналке в Апраксином переулке, в доме 20. Там и разыгрывались следующие страницы нашей драмы.

К концу 1960-х западная сексуальная революция докатилась до Ленинграда в виде противозачаточных таблеток «Инфекундин», которые делали для нас венгерские братья-демократы. Для себя я решил, что никакие не венгры придумали эту таблетку, а татарский доктор Инфекундинов, именем которого они и названы. Татарская тема была в моей жизни доминирующей.

Галя, натура смелая и цельная, всякую возню с предохранением считала ниже своего достоинства. По городу ходила частушка: «Если я беременна, это только временно. Если не беременна, это тоже временно». Аборт с обезболиванием стоил 25 рублей. Операция прошла неудачно, на следующий день открылось сильное кровотечение. Об этом прознал отец, он бушевал, гнал Галю из дома. Телефона ни у меня, ни у нее не было, мы обменивались телеграммами. Потом созвонились. Галя сказала, что отец ей поставил условие — либо остаться дома и не видеть меня, либо уходить на все четыре стороны. Намек был до предела прозрачным, сердце подсказывало: «соглашайся!», но рассудок сказал твердое «нет». И мы расстались.

Я ездил на работу, возвращался вечером в свою конуру, в тишине топил печь подобранными картонками и щепками. Розовые фламинго на потолке пели песню о пломбирной эскимоске. Рассудок слабел, сердце набирало силу. Через две недели я сломался и послал Гале шифрованную телеграмму, бессмыслицу из «Золотого теленка»: «Грузите апельсины бочками. Братья Карамазовы». Она поняла, вышла на связь и на следующий день переступила порог моей конуры, ставшей теперь нашей.

Вскоре нашлась комната в нормальном доме напротив, и мы переехали. Мысль о семье меня пугала, брак представлялся чем-то окончательным и непоправимым. Потеря свободы, необходимость примерять свою жизнь, неизбежность компромиссов. Косвенно я, конечно, уже согласился, но вопрос висел в воздухе, как утренний туман.

Затем был разговор с мамой. «Севушка, — сказала она мягко, без нажима, — тебе надо что-то решить. Ты ведь забираешь у человека лучшие годы жизни». Потом приехала Наташа и стала делать постоянные намеки. Я обратился к Додику, как к последнему пристанищу, уж кто-кто, а он хлебнул семейного счастья. «Чувак, — сказал мне Додик, — решать, конечно, тебе, но по-моему, чувиха нормальная».

Когда и Гена сдержанно одобрил идею, меня охватил боязливый азарт, как перед нырянием в прорубь. Я сделал Гале предложение, конечно, без припадания на колено, без букетов роз — от такого несло мещанством, мы были выше этого.

5 ноября 1965 года в загсе у Аничкова моста состоялась регистрация, вечером того же дня мы впятером собрались в «Европейской» на тихую приватную свадьбу. Галя надела белое платье, но не свадебное. Были Додик, Гена Гольштейн и закадычная подруга Гали, Марина. Решились наконец мои мучения с ленинградской пропиской. Я, как законный муж, прописался в комнату Бурхановых в Апраксином переулке, хотя не жил там ни одного дня, а с родителями Гали познакомился только через полтора года.

Невидимая классовая черта пролегала между Мякфузей и Махмудом. Он оставался большевиком, общественником, социалистом, а она тяготела к частной собственности и рынку. Мякфузя по блату доставала темные шерстяные платки с ткаными розами и небольшими партиями возила их в Саратов, где платки эти были дефицитом — рынком исправляла и корректировала недостатки плановой экономики. Плановая экономика на это сильно обижалась и клеймила Мякфузю и ей подобных «спекулянтами».

За спекуляцию полагался срок. Мякфузю однажды поймали с этими платками и стали заводить на нее дело, но Махмуд как настоящий мужчина взял все на себя, пошел под суд и получил полтора года. Сидел где-то на юге, был на земляных работах. Человек сильный, жилистый, он в совершенстве овладел техникой лопаты и рыл траншеи с нечеловеческой скоростью. Он мне потом рассказывал, что выполнял дневную норму до обеда, а потом лежал под кустом.

Мякфузя через своих знакомых потихонечку, ничего не говоря, нашла для Гали две смежные комнаты по соседству, на Дзержинского, бывшей (и будущей) Гороховой. Крашеные дощатые полы, высокая голландская печь, окна во двор, под окнами сараи с дровами.

Вечером я возвращался на Витебский вокзал, метро «Пушкинская», а там пешком по Гороховой. С Геной теперь было не по пути, ездил с тромбонистом Сашей Морозовым. Он с 15 лет играл в диксилендовских составах и развил невероятную технику на кулисном тромбоне, инструменте достаточно неуклюжем и для мелких нот не приспособленном. Несколько лет спустя Саша поступал в консерваторию и на вступительном экзамене сыграл с такой скоростью, что старожили говорили: да, с 1935 года такого не слыхали!

«ОРГАНОЛА»

Я к тому времени поступил на заочные курсы гармонии и очень нуждался в клавишном инструменте. На саксофоне аккорд не сыграешь, не прослушаешь. Пианино было не по карману, да и тащить такую тяжесть в съемные комнаты было неразумно.

В Гостином Дворе, в музыкальном отделе, я увидел нечто продолговатое, деревянное, с клавишами. Внутри длинного ящика стоял электромотор, нагонявший воздух в камеру. От включения мотор гудел, как пылесос. Над камерой укрепили набор пищиков от аккордеона. При нажатии на клавишу клапан поднимался, воздух устремлялся к отверстию, прикрытому пищиком, и пищик производил ноту: «пи-и-и-и!»

Все звуки имевшихся там четырех октав были в равном положении: что нажмешь, то и сыграет. Басовые ноты играли пищики большего размера, они ждали, пока в камере наберется давление, а потом не сразу, с задержкой гудели: «ру-у-у-у!» Бас в аккорде вступал последним и глушил все остальное.

Я описываю это чудо музыкальной промышленности, потому что история не видела ничего подобного ни до, ни после. Инструмент носил скромное имя «Органола». Додик тут же окрестил ее «половой органолой» и был глубоко прав.

Стоила «Органола» 120 советских рублей. Понять, как будет звучать оркестровка, а тем более воспроизвести ее на «Органоле» было заведомо невозможно. Годом позже мы попали в полосу нищеты, деньги были нужны позарез, и я повез «половую органолу» на такси, на последнюю пятерку, на дом к Лозовскому. У Лозовского был танцевальный оркестр в Мраморном зале (ДК Кирова), еще он подрабатывал как композитор, ездил по областным колхозам со своими творческими вечерами.

Встретил он меня в чем-то исподнем, пуговицы на животе не сходились. Я навинтил на «Органолу» ноги. Композитор пробежал пальцами по нотам, басы отвечали не сразу, с астматической одышкой. «Что-то звук некрасивый», — заметила дебелая супруга. «А что ты хочешь, — резонно отвечал супруг, наяривая по клавишам, — за сто рублей звук на десять тысяч?»

«Органолу» Лозовский покупать не стал, денег на такси не предложил. Не помню уж, как я дотащил ее до дому.

Из моих занятий классической гармонией не вышло ничего, она казалась мне стерильной и мертвой. В наших оркестровках звучали сложные диссонансы, в нотных цифровках аккорды обозначались буквенными символами, которые я научился понимать. Глядя, скажем, на значок C[9–5], мог сразу сыграть входящие в аккорд ноты: до, ми, фа-диез (соль-бемоль), си-бемоль и девятую ступень, ре, — а обыгрывать его по гамме фа мажор с добавлением фа-диеза как вводного тона.

Джазовая система цифровок позволяла стенографировать гармонию любой сложности. Не помню, как мне в руки попала книга Джорджа Рассела с длинным названием «Lydian

Chromatic Concept of Tonal Organisation for Improvisation: The Art and Science of Tonal Gravity» («Лидийская хроматическая концепция тональной организации: искусство и наука тонального притяжения»). Рассел, афроамериканский пианист и композитор, задумался о рамках традиционной гармонии, которые уже стесняли модернистов вроде Джона Колтрейна и Майлса Дэвиса. Время подумать у него было — в 1948 году Джордж Рассел надолго попал в туберкулезный санаторий. Идею тональной свободы черпал у Булеза, Стравинского, но свою теорию придумал сам. Смысл ее в том, что обычная до-мажорная гамма (два тона, полутон, три тона, полутон) вплоть до самого своего завершения теряет притяжение к тонике, ноте до, поскольку переход с ноты ми на фа через полутон как бы делает ее, ноту фа, центром притяжения.

Другое дело — лидийская гамма. Возьмем ноту до, следующую за ней, на квинту выше, — соль. Главенство ноты до очевидно. Затем возьмем ноту еще на квинту выше, ре, и так далее — ля, ми, си. Первая нота, до, по-прежнему не теряет своего веса. Этот процесс построения квинт можно продолжать и дальше: фа-диез, до-диез, соль-диез.

По Расселу, связь с первой нотой лидийской тоникой не теряется, хотя и становится слабее. Идея тонального веса, или притяжения, наиболее полно выражена в лидийской гамме (если играть ее от ноты до, то вместо фа надо брать фа-диез). Рассел отмечает, что в музыке древних, построенной на интуитивном понимании тональных взаимоотношений, преобладает именно лидийская гамма. Книжка Рассела объемом в 268 страниц подробно объясняет связи нот в избранной тональности.

В принципе, насколько я понял для себя, получается как в человеческой семье: есть родственники близкие, есть подальше, есть совсем дальняя родня, связь становится тоньше, но не рвется никогда.

ТАЛЛИН-66

Эстонцы любят сдвоенные буквы. «Кодумаа» — это по-эстонски «родина». Да и название столицы, Таллин, они всегда хотели писать с двумя «н». Теперь это чаяние народное сбылось, а в советские годы вторую «н», намекавшую на какую-то другую грамматику и, возможно, эстонский национализм, добавлять не разрешали. Даже анекдот на тему появился. Эстония шлет запрос: разрешите нам «Таллин» писать с двумя «н». А им отвечают: смотрите, как бы не пришлось писать «Колымаа» с двумя «а»!

И все же свободы в Таллине, даже с одним «н», было чуточку больше. Первые джазовые фестивали появились там. Оркестр Вайнштейна ездил на Таллинский фестиваль. В книге Нинели, жены Иосифа Владимировича, на странице 80 есть факсимиле почетной грамоты (AUKIRI), подписанной неким господином Х. Шульцем (Kultuuriosakonna juhataja — руководитель отдела культуры); грамота датирована 29 мая 1966 года.

Против документа спорить не станешь, хотя мне казалось, что мы были там годом позже. Быть может, память сбивает на Ленинградский джаз-фестиваль 1967 года, на котором оркестр Вайнштейна получил первую премию. На Ленинградский фестиваль привезли квартет Чарльза Ллойда, тогда у него вышел альбом «Love-In». Состав квартета был исторический: Кейт Джарет — рояль, Сесил Макби — бас, Джек Деджонетт — барабаны, Чарльз Ллойд — тенор-саксофон.

Говорю «привезли», потому что приезд был импровизированным, «левым» — выступать Ллойду не давали. Помню, как мы прорывались в Дом культуры пищевой промышленности (в народе — «хлеб-лепешка») и как Чарльз Ллойд в знак протеста ложился на холодную каменную мостовую.

Для меня его приезд был знаменательным еще и потому, что я вблизи, воочию, увидал, как выглядел вожделенный мною саксофонный мундштук «Otto Link».

ОПЕРАЦИЯ «МУНДШТУК»

Вообще-то я видел его и раньше, но только в кино. Году в 1963-м Юрий Вихорев устроил тайный показ документальной ленты «Art Blakey in Japan». С барабанщиком Артом Блейки играл молодой тенорист Уэйн Шортер, который произвел на меня неизгладимое, магическое впечатление. В его звуке была глубокая блюзовая тоска, которую я про себя окрестил «безнадегой». Эта безнадега соответствовала нашему мироощущению людей, загнанных в культурное подполье.

Я решил, что этот звук — мой путь. На обложках пластинок я находил потом знакомые очертания. Оказывается, Джон Колтрейн, Бен Уэбстер, Колман Хокинс, Лестер Янг — все они играли на «Otto Link». С годами у мундштука появлялись новые модификации, мне нужна была модель «Super Tone Master, Bell Metal», № 6 со звездой.

Серега Герасимов, точивший самодельные «отто-линки», рассказал мне, что секрет мундштука — в металле; его делают из колокольной бронзы по наработанным лекалам, полируют, а потом покрывают позолотой.

По каталогу моя мечта стоила 60 полноценных американских долларов. Цена имела для нас чисто теоретический интерес, поскольку советским гражданам нельзя было прикасаться к долларам под страхом тюрьмы (мой приятель, художник Эдик Мазур, сел на 8 лет) или смерти (знаменитое дело валютчиков Рокотова, Файбишенко и Яковлева, которых в 1961 году расстреляли по прямому приказу Хрущева).

Были, конечно, рисковые люди, «фарцовщики», у которых водилась валюта, но они орудовали в мутной воде, часто с согласия КГБ, позволявшего им шалости в обмен на откровенность. «Нет, — сказал я себе ленинской цитатой, — мы пойдем другим путем!»

В те годы поездка в СССР считалась на Западе чем-то экзотическим, только в Ленинград за год приезжало больше миллиона туристов. В горячие летние месяцы гидов-переводчиков катастрофически не хватало, поэтому в «Интуристе» шли даже на то, чтобы брать людей со стороны. Людей, конечно, хоть как-то проверенных и обученных. Для этого объявляли набор на зимние курсы.

В январе 1966 года я отправился в гостиницу «Европейская» сдавать экзамен по языку. На меня смотрели с любопытством и подозрением — что за птица, саксофонист какой-то из Ленконцерта. Но все же на курсы зачислили. Нам предстояло заниматься каждый день по 8 часов, с раннего утра, учить на английском 13 культурных объектов: экскурсия по городу (2 часа), Эрмитаж (4 часа), Русский музей, Петродворец, Павловск, Этнографический музей, Пискаревское кладбище, Музей истории религии и атеизма.

Когда иной бойкий журналист спрашивает, какое у меня любимое произведение искусства, я неизменно отвечаю: пятитонное мозаичное панно «Насильственное обрезание татарского пионера». Я познакомился с этим бессмертным творением в Музее религии и атеизма, который располагался в Казанском соборе на Невском. Музея этого теперь нет, и куда подевался выложенный из мозаики мой любимый пионер, я не знаю. Знаю и помню, что он храбро сражался за свою крайнюю плоть, на которую позарилась рука мусульманского фанатика с острым кинжалом.

В те годы узнать о Боге можно было только из атеистических книг, где для разоблачения иногда приводили цитаты из Библии или жития святых отцов. Вся история СССР до 1943 года — это воинствующее безбожие. С 1922 года издавалась газета «Безбожник», появился Союз безбожников, который в 1925 году провел свой первый съезд. На втором съезде, в 1929 году, было утверждено название «Союз воинствующих безбожников», сокращенно СВБ СССР, с программой, уставом и членским эмалевым значком. Во главе СВБ стоял Емельян Ярославский (Миней Израилевич Губельман), с союзом активно сотрудничали Крупская, Луначарский, Скорцов-Степанов.

Из экскурсии в Разлив я узнал, что Владимир Ильич скрывался там от преследований Временного правительства. Летом 1917-го всплыли документы о финансовых связях большевиков с германской разведкой, Ленина называли «немецким шпионом», в партии стоял вопрос о явке его на суд. У нас всех в памяти свежа была висевшая всюду картина «Ленин в Разливе» (А. Рылов, 1934 год), на которой вождь мирового пролетариата сидит на берегу озера, у вечернего костра, в традиционном костюме-тройке, пальто внакидку и кепке. В руке блокнот. Пишет, думает — скорее всего о статье «Государство и революция», той самой статье, на которой я погорел в школе.

«Вам надо знать, — сказала нам лектор, — что Владимир Ильич находился в шалаше в одежде финского батрака, а также — что к нему со свежими газетами и новостями часто ездил Зиновьев». Я попытался представить себе в свете этих новых исторических фактов картину Рылова «Ленин в Разливе», получалось нечто комическое. Лектор пояснила также, что для конспирации Ленин тогда сбрил бороду и усы. В августе 1917 года (когда кончился сенокос) под видом кочегара поезда он уехал в Финляндию и вернулся в Петроград сразу после Октябрьского переворота с удостоверением на имя рабочего Иванова. Нам показали и фотографию — знакомый хитроватый прищур, умное лицо, фабричный картуз на голове, из-под которого торчат вихры волос. Парик.

Рабочий Иванов

Но уже 25 октября, на II съезде Советов в Смольном дворце, Ленин провозгласил советскую власть при полной бороде и усах, как изображено на известной картине В. Серова. Прошу прощения у читателя за все эти мелкие подробности, но для меня и всего моего поколения, воспитанного на этих двух картинах, они были важны. Как сказал бы сам Ильич, «архиважны». Не то чтобы это как-то повлияло на мою работу гидом. Насколько я помню, ни одного из моих клиентов не интересовал Разлив или Пискаревское кладбище.

Довелось мне водить американских студентов, группы английских школьников, делегации британских безработных, но чаще всего это были туристы класса люкс, которым полагался индивидуальный автомобиль с шофером и персональный гид, то есть я. Четыре часа утром, четыре часа после обеда.

С английскими школьниками или британскими безработными заводить разговор о мундштуке для саксофона было бесполезно, с американскими студентами я такие переговоры вел и даже что-то им давал-дарил в счет компенсации их будущих расходов, но американские студенты, в своем безмерном легкомыслии и эгоизме, тут же обо мне забывали. Ни один из них так ничего и не прислал.

В конце дня нам полагалось заполнять журнал. В здание гостиницы «Европейская» со стороны Площади искусств (где стоит памятник Пушкину) вела скромная дверь. Поднявшись на один пролет и позвонив в еще одну неприметную дверь, гид-переводчик попадал в тихую комнату, где говорили шепотом. Ему выдавали прошнурованную и скрепленную печатями толстую потрепанную книгу, куда надо было вписать впечатления о туристах. Я понимал, кто и зачем будет все это читать, и потому каждый день писал одно и то же: «К СССР относится положительно, сочувствует делу социализма».

Один такой сочувствующий, класса люкс, выразил желание посетить Петергоф. По дороге в машине он рассказал мне о себе. Столяр-краснодеревщик из Калифорнии интересовался дворцовой мебелью и наборным паркетом. Дворец, стоящий в Александрийском парке, сильно пострадал во время войны от бомбежки. По официальной версии, бомбили его фашистские захватчики, но на лекциях нам дали понять, что советская артиллерия тоже поработала на славу.

Как бы там ни было, но от того дореволюционного наборного паркета остался только один кусок, обгорелый по краям. Я объяснил краснодеревщику, что перед ним оригинал от старого дворца, построенного Петром I в 1723 году, в паркете — красное дерево, орех и мореный дуб, то есть древесина, пролежавшая под водой примерно сто лет, что придало ей устойчивый черный цвет. Мой столяр от таких слов упал на четвереньки, стал трогать петровский антиквариат, нюхать его, не обращая никакого внимания на толпы туристов, поминутно наступавших на него.

Вечером, заполняя журнал, я с каким-то новым смыслом написал привычное: «К СССР относится положительно, сочувствует делу социализма».

Жарким летним утром, когда после ночного дождя уже начинало парить, меня послали в гостиницу «Астория» возле Исаакиевского собора. Моими клиентами оказалась симпатичная пожилая пара из Америки. Молодожены. У мужа умерла жена, и он женился на ее сестре, которую всю жизнь хорошо знал и, может быть, тайно любил. Маленьким мальчиком он приезжал в царскую Россию с отцом, инженером по паровым котлам, на строительство первого русского ледокола «Ермак». Американского инженера принимали по высшей категории, его маленький сын, ныне убеленный сединами, играл с царскими детьми. Теперь, на финишной прямой жизни, он захотел вновь увидеть то, что бередило память все эти годы, найти дом и двор, где жила семья отца до самого начала Первой мировой войны.

С тех пор прошло много лет, адреса он не помнил. Кажется, это был Васильевский остров. Кажется, Средний проспект. Кажется, там был маленький сад. Всю следующую неделю мы курсировали вдоль Среднего проспекта от 1-й (Съездовской) до 18-й линии. Я очень проникся их желанием и старался изо всех сил.

Наконец мы отыскали двор на углу Среднего и 6-й линии, напротив сквера. Квартира на втором этаже, во всю длину дома. Я видел, как у мужа внутри будто что-то отпустило, как у пожилой молодой жены загорелись глаза.

Прощались мы как родные. Американцы многое узнали и обо мне, в один из дней я пригласил их на наш концерт-лекцию в Летнем саду, где Владимир Фейертаг рассказывал о параллелях «Атласной куклы» с балетом Делиба «Коппелия». «Не можем ли мы тебе чем-то помочь?» — спросили они перед отъездом. И я признался, рассказал о мундштуке. О том, что для музыканта звук — это его репутация, это голос, которым он говорит на своем инструменте. Они понимающе кивали головами.

Меня столько раз обманывали обещаниями, что я и на этот раз боялся надеяться. Постарался забыть, выкинул все из головы, тем более что работа гидом стала для меня невыносима и я сообщил, что ухожу, вернее, уезжаю. На гастроли. В гидах я продержался всего 45 дней.

Тесное общение с американцами по нескольку часов каждый день вызывало у меня душевную чесотку. Почти у всех идеальная дикция и красивые, поставленные голоса. Эти голоса произносят каждую мысль, которая появилась в голове, часто раньше, чем мозг смог эту мысль взвесить и оформить. Поток слов и его обдумывание идут по параллельным рельсам, не пересекаясь. Много лет спустя я наткнулся на карикатуру, наиболее точно выражающую мое туманное впечатление. Идиот, сидя на унитазе, говорит: «How do I know what I think before I say it?»[1]

С 18 лет я еженощно слушал «Голос Америки», листал, когда доводилось, глянцевые журналы «Америка», восхищаясь всеми сторонами американской жизни. Я говорил по-английски с американским раскатом, стригся «под ежик» (crew cut), носил штиблеты с «разговорами» и рубашки button-down, играл американский джаз, вникая в его мельчайшие подробности. Был «стопроцентным американцем». Весь этот культурный слой, копившийся почти десятилетие, смело за короткие 45 дней.

Я пытался проанализировать свою новообретенную антипатию к США, говорил себе, что общение с американцами было вынужденным, служебным, к тому же сопряженным с утомительными рассказами на экскурсиях. Напрасно. Переубедить себя мне так и не удалось. В голове мелькали картинки: кричащие брюки в ярко-красную клетку с желтой рубашкой, американский флаг, составленный из двух несовместимых частей. Прививка 1966 года засела глубоко.

Году в 1996-м я попал в Нью-Йорк, вел концерт Давида Голощекина. Нас с Додиком поселили в одной квартире, и мы снова, 30 лет спустя, пережили наше безалаберное веселье молодости в комнате на Мойке. Мы ходили по Нью-Йорку, покупали вместе пластинки. Казалось бы...

Но через пять дней интуристовская сыворотка начала действовать неотвратно, мне стало так тошно от Америки, что я поменял билет и улетел домой в Лондон. Зря я, наверное, так, неправильно. Ведь старички те, с ледокола «Ермак», — не обманули. С почты пришла повестка на бандероль. Маленький сверток, не по-нашему завернутый, в руке тяжелый. Я догадывался, что это может быть, но не говорил, боялся сглазить. Из-под слоев бумаги и пластика

---

[1] «Откуда я знаю, что думаю, ведь я этого еще не сказал?» (*англ.*)

постепенно появилась черная картонная коробочка с золотыми тиснеными буквами: «OTTO LINK SUPER TONE MASTER № 6».

Руки тряслись как в первый раз, тогда, в училище. Я долго разглядывал это чудо из бронзы с позолотой, щупал черную эбонитовую полированную накладку под зубы, потом бережно навинтил трость, сложил перед зеркалом губы, как у Уэйна Шортера, и... Ватный, невыразительный звук был мне ответом. Где «ртуть» Колтрейна, где «асфальт» «Локджо» Дэвиса, где «земля», где «колокольчик»? О «безнадеге» Шортера даже говорить не приходилось.

Отчаяние охватило мою душу. Лучше бы тебе, несчастный, вовсе не родиться, не тратить понапрасну годы жизни в погоне за химерой и не смотреть теперь в глаза жестокой правде! Правда была простая. В уравнении «инструмент — мундштук — музыкант» две величины были постоянными, а одна — переменной. На инструмент или мундштук пенять было уже невозможно, оставалось винить эту переменную величину, то есть самого себя.

Через месяц занятий появилась «земля», за ней «асфальт», чуть позже зазвучал «колокольчик». «Безнадегу» Уэйна Шортера пришлось ждать почти два года.

ПЛАСТИНКА

Пружины советской системы глубже всех понимали те, кому довелось сидеть. Тюрьма и лагерь не только обнажали ее сущность, но и учили — как в ней действовать, как не бояться. Иосиф Владимирович за свою отсидку научился у блатных разбитному говорку, которым при необходимости пользовался. В кабинете начальства на предложение «садитесь!» он неизменно отвечал: «Спасибо, я сидел!»

Еще в ДК Ленсовета он завел книгу отзывов, в которой охотно писали восторженные студенты консерватории, приходившие послушать джаз. Многие из них вышли в люди, а некоторые — в большие люди, поэтому к 1966 году можно было доставать заветную амбарную книгу и зачитывать оттуда хвалебные мнения бывших студентов: Андрея Петрова, председателя Союза композиторов Ленинграда, Андрея Эшпая, секретаря СК РСФСР, М. Кожлаева, композитора, заслуженного деятеля искусств РСФСР. Смотрите, вот — добровольные признания, сами подписали!

По камушку, по кирпичику разбирал Иосиф Владимирович каменную стену. К 1966 году ему удалось добиться пластинки на «Мелодии». У меня нет под руками статистики, но думаю, что Всесоюзная фирма грамзаписи была тогда крупнейшей мировой корпорацией. Тиражи ее пластинок были неисчислимыми, поскольку «Мелодия» являлась абсолютным монополистом на огромную страну с населением в 200 миллионов.

Кандидатов на будущую запись решением худсовета включали в творческий план, потом тот же неведомый худсовет решал, выпускать это или нет. И. В., понимая положение, очень хотел начать пластинку с «произведения советских композиторов», и Гена Гольштейн написал блестящую оркестровку песни Андрея Петрова «Я шагаю по Москве».

Обычные советские песни для джаза не годились, за исключением, возможно, музыки Дунаевского, который по мелодике и гармонии был, по-моему, ближе к Москве в штате Айдахо, нежели к Москве в СССР. Андрей Петров тоже американского влияния не избежал, злые языки говорили, что «Я шагаю по Москве» лучше петь по-английски со словами «I could have danced all night», как у Фредерика Лоу в «My Fair Lady». Вероятно, именно поэтому аранжировка у Гены получилась естественной, без стилистических натяжек.

Записывались в помещении Капеллы со звукооператором Григорием Франком, кудесником звука с Ленинградского телевидения. Он со своими магнитофонами сидел где-то далеко, на другом этаже, к нему в аппаратную вели пучки микрофонных кабелей. Общался с оркестром Григорий тоже по проводам, его голос доносился из больших динамиков. «Иосиф Владимирович!» — говорил Гриша, на что И. В., дав нам знак помолчать, подходил к динамику и громко отвечал в темный круг: «Что, Гришенька?» Мы старались не смеяться, а деликатно показывали жестами, что для Гриши надо говорить не в динамик, а в микрофон, специально поставленный для этого перед дирижером.

Джаз желательно писать не так, как классику. Для классической пластинки обычно пытаются воссоздать ощущение концертного звука, в котором как составляющая участвует и само помещение. Отсюда бесконечные разговоры об акустике разных залов, где отраженный звук, слагаясь с основным, придает звучанию «живость», «пластичность», «объемность». В джазе, а тем более в роке, слушателя интересует музыкальное «мясо», а не акустический «гарнир». Лучшие записи делают в помещениях, где микрофоны «слышат» только свой конкретный инструмент, без общего оркестрового гула. В Капелле стоял именно такой гул, трубы сливались с барабанами, тромбоны лезли в саксофоны, тем более что Гриша писал нас на дорогие чувствительные австрийские микрофоны, которые хватали всё, вблизи и вдали. В результате получилось то, что мы называли «вокзальным звуком». Джаз-бэнд — это плотно сжатый кулак, организм с единым пульсом. В Капелле это ощущение поймать никак не удавалось.

Конверт пластинки на «Мелодии» сделали как всем, поточным методом, в две краски. Красная и черная. Какие-то расходящиеся лучи, напечатанные на скверной бумаге, — обычный советский продукт, припорошенный пылью. И все равно это было победой. В магазинах страны, от Калининграда до Владивостока, появились наши пластинки. Оркестр И. В. Вайнштейна приобретал новый статус.

В том же 1966-м, в апреле, прошел II Ленинградский джаз-фестиваль, о котором помнят мало. В моем дипломе лауреата (такой выдали всем музыкантам оркестра Вайнштейна) он обозначен как «второй», но кое-кто в воспоминаниях называет его «первым».

Это было грандиозное предприятие, которое провернул питерский клуб «Квадрат» во главе с вечно замученным Натаном Лейтесом. Фестиваль проходил на Зимнем стадионе, на тех же подмостках, где всего 4 года назад играл оркестр Бенни Гудмена, — кто бы мог тогда такое представить!

Помню статью члена жюри Ефима Барбана (кажется, в питерской «Смене»), в которой он мимоходом облил нас ушатом холодной критики, обвинив в «заимствовании». По большому счету уважаемый критик был прав, но за такую надменную черствость мы его дружно невзлюбили. Заимствование! Мы ведь не в Нью-Йорке живем, не в Сент-Луисе. Конечно, заимствуем, собираем по крохам, по ноткам, по шорохам короткой волны. Часами занимаемся, стоя в углу, чтобы быть похожими на своих кумиров. Ради этого живем, в это и веруем.

Любопытно, что с Барбаном я вновь встретился в коридорах Би-би-си в 1985 году. Он поселился в Лондоне, делал передачи о джазе под псевдонимом Джеральд Вуд. Признаюсь, что за время, прошедшее с фестиваля 1966-го, я не смог преодолеть той музыкантской неприязни и отношения наши всегда оставались прохладными.

Я никого не могу поставить рядом с Ефимом Барбаном (а надо ли?), кто изъяснялся бы столь изысканно и мудрено. Вначале его речь казалась трудной для понимания, и рука тянулась за словарем иностранных слов, но постепенно ты втягивался в эту игру ума и текста, как бы переключаясь на его мышление, и смысл его речей начинал приоткрываться, что обычно и происходит при общении с иностранцем. На этом языке он писал статьи и читал лекции, полные «барбанизмов» (как говорили в народе), не предназначенных для восприятия широкой публики. В первые годы я думал, что это просто камуфляж, маскирующий скрытый комплекс неполноценности, но потом понял, что для него, очевидно, это наиболее естественный способ самовыражения, что ему действительно так удобнее излагать свои мысли и иначе он не может, будучи законченным гуманитарием...

Верменич Ю. Т. Мои друзья — джазфэны. Воронеж, 1990.

В 1980-е годы джазовая программа Ефима Барбана — Джеральда Вуда была не единственной на Би-би-си. Леонид (Лео) Фейгин — Алексей Леонидов делал свою передачу еще с середины 1970-х. Для него джаз был не просто музыкой, а символом творческой свободы, полетом в неизнаемое, поэтому Лео крутил в эфире только «новую музыку», джаз-авангард. Все остальное казалось ему недостойным внимания, обыденным, даже банальным.

Лео был снобом в хорошем смысле. Свой будущий музыкальный снобизм он ковал в Ленинграде, под влиянием того же Барбана, который возвышался над тогдашней советской действительностью как интеллектуальный утес. Он был человеком широчайших познаний и непререкаемых мнений. Лидер, учитель, гуру.

Прошло более десяти лет, учитель снова встретился с учеником в коридорах Русской службы. Теперь акценты поменялись — у Лео за плечами годы работы на радио, сформировавшие его позицию и вкус, а Барбан приехал каким был. У Лео, например, одним из кумиров был Сергей Курехин, он выпускал его пластинки и открыто называл ге-

На гастролях в Воронеже.
Я, И. Вайнштейн и Ю. Верменич (1969)

нием. Барбан скептически махал рукой, считая Курехина шарлатаном.

Двое джазовых ведущих сугубо не сошлись во мнениях, и Лео в частных беседах не раз удивлялся: как прежняя ленинградская жизнь создала у него пелену на глазах, как он мог восхищаться тем, чего на самом деле не было. Словно в сказке «Голый король».

Мой племянник Антон, выпускник Тулузской духовной академии, а ныне рукоположенный монах в католической Общине Всех Блаженств (Эммаус, Израиль), до начала своей религиозной карьеры проработал год в Публичной библиотеке в Питере. Из пыльных недр Публички он привез мне в подарок стопку учетных карточек с названиями кандидатских и докторских диссертаций. Они поразили меня настолько, что и сегодня, много лет спустя, я могу воспроизвести многие из этих названий: «Воспитание патриотизма на уроках математики в 8-м классе средней школы», «Разделение навоза на жидкую и твердую фракцию» или «Расчет светопроемов окон в условиях ясного дня».

8 № 4443

Эти авторефераты утвердили меня в давнишних подозрениях, а именно — КПД советской науки был примерно как у паровоза, пять процентов на движение, остальное — в бесполезный жар, пар и свисток. В 1960-е годы говорили: «Ученым можешь ты не быть, но кандидатом быть обязан». За кандидатскую степень давали прибавку к жалованью, кажется целых 30 рублей, поэтому защищались все, кто мог. Естественно, делу надо придать законный вид и толк, представить работу в таком виде, чтобы не было сомнений — перед нами Наука, недоступная простому человеку. Ощущение высокого знания давал непонятный, наполненный замысловатыми терминами язык. Наукообразная речь со временем стала непременным атрибутом профессионального самоуважения и авторитета, просочилась во все сферы, в том числе и музыкальную критику.

Но мне кажется, что у Ефима Барбана наукообразность — не защита от посягательств на его авторитет, это его естественное состояние. Возможно, мы слышим древний голос генов избранного Богом народа, десятков поколений пращуров, писавших каждый свое толкование священных текстов и создавших, по эволюционной теории, особый, талмудический вид мышления. А может быть, наоборот, этот тип мышления был с самого начала, а все остальное — его производные.

Я понимаю, что ворошу сено, сушеные события забытой травы, но вот еще одна выдержка, заслуживающая внимания.

Ефим Барбан, наш джазовый Белинский, однажды подхватил кем-то брошенную обидную фразу в адрес И. В. Много лет спустя, когда Вайнштейн уже был в Канаде, а имя его стало забываться, я сделал ТРИ (!) получасовых передачи о нем на «Радио „Свобода"». Там было много музыки, много добрых слов, но там я вспомнил и этот эпизод, тут же добавив, что время опровергло и отмело прошлые небрежные суждения об Иосифе Владимировиче. Но вот беда, кто-то сказал И. В., что я ту обидную фразу произнес якобы от своего имени, и он по-стариковски крепко обиделся на меня. Я объяснился с Геной Гольштейном, который был нашим связным с И. В., но недоразумение не исчерпалось.

Баташев А. Умер Иосиф Вайнштейн //
Полный джаз. 2001. № 26.

ГРОМ С НЕБА

В шутливом послании на шестидесятилетний юбилей Иосифа Владимировича музыканты назвали его «тренером сборной Ленинграда по джазу, игравшей по системе „все в атаке, Вайнштейн в защите“».

В 1966 году только титаническая энергия и виртуозное искусство театральной интриги позволяли ему отражать бесконечные удары со всех сторон. Потом в глубинах советского ледника что-то треснуло, подтаяло, сместилось. Люди, приближенные к источникам власти, почувствовали это первыми и при каждой возможности пользовались любым послаблением.

В Москве были люди с именем и связями — Утесов, Лундстрем, Людвиковский, Рознер. У Леонида Утесова, например, был статус «Государственного оркестра», со своим бюджетом и администрацией, да и у Эдди Рознера возможности имелись немалые, приглашение к нему было очень заманчивым.

Осенью 1966-го в Ленинграде тайно появился директор оркестра Эдди Рознера, он приехал охотиться за головами. Переманивать поодиночке ему было бы нелегко, музыканты выбирают партнеров как жену, поэтому у директора были полномочия набирать сколько надо. Предварительные переговоры уже состоялись (кажется, через аранжировщика Виталия Долгова).

В ноябре грянул гром — в Москву, к Рознеру, уходили все наши звезды: Гена Гольштейн, Костя Носов, Додик Голощекин, барабанщик Стас Стрельцов. Такое ощущение невосполнимой потери, наверное, испытывали только на войне, когда теряли близких.

После ухода старших братьев роль старшего сына перешла ко мне. Иосиф Владимирович свалился с первым своим инфарктом, я ходил к нему в больницу, докладывал обстановку. Вместо Гены в оркестр пришел Тохтамыш. Так его все и звали, потому что ничего больше не требовалось. Про себя Тохтамыш говорил, что он грек, хотя фамилия отдавала татаро-монгольским игом. Был он человеком выдающихся способностей, но не в джазе. Никогда не забуду, как каждую свободную минуту он пилил надфилем что-то крохотное, зажатое в крепких пальцах. Через месяц показал — филигранный крестик из титановой стали, выточенный безупречно.

Как-то тромбонист и мой близкий приятель Саша Морозов, носивший сильные очки, случайно уронил на пол раскрытый футляр с саксофоном, лежавший для безопасности на шкафу. Мой тенор вывалился из него на лету и приземлился раструбом, смяв себе внешность. Я знал, что во всем Ленинграде был только один человек, который мог мне помочь. Тохтамыш.

Я привез к нему пострадавший редкий инструмент. Тохтамыш покрутил головой и сказал: «Приезжай завтра». Назавтра Тохтамыш встретил меня у дверей с хитрым прищуром. На столе лежал мой «Сельмер» с идеальным раструбом, как будто и не падал он никогда со шкафа. Я долго разглядывал поврежденное место, но не нашел и следов.

— Как тебе это удалось? — с изумлением спросил я.

— Я долго не мог найти закругление нужного диаметра, — с сияющим лицом изобретателя сообщил Тохтамыш, — а потом нашел, и знаешь что — свою пятку!

И показал, как он натягивал толстую латунь раструба на закругление пятки, точно подошедшей по размеру.

Отличный был человек, Тохтамыш. Звали его — Саша.

ИОСИФ ВЛАДИМИРОВИЧ, ВЕЛИКИЙ КОМБИНАТОР

Сейчас, простаивая часами в транспортных пробках, трудно представить, что когда-то улицы советских городов были почти пусты. Автомобиль являлся не средством передвижения, а роскошью, поскольку стоил примерно восемь годовых зарплат советского инженера. Машины имелись у тех, кто смог привезти их с войны, как трофей.

У Иосифа Владимировича тоже был старенький «опель». Он сохранился, потому что жил в теплом гараже во дворе дома на 5-й Советской, под окнами двух комнат коммунальной квартиры. Теплый гараж был еще большей редкостью, он вызывал зависть, желание раскулачить. Первую попытку предприняла аптека, располагавшаяся в доме, ее служебный вход смотрел прямо на двери гаража. Государственное предприятие в таких имущественных спорах ни в какое сравнение с каким-то отдельным гражданином не шло. Вопрос был практически решен, райсовет подмахнул заявление аптеки о передаче ей гаража, находящегося в частном пользовании у гражданина Вайнштейна И. В. Не на того нарвались!

Иосиф Владимирович пригласил специалиста жилищно-коммунального хозяйства, тот обследовал гараж и нашел, что через него проходит фановая (канализационная) труба. Последовало экспертное заключение, что в случае прорыва вышеозначенной трубы аптечным товарам будет нанесен непоправимый ущерб. Хранить медикаменты в помещении с фановой трубой запрещено (см. инструкции ЖКХ от 19.. года). Первую атаку отбили.

Об этой интересной переписке узнал соседний гастроном. Его дирекция поинтересовалась у специалиста: что же можно хранить в таком помещении с фановой трубой? Скажем, бутылки со спиртными напитками — можно? «Можно», — ответили им, после чего гастроном написал официальное заявление в райсовет о передаче ему гаража под склад спиртных напитков. Райсовет просьбу гастронома удовлетворил. Не тут-то было.

В горсовет в Смольнинском дворце поступило заявление от ветерана-фронтовика, озабоченного репутацией Ленинграда, колыбели революции. «Смольный, — писал он, — это неразрывная часть истории, место, откуда Ленин руководил первыми шагами молодой Советской республики. Поэтому мне больно видеть, что на пути к этой революционной святыне, на Суворовском проспекте, стоит гастроном с отделом винно-водочных товаров. Это место стало пристанищем пьяниц, распивающих прямо у ступеней магазина. Я прошу как патриот города принять срочные меры. И. В. Вайнштейн».

Решением городского совета винный отдел гастронома закрыли. Вторую атаку удалось отбить.

Потом был инвалид, владелец инвалидной машины, предоставивший в райсовет свою аттестацию по инвалидности «на предмет получения теплого гаража, находящегося в пользовании...» и т. д. И. В. ходил на заседание, горячо спорил, доказывал, даже грозился отрезать себе ногу и стать инвалидом, чтобы получить права наравне с претендующей стороной. Не помню, чем все кончилось, кажется, инвалид так и не дождался. Третья атака захлебнулась сама собой.

Имея за плечами лауреатство на двух фестивалях (Таллин, Ленинград), грампластинку на фирме «Мелодия» и положительные отзывы в нескольких ленинградских газетах, писавших (видимо, не без усилий И. В.) о полезной просветительской работе оркестра, Иосиф Владимирович весь 1967 год посвятил созданию респектабельности. Испытанная форма концертов-лекций была поднята на новую высоту, теперь их вела Софья Хентова, кандидат искусствоведения, доцент, «автор книг о знаменитых пианистах Гилельсе, Оборине, Клиберне и других» (списано с афиши).

I отделение

Дебюсси — Прелюдия «Менестрели» (кукольный Кекуик), исп. В. Вишневский;
Мийо — Бал в Мартинике (для двух фортепиано), исп. И. Михайлов, И. Тайманов;
Гершвин — Две прелюдии, исп. В. Вишневский;
Гершвин — Рапсодия в стиле блюз, исп. В. Вишневский и С. Хентова.

II отделение

ДЖАЗ-ОРКЕСТР под руководством Иосифа Вайнштейна
Петров — Вступление;
Джонс — Митинг;
Роджерс — Посещение;
Паркер — Пение птиц;
Эллингтон — Композиция;
Бэйси — Полуночный блюз;
Эддерли — В пути;
Флярковский — Стань таким.

Инструментальный квартет
В. ЛЕВЕНШТЕЙН, Ю. МОСЕИЧЕВ, В. ДОВГАНЬ, Е. ШАЦКИЙ

Судя по афише, происходило это 19 марта 1967 года в Ленинградском окружном ордена Красной Звезды Доме офицеров Советской армии им. С. М. Кирова. Прошу прощения за обилие подробностей, но за ними проступает время, жизнь, культура.

«Инструментальный квартет» (саксофон, фортепиано, ударные, контрабас) явно играл что-то джазовое, импровизационное, может быть даже собственного сочинения.

Пианист Юра Мосеичев был дурашливым и незлобивым человеком, он сразу получил прозвище Юмос. У Юмоса каждый день что-то болело, причем все время в разных местах. Я даже записывать начал: «утром встал, нога не сгибается», «ой, колет, режет», «что-то сегодня слабость».

Вечером, придя домой, увидел записку от мамы: «Разогрей суп в кастрюле на плите». На плите стояло две кастрюли, Юмос схватил первую попавшуюся и решил не тратить время на разогрев. Взял ложку, начал хлебать. Хлебал, хлебал, пока не выудил со дна тряпку, и понял, что он ест не суп, а мыльную воду, которую налили в кастрюлю, чтобы назавтра легче жир отошел. Его потошнило, на следующий день он пришел с зеленым лицом, но техника игры от этого хуже не стала.

Юмос был человеком душевным до нежности. Подарки ко дню рождения или к празднику подписывал в уменьшительно-ласкательном ключе: «Севику от Юрика». Мы вынашивали проект — подарить Юмосу большой утюг, а на гладильной стороне заказать красивую гравировку: «Юрику от Севика, Валерика, Вовика, Женика, Сашика, Колика...» — и так далее, чтобы все полезное пространство заполнено было буквами, как переходящий кубок.

На концерте, перед поднятием занавеса, на Юмоса однажды напал беспричинный смех. «Юра, — строго сказал ему бывший майор Вайнштейн, — что вы кривляетесь, как... Мурсель Мансо?»

Иногда Юра играл сольный номер, «Рапсодию в стиле блюз». Однажды, когда оркестр уже сидел, И. В. вышел дирижировать. Юмос сидел и жевал спичку. «Юра, — пророкотал И. В., — что вы сидите так далеко от рояля?» Юмос со страху выплюнул спичку и принялся изо всех сил тянуть тяжеленный рояль на себя.

ПУТЬ НА БОЛЬШУЮ СЦЕНУ

Концерты-лекции сделали свое дело, постепенно создавалось впечатление, что место оркестра — не в танцевальном зале, а на большой сцене. На эту большую сцену мы пробивались весь 1968 год.

Помню лето, когда мы ежедневно по жаре тащились в Дом моряка на репетиции, играть давно уже выученное. Боевой дух падал, в тромбонах шли разговорчики. «Мальчики! — кричал Иосиф Владимирович. — Что вы разговариваете на репетиции! Коркину это не надо!»

Коркин, он же Георгий Михайлович, был руководителем Ленконцерта. Человек строгий, партийный, в Ленконцерте его уважали и боялись. Коркина «бросили» на эстраду с понижением, из Кировского театра, за политический провал. Он проворонил Нуриева.

16 июня 1961 года в парижском аэропорту Ля Бурже молодой балетный артист бросился к французскому полицейскому с криком «ПРОТЕЖЕ МУА, ПРОТЕЖЕ МУА!» и попросил политического убежища. Любопытно, что этим полицейским оказался русский белоэмигрант Григорий Алексинский, в годы Гражданской войны воевавший с красными. Узнав, кто обращается к нему, он решил ни слова не говорить по-русски. Понимал, что если о его национальности узнают журналисты, то назавтра все напишут о белогвардейском заговоре помочь Нуриеву бежать на Запад.

Заговор был, но не у французов. Хочу привести несколько строк из докладной записки председателя КГБ Шелепина в ЦК КПСС: «3 июня сего года из Парижа поступили данные о том, что Нуриев Рудольф Хамитович нарушает правила поведения советских граждан за границей, один уходит в город и возвращается в отель поздно ночью. Кроме того, он установил близкие отношения с французскими артистами, среди которых имелись гомосексуалисты. Несмотря на проведенные с ним беседы профилактического характера, Нуриев не изменил своего поведения...»; «...в начале июня, когда поведение Нуриева стало невыносимым, заместитель директора балетной труппы Стрижевский (сотрудник 2-го управления КГБ) выступил с предложением о досрочной отправке его из Парижа домой».

Это предложение, как мы сейчас знаем, не поддержали в советском посольстве, там считали, что «выступления талантливого артиста способствуют улучшению восприятия французами образа СССР». Отправку Нуриева на родину было решено отложить до окончания гастролей в Париже. 16 июня, когда артисты приехали в аэропорт Ля Бурже, Нуриеву сообщили, что его поездка в Лондон отменяется и что ему необходимо срочно выехать на родину «к больной маме». В те годы отзыв артиста с гастролей означал, что он становится «невыездным» и на его карьере можно ставить крест. Решение созрело у Нуриева мгновенно. Назавтра газеты по всему миру писали о его «прыжке в свободу». Скандал был грандиозный.

ЦК партии дал указание 13-му отделу (диверсии и террор) ПГУ КГБ разработать в отношении Нуриева «специальную операцию». Бывший сотрудник архивного отдела Василий Митрохин после своего бегства на Запад рассказал, что речь шла о том, чтобы сломать Нуриеву одну или обе ноги. Этим планам не суждено было сбыться, и кончина Нуриева, как мы знаем, оказалась куда более трагичной.

Итак, Коркин... Георгий Михайлович Коркин был когда-то певцом (говорят, что где-то в дальних архивах сохранилась его единственная пластинка), в 1956 году он поднимал Ленинградский драматический театр с другим Георгием, Товстоноговым, потом был директором Кировского и весь свой опыт, связи, партийное чутье и интуицию артиста принес в Ленконцерт. При Коркине появилось несколько новых проектов («Поющие гитары», «Ровесники»), он также согласился принять оркестр Вайнштейна на репетиционный период, понимая рискованность предприятия.

Как все руководители творческих организаций, Коркин находился между молотом и наковальней, он должен был сочетать новизну и смелость искусства (для выполнения финансового плана) с идеологической выдержанностью (чтобы не иметь неприятностей сверху). Вайнштейн тоже находился между молотом и наковальней — он должен был протащить на сцену джаз (в этом была его историческая роль), сломав сопротивление худсовета. Между Вайнштейном и худсоветом шла позиционная война, обе стороны сидели в окопах и отвоевывали друг у друга сантиметры территории.

Худсовет заваливал нас на каждом прослушивании, из месяца в месяц, десять раз подряд. В пустом зале появлялась группа мрачных людей, которые молча садились, не снимая пальто зимой, и делали знак начинать. Нашей тяжелой артиллерией было благосклонное отношение Союза композиторов (А. Петров), авторитет, заработанный на лекциях, пластинка на «Мелодии». Оружием помельче были оркестровки советских песен, всякие незначительные компромиссы, свидетельствовавшие о том, что мы не американский оркестр, готовы поступиться, быть как все.

Иногда ради высокой идеи И. В. шел на прямой обман, на подлог. «Георгий Михайлович, — сладким голосом объявлял он в темный пустой зал, — сейчас мы сыграем вам вариации на тему русской песни „Ах вы сени мои, сени!“. Мальчики!» — говорил он нам тихо, подмигнув и давая понять, что вот сейчас мы их и надурим. Задудела, завыла, загрохотала наша гора железных труб. В композиции модерниста Чарли Мингуса, написанной на три четверти, где-то в ближе к концу, в оркестровом тутти, трубы в верхнем регистре громко и натужно играли в унисон нечто похожее на пресловутые «Сени». Всего несколько тактов, но ничего — это и есть главная тема, а все остальное — вступление, разработка, кода.

«Ну как, Георгий Михайлович? — подобострастно поинтересовался Вайнштейн. — Понравились вам наши „Сени“?» Коркин сидел в полутьме, но видно было, что он от такой наглости побагровел. Он сдернул с головы свою большую пролетарскую кепку, хряснул ею что есть силы об пол и истошным голосом хрипло заорал: «Какие, на хер, сени!!!»

Так закончился еще один худсовет. Для жюри, он, вероятно, был не меньшей пыткой, чем для нас. Разница — в обстановке. В зале были холод, мрак и злость. На сцене свет, тепло и концертные костюмы, сшитые по нашим эскизам в мастерских Ленконцерта, — синие двубортные пиджаки-блейзеры с бронзовыми пуговицами и серые брюки. Сама сцена украшена художественным задником, из софитов лился театральный свет по партитуре. На колосниках вечно кто-то возился, рабочие сцены поднимали и опускали задуманные режиссером ткани. «Иосиф Владимирович! — крикнули из тромбонов Вайнштейну. — На вас тюль падает!» И. В. отскочил, приосанился и сказал авторитетно: «Мальчики! Еще не родилась такая тюль, чтобы на меня упала!»

После десяти месяцев худсоветов наш концерт стал приобретать кафкианский оттенок. Мрачный сюрреализм, дурной сон, которому нет конца. Чувствительные натуры не выдерживали. Трубач Леня Смирнов запил и не появлялся несколько дней. Потом пришел трезвый, несчастный, каялся. Когда он брал высокие ноты, то шея его раздувалась до ширины головы, в такие моменты он иногда успевал оторваться от трубы и крикнуть нам, саксофонам: «Скорей бы завтра, и снова на работу!»

Однажды, когда мы уже сидели по своим рядам, в зал вошел Леня. Было заметно, что он идет нетвердой походкой.

— Леня! — сказал Иосиф Владимирович с глубоким чувством. — С вами что-нибудь случилось?

— Нет, — ответил Леня тихо и не очень уверенно.

— М-м, — загадочно сказал Вайнштейн, — значит, случится!

В другой раз, когда И. В. распекал его за то же самое, Леня вдруг театрально поднял руку вверх.

— Чу! — сказал он громко. — Ветром утренним подуло! Мне пора!

И с этими словами пошел своей дорогой.

«АВАНГАРД-66»

Подобно тому как галька на пляже от переката волн со временем принимает округлую форму, так и мы постепенно теряли острые края. Компромисс — вещь ползучая, это эволюция, которая адаптирует джазмена в артиста эстрады, оставляя для жизни самых приспособленных.

1968-й был годом официального рождения советских поп-групп со стыдливым определением «вокально-инструментальный ансамбль». С огромным успехом начали выступать «Поющие гитары». Музыканты делили успех на категории: «аншлаг», «висели на люстрах», «прошли с конной милицией». На концерты «Поющих» приходилось вызывать конную.

Я знал многих: Леву Вильдавского, Женю Броневицкого, трубача Эдика Бронштейна, с которым играл еще в джазоктете ЛИТМО. На концерте оркестра Вайнштейна в Высшей партийной школе у Смольного в самом начале 1968-го ребята позвали меня с собой. Они собирались в Сочи репетировать программу. Я гордо отказался, сказав, что джазу не изменю. Но изменять пришлось, хотя надежды я не терял.

В Ленинграде, в районе Автово, была известная в подполье команда «Авангард-66». Я знал там Борю Самыгина, он одно время хотел играть на кларнете и брал у меня уроки. С кларнетом не получилось, и Боря взял в руки ритм-гитару. Александр Петренко, младший брат известного альтиста Игоря, был соло-гитаристом, на басу играл Володя Антипин, а на барабанах — Женя Маймистов. С ними пел фантастический человек по имени Вячеслав Мостиев.

...певец Вячеслав Мостиев. Выходец с Северного Кавказа, он приехал в Питер из Ульяновска и поступил на восточный факультет ЛГУ. Импозантный южанин, Мостиев владел иностранными языками, прекрасно пел по-английски и по-итальянски, играл на ф-но, контрабасе и даже ударных — одним словом, был поп-звездой по определению. Выступая с оркестром Галембо, он получил от иностранных журналистов титул «Питерский Элвис».

Бурлака А. Рок-энциклопедия. Т. 1. СПб., 2007.

Лучше всего у Славы получался Дэвид Клейтон-Томас из группы Blood Sweat and Tears, которой тогда увлекались ребята, он бесподобно «верещал» в верхнем регистре.

Ко времени нашего знакомства у Славы был бурный роман с итальянкой, на которой он вскоре женился. Супруга не могла или не хотела жить в СССР, а СССР ни за что не хотел отпускать Славу в Италию. Слава страшно переживал, пил с горя, ему было не до подпольных выступлений, и он пропал с горизонта. Трагическая судьба, загубленный талант.

У «Авангарда-66» было несколько песен из репертуара Tremeloes и Hollies, а также пара симпатичных вещей Володи Антипина на русском. К тому времени им надоело играть на танцах в ДК Дзержинского, и я предложил им влиться в нашу концертную программу, исполнять свои песни с большим оркестром. Иосиф Владимирович пробил это дело в Ленконцерте, ребят оформили на оклад 150 рублей в месяц, я написал простенькие оркестровки, и вскоре номер был готов.

Бóльшую часть времени они провели на репетиционной базе, но были и недолгие гастроли. Ни в какое сравнение с бешеной популярностью «Поющих» это, конечно, не шло. Куцые четыре песни на мизерном окладе без особых перспектив.

Тут на горизонте появилась загадочная и слегка зловещая фигура — Григорий Яковлевич Гильбо, администратор широкого профиля, специалист по «чесу» на просторах Восточной Сибири. Он предложил ребятам сольное отделение в Читинской филармонии и пятьсот рублей в месяц, при условии, что они не будут задавать никаких вопросов.

Пятьсот в месяц? Никаких вопросов!

МУРКАБАШ

С одной съемной квартиры мы переезжали на другую, сменив пять или шесть адресов, и к лету 1968-го, оставшись без жилья, поселились у Галиных родителей на даче в Осельках. Я вошел в семью, был принят как свой, отчасти, быть может, потому, что носил чеховскую бороду, делавшую меня слегка похожим на татарина.

Участок в девять соток Галин отец получил в своем НИИ еще в конце 1950-х, он корчевал пни, привозил песок, конский навоз, потом начал строить. В 1966 году, когда я впервые приехал в гости, в доме уже можно было жить на первом этаже. В 1967-м я включился в работу, отливал из цемента плиты для дорожки, потом целый месяц красил дом в шаровый цвет, как линкор или крейсер.

В декабре Галя сообщила о беременности, которую мы на этот раз решили не прерывать. Первые месяцы она мучилась от токсикоза, потом начались неожиданные капризы с едой (принеси мороженое с солеными огурцами!), к лету Гале стало тяжело ходить.

В жару я возил ее купаться на тачке с резиновыми шинами, на которой ездили к дальнему колодцу за питьевой водой для чая. Окрестности мне знакомые, Большое Кавголовское озеро. Семилетним дошкольником попал я туда в какой-то детский санаторий, очень скучал по маме и хотел сбежать. В сарае стояла старая ржавая веялка с колесами, и я все спрашивал у мальчиков: а нельзя ли на ней уехать домой?

25 августа после обеда начались первые схватки, мы кое-как добрели до станции, сели на электричку. Схватки усиливались, меня охватила паника.

Наконец Финляндский вокзал, длинная очередь на такси. Я взмолился, нас неохотно пропустили, и через полчаса я сдал Галю в родильный дом на улице Маяковского, дом 5.

Назавтра, 26 августа, утром, я постучал в фанерное окошечко приемной роддома № 6. Выглянула немолодая раздраженная женщина. «Фамилия? Когда поступила?» Медсестра полистала потрепанную регистрационную книгу. «Состояние роженицы нормальное. Родился мальчик». Фанерное окошко захлопнулось. Я постоял, утер слезу. Друг родился.

Друг оказался легким, весом в 2 килограмма 800 граммов, а после рождения он стал не набирать вес, а терять его. На стене кухни в Осельках я приколол большой лист миллиметровой бумаги и каждый день после взвешивания рисовал следующую позицию на графике.

Недели две не мог придумать, как назвать сына; какое имя ни приложи — не подходит. Ничего лучше Всеволода, Севы не придумал. Так и записали. Татарская бабка, Мякфузя, прозвала младенца Муркабаш — «Кошачья голова», — подметив сходство. Это прозвище, в уменьшительно-ласкательном виде, Муркабашка, и закрепилось на время. Потом, непонятно откуда, возникло имя Ринат, и стало ясно, что это Ринат и есть, а никакой не Сева, несмотря на метрику.

В сентябре опали листья, пошли осенние дожди. Мы по-прежнему жили на даче в Осельках, с дровяной плитой, с водой из дальнего колодца, с удобствами во дворе. Я ездил на репетиции и худсоветы в Ленинград на электричке, через Ленконцерт меня разыскал городской военкомат и прислал повестку.

В 1961–1965 годы резко снизилось количество юношей призывного возраста (вследствие низкой рождаемости в годы войны). Было разрешено принимать в армию на добровольной основе женщин. С этого же времени для восполнения недостатка в армии младших офицеров стал практиковаться призыв в армию для службы в качестве офицеров на три года (с 1968 г. — на два года) выпускников институтов.

Веремеев Ю. Комплектование
Советской (Красной) армии. army.armor.kiev.ua

Повестка сообщала, что Левенштейн Всеволод Борисович, 1940 года рождения, лейтенант запаса по специальности «штурман-подводник», распоряжением Министерства обороны призывается на действительную службу в ВМФ СССР. Явка к 9.00 в понедельник, 23 сентября 1968 года; при себе иметь паспорт, воинский билет, ложку, кружку...

Поговаривали, что после двух лет офицеров все равно домой не отпустят, что служить придется где-то под Петропавловском-Камчатским.

Днем в субботу, 21 сентября, мы с Галей сидели и молчали. Муркабашка спал. Свинцовые тучи за окном усиливали ощущение безысходности. Мне предстояло проститься с женой и сыном, забыть о музыке, уйти из оркестра... Жизнь кончалась. До отъезда оставалось меньше двух суток.

«Скажите, где здесь дом пять по Пионерской улице?» — послышался знакомый хриплый баритон. За окном стояли Иосиф Владимирович и наш конферансье-администратор Рома Моргулян. Увидев меня в окне, они замахали руками, как гуси перед перелетом. Я вышел навстречу, отворил калитку. Рома любил оставаться невозмутимым, особенно в минуты крайнего волнения.

— Сева, — сказал он с непроницаемым лицом, — ложка и кружка тебе не понадобятся.

— Да ладно вам, Рома! — воскликнул И. В. — Я был на приеме у адмирала Кузнецова, сказал ему, что оркестр без вас погибнет! Он помнит майора Вайнштейна еще по выступлениям на фронте и подписал освобождение. Вот оно!

И. В. рассказал, что в ленинградском списке было 29 офицеров запаса, из них от службы удалось отбить двоих — физика-ядерщика и меня, саксофониста оркестра И. В. Вайнштейна.

Я решил, что эти два года несостоявшейся службы на подводной лодке должен Иосифу Владимировичу. Я дал себе слово: что бы ни случилось, на это время останусь с оркестром.

ПРОГРЕССИРУЮЩИЙ КОМПРОМИСС

К октябрю 1968-го худсовет устал. Слушать по двадцатому разу наш оркестровый джаз Георгию Михайловичу Коркину было не под силу. Это не означало, что он сдался.

За кулисами шел активный торг: давайте уберете вот это, а добавите то. Все понимали, что нужен какой-то идейный щит, номер или несколько номеров на роль «танковой колонны», за которой и мы, пехота, прошли бы, сгорбившись под огнем.

На смену Тохтамышу еще в начале репетиционного периода пришел Марк Звонарев. Он окончил дирижерско-хоровой факультет, знал гармонию. И. В. заказал ему сделать переложение 7-й симфонии Шостаковича для джаз-оркестра, не всей, конечно, а самой зловещей части, где немцы наступают. Марик написал густо, перещеголяв по сложности диссонансов самого классика.

Ленконцерт прислал трех танцоров, хореограф создал небольшой балет, художник по костюмам обрядил их в черные колготки, обул в фашистские сапоги, осветитель направил в темноту сцены лучи крест-накрест, как при воздушной тревоге, и вот пожалуйста — полное впечатление. Шостакович в джазе и малый кордебалет имени Третьего Рейха, старательно поднимающий ноги в едином милитаристском порыве.

Концерт оркестра Вайнштейна начинается прологом. На фоне фрагмента из 7-й симфонии Шостаковича — рассказ о мужественном и прекрасном городе на Неве. Пролог — протест против войны и страстный призыв к миру. И это гражданственное начало окрашивает весь концерт: да, нам нужен мир, чтобы жить и работать, чтобы звучали наши песни и музыка — вот эти песни и эта музыка.

Борисова В. Музыкой полон вечер //
На смену (Свердловск). 1968. 18 окт.

После ужасов войны наступал мир и лилась песня. Мария Кодряну, удачно выступившая на Сочинском фестивале, была командирована к нам, плюс девушка Ромы Маргуляна, Галя Матвеева (жанровые песни), и простой хороший парень Володя Гневышев (советская эстрада).

Гневышева я запомнил по Тюмени. После Нижнего Тагила и Свердловска мы приехали в Тюмень на ноябрьские праздники, годовщину Великой Октябрьской социалистической революции. Октябрьскую революцию, как известно, отмечали в ноябре из-за перехода Советской республики на новый календарь, поглотивший без следа 13 дней жизни трудового народа.

Иосиф Владимирович родился 28 октября 1918 года; видимо, по старому стилю, потому что свой день рождения он отмечал в ноябре. В Тюмени И. В. исполнялось 50 лет.

К праздничному концерту в городе подошли очень серьезно: собрали сводный симфонический оркестр, мужской и женский хоры, украсили сцену красными флагами, полоскавшимися на театральном ветру. Одного не было — фактурного солиста, который убедительно исполнил бы пафосную песнь. Мы одолжили Тюмени нашего Володю Гневышева.

Ах, какая это была красота, какой взлет! Полсотни хористок в белой кисее, мужской хор в черных костюмах, оркестровая яма, переполненная музыкантами, дирижер с палочкой, мощные вентиляторы, нагоняющие праздничный сквозняк, в котором все ходило волнами, и — Володя. В сером ладно пригнанном костюме, в динамичной позе человека, непреклонно преодолевающего встречный ветер, сильным голосом, паря над действительностью, пел он что-то о партии и народе. Ему вторили сотни глоток, тысячи скрипок, миллионы труб. Душу распирало от гордости — за страну, за народ, за Володю Гневышева. Он понимал уникальную историчность момента, знал, что такой апофеоз уж больше не случится в его жизни, потому что завтра придется снова петь всякую ерунду. Мы решили, что день рождения шефа прошел достойно.

На ноябрьские праздники в Тюмени стояли лютые холода. С выездного концерта, километров за сто, мы возвращались под полночь. Вокруг расстилалась замерзшая степь, глядя на которую даже из окна теплого «львовского» автобуса становилось зябко. Сломается мотор, встанешь тут — и конец.

Впереди на пустынной дороге показалась одинокая фигурка, какой-то мужичок. Позади нас пятьдесят километров, впереди еще пятьдесят, человек явно не дойдет, замерзнет до утра. Несмотря на строгую инструкцию: в автобус с артистами посторонних не брать, мы остановились, чтобы подобрать путника в ночи. Поставили его на ступеньки возле водителя и сказали: «Стой тут тихонько, пока не доедешь куда надо».

Мужичок оказался навеселе, он постепенно разомлел от тепла, икнул и, подняв вверх палец, значительно произнес: «Вот раньше, помню, усы, трубка. Народ его уважает. А теперь? — Мужичок презрительно сплюнул. — Лысина, бородавка, народ его не уважает...» Автобус мчался по заснеженному шоссе, трясясь на неровностях. Мысль нашего пассажира вернулась к началу: «А раньше... Усы... Тру-убка! Нар-р-род его уваж-жает... А теперь? Тьфу! Лысина... Бородавки... Народ его не уважает...» Повторив еще раза три, по кругу, он неожиданно закончил скороговоркой: «Но больше всего я люблю Леонида Осиповича Утесова за его песни!»

Это признание запало мне в голову. Мужичок, оказывается, любил Утесова и его песни, а мы привезли ему Вайнштейна и инструментальный джаз. Довольно скоро мы поняли, что не все и не везде нас понимали. Порой в зале ощущалась отчужденность, то, что я потом для себя определил как «стеклянные глаза». Саксофонам, сидящим в первом ряду оркестра, это было видно лучше всех.

В те годы в провинциальных городах, особенно в небольших, приезд любого гастролера был событием, поскольку жизнь в глубинке впечатлениями небогата, и публика валила валом на любой концерт. Внешне все было прекрасно, как говорил наш барабанщик Гога (Володя Исаков): «опять все то же самое: публика, касса, успех, цветы...» Газеты писали хвалебные статьи (из них супруга И. В., Нинель, в 2004 году составила целую книгу), местные джазмены приглашали на встречи, но у меня от поездки к поездке постепенно росло чувство какой-то неловкости, как у человека, оказавшегося на незнакомой свадьбе.

Мы часто говорили об этом с Сашей Морозовым, с которым я обычно делил гостиничный номер. Саша был у нас солистом, мы играли квинтетом, но свое будущее он видел в классической музыке и собирался поступать в консерваторию.

В Новосибирске мороз стоял такой, что даже в комнате воздух был подернут туманом. Мы проснулись и глазели друг на друга, не вылезая из-под одеял.

— Чего ты валяешься? — сказал я Саше. — Давай вставай!

— А чего ты валяешься? — резонно ответил он. — Вот ты сам и вставай!

Я решил продолжить дискуссию.

— Ты не встаешь, — сказал я, — потому что у тебя силы воли нет!

— Почему? — рассудительно ответил Саша. — У меня сила воли есть. У меня офигенная сила воли. Я, если захочу, сразу встану... Я просто не хочу!

У гастрольного артиста была одна забота — не отравиться в общепите, где к тому же обслуживали прескверно. В одну из поездок мы с Сашей, отчаявшись, купили электроплитку и готовили на ней обеды-ужины прямо в гостиничном номере. Чинно ходили по магазинам, покупали продукты, планировали меню. Потом от этого отказались, потому что походы на рынок, стряпня и мойка посуды отнимали полдня.

Приезжая в так называемый «куст», артист поступал в распоряжение филармонии, у которой были свои задачи,

Джаз-квинтет с Александром Морозовым (1969)

своя ответственность — «культурно обеспечить» нефтяников или военных моряков. Мурманская филармония между концертами в городе послала наш джаз-оркестр на выезд в Североморск, где базировался Северный подводный флот. Сердце мое билось — ведь это знакомый Кольский залив, те самые скалы, многолетнемерзлые породы, по которым я гулял осенью 1962-го!

Подали сторожевой катер, погрузили на него наши пульты, стойки, барабаны и домчали нас за пару часов по устью Туломы до воинской части. Неподалеку от причала у местного универмага стояла очередь офицерских жен, одетых одинаково — приталенное пальто темного габардина с воротником из чернобурой лисы. Я подошел, отчасти из любопытства, отчасти из сочувствия — жалко дам, все-таки полярная местность.

— За чем стоите, уважаемые? — вежливо спросил я, и несколько жен ответили почти хором:

— Бриллианты выбросили!

Выражаясь современным языком, у офицерских жен была проблема помещения ликвидности, инвестирования семейных накоплений. Бумажные деньги, при всей их желанности, не представлялись надежными в долгосрочной перспективе. Деньги могли, в конце концов, внезапно обменять или девальвировать, что случалось не раз за послевоенную историю СССР, а бриллиант в золотой оправе — это вещь нетленная.

Саша играл во многих диксилендах и рассказывал мне о нравах питерских традиционалистов. Пианист и тромбонист Эдик Левин, например, ходил в дырявых свитерах, надевая их один на другой, чтобы дырки одного закрывались бы целыми местами другого. Корнетист Роберт Пауэлл был немногословен, говорил редко, по крайней нужде. Обычно это было слово «мудизм», обозначавшее в зависимости от ситуации все, что надо было сказать. Однажды он застал свою девушку с посторонним мужчиной в разгар интима. «Мудизм вообще-то!» — только и произнес Роберт.

Мудизм был некой программой жизни, вроде сюрреалистического «дада». Символом «мудистов» была Трехногая птица, «Мудушка Кря». Мудисты входили в тайное Кировое общество, которое выдавало им Кировые паспорта, а в паспорте стояла пометка: «Кировой паспорт недействителен без круглого подстаканного талона».

Я пою под Утесова (1970)

Диксиленд с Севой Королевым и Александром Усыскиным я впервые услышал году в 1959-м, и этого мне не забыть никогда. Где-то в глубинах коллективной памяти в Интернете можно найти фрагменты черно-белых роликов начала 1960-х, но они немые, их пришлось озвучивать посторонней музыкой.

Сева играл на трубе широким, мощным звуком, а Усыскин деликатно вышивал этот звук своим кларнетным бисером. Мы встречались с ними на Таллинском фестивале в 1967 году, где ленинградский диксиленд выступил с блеском.

Году к 1970-му первоначальный диксиленд размножился, по городу играло не менее восьми составов. От одного из них отпочковались трубач Жора Чиков и тромбонист Г. Лехман, принятые в оркестр Вайнштейна. Грех было не воспользоваться случаем. Так родился еще один диксиленд, придуманный как вставной номер в наш концерт, со шляпами канотье, полосатыми жилетами и т. д. Я играл на кларнете и, стыдно сознаться, пел под Утесова.

Отдельно скажем о В. Левенштейне, завоевавшем всеобщую любовь не только своими великолепными соло на саксофоне, но и естественным сценическим поведением, непосредственностью и живостью.

Симонов В. Академия джаза //
Тамбовская правда. 1970. 11 фев.

Как говорил про меня Саша: «Он очень любит чистый джаз, но за цыганку все отдаст!»

ГАСТРОЛЬНАЯ КАРУСЕЛЬ

Для разъездного артиста города́ — как верстовые столбы, памяти зацепиться не за что. Всплывает всякая ерунда.

В Грозном продавали соковыжималки, большая тогда редкость. Ринатику нужны были соки, Галя терла-выжимала вручную. Грозненский аппарат сделан был на совесть, корпус из коричневого бакелита, внутри электромотор нешуточной мощности — никакой овощ или фрукт против него не устоит. Весила машина соответственно — килограммов семнадцать, если мне не изменяет память, а она

Оркестр Вайнштейна на гастролях в Виннице (1969)

мне изменить не может, потому что я проклял все на свете, пока кантовал неподъемную бытовую технику из одного конца страны в другой.

В Грозный мы попали летом. (Жалею, что не сделал фотографий; сейчас, после нескольких войн и бомбардировок, это были бы бесценные кадры.) Возле нашей гостиницы, прямо у входа, стоял ларек чистильщика обуви. Был жаркий день, чистильщик ушел с солнцепека внутрь, в прохладный вестибюль, а чтобы о нем не забыли, оставил лист бумаги, на котором крупными буквами написал: «ЧИСТКА ОБУВИ ВНУТРИ».

Тогда же на рынке я видел ценник, точно передававший особенности местного акцента. Женщина торговала орехами, на клочке бумаги на палочке, воткнутой в кучку, стояли буквы «APNX».

В Краснодаре, где народ мерит искусство количеством, местный администратор расклеил наши афиши, соединив три в одну, получалось, что на сцене — какой-то сводный оркестр человек из 60. Ясно, такое событие культуры пропускать нельзя.

В Днепропетровске под моим окном всю ночь вспыхивала неоновая реклама. Забыть ее не смог: «ДОМА ГРОШИ НЕ ТРИМАЮ, Я ОЩАДНУ КНИЖКУ МАЮ!»[1].

В Челябинске, в гостинице, после концерта наши джазмены выпивали с киноактером Анатолием Азо. В Москве или в Питере такого не случилось бы, а тут работники муз были сжаты воедино провинциальным окружением. На телеэкране Азо производил на меня впечатление человека глубокого ума, даже мудрости, поэтому я говорил с ним с некоторым трепетом.

В 1965 году вышел фильм «Как вас теперь называть?» — о том, как в поединке с умным и коварным асом фашистской разведки побеждает советский чекист, скрывавшийся под маской повара-бельгийца во время оккупации Поволжска. Азо играл повара-чекиста. Режиссер Владимир Чеботарев хотел избежать обычной «клюквы» и снял экранные диалоги в немецком штабе на немецком языке. Как я понимаю, актеры выучили роли на слух и говорили как получится, а коллеги из ГДР озвучили это потом на своем родном языке. Думаю, Азо тоже пришлось учить эту тарабарщину. К моменту нашей встречи фильму было три года, а со времени съемок прошло почти четыре, но Азо все еще кипел патриотическим гневом. «Вот ведь, — сказал он мрачно после рюмки-другой, — взяли моду, немцев на немецком играть!»

На гастроли в Рязань Иосиф Владимирович выехал с новыми зубными мостами. Стоматолог на прощание объяснил ему: зубы у человека с возрастом слабеют, становятся хрупкими, теперь мясо ему можно есть только рубленое. И. В. всегда кипел такой жаждой деятельности, что руки тряслись. Выслушивать долгие объяснения о хрупкости зубов ему было не под силу, но слово «рубленое» он все же запомнил.

---

[1] Дома деньги не храню, у меня есть сберегательная книжка! (*укр.*)

Гастролеры обычно ходили в ресторан к открытию, на поздний завтрак или ранний обед. Только мы с Сашей сели за столик, как распахнулись двери и в ресторан вихрем влетел Иосиф Владимирович. Невидимая сила несла его, останавливаться было выше его сил. Проносясь мимо стола, он успел только крепко схватить меня за локоть и спросить о самом главном для него в тот момент: «Сева! У вас это РУБЛЕНОЕ?» — И понесся дальше, не дожидаясь ответа.

В Минске после концерта за кулисы пришел молодой человек неприметной наружности. «Какой у вас звук! — сказал он. — Простите, это настоящий „Otto Link"?» Я снял мундштук с саксофона, показал. Молодой человек заметно взволновался. «Мне мой дядя, дипломат, недавно привез почти новый „Сельмер" шестой марки... Я предлагаю вам этот саксофон в обмен на ваш старый, но с мундштуком, с „Otto Link"».

В ту ночь спать я не ложился. Я ходил по номеру из угла в угол, как зверь в клетке, и вслух рассуждал с Сашей Морозовым, что мне делать. Ситуация была как в классическом монологе любителя вареных раков (здесь по три рубля, но маленькие, а за углом — во какие! — но по пять...). В конце концов Саша резонно рассудил, что новый мундштук я, быть может, еще достану, а вот новый саксофон — никогда.

Домой я вернулся с щегольским двухцветным футляром, в котором лежал сверкающий лаком «Selmer Mark» № 6. За мундштуком пришлось ехать к Сереге Герасимову, он к тому времени поднаторел в своем деле и продал мне экземпляр, в звуке которого были «колокольчик» и «земля». «Асфальта» из него я так никогда и не выдул.

Во Владимире, пока мы были на сцене, какой-то злоумышленник стащил из артистической мой французский двухцветный футляр, вещь без саксофона совершенно бесполезную. Я был в панике. Сакс — инструмент нежный, он не выносит физических грубостей, от этого перестает крыть, звук затыкается. В общем, это все равно что месячного младенца голым по поездам таскать.

Еще в 1962 году я видел у американцев из оркестра Бенни Гудмена футляры по форме саксофона из толстой сыромятной седельной кожи сливочно-желтого цвета. Они висели на плече, как автомат. Я решил, что это то, что мне надо.

Город Владимир седлами не богат — это вам не Техас. После долгих поисков удалось найти мастерскую по индивидуальному пошиву обуви. Подходящая кожа была одного сорта — черная для хромовых голенищ. Мастер Володя дал себя уговорить. Мне кажется, ему было просто интересно. В Штатах на конвейере вроде «фордовского», где все операции разработаны до мельчайших подробностей, такой футляр сделали бы часа за три. У нас — тоже за три, но не часа, а дня.

Вещь все равно получилась корявой, кустарной, кое-где торчала зеленая бязевая подкладка, молния на закруглениях закрывалась с трудом, накладные карманы на заклепках сидели неровно, но я благодарен был Володе за его настойчивость, терпение и профессиональное любопытство. С этим футляром я проехал потом весь Советский Союз, вдоль и поперек, держа сакс на плече (в положении стоя) или на коленях (в положении сидя), и даже вывез его потом с собой в эмиграцию.

Там же, во Владимире, со мной познакомилась юная девица, по виду старшеклассница, странное поэтическое создание. На прощание она дала мне письмо, в котором были такие строки:

> Я одинок,
> Я страшно одинок,
> И сам себе я мою ноги,
> И стелю постель...

КООПЕРАТИВ

Я хорошо знаю Ленинградский парк Победы на Московском проспекте. Я исходил его из конца в конец, толкая коляску по заснеженным дорожкам. Галя настаивала, чтобы я «гулял с ребенком» (эти слова произносились с некоторым надрывом) не менее двух часов, потому что «ребенку нужен свежий воздух». Надрыв у Гали выражал подспудное — в душе она считала меня бесполезным человеком. Действительно, что за муж? Дома бывает мало, все время разъезжает по своим гастролям, да и зарабатывает...

Много позже, после нашего развода, я придумал шутку о том, что татарское иго для всех длилось 300 лет, а для меня — 317. Галочка по генетическому своему устройству — воин, завоеватель, а я — ремесленник, артизан, погрязший в мирном труде. Ее душа жаждала опасности, битвы, риска, чего-нибудь такого, отчего кипела бы кровь.

Первые признаки семейных баталий появились вскоре после свадьбы, года через два эти битвы приняли нешуточный характер. Причиной ссоры могло стать что угодно, например ревность. Галя скандалила беззаветно, с упоением и полной самоотдачей. После разогрева в словесной перепалке в ход шли предметы, сначала мягкие и небьющиеся, потом твердые, но небьющиеся, а дальше, как у Чуковского в «Федорином горе»:

А за ними блюдца, блюдца —
Дзынь-ля-ля! Дзынь-ля-ля!..

На стаканы — дзынь! — натыкаются,
И стаканы — дзынь! — разбиваются.

Дебош в съемной квартире меня всегда как-то сковывал. Неловко, могут попросить съехать — стены в «хрущобах» тонкие, соседи все слышат. Думаю, именно из этих соображений я однажды пытался утихомирить Галочку подушкой.

Она брыкалась и била меня ногами, жадно хватая воздух, когда удавалось высунуть голову.

Применен был тактический ход: Галя сделала вид, что успокаивается, и как только я ее отпустил, бросилась к балкону. Лицо ее сияло жаждой мести, победы любой ценой, даже ценой своей смерти. Она проворно вскочила на перила, намереваясь прыгнуть вниз. Мы жили на четвертом этаже. Я, как в тумане, бросился, мертвой хваткой вцепился ей в руку и силой втащил обратно. Крепко обнял и не выпускал, пока не кончилась истерика.

От пережитого у меня дня три останавливалось сердце, когда я представлял себе Галю в легком халатике, распластанную в неестественной позе на мерзлой земле, и себя, с ужасом понимающего, что жизнь кончилась, что моя дорога теперь — в лагерь, за колючую проволоку. «Женоубийца, — шептали бы за спиной, — а говорят, красавица была...»

Тогда же, на нашем семейном примере, я пришел к заключению, что люди, пьющие водку, делятся на евреев и татар. Еврей выпил, чувствует, что ему хватит, — и прекращает. Татарин же, наоборот, чем больше пьет, тем больше ему надо, пока без сознания под стол не рухнет. Из последних сил недвижными губами Галочка просила: «Сунь два пальца...» Я послушно волок ее в туалет и вызывал опорожнение желудка. Поверьте, тошнить элегантную женщину совсем не противно.

Потом родился Ринат, я стал уезжать на гастроли, итальянские скандалы с битьем посуды прекратились сами собой. Жить «с ребенком» в съемной комнате было трудно, пришла пора подумать о своем жилье.

Отец, как старый опытный моряк, нередко ходил в рейсы наставником молодых капитанов, только принявших должность. Году в 1963-м на свои инвалютные заработки он купил маменьке в заграничной Голландии шикарную нейлоновую шубу, производившую тогда на всех неизгладимое впечатление. Какая-то подруга предложила ей поменять эту шубу на крохотный садовый участок с домиком в одну комнату. Возможно, с доплатой.

В треугольнике достижений — квартира, дача, машина — две точки были поставлены, но третьей точки у нас не было. Отец наотрез отказывался покупать автомобиль. Ездить на участок было не на чем, и домик стоял по большей части бесхозным.

Мать помнила грустную историю с обменом комнат и чувствовала себя ответственной за то, что мне негде жить. Моя двоюродная сестра, Гуля, дочь сестры отца, всю жизнь проработала в «Гипробуме», проектировала строительство бумажных комбинатов. В конце 1968 года в «Гипробуме» образовался жилищный кооператив, и Гуле удалось меня включить в список (сама она в кооператив не вступала). Мама продала участок и вырученные 1800 рублей дала нам на взнос (уезжая в эмиграцию, я ей эти деньги вернул). Гуля показала проект: двенадцатиэтажный кирпичный точечный дом с лоджиями. Почти Италия. Когда сообщили адрес — проспект Славы, 8, — будущее жилье, еще даже не воздвигнутое, приобрело для нас реальность.

Скитания по съемным комнатам в коммуналках вызывали у Гали постоянное раздраженное недовольство, а мои постоянные отъезды на гастроли — отчуждение. Советская власть почему-то очень скупа была на телефоны, получить свой номер было делом невероятным, почти фантастическим. Звонок жене из поездки, из другого города, напоминал военную операцию. В определенный день и час она ждала у каких-нибудь знакомых с телефоном или приходила на Центральный телеграф. Где-то в Чебоксарах, Конотопе или Харькове я приходил на Главный переговорный пункт, покупал талон на три минуты и садился ждать, пока дежурная телефонистка не выкрикнет в микрофон: «Ле-

Проспект Славы, Ленинград, 1974

нинград, вторая кабина!» За эти три минуты, до предупреждения «Ваше время кончается!», надо было успеть сказать все, ничего не упустив.

Многие, особенно это было заметно в курортных городах, составляли себе памятки, короткие конспекты, где в столбик перечислено все самое важное. В Кисловодске, стоя в очереди, я невольно заглянул через плечо стоявшего передо мной невысокого еврея. В руках он держал памятку, лист бумаги, на котором крупными каракулями неровно было написано: «ГДЕ МИША? МОЖЕТ БЫТЬ, ОН В КИСЛОВОДСКЕ?»

Семья наша дала трещину. Я чувствовал себя как корабль на арктической зимовке — вокруг нарастал лед, и я ничего не мог с этим поделать. От Галочки веяло ледяным холодом. Развязка наступила летом, на даче. Я в скандале не участвовал, спор шел на татарском. На повышенных тонах

9 № 4443

Галя бранилась с матерью, при этом они по очереди вырывали друг у друга из рук крохотного Рината. В памяти всплыла сцена с балконом, и у меня внутри что-то оборвалось. Я взял саксофон, кое-какие свои пожитки и ушел в никуда. Поздней осенью 1969 года нас развел Фрунзенский народный суд.

В перерывах между гастролями первое время жил у Гули, в чулане без окон, где помещалась раскладушка. Вообще это была комната Гулиной кошки, Цуки. Она сразу возненавидела меня как оккупанта, драла когтями одежду, шипела, скаля зубы. Я в минуты душевной низости гонял ее шваброй. Цуки едко писала в недосягаемом углу, так что дышать в каморке вскоре стало невозможно.

Одно время квартировал у престарелой девы, которая плавала с отцом радисткой еще в 1930-е годы. В конце концов я превратился в кочевника с портфелем, в котором всегда лежали мыло, зубная щетка, полотенце и кларнет.

Прошло несколько месяцев. К весне 1970 года строители обещали сдать дом. Как всегда, имелись недоделки и проволочки, но в конце мая нам вручили ключи. Галя и Ринат были тоже прописаны в новой квартире. Мы встретились и решили, не вполне искренне, что каждый имеет право на свой кусок жизни в нашей двухкомнатной квартире площадью в 29 квадратных метров. Я поселился в спаленке (10 кв. м), а Галя взяла себе гостиную (19 кв. м).

«ДОБРЫ МОЛОДЦЫ»

Как-то в славном городе Донецке я возвращался из гостей поздней ночью. В предрассветной мгле, сквозь промышленный туман, углядел я огромную доску почета в сталинском стиле. Подойдя поближе, лицом к лицу столкнулся с фотографией крупной женщины с тяжелым взглядом.

«Добры молодцы» (1971)

Подпись внизу гласила: «Передовик производства Загубибатько».

Подобные фамилии, в повелительном наклонении, я встречал и раньше — помню, солнечным летним днем в Ялте с борта пассажирского теплохода на весь порт раздавалось объявление: «Кастелянше Перебейнос зайти в каюту капитана!»

Если бы Шекспир был запорожцем, то на Сечи его бы звали Трясикопье. Меня поражает первичность этих имен, близость к временам, когда фамилий еще не было, а людей награждали кличками за их поступки. Правда, по отношению к передовице производства я, наверное, несправедлив. Она в девичестве, может, была Милославской или Боголюбовой и только после свадьбы получила устрашающую фамилию мужа с отягощенной наследственностью. Что делать? Можно эмигрировать. Например, в Португалию или Аргентину, где человек с фамилией Загубибатько не будет более восприниматься как потомок отцеубийцы, а станет носителем экзотически звучного и длинного имени, наверное, знатного рода. У них ведь чем фамилия длиннее, тем уважения больше. Ведь и Трясикопье стал у нас Шекспиром.

С названиями поп-ансамблей происходило нечто подобное. Часто вырванное из контекста, произносимое на другом языке за границей, название обволакивается многозначительностью, туманом воображения и почти всегда набирает очки. К своим названиям — отношение плевое, тем более что в застойно-благопристойные времена они были стерильными и скучными до зубной боли. Существительные в единственном числе именительного падежа: «Улыбка», «Дружба», «Волна». Потом, осмелев, начали добавлять прилагательные, за ними глаголы, местоимения и даже междометия (помню, был музыкальный журнал под названием «О!»).

Описываемое время можно классифицировать как «существительное с прилагательным». После «Поющих гитар» появились «Поющие чинары», «Поющие зонтики» и много всяких других поющих предметов. Страна была готова к следующему эволюционному скачку в названиях.

После «чеса» по диким степям Забайкалья в Ленинград возвратились ребята из «Авангарда-66», которые к тому времени были, кажется, «Юностью». Они готовили концерт, привлекли хормейстера Владимира Акульшина (он начинал в одном из ранних составов «Дружбы») и режиссера Бориса Герштейна. Именно Борис Герштейн в приливе режиссерского прозрения сказал ребятам: «Знаете что? Вы будете у меня „Добрыми молодцами“!»

Режиссер черпал из коллективного подсознательного, обращался к образам, которые есть в голове у каждого, кто слушал в детстве сказки. Все было в этом названии хорошее: добры молодцы — это смелые и бравые, юные годами люди, с покладистым, добрым нравом, которые при случае могут постоять за себя и за родную сторонку. Возможно, режиссер шел от книжных иллюстраций, где добры молодцы изображались статными и сильными, в кафтанах и непременно с длинными волосами.

Последнее оказалось самым важным. Борьба с «тлетворным влиянием Запада» перешла от узких брюк к длинным волосам. Музыка Beatles захлестывала советскую молодежь, пока еще не всю, а только продвинутую ее часть. Молодецким кудрям до плеч был объявлен решительный бой. «Позвольте, — как бы напоминало тут название, — но все знают, что добрых молодцев с короткими волосами не бывает!» В подкрепление этой тайной мысли придумали концертный костюм — красные суконные пиджаки до колен, на фоне которых даже электрические гитары смотрелись как предметы из народной былины. Костюмы сшили только для гитаристов и барабанщика, настоящих «молодцев», потому что остальные пришли из джаза, стриглись коротко и вообще не хотели работать персонажами из сказки.

Джазист-импровизатор — существо свободное. Он может играть по нотам или без нот, в любом составе, в любом месте, в любое время. Свою профессию он носит с собой, она — в его внутреннем слухе, быстрых пальцах, послушных губах. Импровизатор реагирует на жизнь, но от нее не зависит. Всякое пристанище для него временно. Он участвует в концерте, но отстранен от него и живет своей, параллельной жизнью. По характеру он скорее любовник, нежели верный супруг, постоянство его имеет пределы. По своей сути импровизатор ближе к дикой природе, где ловкие обезьяны скачут с лианы на лиану, никогда не промахиваясь, где птицы поют разными голосами то, что пришло в голову. Импровизатор свободен в каждую секунду своего музыкального полета, он уверен, что не промахнется, играет те неведомые ноты, которые рождаются у него непонятно где. В нем есть обаяние и удаль, лихость и бесшабашность, он, несомненно, — добрый молодец, пусть из другого жанра и стиля.

На работу от Читинской филармонии подписался Ярек, трубач Ярослав Янса, закоренелый «штатник», хохмач и пересмешник. Он пришел в оркестр Вайнштейна еще в 1959 году, играл квинтетом с Геной Гольштейном, пару раз я с ним выступал малым составом, играли мою «Кручину».

История «Кручины» длинная, но ее надо рассказать.

С апреля 1911 по октябрь 1917 года Председателем Третьей и Четвертой Государственной думы России был Михаил Владимирович Родзянко. В 1920-м он эмигрировал в Сербию, где через четыре года скончался. Внук Михаила Владимировича, Владимир Михайлович, был священником, отцом Василием; с 1955 по 1978 год работал в Лондоне на Би-би-си, а впоследствии стал епископом Сан-Францисским и Западноамериканским Православной церкви в Америке.

Из проповеди владыки Василия в Феодоровском соборе Царского Села (1998)

Мой дед хотел только блага для России, но как немощный человек он часто ошибался. Он ошибся, когда послал своих парламентариев к Государю с просьбой об отречении. Он не думал, что Государь отречется за себя и за своего сына, а когда узнал это, то горько заплакал, сказав: «Теперь уже ничего нельзя сделать. Теперь Россия погибла». Он стал невольным виновником той екатеринбургской трагедии. Это был невольный грех, но все-таки грех.

Архимандрит Тихон (Шевкунов).
Преосвященнейший послушник.
Православие.ru. 2011. 18 янв.

У владыки был сын, Володя Родзянко, — в конце 1960-х он вел на Русской службе Би-би-си джазовую передачу. Володя родился за границей, русский язык у него был «домашний», поэтому иногда он выдавал такие перлы: «В негритянской музыке преобладает blues, что по-русски значит — кручина...»

«Кручину» я и взял в название своего «blues».

Эта тема Ярославу Янсе понравилась, во всяком случае, он о ней вспоминал спустя несколько лет. Янса был импровизатором по природе, все схватывал мгновенно, в разговоре доканчивал за тебя начатую фразу. Ответы в его голове не задерживались, чаще всего он придумывал их на ходу.

— Ярек, как вокалисты делают вибрато? — спросил я его как-то в Летнем саду в перерыве между отделениями, когда музыканты вынужденно отдыхали за сценой.

— А они головой трясут, — не задумываясь, ответил Янса. И тут же показал: — А-а-а!

Получилось неубедительно. Янса пошевелил пальцами на клапанах своей крохотной «карманной трубы» и невинно отошел в сторону.

В другой раз, где-то на гастролях, он разыгрывался перед концертом за кулисами. Вошел озабоченный мужчина.

— Не знаете, где тут директор? — спросил он.

В длинном пассаже нот, в короткую паузу, Янса ответил, махая рукой вверх:

— На пятый этаж! — И тут же, опустив палец: — Вниз, в подвал! — И продолжил свой длинный пассаж.

Играть на баритоне к «молодцам» пошел старый знакомый Серега Герасимов, известный уже нам мастер мундштуков, автор «асфальта», «земли» и «колокольчика» в звуке. У Сереги теперь появилось новое увлечение, он стал мисогинистом-теоретиком, исследовал тему женоненавистничества в мировой философии.

Всякую свободную минуту он вдумчиво читал книжки из букинистического магазина: «Секс и характер» Отто Вейнингера, эссе Шопенгауэра «О женщинах», «За пределами Добра и Зла» Фридриха Ницше или что-нибудь из Сократа. Он жирно подчеркивал красным карандашом понравившиеся ему цитаты: «Храбрость мужчины кроется в его умении командовать, а храбрость женщины — в ее умении подчиняться» (Аристотель). Или: «Ни один мужчина, глубоко размышлявший о женщинах, не составит о них высокого мнения: мужчина либо презирает женщин, либо он никогда о них серьезно не думал» (Отто Вейнингер). Серега трубным голосом, вытягивая губы, поведал мне, что Шопенгауэр в женском вопросе громит «тевтонско-христианскую глупость». «Ты послушай, что он пишет! — рокотал Серега. — „Мужчины по природе лишь равнодушны друг к другу, но женщины по своей натуре — ярые враги“. Ну ладно Шопенгауэр, — говорил Серега, с жаром листая свои конспекты. — Ты послушай, что говорит Будда! Он предсказал, что его учение может прожить тысячу лет, но если допустить в него женщин, то только половину этого срока! Пятьсот лет! И еще: всякий Будда должен иметь тридцать два признака величия, один из них — это быть мужского пола!»

Но вернемся к «Добрым Молодцам».

«Добры молодцы». Один из старейших музыкальных коллективов советской и российской эстрады, основанный в 1969 году. Характерной особенностью коллектива является постоянная ротация участников. За 40-летний период творчества в группе играли более 60 музыкантов.

Википедия

Троих «молодцев»-основателей надо назвать особо. Владимир Антипин (Пашеко), басист и оркестровщик. Борис Самыгин (Большой Белый), ритм-гитара. Евгений Маймистов (Ляпка), ударные.

Свое прозвище Пашеко получил из польского фильма «Рукопись, найденная в Сарагосе» (1965)[1]. В фильме монах-

---

[1] Фильм снят режиссером Войцехом Ежи Хаса по одноименной сатирической повести Яна Потоцкого о необычных, порой сверхъестественных приключениях капитана валлонской армии Альфонса ван

отшельник приказывает своему подопечному, страшному на вид одноглазому детине, из которого он изгоняет бесов: «Пашеко, Именем Господа нашего заклинаю тебя, расскажи свою историю!» И детина, до этого гримасничавший и завывавший страшным голосом, вдруг принимает вид абсолютно светского человека и любезным тоном начинает: «Родился, значит, я в городе Кордове...»

Говорили, что это был один из любимых фильмов Луиса Бунюэля. Великий испанский кинорежиссер в книге воспоминаний «Мой последний вздох» признался, что видел эту ленту три раза. И добавил: «Что случается со мной крайне редко».

Боря Самыгин (Большой Белый) был человеком осведомленным, начитанным и не лишенным снобизма. Ему, по негласному уговору, позволяли не церемониться, называть вещи своими именами, рубить с плеча. Белый стоял на защите хорошего «фирменного» стиля, он бился с неизбежной, лезшей изо всех щелей советской безвкусицей и компромиссом. В этой придуманной им самим роли Борю иногда заносило, он витийствовал и поучал, порой понимая, что заходит слишком далеко, но уже был не в силах остановиться.

Женя Маймистов (Ляпка) — примиритель конфликтов и друг всех девушек планеты. Девушки отвечали ему взаимностью, на гастролях провожать Ляпку приходили малыми табунами. Слово «табун» не случайно. Ляпка называл девушек «конями», а мы его за это звали «знатным коневодом».

На репетиции «молодцев» приходил их администратор, Григорий Яковлевич (Гриша) Гильбо, лысоватый, плотный, уверенный в себе человек с глазами навыкате и легким

Вордена в горах Испании в XVIII в. Повесть и фильм — это пародия на рыцарские романы того времени.

нервным тиком лица. В тот день, снявши пиджак, он явил нам чудо кройки и шитья — рубашку в мелкий цветочек, у которой углы воротничка длинными ушами спускались до груди, заканчиваясь пуговицами где-то у сосков. Видимо, это была попытка скопировать американский стиль button down.

— Что это у вас, Григорий Яковлевич? — спросили мы с затаенной издевкой.

— Как что? — ответил Гильбо, с гордостью оглядывая артикул. — Баден-баден!

Музыканты или певцы за пределами своей музыки и песен — подчас совершеннейшие овцы, которым нужен пастырь. Гильбо был для «молодцев» таким чабаном, но пас он не одну отару. Никто не знал, сколько коллективов было на его попечении. Известно только, что он таинственно исчезал посреди поездки, иногда надолго покидая ребят. Овцы роптали на пастыря, тот отговаривался тем, что платит обещанное.

Перед отъездом на гастроли Гильбо вызвал меня на серьезный разговор. «Ребята талантливые, — сказал он, — но без руководителя они пропадут. Я уже говорил с ними, все согласны. Хочу предложить тебе стать руководителем». Я попросил время подумать.

В конце лета 1970-го «прогрессирующий компромисс» в оркестре И. В. Вайнштейна метастазировал все шире. На гастроли в СССР приехала известная польская певица, и Ленконцерт послал нас ей аккомпанировать. Срочно нужны были оркестровки, репетиции: певицу, как гостя, надо развлекать и ублажать.

Эта роль выпала мне, по должности. Я был разведенным, одиноким волком и уж не помню, как оказался с этой польской дивой в постели. Эти личные отношения были глубоко служебными. Я представлял оркестр, Ленконцерт, страну. Честь мундира и все такое. Недели через две от этих олимпийских усилий в соревнованиях с Польшей я впал в депрессию и стал самому себе глубоко противен.

Пришла пора менять подлодку, тем более что обещанные два года верности за освобождение от службы истекли. Гильбо договорился с Читинской филармонией о приеме меня на работу руководителем ансамбля «Добры молодцы» и дал телеграмму: «ВЫЕЗЖАЙ АСТРАХАНЬ ПРИНИМАТЬ ДЕЛА».

Я СТАНОВЛЮСЬ НОВГОРОДЦЕВЫМ

В Астрахани Гильбо встретил меня, привез в гостиницу, потом на площадку. Я немного репетировал в Ленинграде и потому сразу вышел на сцену. Ребята рассказали, что за кулисы уже приходили из местного управления культуры, интересовались, «почему музыканты работают в пальто». В пальто, то есть в молодецких кафтанах, были четверо, остальные — Янса, Серега Герасимов, гитарист Коля Резанов — надели пиджаки цвета морской волны, сшитые неизвестно когда и неизвестно для кого.

Концерт катился весело, как колымага по ухабистой дороге. В первом отделении — обработки народных песен; во втором — дозволенный «попс». В финале мне, по чину, пришлось представить публике всех участников поименно, а Ляпка из-за барабанов громко объявил в свой микрофон: «Руководитель ансамбля Всеволод Левенштейн!»

Я почувствовал, как по залу будто волна пробежала или внезапно, словно налетевшим легким ветерком, на гладь вод нагнало рябь. Фамилия Левенштейн для руководителя сказочных былинных добрых молодцев явно не подходила. Чисто стилистически, чисто семантически. Да и чисто исторически тоже. Известный факт — ну не было в глухой славянской старине Левенштейнов.

Я вспомнил теплоход «Верхоянск», стрельбу из духовика по картошке, игру в «кахей», помполита с фамилией Новгородцев. Мне тогда почему-то казалось, что он бездетный. В тот вечер я стал его заочным приемным сыном, Всеволодом Новгородцевым. В тот же день сбрил джазовую бороду, оставив только попсовые усы. Джазисты хихикали, но не язвили.

Серега Герасимов продолжал свои философские изыскания, взяв под крыло Колю Резанова. Коля обладал буйной внешностью — толстый, рыжий, конопатый, — к тому же с рыком, как у льва. У него был редкий дар: ноги в коленных суставах гнулись в обе стороны, поэтому на сцене Коля мог сделать «рок-н-ролльную стойку» — одна нога согнута коленом вперед, другая коленом назад. Катаясь на лодке в парке культуры и отдыха, Коля садился за весла, сгибая колени в обратную сторону так, что ноги спускались с сиденья вниз и стелились потом вдоль лодочного дна.

Однажды я встретил Колю на Финляндском вокзале, он шел на электричку с лукошком в руках. «Еду в лес! — громко объявил он. — По грибки, по ягодицы!» Коля любил ввернуть похабное словцо, но только в рамках народной традиции, и был в этом смысле несомненным молодцем.

Сдружившись с Серегой, Коля перенял у него склонность к несвязным звучным фразам в стиле газетных заголовков: «Голый, жестокий, трудолюбивый», — и кратким положительным характеристикам: «Приятный голос, член большой...»

Серега быстро внушил Коле, что ему надо похудеть, посадил его на диету из яблок и кефира, и наш герой за три недели из толстого веселого парубка превратился в сморщенного, худого и злобного человечка. Пиджак, сшитый на толстяка, свисал с него фалдами.

Чувство юмора Коле не изменяло. Он нашел палку от швабры, подрезал ее так, чтобы она туго входила в пиджак, распирая его от плеча до плеча, создавала подобие кавалерийской бурки, влезал в эту конструкцию и громогласно объявлял: «Выступает НИКОЛАЙ ШИРМА!» Зрелище было настолько комическое, что это начало мешать концерту.

Пришлось забрать пиджак меньшего размера у Сереги, отдать его Коле, а Серегу перевести за кулисы играть в микрофон. Серега обрадовался, устроил себе удобное гнездо, перестал бриться и однажды сказал в своей подчеркнуто дикторской манере: «Давайте я буду из гостиницы по телефону играть, пусть только Ляпка громче счет дает!»

«Молодцы» выехали из Ленинграда 10 сентября, ранней и еще теплой осенью. Оделись по погоде — плащи, курточки. В Свердловске грянул мороз, ночью доходило до 40 градусов. Прогулка в плаще была равносильна самоубийству.

Утром в воскресенье мы заказали такси, быстро шмыгнули в машину и попросили отвезти на барахолку. Люди, лошади, провода — все было покрыто густым инеем, над рынком стояла туманная изморозь. Машина медленно ехала вдоль рынка, пассажиры всматривались в торговые ряды. Мы увидели мужичка, продававшего овчинный тулуп. Замерзший артист выскочил из машины, схватил тулуп, надел его на себя и, стуча зубами, спросил: «Сколько?»

Отправляясь в Астрахань, я запасся зимней одеждой, а главное, подбил болгарской овчинкой подаренное отцом кожаное пальто. Пальто это сохранилось с войны, оно поступило в СССР по американскому ленд-лизу вместе с шоколадом, яичным порошком, свиной тушенкой и грузовиками «студебеккер». Грузовики «студебеккер» доставили в СССР в количестве 427 тысяч 700 штук. А были еще пароходы, паровозы, железнодорожные вагоны, тракторы, электростанции и многое другое...

Ветераны отечественной дипломатии, может быть, еще помнят эту забавную историю. В разгар войны в СССР прибыла представительная делегация из госдепа, которую встречали на аэродроме по высшему разряду. Однако высокопоставленные союзники от объятий старательно уклонялись и монотонно, через переводчика, задавали один и тот же вопрос: почему, дескать, нас встречают одни шоферы?

Чтобы все встало на свои места, надо взглянуть на ситуацию глазами американцев: не только встречавшие их советские генералы, но и другие официальные лица практически поголовно были упакованы в кожаные пальто, которые поставлялись в комплекте со «студебеккерами». В Америке такую одежду, кроме шоферов, действительно никто не носил. Это была своего рода рабочая униформа, можно сказать спецовка.

В СССР же кожаные пальто, изъятые из «студебеккеров» расторопными тыловиками, стали вещественным признаком принадлежности к военной и гражданской элите. Фотохроника войны беспристрастно свидетельствует: в шоферских пальто щеголяли даже командующие фронтами. Не стали исключением и Жуков с Рокоссовским.

Одноколенко О. Тушенка в шоколаде. Итоги. 2005. № 21.

Буйволовая кожа на пальто была необычайной крепости. Отец рассказал, что однажды во время шторма его сбило волной, потащило за борт, но он зацепился за какой-то крюк петлей и остался жив. Это спасительное пальто я потом взял себе, оно было потерто, каждый год его приходилось подновлять в специальной мастерской. Женщины в марлевых повязках красили его кисточками, особой блестящей нитрокраской, как автомобиль. Носить пальто было нелегко, но защита была полная. Ночью ли накрыться в холодной сибирской гостинице, сквозь автобусную давку ли протиснуться — вещь была незаменимая, сделанная на совесть.

Все это ввозили через океан караванами судов типа «Либерти». Они имели секционную конструкцию. Их строгали с такой американской деловитостью, что поставленный тогда рекорд до сих пор не перекрыт — океанское судно на 12 тысяч тонн построили за 8 дней 17 часов и сколько-то минут. В Союз поставили товару на 13,5 миллиарда долларов по тогдашним деньгам. Сейчас это, по моим грубым подсчетам, примерно половина триллиона.

Война кончилась, по договору от 11 июня 1942 года американцы попросили заплатить. За военные поставки платить было не нужно, это безвозмездный подарок союзников, но за гражданские поставки следовало рассчитаться, как договаривались. В 1948 году советская сторона предложила отдавать понемногу в рассрочку, американцы отказались. Переговоры 1949 года тоже ни к чему не привели. В 1951 году Америка снизила сумму до 800 миллионов, СССР предлагал только 300 миллионов. Так тянулось до брежневского застоя. Наконец в 1972 году СССР обязался до 2001 года заплатить 722 миллиона долларов, включая проценты. К июлю 1973 года сделали три платежа на общую сумму 48 миллионов, после чего выплаты прекратили. В июне 1990-го был установлен новый срок окончательного погашения долга — 2030 год и новая сумма — 674 миллиона долларов. Таким образом, долг все еще висит.

Доживем до Дня Победы, когда расплатимся, тогда можно будет вздохнуть вольно, во всю грудь. Потому что не только победили, но и никому ничего не должны.

И НА ТИХОМ ОКЕАНЕ СВОЙ ЗАКОНЧИЛИ ПОХОД...

Не помню уж, кто был первым — «Песняры» или «Добры молодцы», — но судьба этих двух похожих ансамблей символична. Белоруссия приняла «Песняров» как национальное достижение, как народную гордость. Россия записала своих «Молодцев» в бастардов, побочных детей, которым раздают не сласти, а пинки. Традиционные «народники» — многочисленные хоры, балалаечники, баянисты или известные певицы вроде Людмилы Зыкиной идею гитарного исполнения восприняли настороженно, даже враждебно.

Однако большая борьба была еще впереди, а пока мы рядовым эстрадным коллективом Читинской филармонии катили по просторам СССР гастрольным маршрутом, который мы окрестили «Дранг нах Остен»[1]. Скорее всего, так окрестил его я. Сработал условный рефлекс на холод и незащищенность.

Еще в Североморске, зимой, в казарме, где царил устав, а все личное подавлено, спасением моим и малым мирком был фанерный чемодан-сундук, который я не помню у кого выменял. Его можно было взять в каптерке, положить себе на колени и воображать, что сидишь за письменным столом. На просторный бок сундука хорошо ложились книги, листы бумаги, которые манили в свое неисписанное пространство. За таким столом удавалось делать то, что в домашнем удобстве и тепле не получилось бы. Например, учить немецкий язык.

Тогда я смутно осознал, что всякий Левенштейн должен хотя бы понимать смысл своей фамилии. Много лет спустя, уже в нулевые годы, мы предприняли поездку по Германии и отыскали к северу от Штутгарта древний город-крепость Лёвенштайн, основанный в 1123 году (на 24 года раньше Москвы), центр винодельческого района.

Некоторые слова в немецком учебнике поражали звукорядом, они звучали независимо от своего словарного смысла. Выражение «одну минуточку» немцы семантически ре-

---

[1] Drang nach Osten — натиск на Восток (*нем.*). Термин использовался в кайзеровской Германии в XIX в. и позже нацистской пропагандой для обозначения немецкой экспансии на Восток.

шили через моргание — einen Augenblick[1]. Прочитав вслух эти упругие и жестокие звуки, я тут же вообразил себе эсэсовского офицера со стеком, в блестящих сапогах и безупречном мундире, руководящего расстрелом партизан. «Einen Augenblick!!!» — кричит он голосом бесноватого фюрера, и ему вторит пулеметная очередь: ра-та-та-та-та...

Всякий концерт в финале — это общий поклон, иногда многократный, но обязательно совместный, синхронный. Лучше всего получается по команде. Команду эту обычно давал я, стоя позади гитаристов-вокалистов в ряду с духовыми «дудками»: «Три, четыре!». Потом, под влиянием холодов и воспоминаний об изучении немецкого, я задействовал воображаемого эсэсовца. «Einen Augenblick!» — говорил я негромко, но твердо, и былинные русские молодцы в едином немецком поклоне отвечали: «Jawohl!»[2]

Гитарные ансамбли в 1970 году были в новинку, билеты на наши концерты всегда распродавались полностью, и местные филармонии, желая поправить дела, заделывали второй концерт. Бывало и по три концерта — в 4, 6 и 8 вечера. Рекорд поставили в Чебоксарах — 5 концертов в день, помню, первый начинался в 11 утра.

Попробуйте как-нибудь спеть 50 или 60 песен подряд во весь голос, а потом повторить этот эксперимент еще, еще и еще. Возможно, природа оделила вас мощными связками и это испытание вам будет нипочем, но у наших вокалистов такая нагрузка в сочетании с неизбежными простудами и неустроенностью жизни в отрыве от близких вызывала профессиональную болезнь — несмыкание связок. Артисты сипели, жаловались на боль в горле. Приходилось отменять концерты.

В Новосибирске сломался наш первый тенор, Володя Кириллов. В Ленинграде у него осталась молодая жена,

---

[1] *Букв.* — один взгляд.

[2] «Так точно».

балерина Малого оперного театра, он очень скучал, бегал ей звонить, но от этих разговоров еще глубже уходил в тоску.

Володя панически, бесконтрольно боялся зубных врачей. Где-нибудь в Америке его, наверное, лечили бы под общим наркозом. С годами он научился улыбаться-смеяться, натягивая верхнюю губу, чтобы закрыть изъеденный кариесом дентин от посторонних взоров. Голос у Володи был божественный, природный лирический, льющийся, но рот — совсем плохой. Может быть, поэтому он сильнее других был подвержен ангине.

На длительных гастролях и в автономном плавании подводной лодки есть общее — предел, за которым не выдерживает психика. На подлодке официальным рубежом считались 45 суток, на гастролях чувствительные артисты, по моим наблюдениям, начинали выходить из строя после 28 дней. Новосибирск пришелся на 28-е сутки.

В промерзшем насквозь городе советской депрессивной архитектуры предоставленные сами себе (Гильбо куда-то надолго исчез), без дела, «Добры молодцы» крепко закручинились. Разговоры о темных махинациях нашего директора ходили давно, хотя бы потому, что мы регулярно подписывали пустые платежные ведомости, которые Гильбо заполнял потом настоящими, но неизвестными нам цифрами. Но и это было не главное.

Все понимали, что из Читы надо уходить. До нас дошел слух, что директор Омской филармонии Юровский[1] после нашего концерта тепло отзывался о «Молодцах» на всесо-

---

[1] Юрий (Изольд) Львович Юровский родился 30 августа 1914 г. в семье служащих в г. Прилуки Черниговской губернии. Закончил Украинский газетный техникум, работал в газетах Харькова. Во время войны эвакуировался в Омск. В 1949 г. стал директором Омской филармонии. В 1965 г. удостоен звания заслуженного работника культуры РСФСР. В ноябре 1971 г. Юровского назначили директором Росконцерта. Скончался Юровский в августе 1989 г. в Москве.

юзной планерке. Дошел и другой слух, что министр культуры Фурцева зовет его в Москву стать директором Росконцерта.

На импровизированном собрании решили: мне надо лететь в Омск, встретиться с Юровским, прощупать почву, а после этого смотаться в Читу и выяснить у директора филармонии, какие у нас ставки, то есть сколько денег полагается нам за концерт. Я достал из чемодана припасенный на всякий случай французский костюм цвета «наваринского дыма с пламенем» и полетел в Омск.

Неожиданный приезд руководителя «Добрых молодцев» вызвал у Юровского сдержанное любопытство. Он принял меня, усадил на стул напротив и тут же совершенно обо мне забыл. Забыл намеренно, демонстративно. Мол, посиди, подумай, пока я делами занимаюсь.

Юровский держался за свое кресло крепко. За 20 лет руководства филармонией он создал Омский народный хор (оттуда вышла Людмила Зыкина); хор гремел на весь Союз, часто ездил за границу. Последнее было заметно — Юровский курил иностранный «Kent», открывал пачки часто, не жалеючи.

Звонили телефоны, входили и выходили какие-то люди с бумажками, с коробками. Принесли новую пыжиковую шапку с базы, Юровский померил — как раз. Тянулись часы, за окном темнело. Посетителей стало меньше, а потом все затихло. Директор филармонии собрался домой, и тут взгляд его как будто случайно заметил меня. Некоторое время он смотрел молча, с непроницаемым лицом, потом спросил: «Ты чего приехал?» Стараясь не волноваться и не терять достоинства, я изложил ему пожелание коллектива работать с таким опытным и уважаемым деятелем культуры, как он, Юрий Львович Юровский, директор одной из самых успешных филармоний СССР.

Руководители сталинской школы были тонкими мастерами намека, они филигранно ощущали подтекст. Сказанное мной в прямом и грубом переводе с эзопового языка означало: «Мы — кассовый коллектив, знаем, что вы понимаете наш потенциал, хотим перейти в Москву, куда и вы вскоре собираетесь. Посодействуйте, вам же пригодится». Юровский ничем не выдал пойманную мысль. «Поговорите с Тихомировым в Росконцерте. Он о вас знает», — только и произнес он, давая понять, что аудиенция окончена.

Из Омска я позвонил в Читу, в филармонию, договорился о приезде. Директор оказался тихим, сдержанным и вежливым человеком. Ходил слух, что он много лет проработал в управлении одного из сибирских лагерей. Видно было, что мой приезд его обеспокоил — неизвестно, что на уме у нового руководителя ансамбля. Мы догадывались, что Гильбо не сумел бы мухлевать без своего человека в филармонии. Этим человеком вполне мог быть и директор, но, во-первых, Григорий Яковлевич доил нас по джентльменской договоренности, а во-вторых, даже если бы мы обратились в прокуратуру, ничего доказать все равно не удалось бы. У нас цель была другая — узнать, какие поборы делал Гильбо, чтобы устроить прямой мужской разговор и расстаться с ним на моральном основании.

В Чите повторился омский сценарий. Мы с директором целый день гуляли в парке, осторожно нащупывали темы для беседы, тщательно избегая главного. В самом конце разговора я спросил его: а какие ставки у участников ансамбля по тарификации Читинского управления культуры? Директор отвечал туманно, но цифру все же глухо произнес. Быстрый подсчет показал: Гильбо брал себе около четверти наших заработков.

В Читу мне предстояло приехать еще раз, там завершалась наша гастрольная поездка. Мы решили, что тогда же и уволимся. Впереди были еще Красноярск и Владивосток. В Красноярске появился встревоженный Гильбо — он, видимо, прослышал о моей поездке в Читу и встрече с директором филармонии. Было неприятное общее собрание, взаимные обвинения. «Молодцы» упрекали Григория Яковлевича в обмане и присвоении чужих денег, а он отбивался «по понятиям», утверждал, что вел себя честно, в рамках договоренности. Решили расстаться.

Приехали во Владивосток, все как обычно — два концерта в день (в Доме офицеров). В первом отделении «Молодцы» играли, пели и разыгрывали русские песни: «Вечерний звон», «Лапти», «Про комара», «Метелки», «Утушка луговая», «Зачем сидишь до полуночи?». Песни эти Пашеко нашел в Ленинграде, в Публичной библиотеке, придумал к ним красивые оркестровки, а режиссер добавил мизансцены. Например, Ляпка объявлял: «Русская народная песня...» Тут вокалисты гитарами изображали движение метлой, а голосом — шорох метелок по тротуару. «...Метелки!» — радостно заканчивал Ляпка и давал счет.

Первый день закончился успешно. За кулисы пришли всякие люди — музыканты, журналисты, девушки. «Где тут руководитель ансамбля?» — раздался громкий, уверенный командный голос. Меня привели, представили. Обладателем голоса оказался человек с фамилией Чаплин. Он был капитаном большого рефрижераторного теплохода, который привез из Вьетнама бананы. Двадцать тысяч тонн одних бананов. Узнав, что я выпускник Макаровки и в прошлом помощник капитана, он вцепился мне в руку и настоял, чтобы я тут же, немедленно ехал к нему в гости.

В зимнем Владивостоке бананы были полнейшей экзотикой, привезенной под Новый год на праздничный стол трудящимся Приморья. Такое не вырастишь на своем огороде. Первая встреча ребенка с бананом нередко оставляет впечатление на многие месяцы, годы. Банан являлся символом заграничной теплой жизни, где не надо носить надоевшее пальто на ватине, средоточием неясной мечты о счастье.

Первым делом капитан Чаплин повел меня к грузовым трюмам, наполовину разгруженным. В глубине судового чрева, во всю ширину его огромного корпуса, сплошной массой, похожей на желтый снег, лежали упакованные в прозрачный пластик бананы. Подъемный кран спускал в трюм большую сетку, грузчики наполняли ее, стоя прямо на бананах. Так по ним и ходили своими сапожищами.

В своей просторной каюте капитан Чаплин пояснил: существует норма запланированных потерь, то, что называется в торговом деле «усушкой и утруской», примерно три тысячных процента от общего груза, то есть 600 килограммов бананов. Он позвонил кому-то, и через несколько минут два матроса внесли в каюту тяжеленную связку бананов килограммов на тридцать, висевшую гирляндой на крепкой палке.

После пятого плода я понял, что счастье, наверное, не в бананах. «Ну что, выпьем по рюмочке?» — гостеприимно сказал Чаплин и достал из шкапика бутылку водки. Внутри нее, в полный рост, плавал большой корень дикого женьшеня. «Мужской!» — с гордостью отметил капитан Чаплин. Я вспомнил прочитанное где-то: дикий мужской корень, по виду похожий на фигуру человека, это большая редкость, он очень дорогой, а настойку на диком женьшене надо пить по каплям, потому что это сильнодействующий тоник. Судя по размеру поставленных на стол стаканов, пить каплями в планы капитана Чаплина не входило. Он разлил десятитысячную водку по самый край, произнес традиционное: «Ну давай, чтоб жизнь была полной!» — и выпил залпом. Я последовал его примеру, иное мое поведение было бы просто неуместным и бестактным. Так под бананы и нехитрую снедь, принесенную с камбуза, мы одолели всю бутылку.

Я старался держаться, надеясь, что выполнил свой долг гостеприимства, или как там его, и могу ехать домой. Не тут-то было. Капитан разошелся, достал из другого шкапика другую бутылку с другим диким корнем и предложил обсудить программу культурного обмена. «Ваши ребята, — сказал он, — обязательно должны прийти в гости к моим морякам. Обязательно! Ты обещаешь, Всеволод Борисович?» К концу второй бутылки идея встречи артистов с моряками созрела окончательно, домой мне уже как-то не хотелось. «Пойдем! — сказал капитан Чаплин. — Я тебя спать положу в лазарете!» На судне оказалась специальная медицинская палата, которая тогда пустовала по причине всеобщего здоровья экипажа, до следующего утра она стала мне прибежищем и вытрезвителем.

Наутро вахтенный поднял меня к завтраку. Я с удивлением отметил — голова не болит. Все-таки целую бутылку водки выпил, вот что значит дикий женьшень за двадцать тысяч долларов! За завтраком неугомонный капитан Чаплин заставил меня сделать список всех «молодцев» для «составления судовой роли».

По документу с таким странным названием, заверенному подписью капитана и судовой печатью, в порт пропускали родственников или гостей. Советские порты были обнесены высокими заборами с колючей проволокой, в проходных стояли серьезные мужчины, державшие в руках винтовку Мосина с примкнутым штыком. Я не хотел разочаровывать гостеприимного капитана и сделал все, чтобы главные «молодцы» приехали на встречу с командой и обед.

За стол сели часа в два, я напомнил ребятам, что у нас первый концерт в шесть часов, в пять надо быть на площадке, в четыре покинуть судно. «Если будут предлагать выпить — отказывайтесь», — сурово предупреждал я, на что «молодцы», люди достаточно взрослые и, как казалось мне, ответственные, только махали руками: мол, не учи жить, сами знаем. Минут через десять после начала застолья по столу пошла бутылочка. «Ребята!» — сказал я трагическим голосом, но слушать меня уже никто не хотел. Артисты только взмахивали руками, в которых была зажата наполненная рюмка. Мои попытки увещевать напоминали кудахтанье всем надоевшей курицы. Я не выдержал и покинул этот вертеп вместе с барабанщиком Ляпкой, тоже отказавшимся от спиртного.

Мы приехали на площадку часам к пяти. Наш звукотехник, мужчина средних лет, с носом, похожим на сливу, и оттого получивший прозвище Лиловый, заканчивал подключение аппаратуры. Лиловый видел жизнь как череду разочарований, обманов, несчастий и говорил, по выражению Маяковского, «голосом, каким заговорило бы ожившее лампадное масло».

— А где ребята? — спросил он.

— Скоро придут, — ответили мы с Ляпкой, внутренне содрогаясь.

Вскоре открылись двери, в зал пустили зрителей. Путь назад был отрезан, концерт отменять было поздно. Оставалось надеяться неизвестно на что. За 10 минут до начала концерта из фойе в зал, двигаясь к сцене, проковыляли три фигуры главных солистов. Белый тащил гитару за собой, волоча ее по полу.

— Боря! Что мы будем делать??? — спросил я его в артистической, когда он пытался натянуть на себя былинные русские сапоги с загнутыми вверх носками.

— Р-р-работать... — уверенно ответил Белый, упал на бок и заснул мертвецким сном.

Пашеко держался на ногах, но на сцене путал слова и порядок, радостно объявляя название песен раньше времени. Ляпка пришел в необычайное возбуждение, выскочил из-за барабанов и, выйдя в кулисы, выдернул из розетки штепсель провода, питавшего звуковую аппаратуру.

— Сева! — прошипел он мне заговорщически. — Объяви, что аппаратура сломалась! Концерт отменяется!

В эту минуту за кулисы пришел Лиловый, увидел выдернутый шнур.

— Ну вот... — сказал он своим скрипучим голосом. — Кто-то выдернул питание! — И воткнул розетку.

Не знаю, как мы пережили эти два позорных концерта. Публика, естественно, все заметила. Люди возмущались, жаловались администрации. Местная филармония вынуждена была написать письмо в Читу, где излагались подробности этого возмутительного события.

Гастроли наши на этом, собственно, заканчивались. Мы возвращались в Читу за расчетом, но теперь этот расчет мог обернуться увольнением по статье. С Гильбо мы разругались, он не только не хотел покрывать нас, но мысленно потирал руки: я же говорил!

Чита показалась внешне похожей на другие бесчисленные города советской глубинки, но было в ней что-то такое, что трудно объяснить. Как будто планета в этом месте выделяла неведомую злую энергию, душа ловила дикость и разбой. Наш рабочий сцены Николка оказался сыном сотрудницы Читинского горкома партии, он по секрету рассказал нам, что за ноябрьские праздники по городу и области топором зарубили семерых.

Рассказ Николки был как предзнаменование. Топор навис и над нами. Из дирекции дали знать, что нас всех вызывают на профсоюзное собрание, которое будет решать вопрос о нашем увольнении по статье 47 Трудового кодекса СССР, именуемой в народе «волчий билет». С такой статьей на работу нигде не брали как минимум в течение года. Рушились планы. Прощай, Ленконцерт. Прощай, Москва. Прощайте, «Добры молодцы».

На профсоюзное собрание я надел испытанный в бою французский костюм «наваринского дыма с пламенем». На шею повязал галстук, в кармашек вдел платочек в тон. Погибать, так красиво. Обвинительный акт зачитала какая-то профура. Он звучал ужасно. Из глубины души поднималось возмущение обнаглевшими ленинградскими молодчиками, оскорбившими зрителей Владивостока аморальным поведением, нарушившими все допустимые нормы работников советского искусства.

Чтение закончилось. Все молчали. Перед голосованием по нашему делу я попросил слова. «Все, что сказано в письме из Владивостока, — сказал я, — абсолютная правда. Мы заслуживаем суровой кары и справедливого наказания. Но прежде, чем вы примете решение, позвольте мне рассказать о том, как это было».

Взоры читинцев и читинок устремились на меня, и я нарисовал им подробную картину бананов, заполнивших бездонные трюма, гостеприимного и настойчивого капитана Чаплина, встречу с моряками, желавшими от всей души угостить друзей-артистов, и, как следствие, фактический срыв двух концертов во владивостокском Доме офицеров. Когда я закончил, на лицах присутствующих все еще разыгрывалась картина воображаемой встречи на борту белого теплохода, полного тропических плодов.

«Я прошу только об одном, — сказал я в заключение, — поставьте себя на наше место». Собрание как-то смущенно зашуршало, люди стали тихо расходиться. Назавтра я договорился с филармонией о том, что мы уволимся по собственному желанию. Директор возражать не стал, дав понять, что грязное белье с нашей оплатой и пустыми ведомостями мне тоже ворошить не надо. Рассчитали нас по справедливости, по закону, в бухгалтерии выдали все причитающиеся деньги, без побора Григорию Яковлевичу. Получилось довольно много, больше тысячи рублей на каждого.

В последний вечер в неуютных номерах скверной читинской гостиницы после двухмесячного скитания по Сибири душа одновременно пела и рыдала. Наутро мы летели в Ленинград, а сегодня надо было проститься с пройденным куском жизни. В то время в гостиницах почему-то большой редкостью были столовые ножи и штопор. За окном темень, мороз, магазины не работают, буфет закрыт. Бутылки с вином припасены, но их нечем откупорить. Метод был довольно зверский — к стене прикладывается толстая книга, а по книге наотмашь, сильно, не боясь разбить стекло, ударяют донышком бутылки. Вопреки всем законам физики от этих глухих ударов пробка постепенно начинает выходить из горлышка, а там только подцепляй ногтями да вытаскивай.

Пашеко открывал третью по счету бутылку. Хорошо поставленной рукой укрепил на стене краеведческую книгу «Чита и ее окрестности» с вмятинами от бутылочного дна, размахнулся, ударил. Пробка не шла. Ударил еще, без результата. Если будете когда-нибудь откупоривать вино таким способом, не держите бутылку за горлышко, вспомните несчастного Пашеку.

Будь Пашеко трезвым, он бы поостерегся, но тут ему было не до техники безопасности. От третьего сильного удара покатая часть бутылки, там, где она сужается к горлышку, откололась по всей окружности, образовав острое, как бритва, стеклянное лезвие. На это лезвие со всего размаха и соскользнула Пашекина рука. Кровь брызнула фонтаном, в глубине зияющей раны проглядывало что-то белое.

Дежурная по гостинице, которая уже было улеглась спать в своей каморке, круглыми глазами смотрела на кровь, капавшую на пол. «Идите в „скорую помощь“, — сказала она испуганно, — тут недалеко».

Идти с Пашекой вызвался сердобольный Ляпка. На темных улицах притихшей Читы госпиталь нашли не сразу. В приемной больницы врача не оказалось, ночное дежурство несли два второкурсника местного медицинского института. Анатомию кисти человека в ту ночь они изучали на Пашеке (в разрезе). «А что это такое, белое? — спрашивал один, запуская пинцет в глубину раны. — Связка?» «А-а-а!» — вопил в ответ Пашеко. «Это не связка, — назидательно говорил другой, — это нерв».

Будущие хирурги промыли порез и, как умели, зашили Пашеке руку. Перерезанные связки мизинца и безымянного пальца на правой руке после этой операции укоротились. Это стало понятно только в Ленинграде, но к тому времени было уже поздно, ткани срослись. Пашеко с тех пор не может разогнуть правый мизинец и безымянный палец, поэтому здоровается и прощается, выставляя для пожатия три здоровых пальца пистолетом.

ЛЕНКОНЦЕРТ, РОСКОНЦЕРТ

Мне кажется, что люди сто лет назад были гораздо впечатлительнее, нежели сегодня. Дамская лодыжка, случайно мелькнувшая из-под длинной юбки, вызывала сердцебиение, а слабый шипящий звук граммофона казался настоящей музыкой. Певцы полагались только на силу связок, и позже, когда появилась эстрадная музыка, требовавшая задушевности и негромкого пения, новых певцов полупрезрительно называли «микрофонными».

Примерно с середины 1960-х годов усилительная аппаратура набирала мощность — сначала в десятки звуковых ватт, потом в сотни и тысячи. На крупные концерты «аппарат» возили многотонными грузовыми полуприцепами. «Добры молодцы» с первых денег купили себе усилитель с двумя колонками немецкой фирмы «Динаккорд». Покупать пришлось у каких-то заезжих гастролеров из Югославии, платить пачкой наличных, выносить через черный ход гостиницы в два часа ночи.

Усилитель, по нынешним понятиям, был, скорее всего, предназначен для утренников в детском саду. Он выдавал по 50 звуковых ватт на канал (для сравнения скажу, что в конце 1970-х на вечера танцев в Лондоне я со своими музыкантами обычно брал систему мощностью в 1000 ватт).

Население российской глубинки, воспитанное на громкости патефона, наши 50 ватт считало оглушительными. «Ребята, — взывали к нам дебелые тетушки, — сделайте ж потише!» — «Потише? — переспрашивали мы с оскорбленным видом. — Тише мы не можем. Громче — пожалуйста!» Свой «Динаккорд» в честь изобретателя из повести Ильфа и Петрова мы прозвали «усилителем Бабского».

...Неутомимый мыслитель изобрел машинку для изготовления пельменей.

Продукция машинки была неслыханная — три миллиона пельменей в час, причем конструкция ее была такова, что она могла работать только в полную силу.

Машинку изобретатель назвал «скоропищ» Бабского...

Когда обратились за разъяснением к Бабскому, он, конструировавший уже станок для массового изготовления лучин, ворчливо ответил:

— Не морочьте мне голову! Если «скоропищ» усовершенствовать, то усилить продукцию до пяти миллионов в час возможно. А меньше трех миллионов, прошу убедиться, нельзя.

Ильф И., Петров Е. Светлая личность //
Ильф И., Петров Е. Собр. соч.: В 5 т. М., 1961. Т. 1.

Теперь «усилитель Бабского» лежал беспризорной грудой техники дома у одного из «молодцев». Звукотехник Лиловый уволился, не выдержав психических потрясений Владивостока.

«Добры молодцы» напоминали елку после новогодних праздников. Есть что-то сиротливое и брошенное в зимнем дереве, еще вчера нарядно блиставшем игрушками и золотым дождем. Праздник кончился, Дед Мороз раздал подарки, гости разошлись. Остался крест, ствол, ветки. Эстрадный концерт — это елка, ощущение праздника и мишуры. Сними мишуру — и что останется?

От нас отвалилась пара танцоров, декламатор Коля и певец Закатов, выступавший среди своих в роли деревенского идиота. Он вечно что-то жевал. «Закатов! Ты чего не женишься?» — спрашивали мы его бывало. «Вот еще! — отвечал Закатов, наворачивая батон с ливерной колбасой. — Зачем это мне чужого человека кормить?»

Во всех городах, через которые пролегал наш путь, Закатов водил дружбу со школьницами, возился с ними, развлекал.

— Ты что, Закатов, — снисходительно говорили ему ловеласы, — старшеклассниц решил растлевать?

— Вы что! — таращил глаза Закатов. — Да я их пальцем не трогал!

— Тогда зачем тебе эти малолетки?

— А! — хитро отвечал Закатов. — Это они сейчас малолетки, а приеду я сюда в следующий раз, года через два или три, они подрастут, и получится, что у меня в этом городе уже есть старые подруги, девушки в самом соку!

Теперь мы остались одни. Крест, ствол, ветки. Будущее нарядное убранство концерта надо было создавать заново, а пока показываться с тем, что есть. Путь наш лежал в Ленконцерт, тем более что популярные «Поющие гитары» уже протоптали первую тропинку по идеологической целине — можно было идти в след.

Худруком Ленконцерта был тогда Дмитрий Иванович Тимофеев, в прошлом актер, получивший звание заслуженного артиста после исполнения им в каком-то спектакле роли Ленина. Роль ему дали, думаю, за внешнее сходство. Лысина, рыжеватые виски, росту небольшого. Роль повлияла на дальнейшую судьбу Дмитрия Ивановича, он жил с легким ощущением непреходящей ленинианы и носил частицу Владимира Ильича в своем образе, никогда, впрочем, не пережимая. Внутренний Ленин вел его чутким курсом, не позволял ему совершать политических ошибок, допускать оппортунизм или подкоп под святыни социализма.

Быть может, все было проще — надоели неприятности, неизбежно возникавшие вокруг успеха «Поющих», и еще один источник головной боли руководству Ленконцерта был не нужен. Короче, просмотр мы не прошли.

Вспомнились скупые слова Юровского: «Поговорите с Тихомировым в Росконцерте. Он о вас знает». Я стал собираться в Москву. С гастрольных заработков я купил у знакомого фарцовщика элегантный итальянский двубортный пиджак цвета влажного песка, темно-синие брюки, такого же цвета водолазку и американские мокасины из толстой патентованной кожи темно-красного цвета с отливом в пурпур. Добавьте к этому набриолиненные темные кудри с легким налетом седины, лихие усы кавалерийского образца — и перед вами законченный образ провинциального соблазнителя откуда-то из-под Неаполя. Во всяком случае, на секретаршу Тихомирова, Женечку, впечатление мне произвести удалось. Не только внешним видом — пришлось щедро расточать улыбки, беззаботно шутить, дарить коробки конфет. В Москве была зимняя слякоть, промокшие ноги просили о тепле. Дружба с секретариатом в большой организации вроде Росконцерта — вещь непременная.

Высокое начальство жило по наитию, в энергии момента, поскольку картина жизни и культуры в Москве менялась чуть ли не поминутно. Тихомиров пробегал, бросая на ходу: «Я в министерство!» Или: «Когда появится Кадомцев, скажите, чтобы подождал!» Если он замедлял скорость, в коридоре его тут же облепляли просители, артисты, директора, все с неотложнейшими делами, жалобами, бумажками на подпись.

Росконцерт размещался на Берсеневской набережной, за Театром эстрады и знаменитым Домом на набережной. Это было ветхое облупленное двухэтажное здание XV века, бывшая часть владений думного дьяка Аверкия Кириллова, во дворе — храм Николы на Берсеневке, тоже запущенный.

Я заявлялся с утра с конфетами или цветами, шел в приемную Тихомирова к Женечке, которая заговорщически сообщала, когда появится руководство и в каком оно настроении. Первые два дня не дали успеха. Женечка, видя мои мучения, отвела меня на первый этаж в отдел ансамблей и представила начальнику — Лейбману. Пока я рассказывал ему о «Добрых молодцах» и о художественной концепции концерта, в комнату вошла робкая молодая девица. На вопрос, что ей нужно, ответила: ищет работу.

— Как ваша фамилия? — спросил Лейбман.

— Кузнецова, — ответила девица.

— Нет, — решительно сказал ей Лейбман, — работы для вас у меня нет.

Девица повернулась и скрылась за дверью. Лейбман на мгновение замер.

— Погоди, — произнес он задумчиво, — а не дочь ли это Кузнецова, второго замминистра сельского хозяйства РСФСР? А ну, зови ее назад!

К концу третьего дня моя личность примелькалась пробегавшему и исчезавшему директору, в подсознании, видимо, что-то накопилось, потому как, в очередной раз пробегая мимо, он внезапно остановился и начал расспрашивать.

Дмитрий Дмитриевич Тихомиров оказался милейшим и обаятельным человеком, располагавшим к себе сразу и бесповоротно. Он сразу понял, о ком и о чем идет речь, и проявил живейший интерес. Тут же вызвал Лейбмана и главного дирижера Кадомцева, они решили устроить просмотр «Молодцам» в Ленинграде. Я вернулся в Питер с победной вестью.

Пока я был в Москве, в «Поющих гитарах» случилась неприятность.

Из интервью Евгения Броневицкого

В «Поющих» в 1970-м работал молодой музыкант по имени Юра Антонов, приехавший из Минска, где он играл в оркестре Вуячича, жил то у друзей, то в ленконцертовском общежитии...

Ушел со скандалом, точней, его убрали. За кулисами к Антонову стала приставать с какими-то вопросами одна полусумасшедшая актриса и так надоела Юре, что он картинно запустил в нее фантиком от конфеты. Даме это не понравилось, она попыталась расцарапать лицо артисту, тот невольно защитился. А дама оказалась беременной и подняла жуткий шум.

Состряпали дело: артист Антонов не умеет вести себя, это не по-ленинградски, такой человек, как он, не имеет права работать в «Поющих». Наш руководитель Васильев почему-то не стал биться за Антонова, отстаивать его, и только благодаря связям нашего музыканта Богдана Вивчаровского удалось уберечь Юру от надвигавшегося было уголовного дела.

Садчиков М. Поздняя осень «Поющих гитар» // Смена (СПб). 2002. 23 нояб.

Потеря для одного — это возможное приобретение для другого. Ребята хорошо знали Антонова, пути их пересекались. Приезд росконцертовского начальства из Москвы специально для просмотра «Молодцев» был обнадеживающей новостью, которой мы поделились с Юрой. Он давно вынашивал планы перебраться в Москву, туда, где творят большие дела, куют большую славу, делают серьезные деньги.

Все советские предприятия, включая Росконцерт, были частью всесоюзного планового хозяйства и должны были выполнять план. Концерты продавались местным филармониям «на гарантию». Скажем, наш концерт на такой гарантии стоил 750 советских рублей, эти деньги надо было отдать в Москву вне зависимости от того, выручила филармония их или нет. В нашем случае местные культуртрегеры оставались в прибыли, но какой-нибудь ансамбль песни и пляски с оркестром в 40 человек, на который к тому же ходили вяло, обещал филармонии верный убыток. А план для всех есть план. За его невыполнение могут снять с работы.

В кругу эстрадных администраторов бытовало выражение — «мартышка». Так называли артистов или коллективы, на которые шла публика. В Росконцерте работали сотни певцов, танцоров, музыкантов, но своей «мартышки» не было. Мы рассудили, что наш прием в Росконцерт, по марксистской терминологии, есть «экономически обусловленная необходимость». Маркс оказался прав. Тихомиров и Лейбман одобрительно кивали головами. «Давай приезжай, — сказал Дмитрий Дмитриевич, — будем готовить ваш прием на работу».

Если бы Тихомиров возглавлял не Росконцерт, а Москонцерт, то при всем желании такого предложения он бы сделать не мог. Прописка. Без московской прописки в московской организации работать нельзя. Росконцерт же был организацией республиканской, поэтому мог брать иногородних.

Хлопот у меня было немало. В Москве жить мне негде. Лейбман снабдил меня официальным письмом, на котором поставил свою подпись. «Иди в тринадцатую комнату к дяде Мише, — сказал Лейбман, — он поставит тебе печать».

Дядей Мишей оказался престарелый пьянчуга, бывший актер, единственной работой которого было ставить круглую печать. Женечка предупредила меня, что дядя Миша — это местный талисман, как сын полка, с ним надо вести себя по-дружески, говорить ласково.

— Дядя Миша! — сказал я, войдя в тринадцатую. — Меня зовут Сева. Я из «Добрых молодцев», мне бы печать на письмо. Говорят, вы ее ставите очень красиво.

— Конечно... а как же... — пробормотал довольный дядя Миша, медленно открывая ящик стола, где в круглой жестянке хранилась драгоценная печать.

Трясущимися руками он снял с жестянки крышку, достал печать с колечком на задней стороне, продел туда палец и принялся жарко дышать на резину перегаром. Мое письмо лежало перед ним. Дядя Миша вытянутыми руками приложил печать к письму, закрыл глаза и погрузился в нирвану. Молча и неподвижно сидел он с полминуты, потом издал душераздирающий вопль: «А-а-а-а!» — и оторвал руки с печатью от листа. Оттиск был бледноватым, но четким.

— Картина! — сказал я уважительно, по-народному. Дядя Миша довольно крякнул.

Наутро, ровно в 8.45, я стоял в приемной Московского управления гостиничного хозяйства. Опаздывать нельзя — именно в этот момент из высоких створчатых дверей выходил секретарь и собирал наши прошения. В приемной стояли люди от разных организаций — заводов, научных институтов, министерств. Всем нужны были места в гостинице, которые распределялись за высокими дверями неведомым нам образом.

В управлении гостиничного хозяйства тонко понимали сравнительную важность приезжих и давали номера по чину. Мы терпеливо ждали в приемной. Неизвестные артисты Росконцерта в этой табели о рангах стояли невысоко. Из дверей вынесли бумаги, на нашем письме была надпись: «Гостиница „Космос“, Измайловское шоссе, 71, корпус „Гамма“».

Через день из Ленинграда приехали «Молодцы» вместе с Юрой Антоновым, и мы поселились в «Космосе» у ВДНХ.

Росконцерт развил бурную деятельность. Нам нашли репетиционную базу в клубе Московского ликеро-водочного завода, небольшой уютный зал с оборудованной сценой, свободный почти весь день (с 17 часов там показывали фильмы).

Рядом с клубом общежитие для молодых и несемейных работниц. Ляпка быстро навел дружеские связи и наведывался в гости. У работниц всегда было что выпить. На проходной завода проверяли строго, в бутылку или флягу не нальешь, но девушки как-то ухитрялись. Потом они нам рассказали как. В производственном цеху водку или спирт наливали в презерватив, не очень много, так, чтобы наполненную емкость можно было спрятать в бюстгальтер, как третью грудь. Ощупывать работниц в этой деликатной части тела мужчины-охранники не решались.

Полным ходом шли примерки новых кафтанов с позументами, шитых по каким-то сказочным эскизам, к которым прилагались узкие панталоны с сафьяновыми сапогами. Мы успели появиться на Центральном телевидении в популярной на всю страну новогодней передаче «Голубой огонек» с песней Дунаевского «Летите, голуби!». Все вокруг звенело, пело и трепетало.

Будущее представлялось сплошным карнавалом. Сочувствующие редакторы с телевидения позвонили и сообщили об одной молодой перспективной певице, оканчивавшей тогда эстрадно-цирковое училище. «Аккомпанирует себе на гитаре, — сказали мне, — и поет в стиле городского романса. Очень бы вам подошла. Девушку зовут Жанна Бичевская».

Я поехал на телевидение, встретился с Жанной. Мы — неизвестный коллектив, целиком из приезжих, что за люди? Певица уже набирала известность, по жанру своему была одиночкой. Возможно, у нее московский гонор, но за это уж судить нельзя — город такой. Жанна гордо отказалась.

На следующий день в Росконцерте я повстречал Тихомирова. Мы были в фаворе, я имел доступ к начальству.

— Дмитрий Дмитриевич, — сказал я ему, — есть замечательная девушка, Жанна Бичевская. Только закончила эстрадное училище. Очень бы нам подошла.

«Добры молодцы» с Юрием Антоновым (1973)

— Так в чем дело? — спросил Тихомиров.

— У нее другие планы, — неопределенно ответил я.

— Готовьтесь к встрече, — сказал Тихомиров, — я председатель распределительной комиссии у этого выпуска!

И действительно, два дня спустя в репетиционный зал ликеро-водочного завода скромно вошла Жанночка с гитарным футляром в руке. Мы приняли ее как родную; думаю, она нисколько не жалела о своем дипломном распределении.

Концертная программа начинала формироваться, уже строились гастрольные планы. Ехать надо было как можно скорее, потому что мы сидели совершенно без денег, а Росконцерт платил только за отработанные концерты.

В Москву приехали с концертами ленинградские «Поющие гитары», выступавшие по высшей категории в Кремлевском зале. Юра Антонов решил проведать старых друзей. Он шел с осознанием полного превосходства — вы работаете в Ленинграде, а я устроился в Москве! За кулисами ему повстречался худрук Ленконцерта, Тимофеев, тот, что Ленина играл. Ну не здороваться же с этим провинциальным дерьмом? Юра гордо прошел, не удостаивая Тимофеева своим вниманием.

Этот эпизод остался бы совершенно незначительным, случись он на день позже. Но тогда, после концерта, у Тимофеева была встреча с министром культуры РСФСР Александровым. «Мне непонятно, — по-ленински возмущенно сказал ему Тимофеев, — почему вы берете на работу хулиганов и халтурщиков? Мы только что уволили Антонова за недостойную выходку по отношению к беременной артистке, недавно провалили на худсовете сомнительных „Молодцев", а оказывается, все они уже приняты в Росконцерт!» Александров поднял трубку, позвонил Тихомирову и скомандовал на повышенных тонах: «Что там у вас творится! Немедленно всех уволить!!!»

И уволили бы. Но у Тихомирова было свое самолюбие, увольнять «мартышку», на которую возложено столько надежд, усилий и расходов, он не собирался. Если бы приказ поступил от министра культуры СССР, пришлось бы подчиниться. У Росконцерта был статус всесоюзной организации. Приказ Александрова Тихомиров мог и не выполнять, но это означало войну.

ПАНЫ ДЕРУТСЯ, У ХОЛОПОВ ЧУБЫ ТРЕЩАТ

Ни одна из сторон не могла одолеть другую. Министерству не удалось добиться нашего увольнения, но и Росконцерту нельзя было без согласия министерства культуры РСФСР отправлять нас на гастроли.

Надлежало сдать программу. Все кошмары, пережитые с оркестром Вайнштейна на худсоветах Ленконцерта, как в дурном сне повторялись в Москве, только в роли Вайнштейна выступал теперь я. Надо было поддерживать боевой дух, веру в победу. Всякое шатание могло обернуться дезертирством, а если музыканты побегут, то и показывать будет нечего, поэтому я, как мантру, каждый день повторял заклинание: «Скоро, скоро, только худсовет сдадим!»

Однажды Тихомиров с Лейбманом пришли к нам на базу, в клуб ликеро-водочного, одобряюще покивали и сообщили дату прослушивания. В назначенный день мы стояли на сцене московского Театра эстрады, в новых кафтанах разных цветов, слегка напоминая картину «Утро стрелецкой казни». Выражение лиц в жюри от минкультуры ничего хорошего не предвещало. В предложении «казнить нельзя помиловать» запятая была твердо поставлена после «казнить». Мы источали в темный зал улыбки, дарили в пустоту любовь, но оттуда веяло только холодом пулеметного ствола. Судьба наша была предрешена. Худсовет дал разгромное заключение. Мы шутили: «За такую характеристику и расстрела недостаточно!»

Вслед за пулеметным обстрелом последовала и артподготовка. В одной из центральных газет, кажется в «Советской культуре», появилась статья за подписью Людмилы Зыкиной, народной артистки РСФСР, СССР, Азербайджанской, Узбекской ССР, Удмуртии и Марийской Республики, почетного профессора Оренбургского, Ленинградского и Московского университетов, кавалера ордена «Знак Почета», ордена Ленина, Героя Социалистического Труда, позже — кавалера ордена «За заслуги перед Отечеством» всех трех степеней, а также ордена Святого апостола Андрея Первозванного.

Зыкина была певицей, олицетворявшей русскую народную песню, а для многих и всю Россию вообще. В статье она обращала внимание народа на то, что руководителем так называемых «Добрых молодцев», то есть ансамбля русской музыки, является саксофонист с фамилией Левенштейн. Кто-то специально разузнал мои паспортные данные, поскольку на афишах я уже давно был Новгородцевым.

Забегая вперед, скажу, что следующая наша встреча с Зыкиной произошла года через три на стадионных концертах в Ростове, куда «Добрых молодцев» включили для кассовых сборов. Секретарь Ростовского обкома партии устроил праздничный ужин, на который попал и я, по табелю о рангах. Посадили меня неподалеку от Людмилы Георгиевны, чуть позади нее. После нескольких тостов она объявила своим роскошным контральто: «Сейчас я петь буду». И действительно запела.

Меня как духовика интересовала профессиональная сторона процесса, точнее — техника дыхания. Сравнение, которое напрашивалось, было морским, даже океанским. Зыкина дышала как кит. Ее широкая спина на мгновение вздрагивала в быстром вдохе, после чего из необъятных легких воздух плавно выливался в задушевной песне, и его хватало надолго, очень надолго.

Тут партийный вождь Ростова, видимо переполнившись впечатлениями, что-то шепнул на ухо сидевшей рядом жене. Зыкина замолкла и после паузы сказала на весь банкет: «Да ну вас, вы и слушать-то не умеете...» Первый секретарь обкома как-то съежился, сморщился, поник. В этот момент его партийной карьере и продвижению вверх, на что он рассчитывал, пришел полный и окончательный конец. Зыкина была вхожа в ЦК и, говорят, дружила с самим Косыгиным.

Тогда же, за кулисами, проходя мимо грим-уборных, я увидел через раскрытую дверь Зыкину со своим баянистом. Он ей что-то горячо втолковывал и называл ее Люськой. Я понял: то, что можно баянистам, не позволено саксофонистам. Для меня Зыкина была и навсегда останется только Людмилой Георгиевной.

После худсовета и статьи, за которой, как тогда говорили, должны были последовать «оргвыводы», в Росконцерте стали думать, что с нами делать дальше. Совещались обычно тройкой — Тихомиров, Лейбман, Кадомцев; иногда приглашали меня.

Михаил Петрович Кадомцев служил главным дирижером, никем и ничем в Росконцерте не дирижировал, но это было совершенно не важно. Кадомцев был человеком из народа, из самой его деревенской глубины. Мужчина добродушный, рослый, широкий как степь. Выражался фольклорно. Однажды, оценивая наши шансы на победу над министерством культуры, Михаил Петрович задумчиво надул щеки и произнес: «Что ж, товарищи, ведь шире жопы не пернешь!» В другой раз, когда разговор потек по другому руслу и речь зашла о моральном облике какой-то красивой артистки, Кадомцев философски заметил: «Так ведь красавицу-то уебать еще и легче, она на это всю жизнь натренирована!»

В эти рассуждения о жизни и искусстве я пытался внести ноту реализма: музыканты сидят без денег, на голодном пайке. Я поддерживаю их на плаву, получая от бухгалтерии мелкие суммы на покупку гвоздей или перевозку инструментов грузовиком. Наша жизнь в гостинице «Космос» похожа на осажденную крепость. Деньги на еду были только у людей со сбережениями, это человека три: пианист Володя Шафранов, с отрочества промышлявший фарцовкой, Юра Антонов и трубач Янса. Ветеран «Молодцев» гитарист Алик Петренко, смешной и толстый, сидя с небритым лицом, как-то пожаловался писклявым голосом:

— Я сегодня скушал только яблочко, луковичку и конфетку...

— Ага, — тут же, не задумываясь, сказал ему Янса, — то-то от тебя так говном несет!

Юра Антонов тоже не скучал, во всяком случае по вечерам в номере его не видели. Как-то он вернулся часа в три ночи, возбужденный, упоенный битвой жизни.

— Жека! — тряс он за плечо спящего Ляпку, Женю Маймистова. — Жека, проснись!

Ляпка приоткрыл сомкнутые веки:

— Чего?

— Жека! — радостно сказал ему Антонов. — Жека, поспим, чувак, а? — И тут же заснул, как невинное дитя.

По дороге в Росконцерт, проходя мимо Дома на набережной, огромного серого здания для ответственных работников, я невольно обращал внимание на мемориальные таблички: «...в этом здании жил выдающийся партийный и государственный деятель...» Жизнь деятеля на табличке обычно обрывалась в 1937 или 1938 году. Холодным ужасом веяло от этой каменной глыбы, выдающиеся мертвые беззвучно взывали с того света. Тридцать пять лет прошло с тех пор, но эктоплазма страха, казалось, еще сочилась.

В Росконцерте тоже жили как на вулкане, чутко вслушиваясь в подземные толчки. «Сева, — неожиданно сказал Лейбман, встретив меня в коридоре, — вам срочно нужны певицы!» Я вспомнил, что в Ленинграде в ресторане «Астория» работает Света Плотникова, пианистка и отличная джазовая вокалистка с сильным хрипловатым голосом. Покутить в «Асторию» ходили фарцовщики, друзья с Кавказа, валютные девушки, жизнелюбивые деловые евреи. Света была королевой бала, она мгновенно исполняла любую заявку, часто на ходу присочиняя к песне шутливые слова для щедрого клиента. После восьми лет работы кабак ей надоел, Свете хотелось на сцену. Мне удалось уговорить ее, и довольно скоро она приехала в Москву.

Костюмеры пошли тропой знакомой, подобрали Свете что-то народное с кокошником. Может быть, из лучших побуждений — просто хотели добавить певице сценического роста. Я с тех пор кокошников боюсь, они не прощают легкомысленного отношения к себе и находятся за невидимой чертой, которая отделяет одну категорию от другой. Звуки, раздававшиеся из-под Светиного кокошника, напоминали заокеанский звездно-полосатый флаг над древним деревянным Кремлем. «Утушка луговая» в стиле американских сестер Берри.

В Росконцерте крякнули, но не сказали ничего. Вскоре на репетицию в ликеро-водочный пришла крепкая рыжая девка, Ольга Сливина. От нее пахло гимнастическим залом. Сливина сказала, что ее прислали и что она будет петь песню о России. О России песен много, но Ольга пела самую громкую из них.

Все в певице было народно и патриотично, даже платье себе она сшила из красного знамени какого-то расформированного полка. Вишневый бархат туго обтягивал мощный стан, нитяные кисти свисали по линии подола. Линию тела не бороздила ни одна морщинка или выпуклость, видно было, что под платьем у Сливиной ничего нет. Как руководитель, ответственный за моральный облик концерта, я спросил Ольгу, так ли это. «Да! — согласилась она с радостью, что заметили. — Это для секса!»

С таким паноптикумом мы поехали в Ставрополье на полулегальные концерты. У Тихомирова были приятельские отношения с дирекцией филармонии, которая согласилась принять нас без заверенной министерством программы. Надо было выполнять план.

Первым секретарем на Ставрополье был тогда М. Горбачев. Он уже входил в моду, ставропольские урожаи создали Горбачеву репутацию специалиста в сельском хозяйстве. С середины 1970-х он внедрял в крае «ипатовский метод», крестьянский бригадный подряд. С будущим первым и последним президентом СССР мы были в одном городе, в одно время, но пути наши не пересеклись.

Зато с руководством филармонии пришлось тесно подружиться. Директриса, крепкая казачка, при первой же встрече предложила мне немедленно обсудить наши планы за ужином. Энтузиазм ее можно было понять, в городе мы работали по три концерта в день. В ресторан она пришла со своей помощницей и сразу, решительно, заказала бутылку коньяка. Я был в уже известном читателю костюме цвета «наваринского дыма с искрой», который выручал меня в ответственные моменты. Не подвел костюм и здесь. Беседа лилась и ширилась, вскоре бутылка опустела. Я сделал широкий ответный жест и заказал еще одну. Полтора литра коньяку — это много или мало? Помощница первой вышла из гонки, к финишу мы пошли вдвоем с директрисой. «Сидеть прямо, не расслабляться! — говорил мне внутренний голос. — Ты представляешь ансамбль, Росконцерт, не ударь лицом в грязь!»

Я держался как мог, твердо стоял на ногах, говорил слова, но действительность как-то незаметно меня покидала. Наступили часы, о которых герою, временно покинувшему реальность, на следующий день рассказывают друзья-собутыльники. Я пил на рабочем фронте, у меня рядом не было таких друзей, и потому реальность пришлось осваивать самому.

Помню, было утро. Помню окно во двор, где чирикали пташки. Помню комнату, шкаф и кровать с двумя подушками. На соседней подушке покоилась голова помощницы. Башка раскалывалась, желудок бунтовал. Помощница оказалась человеком добрым, хрупким и отзывчивым, она самоотверженно пошла в экспедицию за огурцами. На Ставрополье считали, что свежие огурцы снимают похмелье.

Известно, что коньяк расширяет сосуды, что 30 мл напитка останавливают приступ стенокардии. На своем опыте узнал, что полтора литра на троих этот приступ вызывают. Мое сердце, на которое я никогда не жаловался, отказывалось биться. Дважды, на первом концерте в 3 часа дня и на втором в 6 часов, вызывали „скорую помощь", чтобы поставить меня на ноги. Дубильный вкус коньяка в сочетании с травяным огуречным букетом настойчиво тянули в темноту, в бессознание. Много лет потом я не пил к. (пожалуйста, не надо!) и не закусывал о. (спасибо!).

Из раскрытых окон гримуборной были слышны голоса зрителей, выходивших из зала. «Рыжая еще ничего, — басил невидимый детина, — но БЕЛАЯ!!!» Эту фразу Света Плотникова со смехом вспоминала потом много лет.

Я ЛЮБЛЮ ТЕБЯ, «РОССИЯ»

«В „Космос“ мы не поедем, — твердо сказали „Молодцы“, — пробивай гостиницу в центре. Хотим жить в „России“». Гостиница «Россия» с видом на Кремль, Москву-реку и Красную площадь была тогда самой большой и самой современной, четыре ее корпуса образовывали обширный квартал. В ответ на мою просьбу Лейбман только воздел руки к небу. «Я дам официальное письмо, — сказал он, — однако в „России“ у меня знакомых нет. Действуй сам. У них есть номера, но они их придерживают для себя. Администраторская бронь».

В «России» останавливались иностранные туристы, приехавшие по дорогим путевкам и не говорившие по-русски, а также люди в больших кепках, говорившие по-русски с сильным акцентом. Им доверяли, поскольку было ясно, что это не сотрудники ОБХСС (Отдел борьбы с хищениями социалистической собственности). Человек в кепке вкладывал в паспорт 50 рублей и молча подавал его администратору за стойкой. Администратор молча вынимал купюры и выдавал ключ человеку в кепке.

Я такое проделать не мог, поскольку кепки не имел, говорил без акцента и доверия не вызывал. Вместо этого я пробился на прием к главному администратору, показал ему письмо-просьбу от Росконцерта, рассказал о замечательном молодом коллективе, уже выступавшем по телевидению и т. д. Начальница прониклась нашей судьбой, но было заметно, что в душе ее идет борьба. Денег просить неудобно и опасно. Что же, отдавать номера из брони просто так, за здорово живешь?

— Сколько вам мест? — спросила она.

— Четыре двойных и один одинарный.

Женщина задумчиво покачала головой.

— Вот что, — сказала она наконец, — сыграйте нашим поварам шефский концерт, и мы удовлетворим вашу заявку.

Назавтра днем разодетые в парчовые кафтаны, с гитарами и трубами мы стояли с подключенной аппаратурой у огромных печей, у которых орудовала целая армия поваров в колпаках и передниках. Особенно почему-то запомнился мне Юра Антонов с бубном в руках на фоне бесконечных дымящихся котлов в преисподней, полной белых чертей.

К вечеру въехали в «нумера». Кругом роскошь, сплошные иностранцы, запретная зона. Из окна открывалась панорама высотного здания на Котельнической, сталинский «кошмар цукорника», как прозвали его в Польше.

Иногородние молодцы поселились в двойных номерах, Свете Плотниковой как единственной девушке отдали одинарный.

Моим соседом по комнате был тромбонист Саша Морозов, с которым мы готовили обеды на походной плитке еще в поездках с Вайнштейном. Саша незадолго до приезда в Москву женился, своих чувств не показывал, но заметно было, что скучает.

Хлопали двери, туристы приезжали, уезжали, мы глядели на них как старожилы. Недели через три ребята перезнакомились со всеми буфетчицами, горничными, дежурными по этажу. К комфорту дорогого отеля привыкли быстро и чувствовали себя в нем как дома, в шутку напевая из репертуара Ольги Сливиной: «Россия, родина моя».

Однажды ночью, часа в два или три, в нашу дверь кто-то постучал. Спросонья поняли не сразу, потом Саша пошел узнать, не открывая. «Кто там?» Раздался тихий женский голос, от звука которого он мгновенно распахнул дверь. В коридоре стояла Сашина молодая жена в легком плащике и с маленьким чемоданчиком в руке.

— Саша, — сказала она просто, — я без тебя не могу.

Как она пробралась в интуристовский отель — для меня загадка, но не это было теперь главное. Я лихорадочно соображал, куда девать молодую чету. Единственный выход — в номер Светы. Пошли ее будить, объяснили положение.

— А куда мне деваться? — спросила Света, одетая в одеяло поверх ночной рубашки.

— Ложись на Сашину кровать, — сказал я, — и не волнуйся, я обещаю вести себя прилично.

— Знаю я вас, мужиков, — сказала Света хрипловатым голосом, — у вас одно на уме: напиться и заснуть!

Мы раздвинули кровати в разные углы, немного поговорили, потом помолчали. Проснулись от громкого стука, кто-то колотил в дверь.

— Немедленно открывайте, это администрация!

Завернувшись в простыню, я пошел, открыл. Перед моим взором предстали три разгневанные фурии в белых производственных халатах.

— У вас в номере женщина! — с пафосом и негодованием произнесла самая толстая.

Я оглянулся вокруг, ничего не понимая.

— Какая женщина, где?

Три фурии проследовали к кровати, где спала Света, и сдернули с нее одеяло.

— ВОТ!!!

Я облегченно вздохнул.

— Какая же это женщина? — сказал я и объяснил очевидное: — Это же Светка!

Понятно, что полусонный человек, сдернутый с постели, отвечать за свои слова не может, но этой фразы Света мне не простила никогда.

Деньги, заработанные в десятидневной ставропольской поездке, скоро иссякли, и мы снова оказались в чуме среди пира. Кругом лилось шампанское, поедалась икра с деликатесами, по коридорам гостиницы «Россия» фланировали иностранцы, источая запах дорогой парфюмерии, а мы сидели на столовских обедах ценою не дороже полутора рублей. Саша Морозов совсем обеднел, он ходил на репетицию пешком по набережной Яузы, питался одной французской булочкой в день, запивая ее бульоном, разведенным из пакетика.

Министерство культуры исправно проваливало наши худсоветы, гастролировать мы не могли, а стало быть, своих ставок не получали. Эстрадного артиста, как волка, кормят ноги. Отработанный концерт — это «палка» в ведомости. Палка равняется ставке, мы получали 18 рублей за выступление.

Я почти каждый день ходил в Росконцерт, сверлил начальство укоряющим взором. «Надо что-то срочно делать с вашими волосами, — заявил однажды Лейбман, — с такими патлами худсовет вас никогда не пропустит!» В ответ я повторил заученную речь об образе «Добрых молодцев», сказочном фольклоре.

Руководство комплексовало, в борьбе с минкультуры оно выглядело совершенным импотентом. Внутреннее раздражение вылилось в нападки: мы для вас делаем все, сами виноваты, упрямитесь, не хотите привести себя в приличный вид. Эти бессмысленные разговоры о длине шевелюры в конце концов разозлили и нас. Я предложил пойти и в виде протеста постричься налысо. Не все готовы были на такой шаг, но человека четыре согласились.

На очередной встрече в ликеро-водочном в древнерусских кафтанах предстали четыре «молодца» вполне уголовной внешности. Ничто так не безобразит человека и не обезличивает его, как потеря волос. Лейбман только ахнул, увидев оболваненных рукой парикмахера артистов. «Парики! — закричал он. — Срочно найдите парики!»

Отращивание прически — процесс длительный, на это может уйти целый год. Мы бросили этот год кропотливого волосяного роста под ноги диктаторам и теперь злорадствовали — получайте! Я выбрал себе парик «норвежская блондинка», при виде которого у Лейбмана заметно погрустнело лицо.

Говорят, что секрет бескровного пронзания щеки иглой в постепенности. Если вводить острие медленно, минут двадцать или дольше, то клетки лицевой ткани расходятся, пропуская инородное тело. Примерно то же происходило с нами. Проиграв сражение в лобовой атаке, мы незаметно ползли вперед по сантиметру.

Росконцерт иногда устраивал нам блицтуры, на два или три дня, в основном на стадионные концерты, где требовалась «мартышка». Один такой концерт состоялся в Дагестане по случаю годовщины Республики. По мысли режиссера, перед зрителем должна была пройти вся новая история — гражданская война, коллективизация, борьба с басмачами, Великая Отчественная... По футбольному полю махачкалинского стадиона рядами шагали автоматчики, стреляя по воротам от живота холостыми, в колхозы шли декхане, позорно бежали враги советской власти.

Представление закончилось тем, что на середину поля выехал всадник на белом коне и провозгласил свободу и независимость. Речь его, собственно, была уже записана и лилась из многочисленных громкоговорителей, наезднику надлежало лишь поставить коня на дыбы и удерживать его в этом положении, имитируя памятник Петру Первому у Исаакиевского собора в Ленинграде. На это у джигита уходило все внимание, рот джигита был закрыт, зато скакун, стоя на задних ногах и перебирая передними в воздухе, скалил желтые зубы, оголенные натянутой уздой и железным мундштуком. Движения лошадиной пасти совпадали со звуками речи. «В таком-то году... — говорила лошадь, роняя хлопья пены, — установили советскую власть... свергли гнет феодалов...» Завершив свою речь, говорящая лошадь ускакала. Местный администратор, явно гордясь увиденным, толкнул меня под бок и сказал: «Видал, а? Далеко пойдет!» Я не знал, кого он имел в виду и на всякий случай согласился.

МОСКВА РЕЗИНОВАЯ

Мы потихоньку начали обживаться в Первопрестольной, кое-кто снял себе жилье. Комнаты были обычно скверные, в пыльных коммуналках, но все же собственная крыша над головой.

Наш певец, Рома Власенко, собрался жениться. Его невеста, откуда-то из Прибалтики, была студенткой московского вуза, жила в общежитии. Рома работал в Москве, но прописан был в Киеве. Брак по любви означал бы полное бесправие молодых, поскольку без прописки в Москве рассчитывать им не на что.

Рома скопил денег и нашел человека с комнатой, которую тот мог продать. Частной собственности тогда еще не ввели, все жилье принадлежало государству. Пришлось действовать строго по закону — невеста Ромы зарегистрировала брак с владельцем комнаты и как супруга была прописана на площадь мужа. Муж получил свои деньги и у жены не появлялся, поскольку в семейной комнате его законная супруга открыто сожительствовала с певцом из Росконцерта. Бывает.

Через некоторое время невеста сообщила Роме, что ждет ребенка. Ребенок благополучно родился и был записан на имя своего законного отца, прописанного вместе с женой в упомянутой выше комнате. Рома нянчился со своим сыном, который по документам приходился ему чужим человеком. Примерно через год молодые родители разыскали мужа в законе, дали ему еще денег с тем, чтобы он оформил развод со своей женой, невестой Ромы и матерью его малолетнего сына.

После развода невеста Ромы осталась матерью-одиночкой в комнате бывшего мужа. Рома сделал предложение, женился на этой матери-одиночке, прописался в ее комнату как супруг и усыновил ее ребенка. Своего ребенка.

Пианист Володя Шафранов, способнейший музыкант, постигавший высоты джаза на чистой интуиции, с отроческих лет был негоциантом на Невском, причем дела имел преимущественно с финнами. Финские туристы, задушенные на родине карточной системой на алкоголь и непомерно высокими ценами на спиртное, с удовольствием продавали содержимое своих чемоданов за советские рубли, на которые можно было немало купить в центральном гастрономе. Володе пришлось выучить язык страны, он лопотал на нем быстрее аборигенов.

Потом он познакомился с совсем не старой еще женщиной с двумя детьми (9 и 11 лет), у них случился роман, и через какое-то время Володя решил жениться. Повторился вариант Ромы Власенко, с той только разницей, что Володя стал приемным отцом чужих детей и прописка его была за пределами СССР. Он уехал в Финляндию, одно время преподавал в джазовом училище в Пори, а потом, в 1996-м, я встретил его в Нью-Йорке на сверхмодной тусовке на крыше отеля «Челси». Я приехал из Лондона вести концерт Давида Голощекина, он прилетел из Питера. Володя не без гордости сообщил, что работает штатным пианистом на известной детской телепередаче «Улица Сезам».

Тогда, в 1971 году, после ухода Володи мне надо было принимать срочные меры. Я вспомнил про Владика Петровского. Молодой гибкий музыкант очень подходил нам по стилю, а главное, человек хороший.

Из интервью Влада Петровского

И вот однажды... меня разыскал Сева Новгородцев, который тоже играл в оркестре Вайнштейна и меня знал смолоду, с шестнадцати лет. Он огляделся вокруг и сказал: «Ну что ты тут сидишь, с бандюками сражаешься?! Поехали лучше в Москву!» Как раз пятница была. И он говорит: «Знаешь что? В понедельник в десять утра встречаемся в аэропорту Пулково».

...Я говорю: «Знаешь, Сева, мне в понедельник надо академку закрыть в консерватории... Мне пора выходить на занятия». Но он нажимал: «В понедельник мы должны быть в Росконцерте».

И я два дня думал: оставаться в Питере и идти в «консу» дела улаживать или сесть в самолет и улететь в Росконцерт? Но Сева меня уговорил: к десяти утра в понедельник я приехал в аэропорт. Еще не было того Пулково, нынешнего, ультрасовременного. Это был еще старый, маленький аэропортик. И самолетик — «Ту-104». Это было 1 октября 1971 года.

Летим. А Москва не принимает. Мы покружили над Москвой и опять сели в Питере. Я говорю: «Севочка, ничего не получается! Я поехал в „консу“! Не судьба!» Но он меня удержал, и следующим рейсом мы все-таки улетели в Москву... И с тех пор я живу здесь, в Москве. Окончательно переселился...

Именно Сева сыграл в моей судьбе ключевую роль. Я сначала жил в дворянской семье и был такой... как бы сказать, мягкий парень. И Сева учил меня быть очень вежливым, но при этом внимательно следить за тем, что происходит вокруг, чтобы не делать глупости и не поддаваться на всяческие провокации. Это происходило до 1975 года включительно, пока он не уехал.

Марочкин В. «Гвоздик». Питерский «Севаоборот» Владислава Петровского. Часть 1. ВИА «Добры молодцы» // Специальное радио. 2006. Март.

Владик был длинненьким и худеньким, поэтому получил надолго закрепившееся за ним прозвище Гвоздик. Как-то мы были на юге, Владик весь день провел на пляже и когда пришел на концерт с обгорелым на солнце лицом, то кто-то сказал: «Ой, смотрите! У Гвоздика шляпка заржавела!»

Шутили мы тогда много и охотно, по любому поводу. Это была наша форма защиты от окружения, норовившего все время как-нибудь лягнуть, укусить. Шли, бывало, музыканты-гастролеры по улицам незнакомого города и со столичной учтивостью спрашивали у прохожих девушек: не подскажете ли, где здесь улица Деникина? Или: скажите, как пройти на проспект Врангеля? А в зеленых приморских городах юга можно было еще спросить про бульвар Керенского, набережную Троцкого или парк культуры и отдыха имени Жертв коллективизации.

Потом я узнал, что в Амстердаме есть Аллея двух колбас и Аллея безумной монахини. В Чикаго есть перекресток Проститутской улицы и проезда Блаженства. Под Санта-Фе, в городе Литтлтон, есть Холм болванов, в канадском городе Йеллоунайф есть улица Косматая задница. На этой улице указатель с названием долго не висит, исчезает практически мгновенно, но зато почти в каждом доме его можно увидеть красующимся на стене. В России мне ничего такого не попадалось. Единственно, что приходит на ум, так это питерский проспект Стойкости, да и то смешным это стало только в наш сексуально озабоченный век.

На концерте «Добрых молодцев» (1974)

В каждом городе, по нашей теории, непременно должен был стоять памятник генералу, в честь которого город и назван. В Херсоне — памятник генералу Херсону, в Майкопе или Армавире — генералам Майкоп и Армавир. Ближайшее с гостиницей предприятие общепита мы неизменно переименовывали в кафе «Изжога», где главное блюдо было «мастурба». Иногда «свинокур», среднее между курицей и свиньей.

Немало радости добавлял нам Юра Антонов. Из его рассказов в нашем лексиконе оседали слова «брука́ матерча́тая», «клювы́», «негритянцы», голландский город «Апстердам» и т. д.

Однажды на коротких гастролях в Уфе мы выезжали на концерт в близлежащую Уву. Есть такой город, окруженный глухими лесами. Дорога была долгая и я накропал стишки, составленные из Юриных «перлов».

В глухом бору, что близ Увы,
Водились страшные клювы́.
Лишь разгоралися зарницы,
Клювы хватались за ножни́цы,
Клювали всех в ногу́, в руку́
И в матерча́тую бруку.
Склював детей и пап, и мам,
Клювы собрались в Апстердам.
В Голландии живут голландцы.
Голландцы очень любят танцы.
Голландцам для голландских танцев
В трубу играют негритянцы.
Кругом такая благодать,
Что страшно клювы раскрывать.
Тут шлягеры пойдут едва ли —
Как самого бы не склювали!
Уж лучше буду я в Уве,
Имея кое-что в клюве!

В ноябре 1971 года в Росконцерт приехал новый начальник, Юровский, тот самый, что принимал меня в своем кабинете директора Омской филармонии, продержав на стуле целый день. Такие методы товарищ Сталин применял к своим соратникам из заграничных компартий. Рассказывают, что он продержал Мао Цзэдуна в своей кремлевской приемной три дня, а когда наконец раскрылись двери, то китайский вождь оказался в огромной комнате, в которой стоял длинный стол под зеленым сукном. В конце стола сидел Сталин. Пока Мао шел вдоль бесконечного ряда стульев, он съеживался, становился все меньше и когда приблизился и стал здороваться, то невольно поклонился Сталину в пояс. Это и стало основой советско-китайских отношений на ближайшие годы.

Юровский тоже любил эффектные сцены по-сталински. Например, он устроил худсовет крупному коллективу — симфонический оркестр, балетная труппа, хор. Молча посмотрел программу с каменным лицом и произнес три слова: «Это надо переварить». Назавтра на доске приказов Росконцерта висело его распоряжение: полностью и немедленно расформировать!

Вскоре вокруг Юровского выросла его свита из омских. Какие-то упитанные Семы и Левы с утра ездили на рынок, привозили свежий творожок, сметанку — у начальника шалила печень.

С Тихомировым у него отношения не сложились, началась глухая борьба. Закончилась она тем, что в 1972 году Тихомирова из Росконцерта уволили. Говорили, что он попал в неприглядную историю во время зарубежной командировки на Кубу. О подробностях никто особенно не распространялся, ходило несколько версий — то ли в номере Тихомирова обнаружили юношу-кубинца, то ли Тихомирова застали в каком-то ином пикантном положении. Говорили, что застал сам Юровский, который, видимо, знал и выжидал своего часа.

С приходом Юровского мы слегка воспряли. В Москву его привела мощная рука Фурцевой, а в политической шахматной игре тех дней для нас это означало заметное позиционное преимущество. Началась почти нормальная гастрольная жизнь. В поездках мы проводили больше двух третей года.

Росконцерт прислал нам директора по имени Дима Цванг. Слово, знакомое по шахматным учебникам. Я заглянул в немецкий словарь: zwang — принуждение, насилие, давление, нажим, неизбежность. Думаю — ничего себе кадр! Однако я напрасно опасался. Судьбоносное значение фамилии для Димы уже осуществилось, потому что «принуждение» и «неизбежность» советская власть применила к нему самому. Дима был комсомольским работником. Исполнительный, веселый, простой. Друзья-аппаратчики, видимо, по-своему любили его. «Дима, — сказали ему открыто, по-простецки, — с твоей фамилией дальше ты не пойдешь. Давай мы тебя устроим куда-нибудь в искусство». Так Дима попал к нам. Я учил его азам профессии, потом передал дела.

В комсомоле Дима научился говорить приземленно и витиевато, это был стиль, который потом явил миру Виктор Черномырдин. Масштаб таланта у Димы был поменьше. «Ну так, это... — говорил он, придумывая следующее слово. — Завтра работаем два концерта». Или: «Ну так, это... значит... На автобус не опаздывать! Ждать никого не будем!» Ну да, так ты и поедешь на выступление без певца или гитариста!

Со временем Дима понял, что угрозами от нас ничего не добиться, поэтому время явки он обычно объявлял на час раньше, стараясь при этом звучать как можно искреннее и честнее, чтобы артист ничего не заподозрил.

Иногда Диме приходилось ехать вперед, получать или сдавать груз, проверять незнакомую площадку. Наша коллективная кляча без погонщика двигалась еще медленнее. Как-то в приемной гостиницы зазвонил телефон, меня позвали. «Ну где вы там... — сказал в трубку Дима. — Я тут весь на этих... на иголках!»

Однажды зимой в Сибири в лютый мороз Дима появился на разогретой сцене с пунцовым от холода лицом, перетянутым ушами зимней шапки. Щеки его выпирали вперед, почти сливаясь с носом. «Ну так, это... — сказал он энергично. — Всё!!!»

Осенью 1971 года в СССР с гастролями приезжал Дюк Эллингтон. Для меня это было эпохальное событие. Пусть я ренегат, перебежчик, бывший, но все же джазмен. Ажиотаж огромный, на шесть концертов в Москве билетов не достать. Дима подключил свои старые комсомольские связи и выбил где-то пять билетов на концерт в Ленинграде. Там я и увидел легендарного трубача Кути Уильямса и вечно пьяного космического тенор-саксофониста Пола Гонзалвеса. В конце к микрофону вышел сам маэстро с хвостиком длинных волос. «Я ВАС ЛУБЛУ!» — сказал он залу.

Постепенно Дима превратился в Дмитрия Яковлевича. Так начали называть его подчиненные — рабочие сцены и костюмерша, бывшая характерная танцовщица из Государственного ансамбля песни и пляски. Ляпка тут же подружился с ней и дал ей прозвище Густочка. Ей было лет под 50, мы были для Густочки как дети.

Как-то речь зашла о Берии. Густочка сначала сдержанно молчала, потом рассказала историю своей подруги по ансамблю пляски. Лаврентий Павлович иногда приезжал в дирекцию ансамбля и с интересом разглядывал фотоальбом артистов и артисток. Особо понравившихся отмечал, показывал пальцем — вот эту. В данном случае выбор пал на подругу Густочки. С избранницей провели деликатную беседу, она дала согласие на встречу. В назначенный вечер за ней заехала черная «эмка», женщины в офицерской форме доставили ее к зам. председателя Совета министров СССР, бывшему Генеральному комиссару госбезопасности, ближайшему соратнику Сталина.

«Он встречался с ней всего два раза. На прощанье спросил, что ей надо. Подруга сказала, что у нее нет жилья. Берия кивнул. Вскоре ей дали двухкомнатную квартиру, в которой моя подруга живет 20 лет», — закончила свой рассказ Густочка.

Со временем наши пути с Димой разошлись. Я менял профессии, страны, семьи. Почти 40 лет спустя, сев за эти воспоминания, захотел разыскать своего бывшего директора среди мелких осколков Интернета. И вот что нашел.

...накануне Нового 1993 года вся великосветская Москва обсуждала, как Алла устроила Болдину семейную разборку в ресторане «Берлин».

— Ты ничтожество. Убирайся к чертовой матери! Видеть тебя не могу!!! — на весь зал орала Пугачева.

То, что произошло через пару дней, не знал практически никто. Болдину позвонил его заместитель по Театру песни седовласый Дмитрий Яковлевич Цванг и сообщил, что Алла попросила его организовать их развод.

100 любовников Пугачевой. Глава 13.
Бандитский Петербург // Экспресс-газета. 2009. 8 мая.

ДУДКИ

В русском якыке слово стенография, по-моему, стало расплывчатым. Взяли у греков «узкий, тесный» + «писать», и получилось слово про какой-то график на стене. В английском есть вариант четче — shorthand: «короткая рука», которая пишет быстрее «длинной руки» раз в пять или даже семь.

Музыканты любят говорить шортхэндом. Не группа духовых инструментов, а — дудки. На тромбоне в наших дудках играл Саша Морозов, на саксофоне — я, а трубачом был Володя Василевский, человек корпускулярный.

Лицом Володя был точь-в-точь писатель Куприн, имел мощное сложение и взрывчатый темперамент. Любил говорить с народом. После концерта в Архангельске местный помор сказал ему, напирая на «о»: «Что-то попс-то у вас и слабоват, мне ак, например, и не понравилось...» «Дурак ты, едрить твою, — отвечал ему с жаром Василевский, тоже напирая на „о“, — вот потому и не понравилось!»

Однажды мы шли с ним из гостиницы в концертный зал. Володя вдруг остановился, с досадой топнул ногой и возмущенно сказал: «Что же я есть-то так хочу?»

На гастролях в Кисловодске у нас выдался выходной, и мы пошли вечером в филармонический зал на эстрадный концерт артистов Германской Демократической Республики. «Демократиш фритц», — как говаривал мой капитан эстонец. После концерта собрались в номере на предмет интернациональной дружбы. Принимающей стороной были «Добры молодцы», и мы патронов не жалели. Володя разошелся и принялся объяснять немцам свой музыкальный профиль: «Их бин айн стратосфер трампет!» То есть, что он — трубач, который берет запредельно высокие ноты. В подтверждение своих слов он раскрыл футляр, вынул трубу и затянул «Фламинго»[1].

«Ту-ру-ру...— громко запела труба. — Тарарим-тара...» Тут звук у Володи сорвался, он издал то, что на музыкантском «шортхэнде» называется «кикс». «Р-р-р! — сказал Володя. — Айн момент! Их бин айн стратосфер трампет!» «Ту-ру-ру... тарарим-тара...» — «кикс!» «Р-р-р! Р-р-р! — прорычал Володя возмущенно. — Айн момент битте! Их бин айн стратосфер трампет!!!» Он набрал полную могутную грудь воздуха, провел языком по губам, приложил их к мундштуку. «Ту-ру-ру... тарарим-тара...» — «кикс!» Тут Володя Василевский потерял рассудок, побраговел от гнева, стал похожим на рассвирепевшего гиппопотама. Он схватил трубу богатырскими руками и на глазах изумленных граждан ГДР разорвал ее медные кишочки на несколько частей. Получай-ка, Фриц, гранату от совьетского зольдата!

Я узнал об этом наутро от директора гостиницы, которая сухо сообщила мне, что вынуждена выселить артиста Василевского за грубое нарушение правил общежития и ночное хулиганство. Володя сидел бледный, несчастный и подавленный, поскольку по природе своей был человеком совестливым и деликантным.

Кисловодск запомнился еще одним эпизодом, малозначащим. По меркам сегодняшнего дня он вообще ничего не значит, но тогда...

---

[1] «Flamingo» (1941) — популярная песня, джазовый стандарт Тэда Груйи и Эдмунда Андерсона, исполненный оркестром Дюка Эллингтона.

Как я уже упоминал, Управление по охране государственных тайн в печати, так называемый Главлит, имело полнейший контроль над всей печатной продукцией страны. Ни одна книга, брошюра, календарик или извещение не выходили без «литовки». По этой причине в крупных городах невозможно было напечатать визитную карточку. Это удавалось только людям очень высокого ранга, поскольку разрешение давалось чуть ли не на правительственном уровне.

Теперь представьте — я захожу в типографию при Кисловодском театре, где печатали наши афиши, завожу разговор с печатником и осторожно спрашиваю, не мог бы он напечатать мне сотню-другую визиток. Я заплачу. «Конечно могу, — сказал печатник, — завтра к вечеру будет готово!»

Из этой поездки я вез в Москву то, что не купишь за деньги, не достанешь по блату — настоящие визитные карточки, на которых красовалась надпись: «Всеволод Борисович Новгородцев. Руководитель ансамбля „Добры молодцы“». Эти скромные кусочки полукартона, сероватые, неважно пропечатанные буквы производили впечатление, с которым сегодня в России ничто не сравнится, разве что кортеж больших «мерседесов» с синими мигалками на крыше.

Чем больше мы ездили по стране, тем сильнее я убеждался, что расхожий пропагандистский фразеологизм «тлетворное влияние Запада» — чистая правда. Не в том смысле, что влияние тлетворное, а в том, что Восток на Советский Союз никакого влияния не оказывал. Влиял только Запад. Как будто невидимый ветер, зарождавшийся где-то в Америке, проносился через океан, летел над Англией во Францию, Германию и дул дальше на Восток, неся влияние Запада народам. К Уральскому хребту ветер слабел, едва ощущался он в Сибири, у Байкала затихал вовсе, а уж на Дальнем Востоке о влиянии Запада знали только понаслышке. В Южно-Сахалинск, расположенный рядом с Японией, западное влияние вовсе не доходило, а если какие-нибудь столичные хлыщи привозили его с собой, у местных вождей возникала чесотка.

К тому времени мы сбросились на новую аппаратуру, купленную не то у венгерских, не то у чешских гастролеров. Национальность артистов значения не имела, потому что аппарат был австрийский, хотя назывался по-итальянски — «Монтарбо».

Звуковые колонки всегда выставляют вперед, на авансцену, поэтому первое, что увидели зрители еще до открытия занавеса, особенно в ближайших к сцене рядах, где сидело партийное начальство, — это бесстыдно красовавшаяся западная техника.

Назавтра в газете «Советский Сахалин» появилась разгромная статья. В ней говорилось, что «Добры молодцы» оскорбляют русскую народную песню исполнением на электрических гитарах, звучавшую к тому же через иностранную аппаратуру. Жизнь в Южно-Сахалинске событиями не богата. Можно, конечно, сходить в продуктовый магазин и купить брикет мороженого крабового мяса, но это, пожалуй, и все. Весть о газетной статье разлетелась быстро.

Мы собрались и решили ответить в свободном стиле, как на картине Репина «Запорожцы пишут письмо турецкому султану». «Десятки и сотни пианистов по всей стране, — говорилось в нашем послании в газету, — ежедневно оскорбляют священные имена Чайковского, Рахманинова и Глинки, исполняя их на роялях „Блютнер“, „Бехштейн“ и „Стенвей с сыновьями“».

Наша элегантная формула на страницы печати не попала, но властям о ней, видимо, доложили. Климат вокруг нас поменялся, заметно похолодало. Дежурные по этажу глядели враждебно. Мы вынуждены были с ними общаться, поскольку они продавали талоны в душ, расположенный в конце коридора. Некоторые до того распоясались, что ходили в душ по два раза в день, утром и вечером. «У, артисты! — слышалось за спиной. — Денег им не жалко... и кожи...»

Ресторан нашей гостиницы «Рубин» как-то не манил в свое пространство, так что после последнего концерта мы решили вечерять в номере чем бог послал, из местного гастронома. Следы молодецкой пирушки все еще видны были на столе, когда к нам вошла комиссия с проверкой. Впереди был директор «Рубина», невзрачный важный человек, из-за его плеча выглядывали тетеньки в белых халатах. «Так! — сказал директор, обходя остатки нашей вечерней трапезы, пустые бутылки, крошки, корки. — Выпиваем? Закусываем?» Мы молчали. Да, выпиваем, да закусываем, законом не запрещено. «Понятно!» — хорохорился директор, а тетеньки в белом осуждающе глядели на наше безобразие.

Тут директорский взгляд упал на тонкий шланг с наконечником и резиновую емкость, похожую на грелку. На стене на крючке для одежды висела кружка Эсмарха, клизма, которую «Молодцы» завели себе под моим влиянием. Данный экземпляр принадлежал Пашеке. Возникла немая сцена, директор и тетеньки соображали — к какому же виду страшных столичных извращений принадлежит сей аппарат?

Директор первым взял себя в руки. В руках его был важный козырь. Он надул значительно щеки, напыжился и страшным тихим голосом, каким в суде объявляют высшую меру, спросил: «А это что такое?» Все посмотрели на Пашеку. На его лице не дрогнул ни один мускул, с непроницаемой физиономией, как бы объясняя совершенно очевидную вещь, он сказал грозному начальству: «А мы через нее радио слушаем!» Комиссия почувствовала, что обычного разбирательства с командированными в синих сатиновых трусах, робеющих перед начальством, тут не получится, и удалилась.

Путь с Сахалина до Москвы не близкий. Лететь нам, с заправками и остановками, пришлось почти сутки. Погода стояла совершенно ясная и прозрачная, так что с высоты видны были все огоньки на земле. Иногда километров четыреста или пятьсот ни одной лампочки не горело на сибирской земле, а иногда в кромешной тьме, где-то там далеко внизу, горела всего одна, и от этого становилось еще неуютнее.

С официальными жалобами мне приходилось сталкиваться и раньше. Главное — опередить «телегу», приехать первым, предупредить, что было так-то и так-то, ждите. Тогда Росконцерт, в лице начальника отдела ансамблей Лейбмана, был готов, и письмо подшивали в архивную папку. Но тут сахалинское письмо опередило нас, опередило меня. Жалоба проскочила наверх, была прочитана. Юровский не вызывал нас, не устраивал разноса, однако дал команду. «Сева, — сказал мне Лейбман при встрече, — я все понимаю, но сигнал пришел, и мы вынуждены реагировать. Есть распоряжение снять тебя с руководства. Очень прошу тебя не уходить. С нашей точки зрения, ты коллективу нужен».

Был приказ, руководителем сделали Пашеку. Он принял бремя с удовольствием, у него были свои планы на будущее, на то, куда и как двигаться дальше.

ГОЛОДАНИЕ РАДИ ЗДОРОВЬЯ

Визитные карточки, тайно отпечатанные в кисловодской театральной типографии, я выкинул в мусорное ведро. Оставил одну, на память. Ценнейшая вещь, объект тщеславия, оказавшийся теперь совершенно бесполезным. Даже мысль мелькнула: сам на себя неприятности накаркал.

Впрочем, ощущение неприятности быстро прошло. Выяснилось, что титул руководителя мне ничего, кроме хлопот, не давал, а в позиции рядового музыканта оказалась масса прелести. Появилось время погулять, почитать, подумать. Например, о том — почему у меня болит живот.

Я помню, когда, где и как он начал болеть. Осенью 1962 года в Североморске я лег в госпиталь, чтобы перекантоваться пару недель на больничной койке. Болезнь была ерундовская — в мочевом канале завелись жгутиковые трихомонады, довольно распространенная тогда в Питере напасть. Лечили меня средневековым методом, загоняли буж, кривой стальной хромированный прут, прямо в мужское достоинство, насквозь, до самого мочевого пузыря. В этом пронзенном состоянии я должен был лежать распластанным на «вертолете» (тип гинекологического кресла) двадцать минут. Пытку повторяли несколько раз, но результатов она не давала.

Тогда военврачи прописали новинку медицины, антибиотики. Помню, глотал помногу, лекарств для моряков Северного флота не жалели. Как я понял потом, советский тетрациклин смел у меня микрофлору в кишечнике. Недели через три после лечения в животе появилась тяжесть, тупая боль над пупком. Как-то морозным днем я бежал из казармы в офицерскую столовую, внутри как будто что-то оборвалось, из желудка, не кончаясь, пошел воздух, как из футбольного мяча.

Еще с оркестром Вайнштейна на гастролях в Свердловске я взял в филармонии контрамарки на наш концерт и пошел к лучшему в городе специалисту. В подобных случаях контрамарка лучше денег, поскольку дающий вступает с врачом в некий обмен ценностями. Такое даяние не унижает доктора, а возвышает его, при этом уголовный кодекс не нарушен, не задет ни одной статьей, ни единым параграфом.

Меня принял пожилой еврей, полный мудрости и тихой скорби. Он провел меня к рентгеновскому аппарату, дал выпить бариевой каши, потом поставил внутрь, долго вертел, ставил в позы, сказал тихо: «Всё, одевайтесь». Я вышел из-за ширмы в ожидании диагноза, может быть — приговора. «Молодой человек! — сказал мне профессор надтреснутым сипловатым голосом. — Ваш желудок можно В УЧЕБНИК ВСТАВЛЯТЬ!» С этим напутствием я и пошел дальше по жизни, твердо зная, что раз все у меня в порядке, то живот пусть болит, если хочет.

Теперь, став рядовым, я решил на досуге наконец заняться собой. Разговоры о некоем универсальном методе я слышал среди джазменов еще в 1969 году. Тогда в Москве вышел сборник «Проблемы лечебного голодания». В нем приняли участие крупные советские ученые: академик П. К. Анохин, академики А. А. Покровский и П. А. Федоров, профессор Ю. С. Николаев и разные светила из-за границы. В 1973 году появилась книга Ю. С. Николаева[1] и Е. И. Нилова «Голодание

---

[1] Николаев Юрий Сергеевич (1905–1998) — доктор медицинских наук, профессор, сделавший большой вклад в дело внедрения в советскую медицинскую науку и популяризации метода разгрузочно-диетической терапии (РДТ). Он же является и автором этого термина. О лечении голоданием (постом) семье Николаевых стало известно от Эптона Синклера — американского писателя, автора книги «Fasting Cure», которая по-русски называется «Лечебное голодание»; название можно перевести также как «Лечение постом». Отец Юрия, Сергей Дмитриевич, вел активную переписку с Синклером. Мать Юрия, Лариса Дмитриевна, открыла в Москве вегетарианскую столовую. Ее книга «Сто вегетарианских блюд» начиналась эпиграфом из Георга Фридриха Даумера: «До тех пор, пока будет существовать система убийства животных и поедание трупов как общепринятый обычай, для человечества не может наступить период истиной культуры». В 1960 г. Юрий Николаев защитил в Институте высшей нервной деятельности докторскую диссертацию на тему «Разгрузочно-диетическая терапия шизофрении и ее физиологическое обоснование». Позже РДТ стала успешно применяться Николаевым и его учениками также и для лечения многих соматических болезней, считавшихся неизлечимыми.

ради здоровья», тираж в 200 тысяч был мгновенно раскуплен. Одну книжечку я сумел достать и теперь прилежно ее изучал.

Вкратце методика Николаева сводилась к четырем главным пунктам — ежедневно совершать длинные прогулки (5 км) на свежем воздухе, пить 2 литра чистой (кипяченой) воды, принимать горячие ванны с мытьем мочалкой (для массажа) и очищать кишечник кружкой Эсмарха (подвесной клизмой). Остальное просто — не есть.

К голоданию надо подготовиться, постепенно уменьшая объем еды; в последнюю ночь принять слабительное. Начинать с одних суток, потом голодать три дня, после перерыва — неделю, а там и дальше можно двигаться. После пяти-семи дней наступает ацидоз, от человека пахнет псиной, после десяти дней отключается пищеварение, уходит острый голод. В организме проходят итенсивные мобилизационные и восстановительные процессы, идет естественное лечение всех болячек.

Самое важное — как выходить из голодания. Сколько голодал, столько надо восстанавливаться, после недельного голодания восстановление тоже — неделя. Начинать с овощных соков пополам с водой, очень понемногу, потом постепенно добавлять процеженный отвар овсянки, затем пюре, паровой рис и т. д.

Самого главного в книжке Николаева не было, да и быть не могло. У классиков, скажем, у Эптона Синклера, речь идет не о голодании, а о посте, где отсутствие пищи физической возмещается обилием пищи духовной. Впрочем, даже если бы случилось чудо и советский Главлит пропустил бы идею поста и молитвы, вряд ли кто-нибудь из нас мог тогда воспользоваться такой методой. В космос летали ракеты, повсюду висели портреты космонавтов, физики спорили с лириками. Мы были невольными материалистами и голодание ради здоровья являлось нашим пределом духовности.

У меня задача была простая — чтобы живот не болел. Я отголодал сутки, потом трое, потом неделю. В пузе по-прежнему тянуло. Тут легкие гастроли. Росконцерт послал нас на серию сборных концертов на закрытом стадионе, где «Молодцы» спели всего пять песен. Пять песен можно отработать и голодным.

Если никуда не ехать, сидеть на месте, не репетировать, не заниматься на саксофоне и при этом не обременяться завтраком–обедом–ужином, то день получается очень длинный. Ничего не зная о духовной стороне дела, я придумал занятие — шить себе брюки. Зимние, из толстой шерстяной ткани, непременно с низкой талией, штанины в клеш. Тачал руками, вкладывая в каждый стежок высокий смысл отказа от всего плотского. Перед сном выходил на марш-бросок в несколько километров с глубоким дыханием (12 шагов вдох, 8 выдох), принимал горячую ванну, промывал кишечник.

Проскочил ацидоз, отошло чувство острого голода. Сбросил килограммов 10, лицо заметно побледнело, на сцену выходил в румянах. За кулисами артисты шептались, показывали пальцем.

Стояло начало зимы, мне было зябко. На 16-й день на меня как будто холодом Вечности дыхнуло из Космоса, нелепой показалась мне моя работа, песни с прихлопом и притопом, гастрольный чес, концертные ставки, застолье, поклонницы с цветами. Я немножко умер и бесстрастным потусторонним взглядом увидел свою жизнь во всей бесполезной суете. На 21-е сутки голодания, когда гастроли закончились, я решил покинуть Росконцерт, «Добрых молодцев», эстраду, Москву и вернулся в Ленинград к Галочке и сыну Ринату — восстанавливаться. Мне было 33 года.

ОТЕЧЕСТВО НАМ — ЦАРСКОЕ СЕЛО

Галочка встретила меня на вокзале, скорее всего, из жалости или любопытства. Шутка ли, бывший муж три недели крошки во рту не держал! Вид у меня был как у лагерного доходяги — самым толстым местом на ноге было колено.

Я начал восстанавливаться по теории — морковный сок с водой, овсяной кисель, — но на третий день организм захотел жизни, у меня проснулся зверский аппетит. Через неделю я метал все подряд, набирая вес. С разочарованием отметил: главное, то, из-за чего я затевал голодание, — не получилось.

Живот по-прежнему болел, зато поправилось все остальное. Кожа у меня стала как на попе младенца, волосы вились блестящими кудрями, я ощущал себя вернувшимся в детство.

Мы с Галочкой уже года три с лишним были в разводе, я иногда наезжал из гастролей в свою двенадцатиметровую комнатку, где стояли лакированный письменный стол из какого-то чешского комплекта и такая же узкая тахта. Из окна 11-го этажа дома 8 по проспекту Славы открывался чудный вид в большой двор нашего микрорайона, на низкое строение детского сада, прачечной, пункта сдачи бутылок, а за ним вдали — на железную дорогу, по которой ходили электрички в Пушкин, бывшее Царское Село.

На этот раз я приехал насовсем. В воздухе носились флюиды — Галочка была все еще чертовски красива, даже когда ходила под дому халдой. Ясно, что за годы размолвки у нее была своя жизнь. Ко мне Галочка стала совершенно холодна, но была готова терпеть и даже порой уступала.

Сближения, однако, не происходило, мы жили в соседних комнатах, как пара рельс, которые уходят вдаль, не пересекаясь. Имелись и другие причины, по которым наши рельсы не могли сойтись. Галочка работала в Ленинградском аэропорту, в международном отделе, «с использованием французского языка», как было записано в отделе кадров. У нее была стайка подруг, авантюрных девушек, полных решимости использовать контакты с иностранцами, чтобы улучшить или даже вовсе устроить свою жизнь. Это были курящие блондинки с длинными ногами, с пропиской в Ленинградской области, все до одной несчастные.

На кухне стоял столбом табачный дым, женская мафия резалась в карты, с азартом обсуждала текущие дела — у кого с кем что. Галочка была у них «комиссаром», определяла тактику, давала распоряжения — этому «да», тому «нет». Ночевали они у Галочки в комнате на полу, вповалку.

В квартире появлялись студенты из развивающихся стран, привозившие по заданию комиссара чемоданы с «фирменными тряпками». Приходили люди со связями в комиссионных магазинах, коллекционеры дисков, приносили самое последнее. Бывал на нашей кухне приятный собою молодой человек в модном итальянском костюме и «борсеткой» на запястье. У него была скромная должность — шофер грузовика на мясокомбинате — и столь же скромная зарплата. Раз в месяц он, как обычно, выезжал из ворот комбината, нагруженный колбасами, бужениной, окороками, сосисками-сардельками, с фальшивыми накладными. Три тонны мясопродуктов, которые расходились по сети гастрономов. Выручка шла в некий коллективный карман, из которого наш скромный шофер получал 500 целковых наличными, что позволяло ему удовлетворять свои эстетические запросы в области итальянских пиджаков и штиблет.

У женской мафии были постоянные друзья. Каждые полгода из Лондона на меховые аукционы приезжали два Майкла, регулярно появлялся шведский промышленник Карл, немецкий судовладелец и бывший капитан Юрген.

Мое присутствие как-то облагораживало это международное общение — я говорил по-английски, был для гостей знаковой фигурой, «джазовым музыкантом», и мог поддержать цивилизованную беседу, которая, в противном случае, быстро превращалась в сплошное дамское хихиканье.

После расчета в Росконцерте у меня образовалась «гуля» денег, на которую я мог безбедно прожить полгода или даже дольше. Я играл на флейте, валялся на тахте с книжкой, слушал новые записи.

Еще на гастролях в Южно-Сахалинске я познакомился с молодым человеком со связями в рыболовецком совхозе. У совхоза было право прямой торговли с японцами, за рыбу брали не деньгами, а товаром, в том числе домашней аппаратурой «хай-фай». Мы списались и договорились на бартер — новая аппаратура (две большие колонки, вертушка, усилитель и магнитофон) в обмен на 35 запечатанных виниловых дисков западного рока, по списку. Женская мафия через своих курьеров и знакомых помогла мне достать нужные пластинки по себестоимости, я дал сигнал на Дальний Восток, и мой знакомый приехал на поезде в Ленинград, за 11 тысяч километров, с большими японскими картонными коробками в руках. Уезжал он, сжимая в руке чемодан с пластинками, и по его мечтательной улыбке я понял, что он собирается стать главным музыкальным пиратом Приморья.

Новые шикарные колонки под орех вместе с новой вертушкой и усилителем я поставил у себя в светелке. Старые колонки, вполне еще приличные, решил повесить за стеной на кухне — пусть женская мафия слушает хорошую музыку.

За многие месяцы моего отсутствия девушки привыкли разговаривать откровенно, без жеманства. По знакомому сдавленному смеху я понимал, что личные дела Галочки порой тоже становятся предметом их открытых обсуждений. Умом я понимал, что мне этого лучше не знать, но сердце стучало, отдаваясь жаром в голове. Во мне проснулась ревность. Лихорадочный жар доходил до рук и ног, заставляя дрожать. Кожа на ладонях становилась влажной. У виска билась жилка, мозг мучительно соображал — как подслушать разговоры за кухонным столом? Мысль эта завладела мной полностью, в тот момент я был похож на узника, замышляющего побег. Ни о чем другом такой узник думать не может и потому проявляет чудеса выдержки и изобретательности, на которые он вряд ли был бы способен в обычной жизни. Мысль моя гудела как трансформатор. Из этого облака мозговой индукции в какой-то момент, как молния, блеснула идея.

Все очень просто! Когда в электромотор подают ток, то он создает в обмотке электромагнитное поле, заставляя магниты якоря двигаться. Мотор вращается. Если этот же мотор раскручивать какой-то внешней силой, то он сам будет вырабатывать ток. То же самое и с динамиком! Сигнал с усилителя колеблет диффузор, создавая звук. Но ведь справедливо и обратное — звук может колебать диффузор, выдавая сигнал! Рецепт, который родился в моем воспаленном мозгу оказался до предела простым — штекер от динамиков надо включать не в выход усилителя, а во вход. Точнее — в штеккерный разъем для микрофона. Динамики, висевшие на кухонной стене, очень чутко улавливали все произносимые звуки, даже тихий шепот, а добротный японский усилитель проигрывал их мне в наушники. Я сидел в тишине, затаившись, как классический агент из американского боевика, и ловил каждый шорох. На стол шлепались карты, губы пыхали сигаретками, изредка перебрасываясь какими-то словами...

Но Галочка не даром собиралась в следователи. Из моей комнаты не доносилась музыка, как обычно. Я тихо сидел за закрытой дверью, явно не спал. Подозрительно! На всякий случай все разговоры о себе на интимную тему она прекращала движением руки или коротким словом. Сквозь ее защиту секретности однажды прорвалось только одно слово — «Володя».

Во всем остальном жизнь моя протекала безмятежно, хотя бы потому, что в квартире не было телефона. Связаться можно было только лично — приехать и позвонить в дверь. Это автоматически отсекало всякую праздную публику, в дверь звонили люди исключительно с серьезными делами.

Однажды в дверь позвонил пианист из консерваторских, он играл на танцах в бывшем Царском Селе, в городе Пушкине, в Белом зале, где когда-то располагались императорские конюшни.

Здание дежурной конюшни построено архитектором придворной конюшенной конторы С. Л. Шустовым в период с 1822 по 1824 год по проекту архитектора В. П. Стасова. Постройку выделяет редкая в классической архитектуре подковообразная форма. Декоративное убранство здания характерно для небольших утилитарных построек. На высоту первого этажа стены обработаны рустами. Гладкие стены второго этажа прорезаны редко расставленными полуциркульными окнами. Третий этаж, не обозначенный В. П. Стасовым в проекте, построен в 1853 году и оборудован под квартиры для служащих. Прорезав стены небольшими квадратными окнами, взамен метопов между триглифами, архитектор не испортил общего впечатления от постройки. Кроме того, С. Л. Шустов увеличил здание по длине, изменив первоначальный замысел. Стены здания опоясаны широким дорическим фризом и заканчиваются карнизом того же ордера. Первоначально стены были окрашены в серый цвет, антаблемент и лепные детали — в белый. Наиболее любопытной чертой архитектуры конюшен являются порталы ворот трапециевидных очертаний: легкий наклон боковых граней вовнутрь создает иллюзию монументальности небольшой по величине постройки. Прием создания оптической иллюзии с помощью небольшого изменения геометрии был позаимствован в архитектуре античной Греции.

Сильно поврежденное в годы Великой Отечественной войны здание ныне полностью восстановлено. Долгое время здесь размещался танцевальный зал, сейчас — постоянная выставка конных экипажей XVIII–XIX в.

www.pushkincity.ru

Джазмены знали об этой площадке, потому что игравшие там музыканты числились работниками «садов и парков гор. Пушкина» наравне с садовниками, экскурсоводами и сторожами. Видимо, штатное расписание сохранилось в дореволюционном виде. Это означало, что местные счастливчики-музыканты не входили в систему Ленконцерта, не подчинялись управлению культуры, а потому могли позволить себе свободный репертуар.

В Пушкине до отъезда в Израиль играл гениальный Роман Кунсман, альт-саксофонист и флейтист. После его эмиграции состав зашатался, но уходить оттуда просто так, как уходят из других мест, было бы кощунством. Пушкинскую площадку передавали бережно, только в хорошие руки. По этому поводу мне и позвонили в дверь.

Предложение было лестное, но к работе я был не готов и поначалу отказался. Собеседник пояснил мне, что губить такое место — большой грех, что он уходит, поскольку ему надо срочно заняться своими делами и что кроме меня он не видит подходящих свободных кандидатур.

За последние пять или шесть лет я изрядно натерпелся от худсоветов, поэтому возможность играть более или менее свободно показалась заманчивой. Не помню, как и кто свел меня с ленинградской командой «Мифы», вернее, с тем, что от нее осталось — это басист Геннадий Барихновский и гитарист-виртуоз Сергей Данилов. Некоторое время на репетициях появлялся Юрий Ильченко, но потом он уехал в Москву. За барабаны сел Михаил «Майкл» Кордюков. Этакое трио в стиле Джими Хендрикса, с саксофоном. На художественный эксперимент тянет, на танцевальный состав — нет.

Будущего клавишника, Юру Степанова, я встретил на Невском. Он только что демобилизовался, отслужив в армейском клубе дирижером-хоровиком. Я шапочно знал его до армии. Юра был веселым и беззаботным человеком по прозвищу Грузин Степанов, поскольку под его русской фамилией крылось благородное происхождение из знаменитой балетной семьи Брегвадзе.

В этом составе мы и вышли на подмостки Белого зала. Здание это строилось еще при Александре Первом, когда не функция определяла форму, как теперь, а наоборот — форма демонстрировала задуманную функцию. Ровный полукруг напоминал подкову, выходящую двумя концами на Садовую улицу. Подкова эта и ныне, спустя почти два века, не даст забыть первоначальное назначение постройки. В бывшей конюшне настелены были паркетные полы, и там, где раньше топтались лошади, теперь топталась танцующая молодежь. Происходило это только по субботам и воскресеньям.

Как работники садов и парков, мы были на окладе и по советскому закону должны были работать пять дней в неделю. Дополнительные палки в ведомость нам ставили за дневные репетиции перед игрой, а в воскресенье за третью палку мы давали блицконцерт минут на сорок для случайных посетителей.

Перерыв между репетицией и игрой традиционно посвящали походу в кафе-кондитерскую. Кофе там варили «ведерный» — это была разведенная из особой сгущенки переслащенная смесь бежевого цвета. Но часам к пяти обычно поспевали только что испеченные ром-бабы, истекавшие соком. Кусать такую нежность зубами было бы жестоко и вульгарно, поэтому у нас появился ритуал — церемониально сминать их губами, размазывая языком во рту эту кулинарную поэму.

Такое битье баклуш вряд ли можно было назвать трудом, но мы помнили основной принцип эпохи: «Они делают вид, что платят, мы делаем вид, что работаем».

Вечером в субботу и в воскресенье, однако, мы работали как надо. Сады и парки терпели нас и шли навстречу, потому что мы перевыполняли план — вместо 1600 человек в бывшие царские конюшни набивалось 1800 или даже две тысячи. Танцующая на паркете толпа уходила вдаль, скрываясь за поворотом архитектурной подковы. Продвинутые девушки стояли около сцены и глазели на музыкантов. Симпатяга Гена Барихновский, с лица которого не сходила обворожительная улыбка, поэтически замкнутый Сережа Данилов, исторгавший из своей гитары рок-н-ролльные и блюзовые рулады, или Юра Степанов, который тоже был не прочь блеснуть собой.

«Мифы» пели свои хиты: «Мэдисон-стрит», «Ты, конечно, не приедешь», «Река», «Коммунальная квартира», «Черная суббота». В этих песнях был пригородный блюз, издевка, понимание, что текущая вокруг незатейливая жизнь и есть наши лучшие годы, что вопреки всему надо радоваться, потому как потом будет только хуже. Девушки у сцены знали слова наизусть и шевелили губами в такт. Тексты эти были, разумеется, не залитованы, и по тогдашним правилам исполнять их было нельзя. Однако наши паркмейстеры закрывали на это глаза. Главное было не опростоволоситься во время инспекций, которые иногда случались. Обычно нам вовремя давали знать и мы переключались на невинно-безопасные песни и танцы.

Сережа Данилов был натурой тонкой, немного картавил, что для меня всегда означало некоторое врожденное благородство. «Понимаешь, стагик, — рассказывал он об игре с другой группой, — они не вгубились в мою телегу, а я не вгубился в их телегу». Что означало — музыканты не поняли друг друга.

Сережа не понимал концепцию времени, вернее, он понимал время, не успевал за его течением и поэтому опаздывал всегда и везде часа на два. Человек, широко, цельно и всеобъемлюще воспринимающий бытие, просто не может уследить за этими минутами и секундами — я это знал по своей матери. Она рассказывала мне, что однажды в молодости опоздала на свидание на четыре часа и встретила своего молодого человека совершенно случайно, когда тот уже шел по своим делам, давно отчаявшись дождаться. «Люся! — воскликнул он. — Что ты тут делаешь?» «Как что, — отвечала мама, — к тебе иду!»

Мы с сестрой Наташей частенько подтрунивали над мамой, иногда говорили колкости. «А что вы смеетесь? — сказала как-то мама. — ХОРОШИЕ ЛЮДИ ВСЕГДА ОПАЗДЫВАЮТ!» Эту мысль немцу или американцу ни за что не объяснить, но Сережа Данилов был как раз примером именно такого хорошего человека. Я журил Сережу, объяснял, что концерт или репетицию надо начинать своевременно хотя бы из уважения к товарищам, и однажды совершенно пронял его. «Понимаешь, Сева, — сказал он прочувствованно, — я-то хочу придти вовремя, но ноги не идут!»

У Сережи водилась анаша, и он угощал друзей-музыкантов, особенно летом, когда на заднем дворе было тепло. Продукт коноплеводства хранился у него в небольшой жестяной коробочке, а лучшим инструментом для раскура были папиросы «Беломорканал» или «Казбек». Папиросу нежно разминали так, чтобы табак высыпался. Папиросную бумагу, плотно обнимавшую картонное тельце, надо было осторожно стащить на сантиметр. В образовавшуюся пустоту всыпали табак, смешанный с анашой, закручивали бумагу на конце и натягивали папиросный чулок назад до упора. Получалась папироса, почти такая же как в начале, но уже с необходимой добавкой — это был «косяк». «Косяк» курили, задерживая дыхание, передавали по кругу. С папиросой это было делать удобно — откуривший зажимал влажный конец папиросы в зубах и четким жестом отрывал его. Следующий по очереди начинал с незамусоленного места.

Участие Всеволода Левенштейна было не только творческим, он также вел дела группы, занимался организацией концертов и исполнял прочие продюсерские обязанности, в чем был весьма опытен — до своего прихода в «Мифы» Сева два года руководил ВИА «Добры молодцы». Он также обеспечивал «прикрытие» группе, и «Мифы» некоторое время существовали под «незасвеченным» неофициальным названием «Люди Левенштейна».

В 1977 году по обвинению в хранении и употреблении наркотиков в тюрьму угодил Данилов, и о каком-либо продолжении творческой деятельности без одного из основателей группы не могло быть и речи. «Мифы» разбрелись кто куда.

Бурлака А. Рок-энциклопедия. СПб., 2007. Т. 2.

Я СТАНОВЛЮСЬ ЛЕВЕНШТЕЙНОМ

Неофициальное название «Люди Левенштейна», которым полусерьезно назвались тогдашние «Мифы», полно глубокого смысла. Дело в том, что сам я Левенштейном не был уже года два. По паспорту я значился как Всеволод

Борисович Новгородцев, русский, 1940 года рождения. Официально сменить фамилию я решил по практическим соображениям — на афишах и в печати я был Новгородцевым, на это же имя заказывали пропуска на телевидение или радио, и каждый раз приходилось доказывать, что он — это и есть я.

Кроме того, рожденный в России и взращенный русской матерью, я ощущал себя русским человеком. Я побывал за границей, правда только в Европе, представил себя в роли эмигранта и понял, что роль эта мне не нравится. Уйти из языковой среды, в которой ты плаваешь как рыба, от знакомых, которых море, от всего, что близко и понятно, — это самоубийство. По крайней мере, членовредительство.

Не все, конечно, меня устраивало. Была, например, проблема друзей. Я вывел для себя правило: потенциальный друг должен быть образованным (диплом необязателен, но не повредит), он должен знать или хотя бы интересоваться западной культурой и — что самое главное — не «стучать» в КГБ.

Вспоминаю Пашу Грахова, моего сокурсника. Мы сдружились с ним еще перед началом учебы, на «картошке». После поступления в Макаровское училище в 1957 году весь наш курс бросили на сбор урожая помогать колхозу.

Я на первом курсе Макаровского училища перед отправкой в колхоз (1957)

Из Ленинграда мы пошли вверх по Неве, через Ладогу и Онегу на колесном пароходе «Иван Сусанин». В каком смысле колесном? По обоим бортам у судна вертелись большие колеса с лопатками, как на Миссисипи в книжках Марка Твена. Размещение кают на «Сусанине» было тоже странным, злые языки говорили, что до революции это был плавучий бордель. Впрочем, борделем он и остался — коек нам предоставили втрое меньше чем надо, и курсанты спали, сменяя друг друга каждые восемь часов. Мне выпала смена с восьми утра до четырех дня, но спать под крики и дикий хохот не удавалось, так что ночью в полудреме я бродил под ветром по палубе, пытаясь согреться.

Была середина сентября. Высадили нас в поселке Пудожское, откуда мы пошли пешком по размытой осенними дождями глинистой дороге, чавкая рабочими ботинками. К ночи пришли в деревню. В ней было 11 домов, в которых жили одни старики и старухи. Назавтра нам показали небольшое бревенчатое строение, баньку «по-черному». Топить ее и заползать в нее надо было на четвереньках, потому что дым выходил через дверь, в полный рост можно задохнуться или угореть.

Расквартировался я на постой у хозяйки в коровнике, на набитом соломой матрасе. Коровы всю ночь жевали, тяжело вздыхая.

Утром нас повели на поля. Пришел мужичонка с лошадью, к ней прицепили деревянную соху образца домонгольских времен, возница насыпал в огромную «козью ножку» полфунта табаку, раскурил, пустив целое облако дыму, так, что комары шарахнулись в разные стороны, щелкнул вожжами, крикнул: «Хей, твою мать!» — и лошадь пошла, расковыривая землю.

Нам надо было идти следом, собирая корнеплоды в мешок. Норма была социалистическая — не по собранному картофелю, а по метрам борозды. Наиболее смышленые курсанты уже через час совершали трудовые подвиги, быстро-быстро, по-беличьи зарывая колхозный картофель назад в почву, откуда он и вышел. Я этого делать не мог и собирал честно. Жутко ломило спину. Все-таки 500 метров картофельной грядки.

На следующий день я разодрал казенное вафельное полотенце, сшил из половинок подушечки, набил их сеном-соломой, привязал подушки к коленям и ползал потом по борозде на четвереньках. В конце дня вид у меня был прелестный — весь в глине, колени, вздутые от подушек.

Вечером, когда вышла луна, мы с Пашей Граховым возвращались в свой коровник, к вечернему сухому пайку, и он сказал мне с веселой издевкой: «Севочка, хорошо бы сейчас крюшончик с бисквитиком!»

Паша, интеллигентный юноша из хорошей семьи, в меру антисоветский и прозападный, был свой человек. С таким дружить можно без опаски. Курсе на втором или третьем он пропал, и следующая наша встреча состоялась, как ни странно, на лестнице Ленконцерта. Навстречу мне поднимался господин с полнокровным холеным лицом, в каракульчевой папахе.

— Севочка! — сказал он знакомым голосом, и я мгновенно вспомнил наши вольнодумные шутки и разговоры, в которых все советское по форме или содержанию брезгливо отторгалось. С тех пор прошло лет восемь или девять.

— Паша! Что ты тут делаешь? — спросил я изумленно.

Паша ответил по-барски снисходительно, с былой легкой издевкой, только от нее теперь веяло холодом.

— Да вот, вас курирую...

— Кого, нас?

— Вас, работников культуры...

— Как, курируешь?.. — спросил я и осекся.

По властному лицу, по особой, уверенной свободе было понятно, где он работает.

У Галочки была близкая подруга еще со школы, Марина. Примерно одновременно с нашей свадьбой она вышла замуж за инженера Валеру Будякина. Мы часто ходили к ним в гости, Валера любил джаз, особенно ранний, новоорлеанский, и даже играл на банджо. Отца своего Валера не видел, тот погиб в годы большого террора, в волне сталинских чисток. Расстреляли отца только потому, что он был сослуживцем Генриха Ягоды. Новые выдвиженцы пытали и убивали своих бывших товарищей. Обсуждать, жаловаться или роптать было рискованно, опасность чувствовали без слов, животным инстинктом, но в глубине Системы сохранилась некая Память.

Валеру однажды вызвали в Первый отдел института, где он работал. Первый отдел следил за сохранностью технических секретов. «Мы помним и знаем, кем был ваш отец, — сказали ему, — предлагаем перейти на работу к нам». Условия были отличные, перед Валерой открывались большие перспективы, и он согласился. Года через два Валеру определили в райком партии каким-то инструктором, а потом послали в Москву учиться на дипломата. Направление — Мексика, язык — испанский.

Перед отъездом Марина устроила прощальный ужин, подруги плакали. Я слез не лил, хотя Марина была мне очень симпатична. Валера за эти месяцы и годы на наших глазах пережил трансформацию, из свойского парня он превратился в «говорящую голову», из него вылетали квадратные, нечеловеческие фразы.

Последняя наша встреча произошла в Москве. Валера заканчивал учебу, готовился в Мексику, мы собирались в эмиграцию и понятно было, что увидеться нам больше не придется. Валера испросил у начальства особое разрешение на наш приезд, нам даже выделили две койки в каком-то мрачном сводчатом общежитии. Я любопытствовал, как обычно, спрашивал у Валеры — чему его учили эти два года. Главного он рассказать не мог, поэтому подробно объяснял мне детали протокола на званых приемах — как пользоваться вилками, ложками и ножами. «Кладут их слева и справа, до 22 штук, — объяснял мне Валера с каменным лицом, — надо знать, с каких начинать. Вот. А брать надо с краю».

Будякина и Марину с тех пор я не видел. Где они, что с ними стало — не знаю. Пробовал даже закинуть невод во Всемирную сеть, но вышел невод с одною тиной.

Зимой 1975-го у Галочки на работе случилась большая неприятность — из ее рабочего стола пропала целая книжка авиабилетов, примерно на 10 тысяч долларов. Произошло это в аэропорту Пулково, в иностранном отделе, через который улетала и прилетала «фирма». В этом отделе был, естественно, свой постоянный сотрудник КГБ, который ежедневно по восемь рабочих часов бдел и следил за происками коварного врага, обеспечивая государственную безопасность. На практике это означало, что делать ему было нечего. И вдруг — такое!

Кагэбэшник учинил Галочке жесткий допрос, с нехорошими намеками на пособничество некоей иностранной разведке, которая может использовать пропавшие авиабилеты для шпионажа. Он подробно и методично выяснял все контакты с гражданами капиталистических стран, даты, адреса, имена. Сказал: ему известно, что творится в доме 8, квартире 73 по проспекту Славы. Но что именно известно, сообщать не стал. На следующий день допрос повторился, только на этот раз офицер заявил, что заводит против Гали как кассира иностранного отдела аэропорта Пулково уголовное дело по случаю пропажи инвалютных документов.

Галочка почернела лицом. Для нее, женщины гордой, принципиальной и самолюбивой, срок в лагере представлялся чем-то таким страшным, что она готова была наложить на себя руки. Я утешал ее, как мог, но внутренне содрогался от холодного страха.

История эта продолжалась около недели. Кагэбэшник снова вызвал Галочку, но на этот раз лицо его было почти дружелюбным. «Я знаю тебя давно, — сказал он, — как хорошего и ответственного работника. Готов, по старой памяти, замять уголовное дело. Подавай по собственному желанию». Галочка тут же, не отходя от стола, написала заявление об уходе с работы (ввиду семейных обстоятельств), заявлению дали ход, и на работу она больше не выходила.

Еще через неделю женская мафия выяснила, что Галочкина сотрудница, кассир из другой смены, ведет себя нервно и подозрительно. С ней поговорили, прижали, и она во всем созналась. Кагэбэшник поймал ее на мелкой провинности (она незаконно обменяла на свои рубли 10 долларов из кассы на подарок мужу) и заставил ее провести операцию «книжка авиабилетов». Пользуясь дубликатом ключа, которые он ей дал, бедная кассирша выкрала из Галинового рабочего стола злополучные билеты. Всю неделю, когда кагэбэшник терзал Галю своими допросами, билеты лежали у него в столе. Цель операции и ее смысл — заставить Галочку уйти.

Вечером на нашей кухне, нервно раскуривая сигарету, Галочка глухо сказала мне: «В этой стране жить нельзя. Надо уезжать». Я не сдавался. Решил, что буду со своим народом, там, где мой народ, к несчастью, есть. Найду себе щель, залезу и буду сидеть. Даже лозунг придумал: «Перебиться до пенсии».

К тому времени отец окончательно вышел на эту самую пенсию, родители разменяли таллинскую трехкомнатную квартиру на две комнаты в коммуналке на улице Желябова. Я часто к ним наведывался, поговорить о том о сем. В беседах с отцом родилась мысль о моем устройстве в агентство «Инфлот». Знаете — «в нашу гавань заходили корабли...» Приходит иностранное судно, его встречает пограничная служба, таможня, а следом за ними на борт поднимается агент «Инфлота». Что вам нужно, чем помочь? Билеты в цирк, белье в прачечную, больного в клинику?

Агент на дежурстве — сутки. Есть время отдохнуть, почитать, даже поспать. Сутки отработал — трое свободных. Эти трое свободных суток и были для меня соблазнительными. В эти дни можно заниматься на саксофоне, пристроиться где-нибудь играть джаз. Не за деньги, а как любитель. Любитель играет, что ему нравится, а профессионал — то, за что заплатили. В своем воображении я рисовал себе скромную, достойную жизнь без позорных компромиссов. Мне бы только до пенсии перебиться...

Так случилось, что «Инфлоту» нужен был человек. Отец лично знал начальника еще с довоенных времен, они когда-то вместе плавали. Начальник встретил меня тепло, почти восторженно. «У вас высшее мореходное образование, диплом по иностранному языку, вы для нас — идеальная кандидатура! — сказал он. — К тому же потомственный моряк, сын уважаемого Бориса Иосифовича... Короче, идите, оформляйте уход с работы, приходите скорее, вы нам нужны!» Я поблагодарил, но сказал, что дня два или три надо подумать, мне и вам, после чего встретиться снова и тогда уже решать окончательно.

Я как в воду глядел. Через три дня мой начальник встретил меня жалким, понурым, глядел в пол и тусклым голосом произнес стандартную фразу о том, что «место уже занято». В некотором отдалении в углу его кабинета сидел неприметный гражданин в сероватом костюме. Сидел спокойно, наблюдал. От него исходило холодное всесилие власти.

Отец был очень расстроен. Ему было обидно за своего приятеля, униженного кагэбэшником, обидно за меня, обидно за себя. Пятьдесят лет на флоте, заслуги и ордена, оказывается, не значили ничего. Для органов он был просто евреем, сын которого мог уехать в Израиль и подмочить репутацию «Инфлота».

Кстати, моя флотская репутация тоже была безупречной, я тоже мог бы обижаться, но не стал. Я вывел для себя правило: подчиняться обстоятельствам, читать книгу жизни. Например, ты придумал план на день, составил список дел, вышел из дому, а автобус ушел прямо из-под носа. Можешь, конечно, упорствовать, ехать в город, но скорее всего из этой затеи ничего не получится — так ангел-хранитель рассудил.

История с «Инфлотом» заставила задуматься. Мой чудесный план на будущее, на проживание в культурной щели советского пространства до пенсии, видимо, не вписывался в книгу жизни. «Что ж, — сказал я себе, — буду поступать по обстоятельствам, плыть под парусом, по ветру судьбы».

Ветер судьбы дул на Запад. В нашем кооперативном доме два верхних этажа бредили заграницей. «Вражеские голоса» говорили о какой-то поправке Джексона-Вэника.

3 августа 1972 года вышел Указ Президиума Верховного Совета «О возмещении гражданами СССР, выезжающими на постоянное жительство за границу, государственных затрат на обучение». За высшее образование надо было отдавать деньги. Для выпускника МГУ размер компенсации составлял 12 200 рублей (при средней зарплате в 130–150 рублей).

Это решение советских властей вызвало волну протестов на Западе. 21 лауреат Нобелевской премии выступил с публичным заявлением, обвинив советское руководство в «массовых нарушениях прав человека». Поборы вскоре тихо отменили, но придумали другие ограничения, практически означавшие запрет на эмиграцию. Отделения виз и регистраций МВД (ОВИРы) могли годами рассматривать заявления. Самая распространенная причина отказа — «доступ к государственным тайнам».

В 1974 году Конгресс США принял поправку конгрессменов Генри Джексона и Чарльза Вэника к закону о торговле США. Поправка ограничивала торговлю со странами социалистического блока, которые препятствовали эмиграции своих граждан. Действовать она начала 3 января 1975 года. На верхних этажах дома 8 по проспекту Славы эти события живо обсуждали. «Им хлеб нужен! — с жаром говорил архитектор Шапочкин с 12-го этажа. — Если заграница зерно не продаст, в стране жрать будет нечего! Я думаю, что будут отпускать. Нормальный обмен — евреев на пшеницу!»

Евреи, уже обмененные на пшеницу и считавшие дни до отъезда, иногда появлялись у нас в виде наглядного пособия. Они охотно брали списки желающих для передачи в «Сохнут» или «Хиас». Эти агентства по иммиграции автоматически высылали по нашим спискам официальные приглашения в Израиль для возвращения на «историческую родину».

Тогда ходил такой анекдот. Два еврея разговаривают, к ним подходит третий и говорит: «Я не знаю, что вы тут обсуждаете, но ехать надо!»

К лету 1975-го я сдался, махнул рукой — ехать так ехать, черт с ним. Решил, и как-то интересно стало. Даже Галочка начала смотреть на меня другими глазами, уже не как на бывшего, постылого, разведенного, а как на возможного спутника новой интересной жизни.

Тут на наших посиделках появился Оська Хорошанский. Оська был еврейским богатырем и по своему характеру мог бы быть героем еще одного анекдота: «Вы слышали, Абрамович умер!» — «Умер-шмумер, лишь бы был здоров!» Оське некогда было задумываться, углубляться в мелочи, его несла вперед волна ненасытного оптимизма, ожидания приключений, а мозг был занят бесконечными гешефтами и комбинациями. Оська брался за все. В его трудовой книжке, например, я видел запись «бас-гитарист в ансамбле лилипутов».

Оська с жаром уговаривал, объяснял, обещал все уладить, записал наши данные. Через месяц действительно из Израиля пришел официальный заказной конверт со разноцветными наклейками и печатями. В конверте лежали красивые гербовые бумаги — государство Израиль приглашало семью Левенштейнов — Всеволода Борисовича, Фариду Махмудовну (настоящее имя Галочки) и их сына Рината на постоянное местожительство.

Оська предупредил нас, что, получив такое приглашение, мы попадем в поле зрения КГБ. Как только нам пришел вызов, Юру Степанова, клавишника из оркестра Белого зала в Пушкине, вызвал местный уполномоченный КГБ. «Коллега! — сказал он, пожимая Юре руку. — Вы ведь служили в погранвойсках? Вы наш коллега!» Уполномоченный принялся расспрашивать Юру о подноготной моей жизни, поскольку тогда было негласное указание — отъезжающих сажать, если есть за что. Юра высоко отозвался о своем руководителе ансамбля и пообещал, что встреча останется тайной. Нечего и говорить, что уже через полчаса он был у меня дома с подробным рассказом. Мы шутили и хохотали, но холодок на сердце был.

Вызов из Израиля на семью Левенштейнов, а я по паспорту Новгородцев. С такой фамилией не уедешь, даже документы не примут. А не уехать тоже теперь нельзя, КГБ не оставит в покое. После развода Галочка не меняла паспорта — восточная лень, руки все не доходили. Поэтому формально она на тот момент была Фаридой Махмудовной Левенштейн, 1941 года рождения, татаркой. Я рассудил, что гуманный советский закон позволяет не только жене брать фамилию мужа, но и наоборот, мужу брать фамилию жены.

Мы пошли на Невский, в загс у Аничкова моста, подать заявление на регистрацию брака. «Я хотел бы взять фамилию жены», — сказал я скромно. Регистраторша порылась в наших бумажках. «У вашей жены развод не дооформлен! — ответила она официальным голосом. — Пусть сходит в суд, который ее разводил, оформит там все, как следует, получит назад свою девичью фамилию Бурханова, и после этого можете брать ее фамилию».

Я почувствовал, как захлопнулась невидимая ловушка. Надо было действовать скрытно и срочно. Назавтра мы взяли такси, я отвез Галочку в суд, а сам остался ждать ее в машине. Она оделась скромно, повязала голову платочком, лицо умыто, совсем без краски и помады. Бумаги по нашему разводу нашли быстро.

— Вы берете себе свою девичью фамилию? — спросила ее помощник судьи, как нечто само собой разумеющееся. Галочка смущенно помялась.

— Понимаете, — сказала она тихим, убитым голосом, — за это время я закончила институт, получила диплом на фамилию Левенштейн. У меня сын, он также записан Левенштейном. Я понимаю, что фамилия эта для жизни — неудобная, но, если можно, оставьте мне ее. Из-за сына, из-за диплома.

Помощник судьи молча пристально рассматривала Галочку, потом сказала со вздохом:

— Что же, хорошо. Если вы настаиваете... Советским законом это не запрещено.

Из обшарпанных дверей народного суда Галочка вышла с загадочным лицом, села в машину и только кивнула мне — все в порядке. «Пожалуйста, в загс у Аничкова моста! — сказал я шоферу. — Я женюсь на этой девушке!»

Заявление у нас приняли, но мы на всякий случай никому об этом не сказали. Через несколько дней мы с Галочкой во второй раз в своей семейной жизни слушали звуки «Свадебного марша» Мендельсона. Лента магнитофона «Яуза-10» от частого употребления растянулась, звук плыл, дебелая дама с голубой лентой через грудь, с трудом наклоняясь, включала аппарат так, чтобы не уронить достоинства.

Жених был в модном куцом пиджачке из иностранного шерстяного букле цвета морской гальки, строгая невеста улыбалась мало, как на картине «Брак по расчету». «Ничего, — думал я, — как-нибудь склеится, стерпится, а может, и больше». Но главное — на улицу мы вышли семьей Левенштейнов, готовые в полном соответствии с присланным вызовом покинуть СССР ради неведомой исторической родины, государства Израиль.

ОТЪЕЗД

В Советском Союзе даже с работы уйти было нельзя без «бегунка». Так назывался обходной лист, на котором разные отделы должны поставить свою визу, что имущество или оборудование сдал, никому ничего не должен, по бухгалтерии чист, членские взносы заплатил и так далее.

Все знали, с чего начинается Родина, но мало кто знал с чего она кончается. Родина оказалась привередливой дамой и требовала от отъезжающих целую пачку документов и справок. Были там бумажки, продиктованные безопасностью: когда закончились последняя служба или сборы в армии или флоте? Если меньше трех лет назад — ты обладатель государственной тайны, сиди тут, пока данные не устареют. Для тех, кто служил в секретных войсках, срок карантина был еще больше, кажется лет 10.

Тут я еще раз с благодарностью вспомнил Иосифа Владимировича, ведь это его стараниями летом 1968 года я остался гражданским саксофонистом. На сборы или переподготовку я не ходил со времен Североморска. Если приносили домой повестки, просил говорить: он на гастролях, неизвестно где. Я знал, что система ленива — если есть хорошая отговорка, то искать не станут. Так и получилось, что в течение последних 10 или 12 лет мне удалось избежать общения с военкоматом и избирательным участком (в выборах я тоже принципиально не участвовал).

Вторая главная бумажка — характеристика с работы. Казалось бы — идиотская идея. Что в этой характеристике можно написать? «Имярек показал себя отъявленным негодяем и предателем, рекомендуем его к отъезду за рубеж»? Но разработчики системы хитро ставили свои капканы. Для получения характеристики отъезжант попадал под собрание трудового коллектива. Бывшие коллеги, многие из них снедаемые тайной завистью (мы тут остаемся, а ты, сволочь, в загранку намыливаешься?) устраивали потенциальному эмигранту полчаса унижений.

Помню, году в 1973-м или 1974-м в Америку, по воссоединению семей, уезжал Павел Леонидов[1]. Он был успешным песенником, огребал какие-то баснословные по тем временам деньги в ВААПе (Всесоюзное агенство по авторским правам). Его, как положено, вызвали на собрание. Авторы — народ язвительный, остроумный.

— Павел Леонидович, — спросили его из зала, — зачем вы уезжаете заграницу?

— Я больной человек, — ответил Леонидов, — у меня проблема с почками. Скоро не смогу работать, а в Америке у меня дядя, он будет меня кормить.

---

[1] Павел Леонидович Леонидов (1927–1984) — советский музыкальный администратор, импресарио, поэт-песенник, мемуарист. Легендарная фигура советской эстрады 1960–1970-х годов. Родился в 1927 году в семье театрального актера Леонида Леонидова (Рабиновича) и Елены Левиной (дочери известного врача-терапевта Льва Григорьевича Левина, расстрелянного по обвинению в убийстве М. Горького). Начиная с 1950-х годов Леонидов работал конферансье и концертным администратором, вскоре стал самым известным отечественным эстрадным организатором, часто его называли «единственным советским импресарио». В этой роли он открыл многих звезд советской эстрады периода 1960–1970-х годов.

Троюродный брат Владимира Высоцкого (племянник его бабушки). Автор известной песни «Тополиный пух».

— Можно спросить, сколько вы зарабатываете?

— Вот справка, — ответил Леонидов, — в ней написано: в среднем 1800 рублей в месяц.

В зале ненадолго воцарилось молчание, потом тот же голос спросил:

— А может, лучше дядю сюда?

Мы стояли с Павлом Леонидовичем летним вечером у подъезда дома в Москве, где он жил, незадолго до его эмиграции. Я был тогда еще «культурным патриотом» и старался нарисовать ему картину будущего, рассказывал, что русские эмигранты, которых мне довелось видеть в Европе, выглядят довольно жалко.

— Вам, успешному импресарио и автору, — убеждал я, — уезжать совершенно не нужно, вы даже не представляете, какие невидимые нити вы рвете, насколько это будет болезненно...

— Мне наплевать на себя, но сын! Сын вырастет в свободной стране, свободным человеком. А я как-нибудь проживу, я вывожу свою библиотеку, кое-какой антиквариат...

Я старался, не жалея красноречия, потому что понимал — какой перепад давления придется ему пережить. Павел Леонидов иногда появлялся в коридорах Росконцерта, овеянный ореолом значимости и успеха, артисты почтительно расступались перед ним, разве что красный ковер под ноги не стелили. Леонидов обладал огромными связями, хорошо знал всех ведущих советских артистов эстрады. В советской номенклатурной системе, незримо отделявшей партийных патрициев от остального демоса, была своя свобода, делавшая участников избранного круга свободнее каких-то рядовых американцев. В Москве Леонидов мог решить любой вопрос одним звонком по телефону. А в Нью-Йорке?

Понятно, что жителю США не надо звонить знакомому директору гастронома и доставать буженину в обмен на билеты в Большой театр. Все эти усилия и ухищрения там просто не нужны, но что делать с ощущением собственной значимости, с авторитетом в глазах других?

Я вспомнил, как увидел однажды контр-адмирала, начальника Североморской базы, от одного имени которого трепетали матросы и офицеры. К тому времени он был на пенсии. И вот он шел по набережной Невы в легкой «бобочке» без рукавов под ручку с супругой. Шел, не торопясь, вольготно и беззаботно, наслаждаясь приобретенной свободой. Казалось бы — что лучше? Но радости на его лице я не увидел, а увидел, наоборот, скрытую тоску по арктическим ночам, по морским товарищам, по ощущению своей нужности и по привычной власти. Леонидов и был таким контр-адмиралом, добровольно срывавшим с себя погоны.

Остальное известно. Павел Леонидович прожил в США почти 10 лет, за это время написал три книжки[1], а также по старой администраторской привычке организовал американские гастроли Владимиру Высоцкому. Умер от инфаркта в 1984 году. Интересно бы узнать — каким получилась жизнь его сына «на свободе».

Свою характеристику с работы я добыл «малой кровью». Директор садов и парков принял меня в своем кабинете, посетовал на то, что я покидаю Отечество. Я ему объяснил в общих чертах, что в поисках постоянной работы наткнулся на некоторые трудности. Он понимающе покивал головой, поблагодарил за хорошую работу и регулярное выполнение плана работы Белого зала и выдал мне заготовленную по всем правилам характеристику с круглой печатью.

Из пушкинских садов и парков в государство Израиль ехали не шибко, все работники на деле осуществляли не удавшийся мне принцип «лишь бы до пенсии перебиться», поэтому мой поступок многие восприняли как некий роман-

---

[1] Леонидов П. Операция «Возвращение»: [повесть]. Нью-Йорк, 1981; Переулок Лебяжий. Нью-Йорк, 1982; Владимир Высоцкий и другие. Нью-Йорк, 1983.

тический поворот Судьбы, как тему для пересуда: «А у нас из Белого зала руководитель за бугор свалил».

Самой коварной для меня бумажкой оказалось невинное письмо об «отсутствии материальных претензий». Формально все объяснимо и даже правильно. Вы уезжаете, остается семья, родители. Вдруг вы у них денег назанимали, а сами втихую хотите уйти от ответственности? И требуется-то всего ничего — письмо о том, что ваша родня ничего от вас не требует, что вы никому не должны. А чтобы их подписи оказались настоящими, не поддельными, письмо это надо подписать, показав паспорт с пропиской, в присутствии должностного лица в домовом комитете, которое украсит документ печатью жилконторы.

Эта милая формальность означала, что домовой комитет, вся жилконтора будет знать, что у Левенштейнов из 67-й квартиры сын уезжает в Израйль, как тогда говорили в народе. По понятиям 1937 года это тянуло на расстрел с полной конфискацией и преследование родственников врага народа до третьего колена.

Понятно, что мы жили не в 1937-м, а в 1970-х, что правила и обстоятельства изменились коренным образом. Но как объяснить это до смерти напуганному на всю жизнь сердцу? Люди, которые прошли 1930-е и 1940-е, видели, как год за годом бесследно исчезают их товарищи, ночами, вздрагивая, вслушивались в шаги на лестнице, подсознательно каждый день ожидая ареста и расправы, научились понимать друг друга без слов, поскольку не было ничего опасней небрежно оброненного слова — эти люди вобрали в себя такой страх, что он стал частью их существа, мышц, скелета, костного мозга.

Для моего отца, умершего и воскресшего, судимого и оправданного, подпись на письме, которую будет заверять жилконтора, была поступком выше его сил. Раз в неделю, надев китель с ведомственными наградами (Почетный капитан, работник Морского флота — остальные ордена и медали он держал в коробке и никогда их не надевал), отец отправлялся на заседание ветеранов. Не знаю, что там обсуждали старики, но это собрание было для него делом храмовым, заменой ритуального причащения к высокому идеалу. Что же — прийти однажды и увидеть презрительные и осуждающие взгляды товарищей, которые в войну готовы были отдать жизнь за Родину (за Сталина)?

Отец — капитан-наставник (1970)

Все это, понятно, отец мне не говорил, он просто отмалчивался. Но видно было, что он очень нервничает и переживает. С одной стороны — сын, пошедший поначалу по отцовским стопам и почти было вернувшийся из своего «джаза» к морскому делу (история с «Инфлотом»), а с другой... Об отцовской драме шепотом на кухне рассказала мне мать. Я почувствовал себя подлецом и сразу решил, что ни просить, ни подталкивать отца на подписание злополучной бумаги не стану. Будь что будет.

Положение у нас было пикантное — вызов пришел, заявка в ОВИР подана, а документы я сдать не могу. Мы стали добровольными отказниками. Оська меня постоянно тормошил, и недели через три я рассказал ему, что происходит. Он грустно посмотрел на меня черными блестящими глазами. У Оськи болела мать и он понимал, что дальнюю дорогу она не осилит. Оставить ее на произвол судьбы (или родственников) он не мог.

Оська не стал долго предаваться горестным размышлениям. Вскоре он примчался с очередным проектом: «Надо сдавать на водительские права! За границей они стоят, знаешь как дорого, а тут я нашел человека, человек свой, надежный, он за 150 рублей дает гарантию!»

К тому времени я продал кое-что из своей коллекции пластинок, уже имел потенциального покупателя на аппаратуру (магнитофон, вертушка, усилитель, колонки), поэтому 150 рублей, в прошлом зарплата за месяц, не показалась мне неподъемной суммой.

Учитель вождения по схеме «150 р. с гарантией» оказался вполне интеллигентным гражданином. Познакомившись, я сразу вспомнил Ильфа и Петрова: «его хорошо бритые щечки всегда горели румянцем смущения, стыдливости, застенчивости и конфуза». Как у «голубого воришки» Альхена, совесть учителя протестовала, но не брать он не мог. Мы были не единственными — в коридоре и гостиной появлялись разные люди, чем-то похожие друг на друга. Среди будущих эмигрантов выделялся молодой человек в папахе из стриженой ондатры с аристократическим лицом. «Доцент театрального института и консерватории Боровский!» — шепнул мне Оська.

Нам объяснили, что теорию надо выучить самим и сдать ее на общих основаниях, без всякого блата. Я вспомнил, как зимой 1969-го года записался на шоферские курсы и ходил на них целую неделю. Всю ту неделю мы изучали нерегулируемые перекрестки. К началу занятий надо было выучить какое-нибудь правило наизусть, затем, выйдя к большому планшету на столе, развести на игрушечном перекрестке модели легковой машины, троллейбуса, конной повозки, грузовика и трамвая в соответствии с текстом в данном параграфе. Полный курс был рассчитан на полгода, готовили шоферов третьего класса. Я не хотел в шоферы третьего класса и занятия прекратил.

За эти пять лет в жизни будущего автолюбителя произошли сдвиги. Теперь теорию сдавали на машине, которая выкидывала по четыре вопроса, один из них был верным. По новой системе не надо было тараторить заученное, вроде: «На перекрестке равнозначных дорог водитель безрельсового транспортного средства обязан уступить дорогу транспортным средствам, приближающимся справа. На таких перекрестках трамвай имеет преимущество перед безрельсовыми транспортными средствами независимо от направления его движения. При повороте налево или развороте водитель безрельсового транспортного средства обязан уступить дорогу транспортным средствам, движущимся по равнозначной дороге со встречного направления прямо или направо». Теперь надо было только нажать на правильную кнопку.

Непоседливому Оське теория давалась с трудом, живое воображение поминутно отвлекало его от дорожных знаков и длины тормозного пути. Я действовал личным примером, показывал, как курсанты штурмуют незнакомый предмет во время экзаменационной сессии.

Тем временем началось самое интересное — уроки вождения на настоящей машине. Мы ходили на занятия через день две недели подряд, после чего наш Альхен заявил, что мы заправские шоферы, и сообщил нам дату предстоящего экзамена в Государственной автоинспекции. Перед этим мы успешно сдали теорию, получили справку и явились с ней в ГАИ в назначенный день.

Майор автоинспекции отобрал четырех новичков, посадил их в машину, троих сзади, одного за руль, сам сел рядом, и мы тронулись. Минут через десять он велел остановиться, за руль сел следующий. Полчаса спустя мы возвратились в ГАИ, где мне выдали справку о сдаче экзамена на водительские права автолюбителя на легковом автомобиле. Оська тоже сдал успешно, с первого раза. Собственно, ничего другого мы и не ожидали. 150 рублей гарантировали нам минимальную подготовку, в нашем случае по шесть часов на брата, и благосклонность майора ГАИ, к которому перетекла неизвестная нам часть означенной суммы. Вскоре пришли и водительские удостоверения с правом вождения автомобилей класса «В» до 3500 килограммов и числом пассажиров не более 8.

При встрече Оська помахал новенькими правами и взял под козырек: «Товарищ лейтенант, рядовой Хорошанский к эмиграции готов!» Действительно, за прошедшие 12 лет в военкомате мне присвоили очередное воинское звание лейтенанта запаса по специальности «штурман подводной лодки». Оська очень над этим потешался. «Есть смысл никуда не ехать, подождать, — говорил он, — чины-то идут!»

Настроение у нас было чемоданное и о покупке машины никто не помышлял хотя бы потому, что стоила она непомерных денег. «Жигули» ВАЗ-2103 продавали за 7500 рублей, то есть за 50 моих зарплат руководителя ансамбля, да и за этим пришлось бы стоять в очереди минимум два года. У профессора Боровского, с которым мы столкнулись в квартире Альхена, видимо, были и деньги и связи, потому что к зиме он обзавелся новеньким «жигуленком».

Эту историю он мне рассказал уже в Лондоне несколько лет спустя. В Англии, когда выпадает снег, большинство граждан за руль не садятся — скользко, опасно. Российский водитель вынужден привыкать к сезонным изменениям, и к поездкам по заснеженным дорогам он относится стоически. Есть кое-какие правила и приемы, например тормозить надо, используя двигатель. Иначе машину поведет, а для этого надо уметь быстро переключать передачи вниз, с четвертой на третью, потом на вторую.

Доцент Боровский, сдавший на права по блату, как мы, впервые сел за руль своей машины после обильных снегопадов. Как человек театральный, к тому же постоянно импровизировавший перед студентками на своих блестящих лекциях, он не мог унизиться до благоразумной предосторожности. У гусара свой кодекс чести. Возможно, он даже в снегопад справился бы с норовистой машиной, если бы не ленинградская старушка, которая торопилась домой с продуктовой авоськой. Ей было не до светофоров. Молодой профессор руководствовался правилами движения, которые досконально выучил всего два месяца назад. Произошло столкновение структуры и хаоса, старушка выскочила невесть откуда и была сбита автотранспортным средством автолюбителя В. С. Боровского.

Состоялись следствие и суд. Боровскому грозило как минимум два года общего режима. Вступились народные и заслуженные артисты, пошли письма из консерватории, из театрального института на Моховой, звонили из Кировского театра. Советский суд остался непреклонным, однако при вынесении решения принял к сведению широкую общественно-просветительскую работу подсудимого и отсутствие у него предыдущих судимостей, поэтому счел возможным приговорить его к условному лишению свободы на один год.

О выезде по израильской визе Боровскому пришлось забыть, условный срок тут же перевели бы в настоящий. Ему надо было искать другие пути. Несмотря на блестящую и успешную карьеру и связи в театральном мире, Боровский чувствовал себя в родном Ленинграде все более неуютно. Началось с того, что однажды его вызвали в партийный комитет консерватории.

— Мы возлагаем на вас большие надежды, как на способного молодого специалиста, — сказал ему парторг. — Для того чтобы эти надежды оправдались, вам нужно принять важное решение.

— Какое? — ответил Боровский с невинным, как у недоросля, лицом.

— Вам необходимо вступить в Коммунистическую партию.

— Не могу! — ответил Боровский с незамутненным выражением.

Парторг слегка опешил. Приглашение вступить в партию представителям «интеллигентных» профессий делали не часто, это было знаком особого доверия, намеком на безграничные возможности в карьере. Парторг мысленно перебирал в голове возможные причины для отказа — тайный скандал, связанный с моральным разложением, который мог бы опорочить всю парторганизацию, скрытые факты биографии...

— Почему? — тихо спросил парторг у Боровского, ожидая признания в каких-то страшных грехах.

— Стыдно! — браво, по-гусарски отчеканил Боровский и, лихо развернушись на каблуках, вышел наружу.

Партиец затаил злобу и при первой же возможности попытался взять реванш.

В 1978 году в журнале «Новый мир» была напечатана (во 2, 5 и 11-м номерах) трилогия Брежнева, книги-воспоминания «Малая Земля», «Возрождение» и «Целина». Книги вышли тиражом по 15 миллионов каждая, Брежнев в одночасье стал самым издаваемым писателем в СССР. Трилогию перевели на иностранные языки и разослали в 120 стран мира, включили в школьную программу по литературе.

Тогда Боровского и вызвали на парткомиссию.

— Вся страна изучает трилогию Генерального Секретаря КПСС, Леонида Ильича Брежнева, — сказали ему строго, — а вы даже не включили ее в свой учебный план!

— Видите ли, — учтиво ответил им Боровский, — я веду курс драматургии. Как только Леонид Ильич напишет пьесу, то я с удовольствием разберу ее со своими студентами!

Боровский «выступал», вел себя горделиво, вызывающе, давая понять серым чинушам разницу между небожителями искусства и земляными червями, каковыми он их считал.

Зимой, в снег и гололед, Боровский шел по Васильевскому острову. Чья-то сильная нога сделала ему подсечку сзади. Боровский рухнул на бок, и в это время четверо здоровенных молодцов начали избивать его сапогами. Били долго, сильно и умело. «Скорая помощь» доставила его в больницу, где Боровский провалялся целый месяц. От нервного шока у него развилось заикание, особенно проявлявшееся при волнении.

В Ленинграде на улице Толмачева (ныне Караванная) в доме номер 5 жил Эдик Мазур. Он был художником-оформителем, но главное — страстным любителем джаза. Я познакомился с ним еще в середине 1960-х, как только попал к Вайнштейну. Во мне еще не выветрились морские штурманские привычки, я просыпался рано, организм мой привык готовиться к вахте в 8 утра. Помню, я как-то зашел к Эдику около 12 дня, он только вставал с постели после вчерашних приключений.

Общение с живым джазистом повергало Эдика в полнейший восторг, он тут же доставал какую-нибудь пластинку из своей коллекции, ставил ее на вертушку и впадал в нирвану, иногда спрашивая — что там да как. Любимый его диск «Kind of Blue» звучал чаще всего.

Второй его неподдельной страстью были женщины. Эдик был человеком обаятельным, улыбчивым и смелым. Он запросто мог подойти к совершенно незнакомой молодой гражданке, которая ему приглянулась, и сказать ей с лучистым взглядом: «Не желаете ли попрелюбодействовать?» Эдик уверял, что отказывали далеко не все, меньше половины.

Для покупки пластинок и кое-какой фирменной одежды нужна была валюта. Эдик, как тогда говорили, крутился, водился с коллекционерами икон, редких книг, фарцовщиками, иностранцами. Летом 1975 года, когда в Израиль поехали не сотнями, а тысячами, рынок антиквариата, икон и подпольного обмена валюты заметно оживился. Это как у Некрасова: «как ни дорого бедному жить, умереть ему втрое дороже...»

Даже человек среднего достатка, собираясь покинуть страну, в которой прожил всю свою жизнь, после продажи всего нажитого скарба, мебели, посуды, картин, аппаратуры, да мало ли чего, оказывался обладателем некоей суммы в рублях. Рубль был валютой неконвертируемой, вывозу не подлежал. Отъезжающим государство меняло по 90 долларов на человека. Что делать с остальными деньгами?

Богатые евреи готовы были платить за подпольные доллары хорошие цены. На Эдика вышел некий зажиточный господин из Москвы. Он хотел приобрести 200 долларов, не желал рисковать в столице и готов был приехать ночным поездом в Ленинград всего на несколько часов. В 9.35 утра Эдик вместе в приятелем по кличке Джеймс Бонд встречал покупателя на перроне Московского вокзала. Покупатель предложил пройти в тихое место, достал деньги. Эдик вынул припасенные доллары. Тут вдруг, откуда ни возьмись, на них налетели лица в гражданском, закрутили руки, отвели в участок, в присутствии понятых составили протокол.

Московский господин оказался подсадной уткой, сотрудником органов, участником блестяще спланированной и проведенной операции по пресечению нелегальной торговли валютой. Эдика осудили, дали ему 7 лет. Я его больше никогда не видел. После отсидки он вернулся домой разбитым, больным человеком и вскоре умер от рака желудка.

А через десять лет по всей стране расцвели пышным неоновым разноцветом пункты обмена валют, открытые для всех чуть ли не круглые сутки. Каждый раз, проходя мимо, я мысленно называю их про себя «Памятником Эдику Мазуру».

Младшую сестру Гали удалось по знакомству устроить администратором в гостинцу «Астория». А может быть, и знакомство было не нужно. Валя отвечала основным требованиям работодателя. Она была высокой, стройной, миловидной девушкой с ухоженной внешностью и ровным характером. Проблемы имманентной свободы ее не волновали. Вела себя аккуратно, на смену не опаздывала, в пьянстве или сомнительных связях замечена не была.

Резидент-кагэбэшник относился к ней с симпатией, разумеется, только в рамках службы. Однажды он пригласил Валю к себе в кабинет. «Твоя сестра, говорят, в Израиль собралась вместе с мужем?» На наших кухонных ночных совещаниях подобные встречи и вопросы были многократно оговорены. Валя точно знала, что ей говорить. Сестра без работы, из «Аэрофлота» пришлось уйти после неприятностей. Муж сестры имеет два высших образования, но работу тоже получить не может. Недавно его хотели взять на хорошее место в «Инфлот», а потом почему-то отказали. Вот они и уезжают, а что им еще делать?

Кагэбэшник задумчиво вертел в руках карандаш. Через несколько дней он отвел Валю в сторону и полунамеками дал понять, что проверил ее данные, что, в общем, все так и есть и что он не видит причин, по которым сестру и мужа стали бы задерживать. Так, через Валю мы косвенно узнали, что в отказники мы, скорее всего, не попадем.

Женская мафия тем временем, проводив английских меховщиков, готовилась к приезду шведского бизнесмена Карла, кавалера Вали. Карл был рослым сдержанным блондином с небольшим шрамом на лице. Род его занятий я так и не понял, деловым кредо Карла был принцип «control everything, own nothing» — «ничем не владей, контролируй все».

Летом 1975 года в белые ночи с группой друзей он пришел в Ленинград на большой парусной яхте, отшвартовался на Неве, мы ходили к нему в гости. Я рассказал Карлу, что мы, вероятно, скоро уедем, и спросил, не может ли он помочь. Он охотно согласился, сказал, что на яхте он может вывезти в Швецию небольшую ценную вещь, а потом переслать нам за нее деньги.

Не помню, что он для нас вывозил, помню только: примерно год спустя, когда мы уже жили в Италии, Карл выслал нам по почте заказным письмом аккредитивы «Америкэн Экспресс». Обычно при покупке дорожных чеков надо ставить на них свою подпись, чтобы потом при обналичивании поставить в присутствии кассира вторую подпись, идентичную первой, доказывая этим, что ты настоящий владелец. Карлу удалось купить в своем шведском банке аккредитивы без всяких подписей, против правил. Эти девственно чистые дорожные чеки я подписал по получении, а потом в римском банке подписал снова и снял свои доллары — чуть больше тысячи. Эти деньги нам очень тогда помогли.

Раза два или три в год из Люнебурга, тогда еще в Западной Германии, приезжал Юрген Майерс. Юрген смолоду был моряком, несколько лет плавал капитаном, а годам к сорока придумал себе бизнес. Он скупал морские суда, не прошедшие регистр и подлежавшие списанию, и продавал их на металлолом куда-то в Индию. В министерстве и разных советских пароходствах у него были налаженные связи. Юрген, не напрягаясь, зарабатывал хорошие деньги и жил припеваючи. Свой люнебургский дом на канале, постройки XVIII века, он восстановил во всей первоначальной красе. Известный немецкий журнал по архитектурным интерьерам поместил дом на обложку, снабдив большой и подробной статьей. Кроме того, у Юргена была большая фазенда на Азорских островах, которые он хвалил, называя «земным раем».

Юрген был невысоким, крепким блондином с громким командным голосом и широкой, как бочонок, грудью. Летом 1975-го года он приехал в новом качестве. На Балтийском заводе достраивался химический танкер для западногерманской фирмы. Юрген принимал судно для перегона в Гамбург.

С женской мафией у него были к тому времени чисто дружеские связи, он приезжал в гости просто пообщаться. Юргену нравились мои шутки, разговоры о море, джазе и советской субкультуре. Мы разговаривали достаточно откровенно. Юрген знал, что мы собрались уезжать, и вызывался помочь. «На своем танкере, — сказал он мне, — я могу вывезти слона!» Вывозить слона мы не планировали, но предложение Юргена я взял на заметку.

Примерно через месяц я заметил легкую нервозность в поведении Юргена. Я знал, в чем дело. Мужчина крепкий, полнокровный, без дамского общества, живущий по морской морали. Я позвонил Софочке. Софочку я знал еще с 1960-х. Она была тогда юной восторженной девицей, увлекалась джазом. Как-то мы вдвоем с Додиком, Софочкой и ее подругой поехали летним днем на загородный пикник. Пикником все и закончилось, потому что Софочка призналась, что она еще девственница. Мы повели себя как джентльмены, чем произвели на Софочку неизгладимое впечатление на многие годы вперед.

Прошло несколько лет, Софочка стала настоящей жрицей любви, это можно было понять по ее рассказам. «Мы с подругой, — рассказывала она не торопясь, тщательно выговаривая слова, отчего они наполнялись особым смыслом, — встречались с Михаил Васильевичом. Он главный инженер. А потом Михаила Васильевича взяли и перевели в Москву. Я звоню в Москву подруге и говорю: „Алина! С нас главного инженера сняли!“»

Жизнь Софочки представляла из себя эротический роман, в котором одна история сменяла другую и каждая несла в себе новую, неведомую до того грань. О своей подруге, той самой, из-под Михаила Васильевича, он говорила с томным закатыванием глаз. «Это ужасно! Надя совершенно не может отказывать! Вчера приходит и говорит, что отдалась шоферу грузовика. Я ей говорю: „Надя, как ты могла?“ А она отвечает: „Он так просил, так просил...“»

Безотказная Надя рассказывала подруге, что ее соблазнители, разомлев после акта любви, обычно спрашивали ее: ну, какой я у тебя? Очевидно было, что не первый, но любой надеялся, что он хотя бы второй. Однажды Надю долго утомлял какой-то занудный мужичок, она снизошла, в который раз принесла себя в жертву. Мужичок, справив половую нужду, поскольку это никак иначе не назовешь, разомлел и спросил у Нади: «Ну, какой я у тебя?» На что Надя, разозлившись, ответила: «А я тебя, блядь, вообще не считаю!» Эту фразу Софочка считала классикой и повторяла с видимым удовольствием.

Время шло, а дело с отъездом стояло на месте. Даже Галочка, человек порывистый и нетерпеливый, не спрашивала, понимая, в каком положении находится мой отец. У Оськи умерла мама. В крематории на панихиде посторонних не было, с ней прощались только родственники. Я застал Оську дома, в полной прострации, с небольшой черной урной в руках. Он иногда тряс ее, как маракас, тогда внутри шуршало. «Вот, — сказал он патетически, — мамин прах».

Мой отец понимал, что он держит нас, что злосчастную бумажку «о материальных претензиях» все равно надо будет каким-то образом подписать и заверить, но преодолеть себя не мог. Он очень переживал, замкнулся, целыми днями молчал. На нервной почве у него начали трястись руки, расстроилась щитовидная железа. Он очень похудел, потерял 16 килограммов, стал похожим на скелет. Пришлось ложиться в больницу. Я ездил к нему на трамвае по направлению к порту, по проспекту Римского-Корсакова, Газа, к корпусам за Обводным каналом.

Оська примчался к нам домой на проспект Славы рано утром. Лицо его сияло. «Я все устроил, — сказал он, — с тебя большой букет, бутылка лучшего коньяка и коробка конфет „Птичье молоко“». Конфеты «Птичье молоко» были ранним прорывом в советском маркетинге. Само название говорило о небывальщине. Птицы не дают молока. С яйцами у них проблем нет, а с молоком есть, кроме — правильно, конфет «Птичье молоко»! *(Всеобщий смех, оживление)*.

Конфеты выпускали малыми партиями и до широкой продажи они не доходили. Обладание коробкой «Птичьего молока» было символом социального статуса, свидетельством хороших связей. Драгоценную коробку добыла женская мафия через знакомых в валютном магазине «Березка».

Оське удалось провести блестящую разведывательную операцию, выйти на управляющую делами в жилконторе родителей и договориться на частный прием в нерабочие часы. Более того в обмен на цветы, коньяк и «Птичье молоко» управделами гарантировала полную тайну.

С этим известием я и поехал в больницу к отцу. Он воспринял новость с видимым облегчением и тут же согласился подписать. Эту подпись я не забуду до конца своих дней. Рука отца тряслась, подпись ему не удавалась. Эти закорючки я повез к Оське на встречу.

В назначенный день и час мы постучали в заветную дверь. Управделами оказалась молодой энергичной и решительной дамой, которая мгновенно заверила отцовские каракули, шлепнула печать, быстрым движением смела наши подношения в ящик стола и протянула на прощание руку. Я почувствовал, как передо мной открываются врата новой жизни.

По тогдашним правилам квартиру можно было продать только своему кооперативу, по той же цене, за которую купил. На первый взнос деньги (1800 рублей) мне давали родители, теперь я мог их вернуть. За прошедшие 5 лет накопились взносы по рассрочке, кооператив их нам выплатил. Нет денег — проблема, есть деньги — тоже проблема. Деньги надо было отоварить, товары везти с собой либо отправлять тайным путем. Я вспомнил предложение Юргена, уверявшего, что он может вывезти слона.

Ленинградские евреи, по моим наблюдениям, делились тогда на две категории. Первая постоянно и повсеместно обсуждала вопрос: ехать или нет. Приводились сотни доводов «за» и «против». Эти доводы, прозвучав, растворялись в воздухе, так никого и не убеждая.

Мой шапочный приятель Володя Г. каждый раз, останавливая меня на Невском, хватал за пуговицу, заглядывал в глаза и спрашивал: «Как ты думаешь, мне стоит ехать?» В один из недавних приездов в Питер я снова встретил Володю на Невском. За прошедшие тридцать с лишним лет он немного съежился, обвис, но при встрече глаза его загорелись былым огнем. Взяв меня за пуговицу, он заглянул мне в глаза и произнес: «Как ты думаешь, мне стоит ехать?» Я понял, что его воображаемый отъезд — это перманентная мечта, сказка, без которой ему было бы трудно; надежда, без которой невозможно жить. Мысль о том, что можно все тут бросить к черту, укатить за горы и моря в поисках приключений, вызывала у Володи учащенный пульс, чувство близкой опасности, от которой в груди спирало дыхание. После этого обсуждения он ехал домой на Петроградскую, в квартиру, знакомую с рождения, внутренне успокаиваясь от мысли, что сейчас сделает себе яичницу или поставит что-нибудь из Билла Эванса.

Мы были во второй категории, поскольку первый вопрос у нас был решен. Теперь мы осуждали вопрос № 2: что везти? Из советской политэкономии, тогда обязательной для всех, в голове засела дурацкая формула «деньги — товар — деньги». Это было про нас: деньги не сопрягались с другими деньгами, между ними неизбежно вставал товар.

Товарные артикулы, рожденные родной социалистической экономикой, я изучал невольно и давно. Бóльшую часть дня на гастролях в незнакомом городе музыканты проводили, слоняясь по магазинам в надежде найти что-нибудь, случайно попавшее туда по недоразумению. Теплые кожаные перчатки в раскаленной от летнего зноя Ялте или, наоборот, югославский купальник в промерзших насквозь Чебоксарах. Ясно было — советская промышленность производит кучу бесполезных и ненужных вещей, во всяком случае бесполезных и ненужных за границей.

На самом деле все оказалось не совсем так. В универмаге по соседству с моим домом на проспекте Славы в отделе тканей я купил большой кусок полосатой матрасной ткани. На швейной машинке, одолженной у соседки с 12-го этажа, я сшил из нее какие-то мешки для бьющихся предметов. Только после нескольких лет жизни за границей я оценил качество этого хлопка без примеси синтетики, гибкость его толстых нитей.

Копировальные и множительные аппараты (гектографы) в обязательном порядке регистрировались в КГБ, поскольку чекисты боролись с самиздатом. Пишущие машинки тоже были под присмотром, но тут система давала сбой. Как писал Александр Галич («Мы не хуже Горация», 1966):

> «Эрика» берет четыре копии,
> Вот и все!
> ...А этого достаточно.
> Пусть пока всего четыре копии —
> Этого достаточно!

Отпечатанные через копирку по рукам ходили стихи, повести, романы или, в нашем случае — списки товаров, разрешенных советской таможней для вывоза отъезжающим в Израиль. Документ был убогий, напоминавший интендантский список армейского довольства, но мы читали его с увлечением. Это был наш Билль о правах.

Каждый бывший гражданин СССР, покидая страну, имел право на 1 фотоаппарат, 1 сменный объектив, 1 увеличитель, 4 простыни, 2 наволочки... Список обрисовывал имущественное пространство эмигранта на двух или трех листах. В комментариях, которые ходили в виде приложения к основному документу, сообщалось, чтó может пользоваться спросом на заграничной барахолке.

Скажем, фотоаппарат — это «Зенит», советская «зеркалка», которую начали выпускать еще с середины 1950-х годов. «Зенит» делали на века. Корпус ранних моделей фрезеровали из единого куска бронзы, обтянутой черной кожей. Таким аппаратом можно было отбиваться от нападения или заколачивать им гвозди.

Всех жизненных перипетий и поворотов не могла предусмотреть даже таможня. Можно ли, скажем, вывозить шашки? Или шахматы? Материал — дерево, фетр художественной ценности не представляет. Стало быть, можно.

Я купил набор шахмат в деревянной коробке в клеточку. Долго примерял длину фигур, сравнивал с размером стодолларовой купюры, купленной по знакомству. Получалось, что высота королевы вмещала в себя ширину банкноты. Осторожно под струей пара из чайника на кухне я отслоил фетр в основании фигуры. Припасенной дрелью аккуратно высверлил отверстие, тщательно замерив его глубину, с тем чтобы не пробить насквозь. Туго скатал американскую зеленую денежку, вложил ее в дырку, заподлицо, слегка утопив, вставил пробочку, заполнил оставшуюся ложбинку влажной известкой. Просушил, отшкурил, снова наклеил фетр.

Показал Оське со словами: «В одной из фигур спрятана сотня долларов, найди». Оська принял вызов. Он тряс шахматные фигуры, вслушиваясь в шорохи и звуки, внимательно разглядывал их на ярком свету, даже нюхал, но ничего не нашел. Отлично! Комплект проверку прошел.

Тремя днями ранее я был у Вайнштейнов, уезжала его дочь Эллочка. Она сообщила, что в Израиле ей делать нечего, что она собирается в Рим, вернее, в его пригород,

Остию, а оттуда в Америку. С папой и мамой она надеялась поддерживать связь по телефону и через письма на Главное почтовое отделение в Остии.

Простившись с Эллочкой, я пошел на ближайшую почту, упаковал шахматы в коричневую грубую бумагу, завязал шершавыми веревками, концы залил сургучом, написал адрес Эллочки, до востребования, и отправил без обратного адреса. На всякий случай — вдруг таможенники найдут то, что Оська не мог обнаружить.

Месяца через полтора или два мы приехали в Остию, связались с Эллочкой и пришли к ней в гости. Была суббота. Я помню это, потому что она собиралась назавтра, рано утром в воскресенье, ехать в Рим на «Американо». Так назывался огромный блошиный рынок, располагавшийся в недостроенном квартале вдоль нескольких улиц.

«Представляете! — сказала Эллочка с некоторым вызовом. — Какой-то идиот прислал мне из Ленинграда шахматы! Кто — не знаю, зачем — понять не могу. Зачем мне шахматы? Завтра поеду и продам, за сколько дадут». «Можно мне взглянуть на эти шахматы?» — осторожно спросил я. Принесли коробку. Я нашел белую королеву, попросил кухонный нож, отслоил фетр, расковырял известку, вынул пробочку и вытащил, к вящему удивлению собравшихся, бумажку в 100 долларов. Потом приклеил на место фетр и отдал коробку Эллочке, сказав: «Теперь можете продавать!»

Последние дни прошли как в лихорадке. По понятиям того времени, гражданин СССР не мог покинуть родину социализма, оставаясь ее гражданином. Советское правительство официально лишало нас гражданства и отбирало паспорта. Полная свобода. Как это у Маяковского: «Пустота... Летите, в звезды врезываясь». Обитатели Никакой Страны, подданые Никакого Государства. Люди с подрезанными корнями. Перекати-поле.

Эту свободу нам не дарили, ее продавали. За отказ от гражданства власти взимали с каждого отъезжающего по 500 целковых, 3 или даже 4 месячных зарплаты. Помню, эту проблему я попробовал рассматривать чисто математически. Гражданин, раставаясь с паспортом, платит за него деньги. Он покупает его отсутствие, платит за то, чтобы избавиться. Иными словами, паспорт имеет ценность с обратным знаком. Отрицательную стоимость, о которой никто не помышляет, поскольку не столкнулся с проблемой. А таких — вся страна.

Вместо зеленого гражданского паспорта с корочками нам выдали розовые бумажки, похожие на водительские права, с фотографией и надписью «Выездная одноразовая виза». Билеты на самолет тоже были в один конец на рейс Ленинград — Вена.

Советский Союз был нерушимым оплотом, как гигантский утес возвышался он над другими странами и государствами. Население — почти 250 миллионов, авиация, армия, флот, ракетные войска, пограничные силы, КГБ, милиция... Все были уверены, что СССР будет стоять вечно, что такую силу никогда никому не одолеть. Весь остальной мир был «зарубежьем», находился за неким непреодолимым рубежом. Всякий, кто его пересекал, исчезал из родного пространства навеки. Мы искренне считали, что родных и близких нам увидеть больше не доведется. Прощались навсегда.

Последние часы, проведенные вместе, были наполнены драмой, трагизмом. На двух последних этажах дома 8 по проспекту Славы гуляли будто в последний день жизни. «Отказники» и подавшие заявления в ОВИР провожали отъезжантов. Мне такой дым коромыслом был ни к чему, и я отсиживался в своей спаленке, пока наверху бухала музыка «Аббы».

Вдруг в окне моего 11-го этажа показались болтающиеся в воздухе ноги. Они начали раскачиваться взад-вперед, нависая то над пропастью, то над балконом, потом, описав дугу, приземлились перед моей дверью. Архитектор Шапочкин, пьяный и взлохмаченный, делал мне дружеские жесты, приглашая наверх. Пришлось пойти. В конце концов, человек жизнью рисковал.

Доставание вещей на вывоз по таможенному списку, упаковка их в чемоданы, встречи со всеми, кого хотел увидеть и проститься, друзья, девушки-поклонницы из Пушкина, оформление бесконечных документов слились в один клубок нервов. Душа тихо болела. Ринат в сентябре поступил в школу, теперь, проучившись два месяца в первом классе, он тоже прощался с приятелями.

У Оськи дело с отъездом откладывалось, он почему-то попал в отказники. Азарта от этого у него не убавилось, наоборот, подготовка к эмиграции стала смыслом его жизни. Он повез меня к знакомому коллекционеру икон. Гражданин средних лет, усталой внешности, с редкой бородой и плохими зубами. Предмет свой он знал досконально. Он показал нам самое ценное в его коллекции — старые почерневшие искривленные доски с полувыцветшими образами святых. Эти иконы оценивались в большие суммы, но для меня привлекательности не имели. Если вторгаешься в область искусства, то должен его знать и хорошо понимать. Опираться на чужое мнение, даже экспертное — дело рискованное. Я попросил коллекционера показать что-нибудь менее древнее, но более понятное. В конце концов он вынул стандартную для середины XIX века церковную икону Богоматери с Младенцем, на которой лики были выписаны в мельчайших деталях и покрыты серебряным рельефным окладом. Цена, которую запросил коллекционер, была несоразмерной, но у меня под ногами горели мосты, деньги жгли карманы.

Икону я положил в толстый полиэтиленовый пакет, обернул чем-то мягким, завязал бечевкой, связался с Юргеном через женскую мафию. Он приехал и забрал этот сверток, уверив меня на прощанье своим волевым громким капитанским голосом, что все будет о'кей. Действительно, почти через два года Юрген приехал по своим делам в Лондон, он привез мне икону в том же полиэтилене, с той же почтовой советской бечевкой.

Икону я сдал на аукцион «Филипс», она продалась со второй попытки. За первую неудачную продажу (икона не достигла резервной цены) мне пришлось платить аукционному дому положенные 7 процентов, во второй раз я не стал жадничать и уменьшил резервную цену. Когда получил выручку, сел и подсчитал. В Питере я заплатил за икону примерно годовую зарплату служащего, в Лондоне я получил свою скромную бибисейскую зарплату за два месяца. Неудачный бизнес, но вывод из него мне понравился. Обыкновенным честным трудом тут можно заработать не меньше, чем хитрой спекуляцией.

В то время ходил анекдот — дочь спрашивает у отца: «Папа, кто такой Карл Маркс?» — «Карл Маркс? Это экономист». — «Как наша тетя Роза?» — «Ну что ты! Наша тетя Роза — старший экономист!» Всей жизнью и всем опытом мы впитали в себя советское почитание чинов и дипломов. У меня был диплом Макаровского училища и диплом переводчика от заочных московских курсов иняза, где учили по программе высшей школы. У Галочки был диплом института имени Герцена. Эти заветные корочки, весь наш интеллектуальный багаж вывозу не подлежал, дипломы надо было оставить. С собой можно было брать только перевод содержимого этих корочек на английский, с последующей авторизацией у нотариуса.

Помню, мы переживали, потому что вместо красивого диплома с фотографией, подписями и печатями у нас на руках оказались блеклые листы писчей бумаги с перечнем академических часов по пройденным дисциплинам. Расстраивались мы напрасно. Ни Галочке, ни мне эти бумажки никогда не понадобились.

Много лет спустя моя сестра Наташа привезла мне оригинал диплома мореходки, я повертел его в руках, вздохнул и упрятал так далеко, что до сих пор не могу найти.

Мы готовились к новой жизни, забрав из старой приданое, то, что нам разрешили вывозить. Я решил паковать все в небольшие легкие фибровые чемоданы. Сначала купил два, потом съездил в Гостиный Двор и докупил, по чемодану в руку. Всего получилось семь таких выездов и, как результат, 14 чемоданов. Все эти чемоданы мне предстояло сдать в таможню на досмотр за 10 дней до отъезда.

Таможня не хотела спешить, она желала порыться в нашем багаже обстоятельно и неторопливо. Мы сидели в опустевшей гулкой квартире без мебели, вещей, книг, всего того, с чем жили — людьми без гражданства и паспортов. Рвались сотни невидимых нитей, связывавших нас с уже бывшей родиной. Мне надо было решить, что делать с саксофоном.

Мне всегда казалось, что можно быть пожилым врачом, пожилым учителем, водопроводчиком, но пожилым саксофонистом быть неприлично. Теперь эмиграция давала возможность избежать подобной участи, перелистнуть страницу, найти новую тропинку. На саксофон никаких надежд я не возлагал и даже не собирался афишировать свое музыкантское прошлое. Но прошлое это невозможно зачеркнуть.

С тех пор как я провел бессонную ночь на гастролях 1969 года в Минске, решая, менять мне свой старый инструмент с «Отто Линком» на новый, но без мундштука, с тех пор как я просидел во Владимире рядом с мастером Володей, тачавшем мне из яловой кожи для голенищ мягкий футляр для моего «Сельмера», я все эти годы почти не выпускал его из рук. Он висел у меня на плече либо лежал на коленях. Он был мне другом, кормильцем, душевной защитой. Я знал все его капризы, прятавшиеся в глубинах соединений, клапанов, пружинных иголочек.

Мысль о том, что он может принадлежать кому-то другому, была нестерпимой. Я понял, что обязан своему саксу большим куском жизни. Он должен ехать со мной, а там будь что будет. Саксофон пришлось везти в ленинградское отделение Министерства культуры, где эксперты дали ему оценку и выставили мне счет, полную продажную его стоимость. Этих последних 900 рублей у меня уже не было, пришлось снова занимать у родителей.

С мамой, отцом и сестрой я простился уже в который раз. Назавтра мы улетали.

Ранним холодным темным утром 18 ноября 1975 года мы прибыли в ленинградский аэропорт Пулково, в его международный отдел, поскольку путь наш лежал за границу. Провожать Галочку сбежались все ее бывшие сотрудницы и подруги, прекрасно знавшие, что с ней произошло в этом здании.

Из недр таможни выкатили все 14 чемоданов с опечатанными бирками. По розовым выездным визам нас пропустили в нейтральную полосу, где кончался Советский Союз. Сзади за барьером стояли друзья, родственники. Они пришли не только проводить. В последний момент таможня могла что-нибудь изъять из ручной клади, это можно было передать за барьер.

Я почему-то вспомнил гастроли в Волгограде, гигантский монумент Родины-матери из напряженного железобетона, ее карающий меч, рот, раскрытый в гневном крике.

Мы были уже не ее дети. Уехали на багажной ленте 14 чемоданов, таможня пропустила нас за свой заслон. Галя была в слезах. Ринат смотрел на все круглыми глазами и держал ее за руку.

С каждой минутой становилось легче дышать.

СОДЕРЖАНИЕ

Литературно-художественное издание

Сева Новгородцев

Интеграл похож на саксофон

Ответственный редактор *Максим Медведев*
Художественный редактор *Юлия Прописнова*
Технический редактор *Виктория Вершинина*
Корректор *Екатерина Волкова*
Верстка *Любови Копченовой*

Подписано в печать 18.02.2011.
Формат издания 84×108 1/32. Печать офсетная.
Усл. печ. л. 20,16. Тираж 5000 экз.
Изд. № 10118. Заказ № 4443.

Издательство «Амфора».
Торгово-издательский дом «Амфора».
197110, Санкт-Петербург,
наб. Адмирала Лазарева, д. 20, литера А.
www.amphora.ru, e-mail: secret@amphora.ru

Отпечатано по технологии CtP
в ИПК ООО «Ленинградское издательство».
194044, Санкт-Петербург, Менделеевская ул., д. 9.
Телефон/факс: (812) 495-56-10.

ЖЕЛТАЯ ТЕТРАДЬ

КРАСНАЯ ТЕТРАДЬ

СЕРГЕЙ ГУРЬЕВ

ИСТОРИЯ ГРУППЫ

ЗВУКИ МУ

«Звуки Му» появились, когда советская власть была в самом расцвете своих сил, но достаточно было шести лет их музицирования, чтобы казавшаяся незыблемой империя превратилась в ошметки и «Звуки Му» сплясали свой последний танец на ее руинах. И немудрено.«Звуки Му» — не группа музыкантов, а подлинная «русская народная галлюцинация», самим своим существованием иллюстрировавшая полную тождественность развитого социализма и белой горячки.

Борис Гребенщиков

Чтобы мировая цивилизация признала русского рокера, он должен соответствовать некоему образу, знакомому ей по страшноватым героям Гоголя и Сологуба, по маргинальной эмигрантской клоунско-ресторанной цыганщине, по легендам о всесокрушающем русском пьянстве и белых медведях, бродящих по улицам российских городов. Это должен быть некий дикий скиф, пропущенный через чудовищное горнило семидесяти лет советской власти. Создающий соответствующую музыку — дикую, странную, с хромыми, но завораживающими ритмами… Но этот напрашивающийся и явно выигрышный образ долгое время катастрофически отсутствовал на отечественной рок-сцене. Едва ли не единственный раз на этой ниве родилась группа, реально соответствующая подобным «критериям национальной самобытности». Группа с то ли оборванным, то ли воспроизводящим коровье междометие названием — «Звуки Му».

Сергей Гурьев

Максим Леонидов

Я ОГЛЯНУЛСЯ ПОСМОТРЕТЬ...

...Бит-квартет «Секрет» отыграл в битлов на все сто. Мы перешли перевал, теперь или — к другой вершине, или — вниз. Но после нескольких лет тяжелой гастрольной жизни на новые подвиги просто не было сил... Стремительно менялось время, менялись и мы.

«Секрет» был прекрасным, редким цветком, но у каждого цветка есть срок жизни. Я присутствовал при рождении и расцвете этого организма, и мне совсем не хотелось видеть его медленное и неизбежное увядание...

Максим Леонидов

Книга Максима Леонидова, экс-лидера бит-квартета «Секрет», автора и соавтора таких хитов, как «Привет», «Алиса», «Именины у Кристины», «Не дай ему уйти», «Видение» и многих других, — не просто мемуары. Эта книга — исповедь. В ней — только правда без прикрас, правда о себе, о друзьях, о музыке, о группе, о славе и изнанке шоу-бизнеса. Иногда для того, чтобы двигаться дальше, стоит оглянуться посмотреть на пройденный путь и увидеть его с беспощадной отчетливостью.

АМФОРА AQUARIUS

АНДРЕЙ ХААС

КОРПОРАЦИЯ СЧАСТЬЯ

ИСТОРИЯ РОССИЙСКОГО РЕЙВА

ДИСКОГРАФИЯ.RU